M. VILLIAUME

A

CHARENTON.

M. VILLIAUME,

SOMMEILLANT A CHARENTON,

SUIVI

DU RÉVEIL DE M. VILLIAUME,

ET DE

SA RENTRÉE DANS LE MONDE.

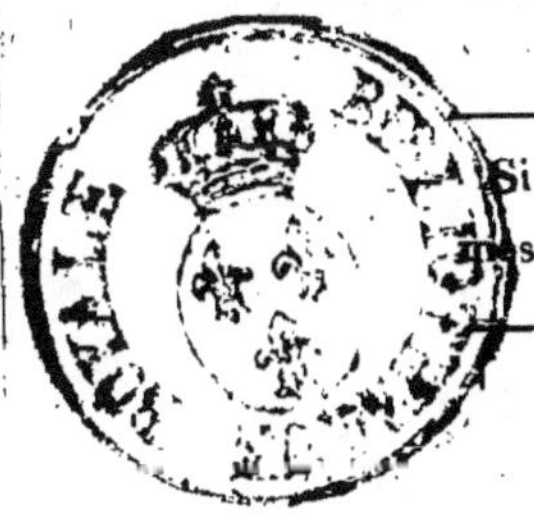

Si tous les fous qui sont en Europe m'achetoient mes affaires seroient bientôt rétablies.

Prix : 6 Francs,

Ou un CENTIME par chaque distraction ; contre-sens, folie, faute de langue, d'ortographe, etc., etc.

SE TROUVE A CHARENTON,

Chez l'Auteur, corridor Saint-Pierre, chambre n° 15,

A PARIS, chez son Épouse, madame VILLIAUME, rue Neuve Saint-Eustache, n°. 46,

Et chez tous les Libraires en nouveautés.

A PARIS,

DE L'IMPRIMERIE DE MAD. Ve. CUSSAC, RUE MONTMARTRE, N°. 30.

1818.

ERRATA, *car les fous ont aussi les leurs.*

Lorsque vous trouverez des mots répétés deux fois, ne les lisez qu'une ; et quand vous en trouverez d'impropres, lisez-en d'autres, n'ayant pas eu le temps d'en chercher de meilleurs.

Cinq exemplaires de ce *précieux ouvrage* ont été déposés conformément à la loi, et je poursuivrai, *comme un autre*, tout contrefacteur.

AVANT-PROPOS,

Puisqu'il en faut par-tout.

BUONAPARTE *est le plus grand homme que la terre ait jamais porté.....*, disois-je, le 19 mars 1815, en abordant, dans un Café au Palais-Royal, un ami qui m'y attendoit. Deux mousquetaires déguisés me sautèrent au collet; j'en jetai un sous une table et l'autre sur une banquette. Le maître de la maison, attiré par le bruit, accourut en s'écriant: « Qu'est-ce? qu'est-ce donc?—Comment, qu'est-ce? un misérable qui ose dire que Buonaparte est le plus grand homme.... — C'est impossible; Monsieur a été cinq ans prisonnier d'état de Napoléon; il se dispose même à suivre le Roi. — Cependant nous avons bien ouï: Interrogez plutôt la galerie. » Cela, répliquai-je, est inutile; je conviens du fait, mais vous m'avez jugé sur le premier membre de ma phrase; il falloit en attendre la suite qui en étoit la conséquence; je répétois à mon ami ce que je venois d'entendre, et j'allois ajouter: *tels sont les propos que des perturbateurs profèrent hautement vis-à-vis la rotonde; il a fallu, mon cher, que vous m'attendissiez, pour que je ne me fisse pas une affaire.* — « Ah! bravo, bravo!—Bravo tant que vous voudrez; mais avouez que voilà bien des coups de poings donnés, reçus et rendus sans motifs. » Veuillez, Lecteur, ne me juger qu'après m'avoir lu jusqu'au bout.

Un mot sur mes premières années. — Je suis originaire de Charmes, petite ville des Vosges. Mon père étoit avocat au Parlement de Nancy; sa famille et celle de ma mère se composent de magistrats, de propriétaires et de nobles. Dieu me garde de tirer jamais vanité de ces derniers, non que je les déteste, mais je ne les estime que ce qu'ils valent : beaucoup quand ils unissent la modestie au véritable mérite, et moins que rien, quand ils n'ont pour eux que l'orgueil de leurs titres. Je fus élevé à Rambervilliers chez madame Guérin, mon aïeule maternelle. Son fils, frère de ma mère, entreprit de faire mon éducation ; n'étudiant jamais les leçons qu'il me donnoit, j'avois soin, quand il rentroit, de me sauver sur les toits, d'où je ne descendois que lorsque j'étois assuré qu'il ne me seroit rien fait. On me mit en pension chez un maître d'école de village ; au lieu d'y apprendre à lire et à écrire, je m'amusois à aller pêcher. Un jour que je n'avois pas même pu prendre un goujon, je jetai, par dépit, de ma fenêtre, ma ligne au milieu d'un troupeau d'oies ; l'une d'elles s'accrocha à mon hameçon, en avalant un morceau de pomme que j'y avois mis ; je la tirai dans ma chambre. On voulut me fouetter, je me sauvai. Voilà toutes les études que j'ai faites. Veuve de bonne heure, ma mère épousa en seconde noce M. Gentil, décédé conservateur des hypothéques et receveur de l'enregistrement à Rheims. Ne pouvant me plaire avec lui, je m'engageai ; j'avois alors treize ans ; c'est à l'armée et en courant que j'ai acquis le peu que je sais ; *tirer à l'oie*.

Malgré mon ignorance, j'ai été bien vu de la plupart de nos généraux, connu de tous les ministres de Buonaparte, comme je le suis encore de ceux de S. M. Louis XVIII, de quelques souverains étrangers, et de la majeure partie des François.

INTRODUCTION
A MA FOLIE.

TRAVESTI dans deux journaux, attaqué par la *Gazette*, il ne manquoit à ma gloire qu'un genre de célébrité; c'étoit une caricature, nos plus grands hommes ayant eu la leur; j'en obtins une, et je m'écriai : « Dieu merci! je serai donc aussi im-» mortel qu'on peut l'être après cette courte vie! » On me parodia aussi aux Variétés, dans une pièce intitulée *la Matrimoniomanie*. Un plaisant, qui étoit à côté de moi à la première représentation, ne cessoit de répéter qu'il voudrait bien que M. Villiaume fût présent, afin de voir quelle figure il feroit : « Vos vœux, lui répondis-je, sont satis-» faits; vous voyez en moi l'original de la pièce » qu'on joue, et comme j'aime les plaisanteries » quand elles sont bonnes, vous avez pu remar-» quer que j'ai, jusqu'ici, plus applaudi qu'un au-» tre à cette folie. » J'acceptai même le bouquet qu'on vint m'offrir.

Croira-t-on, qu'avec un caractère aussi jovial, j'aie pu être en but, pendant dix ans, aux traits les plus malins? Ramassant les gants qu'on me jetoit, je les rendis toujours avec politesse. Je fus plus loin : la *Gazette*, qui n'a pas honte de se mesurer avec moi, quoique je sois illétré (voilà les adversaires qu'il lui faut), annonça dernièrement, sans y avoir été provoquée, que *j'étois fou;* je me contentai, pour toute réponse, de faire insérer cette note dans les Petites-Affiches : « J'ai perdu ma tête; la » rapporter à la *Gazette* ou à M. A. Martainville, » qui sont autorisés à la garder quelque temps. »

Le lendemain, la *Gazette* répliqua que la tête du *cousin* Villiaume *étoit partie pour un long voyage* (sans-doute pour la lune, dont il fallut bien que je revinsse); *qu'ainsi mon établissement demeuroit vaquant, etc.*, ce qui étoit de nature à à me faire le plus grand tort. Fatigué de toutes ces provocations, je pris enfin le parti de publier, dans le *Journal Général*, la lettre qu'on va lire, et qu'un des rédacteurs de cette feuille fit précéder de l'article qui suit :

« M. A Martainville a publié dans la *Gazette* que » M. Villiaume, si connu par ses mariages, avoit » perdu la tête; qu'elle étoit partie pour un long » voyage; qu'il jetoit son bonnet par-dessus les » moulins; que plusieurs fois on lui avoit dit de » le ramasser; qu'il n'avoit jamais voulu le faire; » qu'il s'étoit fait arrêter au poste de la rue du » Caire, etc.; enfin M. Martainville lui conseille » de se défier de la lune rousse qui exerce une in- » fluence maligne sur les hommes de génie Voici » la réponse que nous adresse M. Villiaume; nous » la soumettons au public que nous rendons juge » dans cette affaire : »

AU RÉDACTEUR.

Paris, 27 avril 1817.

Monsieur,

Je suis perruquier de mon état et, qui plus est, cousin de M. A. Martainville, et neveu de la Lune que je viens de raser, ce qui est cause qu'elle n'a plus de taches. Je sais qu'il n'y a que le soleil qui en ait eu; qu'est-ce que cela y fait? une bévue de plus, une bévue de moins? Soit; j'aurai cela de commun avec mon cousin.

De retour sur la terre, je ne rencontrai personne à mon logis, pas même mon chat qui en étoit déguerpi avec ma femme, mon fils et tous les miens, tant ils furent effrayés du voyage que j'entrepris. Les ayant vainement réclamés à la préfecture et chez mon commissaire de police, le sang, ma foi, le sang me monta à la tête. Je me fis aussitôt mettre des sangsues là où je voudrais que le cousin Martainville et sa sœur, la *Gazette*, eussent le nez. Bientôt, aiguillonné par ces petites bêtes, je pris le mors aux dents et je franchis monts et vallées pour retrouver ce que j'avais de plus cher. Harassé de fatigue, je me rendis au poste du Caire où je priai mes camarades de la garde nationale de me recevoir un instant. Nous rîmes beaucoup, nous déjeûnâmes encore mieux.

Je rentrai ensuite chez moi où, comme par enchantement, je retrouvai tout ce que j'avais perdu. Voilà l'exacte vérité, M. le rédacteur, et le cousin Martainville a osé la dénaturer !... Aussi, rapportant ma tête de la lune, ai-je eu soin de ne pas y reprendre la sienne qu'on y promène, clouée par les oreilles au bout de deux béquilles, ce qui divertit fort tous les badauds de ce pays. Qu'il aille, s'il veut, l'y chercher !. . . je me lasse d'être généreux... Si vous me le permettiez, je mettrais même ici un *nota*-BÉNET pour lui, dont l'objet serait de l'informer qu'à l'avenir je veux me renfermer dans le cercle des opérations de mon établissement.

Je termine en vous priant de ne pas faire attention s'il y a de la poudre et des cheveux sur mon habit; c'est la faute du métier. Quant aux cheveux, vous n'y trouverez rien d'extraordinaire, j'ai peigné hier le toupet du cousin qui d'ailleurs ne doit pas avoir oublié ce qui lui advint déjà de la part du fils d'un pöete tragique, pour avoir manqué de générosité envers ce dernier, comme il vient encore d'en manquer à mon égard.

J'ai l'honneur, monsieur, *de vous ôter mon bonnet*, car c'est ainsi qu'on se salue dans la Lune.

Le sublunaire VILLIAUME.

P. S. Au surplus, si je suis fou, on n'a rien à me dire, ne faisant de mal à personne; au contraire, M. A. Martainville, la *Gazette*, et les trente abonnés de cette dernière s'amusent de moi.

REPONSE de M. A. MARTAINVILLE, *extraite de la* Gazette *du* 29 *avril* 1817,

AU RÉDACTEUR.

On a vu des fous lâchés dans les cours ou enfermés dans les loges de Bicêtre jeter leurs ordures au visage des passans, mais on n'avoit encore vu personne se faire un plaisir de partager ce sale divertissement. L'honneur d'en avoir fourni le premier exemple appartient au rédacteur du *Journal Général*, qui non content d'imprimer une lettre de M. Villiaume, où chaque ligne est une preuve de la démence la plus complète et la plus dégoûtante, la fait précéder d'une note dans laquelle il affirme que j'ai publié dans la *Gazette* le bulletin des voyages imaginaires, et des extravagances de M. Villiaume. Le rédacteur du *Journal Général* a imprimé sciemment un mensonge. Jamais je n'ai écrit un mot qui concernât M. Villiaume; il en a acquis l'assurance formelle dans les bureaux de la *Gazette.*

C'est avec moins d'étonnement que de compassion que j'appris par la voie des journaux que son cerveau étail dérangé; et il s'empressa de me confirmer cette triste nouvelle en venant, il y a environ trois semaines, m'annoncer qu'il étoit dans l'intention de réclamer la gloire des campagnes de Moreau, qui lui avoit dû tous ses succès, grâce à une correspondance dont des hirondelles étoient les messagères. Je plaignis sincèrement ce malheureux que je n'ai pas revu depuis.

Les sales folies, dont le *Journal Général* s'est empressé de se rendre l'organe, n'ont point changé ma pitié en un autre sentiment; et je prie M. le Rédacteur du *Journal Général* de croire que ce n'est pas pour ce pauvre insensé de M. Villaume que je réserve mon mépris.

Signé, A. MARTAINVILLE.

REPLIQUE faite, *de* CHARENTON ; *par* M. VILLIAUME, *à la lettre précédente.*

Votre style, maître A..., se sent furieusement de celui des *frères et amis* de 93 ; ils ne s'exprimoient pas avec plus d'arrogance. Il me rappèle, très-à-propos, la fable du chat métamorphosé en femme : vous savez que l'héroïne se jeta sur une souris qui vint à passer, tant est que la nature est difficile à vaincre ; mais laissons-là les *amis*, les chats et les souris avec lesquels vous n'eûtes jamais rien de commun, *comme tout le monde sait ;* passeroit encore si s'étoit des *rats ;* à défaut, parlons de vos hirondelles.

Quand je sortirai d'ici, où je vous prie de me venir remplacer un moment, j'en prendrai quelques-unes pour me rendre à Sceaux où vous viendrez me rejoindre lorsqu'elles seront de retour près de vous ; je vous manderai, par elles, combien j'aurai d'amis avec moi, afin que vous puissiez en amener autant avec vous : c'est assez vous faire connoître que je vous invite à un dîner à la *quarte*, suivi d'un assaut au tir ou à la pointe, terminé par une *danse* en avant de ma part et en arrière de la vôtre, ou par une *walse* si vous le préférez.

A l'aide de poinçons ou de lames minces sur lesquels seront gravés les chiffres 1, 2, 3, 4, 5, 6, 7, 8, 9 et 0, avec lesquels on fait tous les nombres, et d'une composition faite au vernis pour qu'elle s'impreigne plus fortement et sèche plus vîte sur le plumage de vos protégées, je vous informerai, en appliquant ces chiffres sur les différentes parties de leur envergure, du nombre des convives que j'aurai réuni à ce banquet, de la quantité de fleurets et de pistolets qu'ils y apporteront, du nombre de mets et des différentes sortes de vins qu'on pourra nous servir ; par exemple, si j'y réunis dix amis un 10 sera imprimé sur la tête de l'oiseau ; si quatre fleurets et autant de pistolets y sont apportés, le haut de l'aîle droite et celui de l'aîle gauche recevront chacun un 4, et ainsi de suite pour les mets, les vins, le dessert et le *café*.

Si, par événement, la force armée vient s'opposer à nos amusemens, comme j'ai l'œil bon et que j'y vois de très-loin, je vous ferai savoir, par les mêmes procédés, sur combien de colonnes et en quel nombre elle marchera : l'avant-garde sera chiffrée sur la tête de l'oiseau ; le centre au milieu du dos, entre les deux aîles ; l'arrière-garde sur le gros de la queue ; l'aile droite sur le gras de l'aîle droite, et l'aîle gauche sur le gras de l'aîle gauche ; les canons, la cavalerie et les bagages sous différentes parties du ventre, convenues entre nous. Si cette force armée se compose de Russes, d'Autrichiens ou de Prussiens, vous le saurez par les lettres R, A ou P que j'imprimerai sous l'aîle droite de l'animal, et pour que vous sachiez à qui vous aurez affaire, j'imprimerai pareillement, sous l'aîle gauche, les lettres initiale et finale du nom du général qui commandera cette force ; ce sera alors à vous de voir si vous devez aller à sa rencontre, l'attendre faire votre jonction avec nous, ou opérer votre retraite.

Vous n'aurez pas à craindre que l'ennemi me surprenne ; d'ailleurs, le cas arrivant, j'en serois quitte pour lâcher l'oiseau, et adieu les pièces de conviction. Vous concevez qu'il ne pourroit en être de même de toute autre manière de correspondre ; toutes laissent des traces, et outre que celle-ci n'en laisse jamais, la transmission des renseignemens est aussi plus rapide par elle, puisqu'en dix minutes je les expédierai de six lieues de loin ; et n'ayez pas peur que vos hirondelles s'égarent : plus géographes que l'homme, ces oiseaux reviennent bien, tous les six mois, d'une latitude très-méridionale, reprendre, dans nos climats, exactement les mêmes toits et les mêmes nids qu'ils abandonnèrent six mois avant, et cela sans se détourner comme sans demander leur chemin à personne, tandis qu'avec nos collèges, nos études, nos cartes géographiques et topographiques, nous sommes encore obligés de prendre des guides à l'armée; et cependant nous osons qualifier nos connaissances de *science* et les leurs d'*instinct*, et que m'importe le mot si elles vont plus droit que nous, et si surtout elles acquièrent leur instruction en moins de temps que nous n'acquérons la nôtre! Combien d'hommes en savent moins qu'elles! En vérité, je crois que la Providence, en nous plaçant dans un des derniers mondes de l'univers, s'est jouée de nous en nous donnant tant d'orgueil en partage...... Je ne conteste pas le mérite de quelques-uns de nos livres; mais elles ont celui de la nature qui vaut assurément mieux que les nôtres, puisqu'ils ne peuvent nous guérir de nos vices et que le leur les en préserve.

Leur retour à Charenton vous sera annoncé par les *kie*, *kie*, *kiriquikikie* des commères de leur espèce, ce qui apparemment signifie, dans leur ramage : « Ah! vous voilà.... ; D'où venez-vous? » Comme vous êtes faites! qui vous a mâchurées de » la sorte? Nous avons eu soin de vos petits. *Vos* » *maris vous cherchent*, etc., etc. » Cette fin : *vos maris vous cherchent*, vous dit assez que la nature, agissant plus fortement sur les mères que sur les pères, il faudra, si vous me répondez (bien entendu avec des hirondelles que vous aurez fait prendre à Sceau avant d'entrer ici), ne vous servir que de femelles; ainsi pour vous assurer de leur sexe, ayez soin de leur souffler sous la queue.

Vous reprendrez ensuite celles que je vous expédierai, aussi facilement que je les aurai prises à Charenton, parce qu'elles y bâtissent, comme en Allemagne, leurs nids dans des granges et même dans des chambres habitées. Elles ne sont rares à Paris que parce que la boue n'y vaut rien, et que les rues y sont trop fréquentées. En déployant leur envergure, vous déchiffrerez facilement, sur elles, tout ce que je vous transmettrai. Vous viendrez aussitôt me rejoindre; vous pourrez, pour cela, vous arranger avec un des cochers qui crient à la barrière, encore un *pour* ∽ *ceau*, encore un *pour* ∽ *ceau*. Vous ne vous arrêterez pas en route, parce que nous mettant à table de bonne heure, vous ne trouveriez, en arrivant, qu'un *plat* à l'auberge d'où nous nous serions retirés.

Maintenant, je parie mes fleurets et mon nom, soit avec vous, soit avec ceux qui voudront soutenir la gageûre, que j'exécute tout ce que je viens de dire avec vos hirondelles; or, ce qu'elles peuvent aujourd'hui, elles le pouvoient il y a vingt et vingt-cinq ans, comme elles le pourront jusqu'à la fin du monde; aussi sont-elles ce qu'il y a de mieux dans votre réponse, sans même en excepter votre signature; mais il est faux et de toute fausseté que je vous en aye parlé dans le sens que vous rapportez, et qu'en vous parlant d'elles je vous aye dit un mot de Moreau; à vous seul appartient le droit de mêler ainsi les espèces : Moreau fut grand, il fut encore plus modeste; reconnaissant leur supériorité sur lui, jamais il ne lui prit fantaisie de s'égaler à elles : il est également faux que je vous aye dit qu'il s'en étoit servi et que je l'avois aidé; d'ailleurs, quand cela seroit, je ne vois pas quel mal il y auroit eu à faire, avec elles, la *queue* aux généraux d'outre-Rhin. Lecourbe, en chassant les Russes, les suivoient bien à leurs ordures (1) : un général d'armée ne doit négliger aucun des moyens qui sont en son pouvoir pour battre son ennemi.

Vous n'êtes pas, dites-vous, l'auteur des articles

(1) « Ils sont à deux lieues d'ici; ils ne sont plus qu'à une lieue, enfin ils sont derrière cette montagne : Grenadiers, apprêtez-vous. — A quels signes, lui dis-je après l'action, reconnûtes-vous leur plus ou moins d'éloignement? — A ce qu'ils laissèrent derrière eux, qui étoit d'abord gelé, puis tiède, et enfin fu.... ». Demander le reste à Martain-fouille . . . . .

dont je me plains; ils sont donc de *Martainvillain?* car la *Gazette* se rédigeant à Montmartre, n'a pour rédacteurs que des noms de cette espèce; et n'allez pas croire que je veuille vous désigner sous celui-ci; d'abord l'individu qui le porte est un grand flandrin, laid de visage, tandis que vous êtes un beau trapu de belle figure, ce qui n'empêche pas que vous ne vous fendiez très-bien sous les armes, et que vous ne soyez solide au poste, puisqu'une balle s'est *aplatie* sur votre cuisse en vous battant, *à bout-touchant*, au pistolet, avec le jeune Arnaud; ensuite les trois lettres finales de *Martainvillain* seroient un double emploi dans *Martainville;* enfin, je n'ai jamais pris pour moi les sots propos qu'on débite sur votre compte, bien pourtant que toutes les lettres de votre nom entrassent dans le mien, à l'exception de votre N que je vous conseille de supprimer, et de votre T tiré de *tape* ou *tue*, et qui, mis après la seule lettre de mon nom (l' u) qui n'entre pas dans le vôtre, fait *ut* qui est tout ce que je devrais vous répondre, si je ne préférois de placer cette voyelle entre vos deux consonnes, pour mieux exprimer la situation dans laquelle vous étiez probablement quand vous écrivîtes les grossièretés que je repousse. (en r.t.)

Au surplus, je déclare que je vous nommerai en toutes lettres, toutes les fois que j'aurai occasion de parler de vous, et si après cette déclaration, les exceptions et toutes les différences que je viens de faire, le public s'obstinoit à vous reconnoître dans *Martainvillain*, plaignez vous du public, traduisez-le, si vous voulez, comme vous avez fait du jeune Arnaud, en police correctionnelle, je ne m'y opposerai pas. Il y a plus, j'aimerois de le voir châtier un peu, parce qu'il se rit de tout le monde, et qu'après s'être moqué de moi, il pourroit bien aussi se moquer de vous et de beaucoup d'autres qui ne s'en doutent pas; croyez-moi, faites-lui cette niche; c'est le moyen de nous racommoder. Dans tous les cas, vous pouvez, pour le mettre en défaut, invoquer au besoin mon témoignage; et comme j'aurai quelque chose à vous *servir* en sortant d'ici, trouvez bon que je me signe, dès à présent,

Votre serviteur, VILLIAUME.

Désirant connoître le tort que pourroient me faire les articles insérés contre moi dans la *Gazette*, je me rendis au Palais Royal, auprès de l'homme qui donne, dans le jardin, les journaux à lire. — Combien, lui dis-je, prenez-vous de numéros du *Journal de Paris?* — Vingt-cinq. — Des *Débats*, du *Journal Général*, des *Annales* et du *Journal du Commerce?* — Vingt de chaque. — De la *Quotidienne?* — Deux. — De la *Gazette?* — Un, encore est-ce trop, puisqu'on peut la lire pour rien, en buvant un verre d'eau au café des Aveugles. — Je fus, de là, chez une dame de ma connoissance. Je trouvai sur son guéridon le dernier ouvrage que j'ai publié sur mon *Agence et mes Mariages;* elle ne l'avoit lu qu'en partie; pour retrouver la page, elle s'étoit servie d'un coupon de la *Gazette* dont elle avoit fait une marque, en sorte que cette feuille n'existoit déjà plus, que ma brochure n'étoit pas encore achevée.....

Quelques consolantes que fussent pour moi ces deux particularités, je voulois cependant répondre à MM. A Martainville et consorts: c'est apparemment pour m'en empêcher qu'on jugea à propos de m'envoyer ici, c'est peut-être aussi pour m'empêcher de parler sur autre chose, qu'on me fit attaquer par ces messieurs. Quoiqu'il en soit, ma femme, qui a la dévotion des médecins se laissa facilement persuader, par eux, que j'étois fou, parce que j'étois rouge de colère. Le fait est que je n'ai, de plus qu'à mon ordinaire, que cette brochure dans la tête: il faut qu'elle en sorte, pour que je me retrouve dans mon état naturel.

M. VILLIAUME A CHARENTON.

6 Mai 1817, 6 heures et demie du matin.

A M. ROYER-COLLARD,

MÉDECIN EN CHEF DE CET HOSPICE.

MONSIEUR,

SAVEZ-VOUS que la manière dont l'hospice de Charenton est administré, les soins qu'on y prend des malades, et l'air pur qu'on y respire, opèrent d'étonnantes merveilles ? Il y a tout juste trente-cinq heures que j'y suis, et *je crois* avoir déjà recouvré une portion suffisante de mes facultés intellectuelles pour être de force à repousser les traits que M. *Aristarque-Martinvillain* me lança ; je dis, que *je crois*, car je pourrois bien me tromper, les fous ne se doutant jamais qu'ils le sont, et en cela ils ont une singulière conformité avec les gens du monde qui voyent toujours les défauts de leurs voisins et rarement les leurs. Il seroit, parbleu, bien plaisant, qu'après avoir peigné M. *Martinville*, en arrivant de la Lune, je vinsse à faire la barbe d'ici à M. Martainvillain; comme on se riroit de lui dans les cercles de la capitale !..... Cette idée me séduit ; essayons.

Me. â** Martin... a cessé d'être mon cousin dès le jour où il a publié, dans une Gazette, qu'il signoit toujours ses articles en *toutes lettres*. Je sais, de bonne part, qu'il se cacha long-temps dans certain *journal*, sous le bât d'un â... initial qui est de mauvaise augure, en ce que cette lettre est voisine du B, capitale de mots mal sonnans (1); ensuite parce qu'elle commence le nom d'un animal que célébra Boileau (l'âne); enfin parce que, commençant aussi l'alphabet, elle est la première que bégaya Me. Martin... quand il apprit à lire. Que n'en resta-t-il là pour son bonheur et pour le mien! je ne serois pas à la tisane, et il n'auroit ni à regretter de m'y avoir mis, ni à redouter un ennemi qui ne rengaîna jamais son épée lors qu'on le contraignit de la tirer. Il n'auroit pas non plus à subir aujourd'hui la honte d'avoir cueilli plus de chardons (faites attention qu'il y a encore ici une conformité entre maître â..., et l'animal chanté par Despréaux.); plus de chardons que de lauriers, sous tous les gouvernemens qui se sont succédés en France, depuis MARAT, qui y fit, dit-on, l'éducation d'une vipère. La chronique rapporte même que ce précurseur de ROBESPIERRE coupa le filet de la langue du reptile, afin de la rendre plus vénimeuse, aussi répandit-elle son poison sous la convention, la terreur, les gouvernemens directorial, consulaire, impérial, Royal. Le serpent auroit peut-être mis ici un *etc.*, final de l'alphabet, que les serpens connoissent jusqu'au bout, et tout ensemble leur symbole, ce signe étant aussi retors ou tortillé qu'eux; mais moi qui ne sait ni *a* ni *b*, parce que je me formai dans les camps, je maintiens qu'il ne faut pas d'*etc.* après la ROYAUTÉ, d'où nous n'aurions jamais dû sortir, que nous nous trouvons bien d'y être revenus, et que nous en resterons éternellement là avec les mots *Charte*, *ralliement*, et *fidélité*, mots sublimes que je n'étudiai jamais dans les dictionnaires.

Il n'a bien certainement dépendu d'aucun bon Français d'amener plus tôt un autre ordre de chose: il a fallu

(1) Tels ceux de Baudet, Badaud, Bouc, Béta, Bénet, Buonapartiste, Bandit, Bavard, Bohémien, Bâtard, Brigand, B....., etc., etc.

tous les efforts de l'Europe combinée pour renverser la puissance colossale du fléau des nations, dont on a pu servir la prospérité, bon gré ou malgré soi, sans qu'on ait à en rougir, la France n'offrant pas alors d'autres chances entre lesquelles on pût opter ; mais quand on a vilainement marqué dans de vilains temps, il convient d'avoir de la pudeur aujourd'hui. — Si maître Martin... daigne lire ce qui précède sans se fâcher, je consentirai presque à redevenir son cousin, et même à lui céder ma place ici.

M. A. Martinvillain se targue d'avoir beaucoup souffert pour ses bonnes opinions. Que Dieu le garde! j'étois à Maubeuge avant que Gordon ne fût à Condé ; j'ajoute que j'ai sauvé cette ville : j'en atteste et ses habitans, et la garnison qui la défendoit, et ses bâtimens qui sont encore debout, et toute une génération qui l'environnoit, et l'intrépide général Latour qui, la commandant, s'y seroit enseveli sous des ruines plutôt que de souscrire aux conditions qu'on lui imposa d'abord ; aussi honora-t-on son grand courage, en lui accordant quatre pièces de canon qui le suivirent jusqu'à Beauvais. Latour! honneur de l'armée ; Latour! à qui je dois une vie qui fut si souvent en périls..... ; brave et modeste Latour! tu ne pensas jamais que je voulusse rien dérober à ta gloire..... elle te reste toute entière, et d'autant plus éclatante que l'humanité la couronna ; elle est celle qui ceint le front des véritables héros... Ah! crois bien que j'aurois moins tardé à te payer ce tribut de ma vive reconnoissance, si le moment de tout dire eût mûri plutôt!....

Voilà, mon cher Docteur, des témoins irrécusables, et tels que M. A. Martainvillain n'en produira jamais ; ils ont à déposer sur des faits bien circonstanciés : en voici d'autres qui le seront également quand mes mémoires paraîtront (1); c'est ici que je veux revenir, pour y mettre la dernière main, lorsque j'aurai soulagé mon cœur, en allant recueillir les nombreux souvenirs que j'ai laissés dans les plaines de l'Allemagne et dans les vallées de la Suisse, où j'ai pareillement conservé des villes. Je m'énorgueillis non moins d'y avoir souvent préservé la chaumière du pauvre et partagé, plus d'une fois, mon pain avec l'habitant malheureux de ces fortunées contrées, long-temps et naguères encore si malheureuses sous le poids de nos armes. N'est-ce pas moi aussi qui ramassai nos blessés sur le champ de bataille de Waterloo? Alors, Monsieur, je ne m'amusois pas à faire des articles de journaux... De Waterloo!... Cette bataille ne vivroit pas dans l'histoire, si, lorsque je me rendis auprès du Roi à Gand, je n'avois trouvé, en Belgique, autant d'intrigans Français qu'il y en avoit à Paris; alors, encore, j'allois vîte, comme je fus toujours. N'ayant pas le loisir de manger, je ne prenois que des liquides. Je m'échauffois, comme je m'échauffai les jours derniers, et par les mêmes causes; mais une nuit de repos suffisoit à mon rétablissement, parce que ma femme, inspirée, je ne sais par qui, n'étoit pas continuellement à m'obséder en me répétant sans cesse que j'avois besoin de soigner ma santé : mon teint coloré l'effraye! Lecourbe ne l'avoit pas plus blanc que moi, quand, sur les monts de l'Helvétie, nous donnions ensemble, accompagnés de plusieurs autres, tous aussi colorés que nous, la chasse à *Suwaroff*, qui étoit encore plus bis que nous ne l'étions. Né en 1780, et par conséquent plus

(1) Vous y trouverez des négligences de style que vous excuserez, monsieur, en songeant que je ne m'assis jamais sur les bancs d'aucune école, ayant été soldat à l'âge de 13 ans. Un bien grand homme, que je pleure tous les jours, guida mes premiers pas. Le grand livre de la nature, ouvrage du Créateur de toute chose, me dirigea ensuite.

jeune que ces illustres généraux, j'ai du moins sur eux cette excuse de pouvoir dire qu'il est de mon âge d'avoir dés couleurs.

Vous croirez difficilement, Monsieur, que je tins vingt fois à mon épouse, et toujours inutilement, le langage qui suit : « Ma bonne amie! tu t'étonnes de » me voir passer rapidement du rire aux pleurs, de la » mélancolie à une joie immodérée, et de la douceur » à l'emportement; mais le tendre Racine n'avoit-il » pas les yeux humides quand il traçoit le rôle si pa- » thétique d'*Iphigénie*? Hé bien! les cheveux de ce » tragique se hérissoient, sa figure n'étoit plus la » même; à ses transports on l'auroit pris pour un » maniaque, quand il décrivoit la fureur d'*Achile*: » comme moi, il eût été aux Petites-Maisons, s'il » avoit eu une femme comme toi, et cependant je ne » peignois que la bassesse de Martin..... — Lafon- » taine, s'identifiant avec ses animaux, n'avoit l'air » bête qu'en les faisant parler; mais il avoit une phy- » sionomie gaillarde en écrivant *Joconde*. — Molière » rioit aux éclats en composant son *Bourgeois-Gentil-* » *homme*; son front devenoit sourcilleux, lorsqu'il » imprimoit le sceau de l'immortalité à son *Tartuffe*. » Bossuet tonnoit en chaire, le petit père André s'y » jouoit: l'onction fut le partage du simple et vertueux » Fénélon; il fit, en persuadant, aimer le même Dieu » que Bossuet rendit souvent redoutable. Tu penses » bien, mon amie, que je n'établis pas entre ces » classiques et moi, des comparaisons qui ne seroient » point admissibles, de quelque éloignement que je » pusse d'ailleurs les tirer. Je me borne donc à te dire » que la mobilité de mon caractère est le résultat des » diverses positions dans lesquelles je me suis trouvé, » et qui toutes m'ont empreint de leur cachet. Voilà » pourquoi je suis, tour-à-tour, en petit, ce qu'Hé- » raclite, dom Quichotte, Démocrite et Roquelaure

» furent en grand ; mais t'ai-je jamais maltraitée? Non,
» n'est-ce pas? en te laissant maîtresse absolue de ton
» ménage, que ne me laisses-tu maître de mon bureau,
» maître sur-tout de relancer ceux qui me provoquent?
» Tu m'éloignes de mes affaires à force de m'en par-
» ler, et de la maison à force de me dire d'y rester :
» le dégoût suit de près l'obsession. Ta mère, ta
» tante et tes amies te donnent toujours raison ; cela
» est clair : tu es douce comme une brebis avec elles,
» et bien différente avec moi; je veux dire que tu te
» plies toujours à leurs volontés et jamais aux miennes;
» Quoi ! tu me mettras en colère (j'en conviens, avec
» une douceur angélique, mais qui revient trop fré-
» quemment à la charge); tu me mettras en colère, et
» puis tu paraîtras tremblante devant le monde; le
» moyen que je n'aie pas encore tort à ses yeux?
» Avec cela tu es jolie, et les jolies femmes ont tou-
» jours raison parmi nous. Peste soit donc de ta dou-
» ceur et de ta beauté, puisqu'elles me sont si con-
» traires ! .... Tiens, si tu n'étois, sous tous les
» autres rapports, un assemblage de tout ce qu'il y a
» de plus parfait (sauf néanmoins la fichue foiblesse à
» me croire fou quand je ne le suis que de toi), je
» t'apprendrois qu'il y a aussi des maisons de santé
» pour les femmes.... ; mais non, si ton mal redouble,
» je veux te soigner moi-même, parce que l'état du
» mariage, entre époux qui s'aiment bien, est une
» communauté de plaisirs et de chagrins qu'ils doivent
» mutuellement partager, puis d'assistance qu'ils se
» doivent réciproquement. »

Je vivois en paix, Monsieur ; aucune ambition ne me tourmentoit ; j'idolâtrois ma femme, je chérissois mon fils, j'aimois tous mes proches et j'en étois aimé ; je rendois mon intérieur heureux, et M. Martinvillain vint troubler cet accord enchanteur, en le sacrifiant au penchant qu'il eût toujours de faire des pointes.

Qu'il sache, au moins, que je connoissois Charenton; que la tyrannie de Buonaparte m'arracha du Temple, où il ne fut jamais, pour me précipiter ici, il y a treize ans, comme elle arracha MM. de Polignac de Vincennes pour les placer chez Dubuisson (c'étoit une de ses façons d'humilier); qu'il sache encore que c'est à Charenton que j'ai appris à penser; que la première fois que j'y fus, j'y trouvai de vénérables vieillards dans la conversation desquels je gagnai plus qu'on ne perd en lisant les feuilletons, et que hier, croyant reconnoître, dans un des infortunes qui sont ici, une personne qu'il me sembloit avoir anciennement connue, je lui dis : *mais je crois vous connoître?* — *Monsieur*, reprit-elle, *si vous m'avez connu, vous avez connu un homme bien malheureux.....* — Le cœur de M. A. Martinvillain est perdu sans retour, Monsieur, s'il ne sent tout ce que le laconisme de cette réponse a de touchant. Si j'eusse été malade, ce devoit être pour lui une raison de ne pas aggraver ma position; et si je ne l'étois pas, il devoit s'abstenir de sarcasmes qui, en dépouillant ma maison de la considération dont elle jouit, étoient de nature à altérer ma santé; et puis, dans cette dernière supposition, mon établissement n'étoit-il pas l'unique ressource de mon épouse et de mon fils, seuls biens qui me restent? J'ai tout perdu, Monsieur, hors l'honneur et quelques foibles talens bien péniblement acquis, encore faillis-je les perdre sous le cruel despotisme du bourreau de ma jeunesse, pour ne conserver de mon être moral que le sentiment de mes anciens malheurs; devenu alors un objet digne de la pitié publique, l'eussé-je été des risées d'un écrivain qui se fut respecté?

En relisant cette lettre, prolixe sans doute, je m'aperçois que j'y aurois trop parlé des campagnes de la révolution si je ne professois ce principe, que les soldats qui l'ont loyalement servi sans l'avoir provoqué, ainsi que les Vendéens qui le furent de cœur se sont également honorés : les uns repoussoient l'étranger du sol français ; les autres se battoient contre des hommes teints du sang de l'innocence, de la vieillesse, du sexe, de l'adolescence même, et du sang le plus auguste ! D'ailleurs, l'honneur et la vertu, bannis, dans ces temps déplorables, de l'intérieur de la France, ne s'étoient-ils pas réfugiés aux armées ? N'est-ce pas là que Dumourier se saisit de trois proconsuls qui furent pour elle le gage d'une tête si chère à tous les cœurs ? N'est-ce pas de là, que résistant à des ordres sanguinaires, Gustine, Houchard, et tant d'autres vinrent périr sur l'échafaud de Paris ? N'est-ce pas là enfin, que Moreau protégea long-temps Pichegru, en dérobant sa correspondance aux inquisitions directoriales ?

Je voulois finir ici, Monsieur, mais puisque je suis en si bon train, je continue. Je m'emparai, en 1814, des portes du Sénat, lorsque ce corps fut convoqué pour délibérer sur le choix du gouvernement qui convenoit à la France, proposition oiseuse que jamais on n'auroit dû mettre en question. A mesure qu'un sénateur entroit, ma troupe, dont M. A. Martinvillain ne faisoit point partie : crioit : *Vîte, à bas le tyran ! vive Louis XVIII et la famille des Bourbons !* Qu'ils étoient complaisans, ces membres d'un sénat conservateur qui ne sut rien conserver ! Comme on leur faisoit faire tout ce qu'on vouloit ! Jamais ils ne mirent si peu de temps que cette fois à prendre une résolution. Ce qu'il y a d'admirable, c'est qu'ils ne s'oublièrent pas ; ce qui l'est davantage, c'est qu'on fit bien d'en congédier un bon nombre, comme on feroit bien de congédier, des journaux, mon ci-devant cousin, et tous les boute-feux de son espèce.

La veille, ou l'avant-veille, je m'opposai à ce qu'on abattit la statue pédestre de Buonaparte, *huchée* au haut de la colonne de la place Vendôme. Cette statue pésoit dix mille; la chute, la hauteur, la vitesse, lui eût, en tombant, donné un poid de plus de douze cents milliers; je pensois que l'ex-empereur nous avoit fait assez de mal, sans qu'il nous en fit encore à sa mort politique. La canaille, Monsieur (pardon, je vous prie, je croyois parler à Martin.....), la canaille, qui traîne le soir dans la boue ce qu'elle encensa le matin, voulut me pendre; M. A. Martinvillain n'étoit pas là pour me défendre : je me souvins heureusement d'un autre Martin : « Je suis si peu partisan de Buonaparte, » dis-je à la foule emportée, que je préférerois voir à » sa place l'Ours du jardin des Plantes; il seroit bien » friand s'il ne lui falloit que de la chaire humaine, et » bien glouton s'il exigeoit un homme tous les jours; » compte fait, cela n'iroit qu'à 365 par an; son » devancier en dévoroit plus de DEUX CENTS » MILLE; au moins évitez qu'il ne vous fasse encore » du mal quand il n'est plus. » La canaille rit de ce rire qui désarme, et rien de fâcheux ne m'arriva. Quant à la Colonne, sachant que les Bourbons revenoient en France, non pour détruire, mais pour conserver, je la protégeai, en conduisant à sa base un poste russe que j'obtins de l'empereur Alexandre; déchargée du monstre qui la couronnoit, elle reste maintenant élevée à la gloire de nos armées, dont elle atteste la valeur et les hauts faits; elle nous a d'ailleurs coûté assez chère pour que nous la gardions. Il y a des personnes qui prétendent qu'elle est recouverte de bronze; je soutiens, moi, qu'elle ne l'est que des larmes de la veuve et de celles de l'orphelin : voilà encore une manière d'argumenter à laquelle M. A. Martinvillain ne comprendra rien; qu'y faire? C'est ainsi qu'on raisonne à Charenton; on n'y loua jamais l'immortel Napoléon dans les feuilles périodiques.

Si je suis fou, je vais du moins vous prouver, Monsieur, que je ne manque pas de mémoire : il y a quelquès années que le fils du général F....t vint, avec les aides-de-camp de son père, me chercher dispute dans mon cabinet. Il s'étoit bien adressé.... Je fis fermer la porte cochère de la maison que j'habitois, la garde arriva, un fiacre avança. — Messieurs, voulez-vous monter? Cocher, à la préfecture. — Ce n'est pas ainsi que l'on s'arrange? — Comment donc est-ce? — On se bat. — Volontiers, alors descendez; je ne voulois que vous humilier. — Rentré chez lui, le jeune F....t m'écrivit une lettre qui est encore entre mes mains, et dans laquelle il me demandoit le choix des armes. — Accordé, même du canon de gros calibre: vous aimez le bruit; il y aura de quoi vous satisfaire. — Ma réponse étant restée sans réplique, je n'entendis plus parler, de puis lors, du duel projetté. Tâchez de savoir, Monsieur, quel est, du père ou du fils, celui qui perdit ses culottes sur le champ de bataille de Waterloo (je comprends, sous cette dénomination, tous les engagemens qui eurent lieu depuis le 14 jusqu'au 18); ce que j'en sais, c'est qu'elles m'échurent en partage, mais elles m'étoient trop courtes: elles eussent été bonnes pour M. A. Martinvillain, qui les auroit eues s'il se fut trouvé à l'appel de cette journée. Une cravatte, marquée d'un F, initial F....t, est encore, en ce moment, au cou du fils de la concierge de Maubeuge. Voilà comme on se rencontre sans s'en douter. A propos de rencontre; je fis, pas loin de Waterloo, celle d'un nommé Bonjour-Duvivier, capitaine au 4e. d'infanterie légère: il étoit prisonnier de guerre; je me rappelai qu'il m'avoit, avec le lieutenant-colonel Vial, aide-de-camp du général Grouchy, servi de témoin peu avant le départ du Roi, lorsque je fis, et pour cause, demander pardon sur les hauteurs de Belleville, au fils du fameux Drouet de Ste.-Menehould. Je puis vous assurer que ni M. A. Martinvillain, ni ses bons principes, ne me servirent de seconds dans cette affaire ; ils étoient également *absens*. N'ayant jamais oublié les services qu'on me rendit, je fais sortir Duvivier des rangs ; malheureusement, il n'y avoit pas là de généraux étrangers pour sanctionner la liberté que je lui rendois, et ma calèche, attelée de quatre chevaux, étoit pleine de blessés ; ne pouvant l'y faire entrer, je le laissai partir, à mon grand regret ; mais bientôt il saura, foi de Villiaume, de quel poids peut être la recommandation d'un fou tel que moi. — Nous avions donc des calèches, à Waterloo ? Il le faut bien, puisque la mienne y étoit. Je vous confie, qu'en arrivant à Paris, elle séjourna quelque temps, à l'insu de ma femme, rue des Bons-Enfans ; c'est vous dire que j'ai de la réserve jusque pour madame, et que je ne la mis dans le secret de mes affaires qu'autant que cela me convint. Bien m'a pris, on sauroit tout, et l'intrigue qui me conduisit ici, en la rendant encore, à son insu, complice d'infâmes menées, m'auroit, sans l'intervention de la police, conduit ailleurs, où très-probablement on m'eût gardé toute ma vie ; mais le comte *Anglès* me lira.... Je me suis tiré, sain et sauf, de bien des bagarres, et je me tirerai encore de celle-ci sans attraper la moindre égratignure. Il n'y a qu'à Neubourg que j'en attrapai : ce fut en courant après ce *ventre saint-gris* de la Tour-d'Auvergne, qui fit la sottise de se laisser tuer d'un coup de lance, dans un combat de deux liards, lorsqu'il avoit eu le secret de passer si long-temps, dans les batailles rangées, à côté des balles et des boulets ; ...... mais pourquoi m'avisai-je aussi d'aller, sur le tard, moi vingt-cinquième, enfoncer un régiment de cavalerie ? Je revins seul, mes compagnons d'armes, mes étriers, la bride et le filet de mon cheval, mes pistolets et la moitié de ma lame restèrent sur place ; ces pertes me pèsent toujours sur le cœur. Mes regrets seroient moins vifs, si M. A. Martinvillain eût été de l'expédition : il seroit maintenant à tous les diables ; et moi près de mon ange.

La douleur ne tarit jamais, Monsieur; souvent même elle se répète sans s'en apercevoir, et c'est en cela qu'elle devient fatigante aux personnes auxquelles s'adressent ses accens; mais, à défaut de consolations véritables, j'aime à me repaître du peu de bien que je fis : humain à la guerre, j'y relâchai toujours les émigrés qui tombèrent entre mes mains; bienfaisant dans la paix, je ne passai jamais devant un pauvre sans lui donner, ou sans le saluer, par respect pour son état; sévère pour moi seul, indulgent pour les autres, loin de grossir les torts d'autrui, je mis toujours mes soins à les pallier, quand je ne pus les couvrir tout-à-fait. Cet excès de bonté fait aujourd'hui mon malheur, après avoir causé toutes mes infortunes passées. Je serais curieux de savoir si la prospérité de M. A. Martinvillain provient de la même source.

Personne ne me vit encore prendre l'initiative dans les querelles polémiques où l'on m'entraîna : toujours attaqué le premier, souvent je dédaignai de répliquer. Je n'usai de représailles que lorsqu'on outre-passa, à mon égard, les bornes de l'honnête plaisanterie : dire que je suis fou, le répéter, l'imprimer, le signer dans des journaux que la province prend à la lettre, étoit conseiller à mes commettans de révoquer les procurations qu'ils m'avoient passées; c'étoit, sous une infinité d'autres rapports, ruiner mon établissement de fond en comble, et c'est ce qui arriva : séparée de moi, ma malheureuse femme, modèle de toutes les vertus, et mon fils, encore au berceau, manquent de pain..... Vous m'entendez, Monsieur, de pain!.... Ma vie fut trop orageuse pour que j'aie eu le temps de leur en amasser : je ne fis fortune ni à l'armée, ni dans les prisons d'état de Buonaparte, ni sur la terre d'exil où il me rélégua, ni durant les cent jours de sa dernière usurpation, époque à laquelle son gouvernement fit vendre jusqu'au mobilier de mon épouse, que je retrouvai, à mon retour de la Belgique, ou plutôt des prisons de Maubeuge, enceinte de huit mois, et dénuée de l'extrême nécessaire: le calme d'une consciencepure lui restoit, jamais elle ne parut plus belle à mes yeux....

Laborieux comme il est rare de l'être, je me remis au travail et je parvins, à force de veilles, de constance et d'assiduité, à rétablir mes affaires. Heureux de la médiocrité dans laquelle je vivois, je n'aurois jamais cherché à me prévaloir des services, qu'en 1815, j'eus le bonheur de rendre à mon pays et à mon Roi, si la position dans laquelle je me trouve ne me prescrivoit de rompre enfin un silence peut-être trop longtemps gardé.

La malveillance est désormais impuissante; plus d'espoir pour elle; les potentats de l'Europe, d'accord sur leurs intérêts respectifs, veulent, comme tous les bons français, LOUIS XVIII et ses successeurs dans l'ordre de l'hérédité; toutes les tentatives faites ailleurs (*par l'esprit d'intrigue; car le Roi, dès le jour de sa première entrée, eut toujours pour lui les dix-neuf vingtième et demi de la nation*), toutes les tentatives faites ailleurs ont été repoussées avec dignité. Un prince de la famille des Bourbons, bien injustement calomnié dans ses intentions, s'est montré le sujet le plus dévoué et le plus fidèle à son Roi. Il nous laisse ce bel exemple à suivre; nous le suivrons. Ses principes étoient connus; il s'étoit prononcé depuis long-temps, et cependant, avant et après la bataille de Waterloo, quelques généraux étrangers, qui très-certainement agissoient contre la volonté de leur maître, me chargèrent d'une mission qui, si je m'en étois acquitté, livroit la France aux déchiremens des guerres civiles. Je flattai leur espoir dans la crainte qu'ils ne trouvassent quelqu'un de moins scrupuleux que moi ; mais, en arrivant à Paris, je me hâtai d'en instruire M. le Comte de Cazes, qui aussi-tôt éclaira leurs démarches, et déjoua leurs projets. Excusables par le mal que nous leur fîmes, ce n'étoit pas de S. M. qu'ils se plaignoient, mais d'un homme qu'ils prétendoient (sans doute parce qu'il avoit, on ne peut mieux servi, au congrés de Vienne, la Saxe et notre Roi) être le principal fauteur du retour de Buonaparte, et cependant, si celui-ci l'avoit tenu, il l'auroit fait fusiller ; c'est le prince de Tailleyrand, l'un des 15 proscrits par l'homme de l'île d'Elbe, et chez lequel ce dernier fit mettre les scellés dès en arrivant à Paris ; le prince de Tailleyrand, qui n'auroit pas conseillé la folle expédition de Moscou ; le prince de Tailleyrand qui n'a quitté le portefeuille des relations extérieures que parce qu'il improuva la guerre monstrueuse d'Espagne, etc. Lecteur, arrangez tout cela.... Quant aux généraux susmentionnés, je les nomme : ce sont ceux dont les corps d'armées se sont les mieux conduits à la première occupation, et les moins bien à la deuxième, après avoir fait, à Waterloo, des prodiges de la valeur la plus inouie, prodiges qui ont en quelque sorte décidé du sort de cette journée.

J'avois, dans un voyage secret que je fis de Bruxelles à Paris, en mi-avril 1815, tout disposé pour empêcher l'effusion du sang : l'armée, les gardes nationales, les brigades de gendarmerie, et toutes les autorités du Royaume, devoient être simultanément et officiellement éclairées sur la véritable situation des choses, tant au dehors qu'au dedans. Le Roi auroit pu rentrer sans coup férir ; on ne lui demandoit que quelques garanties, et je connois assez le cœur de S. M. pour être persuadé qu'elle les eût accordées, plutôt que de voir son peuple surchargé d'impôts, et tant de braves, plus égarés que coupables, moissonnés avant l'âge.

Je devois, dans ce voyage, attaquer Buonaparte, non en assassin, mais en homme d'honneur qui sait, au besoin, sacrifier sa vie pour le salut de l'Etat. J'avois d'ailleurs une querelle particulière à vider avec lui; lui seul m'avoit chassé de France en ordonnant mon arrestation, et ce n'est pas impunément qu'on réduit les gens au désespoir, en les contraignant à de cruelles séparations. Mais que pouvois-je avec un cure-dents? Tous les armuriers étoient gardés à vue; Lepage, qui m'avoit vendu, le 20 mars 1815, des pistolets gueulards qui me faisoient si bien crier : VIVE LE ROI ! quand les troupes ivres de l'usurpateur se débordoient le soir dans les rues, en criant : *Vive Napoléon!* (Pistolets qui sont à la préfecture de police, depuis le 25 du même mois, et qu'il faudra bien que l'on me rende). Lepage avoit un *mouchard* dans son arrière-boutique... Au surplus, l'attaque devenoit inutile, dès que tout étoit accordé. Alors, déjà, on se mocquoit de Buonaparte dans toutes les sociétés; et qui ne sait que la domination des tyrans cesse là où l'on commence à rire de leur pouvoir?

De retour à Bruxelles, deux gâte-métiers me soutinrent, devant le respectable M. Dandré, dont la bonté ne m'abandonna point, que je n'étois pas allé à Paris, et j'en rapportois jusqu'à des caricatures achetées chez Martinet.... Qualifié de menteur, et blessé par la seule idée des soupçons que l'on opposoit à ma véracité, je fus me constituer volontairement prisonnier, en attendant que l'on voulût bien m'écouter; mais l'on n'eût garde, et pour causes que je ferai connoître en temps et lieu. Onze jours après, la gendarmerie belge vint me prendre, avec ordre de me déporter de l'autre côté du Rhin. Deux déguenillés furent attachés à chacun de mes bras; une fille publique, liée avec des cordes qui correspondoient à toutes celles dont on m'avoit chargé, me suivoit par derrière. Ce fut dans cet équipage, auquel il ne manquoit que M. A. Martinvillain pour le rendre avilissant, que je traversai, à pied, toute la capitale des Pays-Bas. A une demi-lieue des portes, les gendarmes me délièrent, et une belle calèche m'attendoit. (*Encore une calèche!... J'ai oublié de dire que, dans une autre circonstance pareille à celle-ci, les Hanovriens avoient aussi pris soin de moi à Mons. C'étoit le général baron de Dortberg qui les commandoit, et le comte de la Poterie qui y étoit commissaire pour le Roi.*) Cette calèche me conduisit en bon endroit, où je trouvai cette autre calèche qui me rouloit si bien à Waterloo. J'ignore encore si elles sont de même famille; ce qu'il y a de certain, c'est qu'elles étoient gentilles.

Peu habile dans les transitions, je ne sais, Monsieur, comment m'y prendre pour passer du champ de bataille de Waterloo sur le grand théâtre des méprises et de la calomnie. Ce saut n'interromproit pourtant guères ma narration... Ah! je crois l'avoir fait... Oui, ma foi, oui, j'y suis, écoutez : Buonaparte me traita, pendant cinq ans, en ennemi de sa personne et en partisan de la royauté; le Roi vint, et on m'accusa, à la Cour, d'être l'agent de Buonaparte; Buonaparte revint, et il me poursuivit comme Royaliste; je me réfugiai en Belgique, l'on m'y arrêta comme Buonapartiste; je rentrai secrètement en France pour y servir la cause légitime, et l'on m'y poursuivit en conséquence; même mieux que cela, puisqu'à mon défaut l'on se saisit de ma doublure, en arrêtant mon cousin, premier commis de ma maison. De retour à Bruxelles, on m'en déporta encore comme agent de Buonaparte. Vilipendé à Gand, protégé par tous les corps d'armées alliées, et accueilli par les Prussiens, on ne cessoit de leur écrire de se méfier de moi, quand ils ne cessoient de m'engager à me moquer des faquins qui me dénonçoient.

Spectateur tranquille de ce qui se passoit à Waterloo, puisqu'il ne pouvoit entrer dans mes vues de me battre contre mes compatriotes, j'y fus assailli par un officier supérieur de la garde (celui-là, je l'ai encore retrouvé), que je renversai d'un coup de pierre, pour ne m'avoir pas tenu compte de ma modération. A peu de distance de là, les Anglais me firent prisonnier comme général français, parce que mon habit, étant teint du sang de nos blessés que je portois, je fus bien obligé d'en endosser un brodé que je ramassai sur le terrain. Dites, peut-on jouer de plus de malheur? Au moins les Anglais me relâchèrent après m'avoir entendu, attention qu'on ne voulut jamais avoir pour moi en France. Bref, me voilà sur ma terre natale; je la salue, puis je vais porter à Maubeuge des paroles de paix, dans l'espérance de ramener avec moi d'anciens frères d'armes, que je présumois n'être que trompés. Quel désapointement!... Je n'y trouve que des enragés et un seul sage, le général Latour qui, pour me conserver la vie, me fait, par prévoyance, humanité, prudence et bonté d'âme, conduire sous bonne escorte en prison; c'est assurément la première fois qu'un concours de tant d'excellentes qualités m'ouvrit les portes d'un cachot, que je puis nommer hospitalier, puisque je lui dois jusqu'au plaisir que j'éprouve à vous écrire. Le soir je fus un peu plus au large; mais, sans égard pour le vin, l'eau-de-vie, le tabac, l'argent, le linge, les vêtemens et les secours de toute espèce que m'envoyoit ce vaillant et délicat général, les Prussiens, qui ne badinoient pas, ne me voyant point revenir, entreprirent immédiatement le siége de la ville, en dirigeant leurs batteries sur la prison.

Pour se faire une idée de leur impétuosité, et de leur acharnement dans l'attaque, il eût fallu voir les boulets rouges, les bombes et les obus pleuvoir à mes croisées, c'étoit une bénédiction; on eût dit qu'ils vouloient y pratiquer une issue pour faciliter ma fuite; ma chambre (que par parenthèse j'irai bientôt revoir) n'étoit plus tapissée que d'éclats de fonte, ce qui ne m'empêchoit pas d'écrire, avec mon flegme ordinaire, plusieurs lettres que je rendrai très-incessamment publiques, quoique M. A. Martainvillain ne me les aient pas dictées. — Tant de fracas n'avoit pour moi qu'un inconvénient; c'étoit de me réveiller quand je dormois. Une des sentinelles qui gardoient ma porte, m'ayant fait part de l'intention qu'elle avoit de déserter, dans une prochaine sortie, me demanda un mot de recommandation pour le général qui commandoit le blocus. — « Je ne puis vous le donner, camarade, je » ne suis point venu ici pour vous exciter à la déser» tion, ni pour vous empêcher de déserter; vous ferez » ce que vous voudrez; je garderai votre secret, soit » que vous restiez ou que vous partiez; si vous partez, » serrez la main de cette manière au général comman» dant l'artillerie, et vous serez bien reçu : dites-lui » que son feu m'ennuie, qu'il doit savoir qu'on ne » manque pas d'eau en prison, et que nous en aurons » de reste pour l'éteindre s'il vient à y prendre. » — Cette sentinelle déserta en effet, j'ignore si elle s'acquitta de ma commission; ce qu'il y a de positif, c'est que, peu après, ces protestans de Prussiens ne tirèrent plus que sur l'église qui paya les pots cassés pour toute la ville; elle n'est plus : *De profundis. Amen.*

La prison étant ménagée, nombre de dames et de bourgeois s'y refugièrent; j'y fus fêté, je voudrois encore y être!... Ce qu'il y avoit de mieux dans la place, qui ne communiquoit plus avec les villages circonvoisins, me fut offert. Les hommes mettent tout en commun dans le danger ; cesse-t-il ? l'égoïsme renaît : ce n'est pas aux Maubeugeois que cette réflexion peut s'appliquer : l'intérêt qu'ils me montrèrent ne fit que s'accroître le jour de leur délivrance. Si jamais cet écrit leur parvient, je les prie de croire que je me sentirai toujours disposé à faire pour eux ce que je fis le 25 juin 1815 ; alors ce ne seroit plus un service que je leur rendrois ; mais une dette sacrée que j'acquitterois, dette bien chère à mon cœur, et dont le souvenir me sera toujours précieux ; il me l'est sur-tout infiniment aujourd'hui : Maubeugeois ! Vous le dirai-je? il m'arrache des larmes, et vous ne m'en vîtes pas répandre dans vos murs..... Ah ! si vous le saviez, vous viendriez les étancher ! J'empêchai les vôtres de couler..... ; mais ce penser m'attendrit trop : encore une transition pour sortir de ce crève-cœur.....

Ne voilà-t-il pas que l'on complote dans les casernes pendant que nous sommes en gala ? Une députation m'arrive à la sourdine :—« M. le parlementaire, » est-il vrai qu'il ne nous sera fait aucun mal si nous » nous soumettons ? — Oui, mes amis ; vous êtes pres» que tous retraités ou pensionnés ; vous recevrez des » feuilles de route pour rejoindre vos femmes, ceux » d'entre-vous qui ont le bonheur ou le malheur d'en » avoir ; les autres iront dans leurs familles, et ceux » qui n'en ont pas où bon leur semblera ; ce n'est qu'à » ces conditions que je me suis rendu près de vous. » — « Hé bien ! nous voulons nous soumettre ; il n'y a, » que notre général qui ne le veut pas ; c'est un *damné* » *de crâne ;* Vous devriez vous mettre à notre tête. » — « Votre général est un militaire plein de valeur, et » qui plus est, un honnête homme : l'action que vous » me proposez me couvriroit de honte en ce qu'elle » seroit doublement infâme si je m'y prêtois ; d'abord

» elle seroit une trahison, et je porte un caractère de » paix; ensuite il me faudroit manquer au plus saint » des devoirs, celui de la reconnoissance, et j'en fus » toujours incapable. » — « Cela étant, nous allons » nous arranger nous-mêmes. » — « Comme vous vou» drez; adieu, messieurs. » — « Adieu, monsieur; » nous ne vous oublierons pas. » — Je gage, non cent contre un, mais un contre cent mille, que M. A. Martinvillain se seroit comporté comme moi dans cette occasion, et qu'il auroit écrit tout aussi facilement ses feuilletons sous le feu des assiégeans que j'y écrivis les lettres dont j'ai parlé plus haut. Qui sait? le hasard!.... Figaro assistoit bien à tous les tirages de la loterie pour voir s'il ne lui viendroit point un billet gagnant, et l'imbécille n'avoit pas fait de mise. Allons, Messieurs, allons, les paris sont ouverts....

Ce n'étoit pas chez lui qu'il falloit chercher le général; on ne le trouvoit que sur les remparts; là, les troupes assemblées lui dirent : *nous ne voulons plus nous battre, nous savons bien que vous êtes un brûle poudre, et que vous ne craignez pas le feu, mais nous vous f...... dans la Sambre....* — Ainsi capitula Maubeuge, faute de combattans. Supérieur à Barbanègre, Latour, quoique resté seul, tint encore bon pendant un jour et demi, jusqu'à ce qu'on lui eut accordé quatre pièces de canon, et les honneurs qu'il demandoit pour la garnison. Si cette place eut compté, dans son enceinte, vingt hommes comme lui, ou si je ne m'y étois pas jeté, il en eût fait une nouvelle Troyes, tant il savoit enflammer, par son exemple, l'ardeur de ses soldats; sa contenance martiale, sa douleur guerrière et ses attitudes pleines de dignité, en imposoient encore à ceux-ci après leur défection. Je n'ai pu le voir, sans être transporté d'admiration, payer de ses propres deniers, jusqu'à 60 f. à chaque canonnier qui avoit bien pointé : en le quittant, je ne formai plus qu'un vœu, celui de voir au Roi beaucoup d'officiers aussi audacieux que ce général. Tout cela n'empêcha pourtant pas qu'il ne fut lâchement calomnié, et même traduit à un conseil de guerre po r avoir livré la place : quand j'y pense, je serois presque tenté de m'applaudir des calomnies dont je me plaints, et je le ferois, si leur influence ne s'étendoit jusque sur mon épouse et sur mon fils, auxquels elles enlèvent une existence que je voulois qu'ils ne dussent qu'à mon travail.

Retenu vingt jours à Maubeuge comme Royaliste, j'arrive à Paris, et l'on m'y repousse de toutes parts comme Buonapartiste. J'en excepterai S. A. R. Monseigneur le duc de Berry, qui eut la bonté de me faire passer des secours par M. le comte de Fontanes, secrétaire de ses commandemens. (1)

J'avois vu ce prince à Gand, dans mon premier voyage; nous nous étions retirés dans l'embrasure d'une croisée pour causer plus à notre aise; mais son affabilité, et cet air de bonté majestueuse qui régnoit dans tous ses traits, bonté qui ne peut être connue que par les seules personnes qui ont eu le bonheur d'approcher de son S. A. R. Tant de contraste avec ce que j'avois vu jusqu'alors sur un trône usurpé, et cette familiarité avec laquelle ce prince m'engageoit à lui parler, me déconcertèrent entièrement. Peu s'en fallut que je ne lui dis : *Ah! soyez moins bon, et je vous parlerai plus facilement....* Je ne pus que lui balbutier quelques mots, et je me retirai, en lui laissant de moi l'idée que l'on doit avoir d'un sot; j'en avois l'allure.

Je n'étois pas libre, ayant été arrêté, en arrivant à Ménin, par les Hanovriens et les Anglais qui

(1) J'ai eu, depuis, occasion de me convaincre que la calomnie ne m'avoit pas épargné dans l'esprit de ce Prince.

tirèrent des conséquences de plusieurs passeports en blancs que j'avois sur moi, bien que je les tinsse du ministre de mon Roi, qui me les avoit délivrés pour causes que je ferai connoître en leur lieu. Le Duc de Berry ne pouvoit qu'intercéder dans mes intérêts. M. le comte de Fontanes eut l'obligeance de me venir voir en prison, et d'insister en ma faveur; mais les ordres qui m'accompagnoient portoient que je devois être remis au commandant des forces britanniques en station à Bruxelles. J'écrivis au Roi, et S. M., qui sait descendre des conceptions de la plus haute politique aux moindres particularités quand elles ont ses sujets pour objet, fit transmettre ma lettre à M. Dandré avec l'ordre de venir me réclamer à Bruxelles. Dans le trajet, je rencontrai une chaise de poste dans laquelle se trouvoit *S. A. R. MONSIEUR, Comte d'Artois* et le comte d'Escars; croyant y reconnoître le duc de Berry, je m'en approchai. — Pardon, Messieurs, je me suis trompé; je cherchois le duc de Berry. — Mais c'est son père, me dit le comte d'Escars; et, le comte d'Artois, relevant aussitôt une casquette qui lui couvroit la moitié de la figure, *parlez, mon ami, parlez; je suis son père.* — Ce mot *d'ami*, sortant de la bouche d'un prince, et s'adressant à un homme dans le malheur, a quelque chose de si grand que je restai encore stupéfait. Qu'eussé-je d'ailleurs demandé au comte d'Artois? il ne pouvoit pas plus pour moi que le duc de Berry : j'oublie; j'aurois pu lui demander du pain, et il m'en eût donné..... je n'avois rien pris de toute la journée, ayant, par mégarde, laissé ma ration dans la prison d'Alost; mais j'étois si humilié des fers que je portois, et de l'accoûtrement dans lequel je me trouvois (*Je n'avois plus ni bas, ni cravate, ni souliers; j'avois donné ces derniers à racommoder à Gand et mon linge à blanchir, lorsque la gendarmerie vint me prendre*

Le dirai-je? j'étois ferré d'un clou sur lequel j'avois marché; il m'étoit entré d'un pouce dans le défaut du talon. CE QUE J'AVANCE ICI, JE L'AI FAIT LÉGALEMENT CONSTATER.) J'étois si humilié, que je m'en fus sans mot dire, répétant à part moi: François! voilà pourtant vos princes, et vous les repoussez !... Ah ! ces Bourbons me feront mourir avec leur bonté..... — Maintenant je parie six cent mille contre un, qu'à ma place, l'osé Martinvillain, moins ému que moi, n'eût pas perdu la parole lorsque je restai muet. Allons, Mesdames, allons, c'est à votre tour à présent; mais je vous préviens, que cette fois, c'est à coup sûr que je parie.

Je trouvai, à Bruxelles, le respectable M. Dandré, d'abondans secours dans sa famille, et d'honnêtes gens jusque dans le concierge de la prison militaire de cette ville, que certes j'irai revoir aussi..... Mais voyez où m'entraîne le charme inexprimable qui se rattache à nos princes? J'étois en France, et pour vous parler d'eux, mon imagination me transporte en Belgique ; c'est qu'on ne peint bien que d'après nature, et j'avois besoin d'être sur les lieux pour vous rendre ce qui s'y passa. Hâtons-nous donc de rentrer à Paris. Y suis-je bien? oui vraiment. — Chut! docteur, chut! ce *oui vraiment* est une fiction : le fait est que je suis, en ce moment, à Charenton; mais de grâce n'en dites mot, cela me feroit le plus grand tort dans le monde; entendez-vous, du secret sur-tout.....

La calomnie tombe d'elle-même lorsqu'elle devient absurde : par exemple, deux ministres, jeunes encore, mais plus sages que leur siècle, sauvent la France tous les jours en y maintenant la tranquillité, et la malveillance les accuse de la perdre. Pour savoir à quoi s'en tenir, il suffit de regarder autour de soi : rien d'alarmant ne s'y passe ; l'harmonie la plus parfaite règne sur tous les points. Il n'y a pas jusqu'aux fous de

Charenton qui ne vivent en bonne intelligence; donc la malveillance est une menteuse. Partant de là (je reste ici, mais c'est égal), il est évident que je ne pouvois avoir été, durant les cent jours, dans autant de prisons d'un et d'autre côté, puis alternativement au Roi et à Buonaparte qui, pour me récompenser, faisoit arrêter mon cousin et vendre jusqu'à mes meubles. La fable étoit trop grossière; elle devoit s'écrouler. Que fit-on? on en forgea une nouvelle : je devins l'agent des Prussiens. Demandez à M. le vice-amiral comte Allemand qui lui fit cette confidence, il vous répondra : M. de K..b...g; je me permettrai d'ajouter : *qui reçoit mieux les coups d'épée qu'il ne les rend.* — Les Prussiens n'étant plus à Paris, on voulut bien dire, dans les anti-chambres du château, que j'étois l'agent du ministère, et, sous le vestibule du ministre, que j'étois l'agent de la Cour, comme si la pensée du Roi et celle des ministres ne tendoient pas constamment au même but, qui est le repos général.

Il est vrai qu'étant très-répandu, je connois beaucoup de monde, entr'autres tous les députés du côté droit et du côté gauche. Je puis assurer qu'ils sont presque tous d'accord; il ne leur manque plus qu'une manière de s'entendre; espérons qu'ils la trouveront. Ils se sont quelquefois disputés! Qu'est-ce que cela fait? Si la Famille royale étoit menacée, on les verroit bientôt réunis. Sans doute il en est, dans le nombre qui professent des opinions trop exagérées, hé bien! cela ne m'empêche pas de les voir; je leur laisse ce qu'ils ont de mauvais, et je profite de ce qu'ils ont de bon. Ce sont des exclusifs qui ne veulent le Roi que pour eux. Une partie d'échecs, que deux malades viennent de faire devant moi, m'apprend pourtant encore qu'il faut le Roi pour tous, et que nous devons tous être au Roi. — J'ignore si M. A. Martainvillain est fort à cette partie; du moins il s'en vante depuis le 7 mai 1814 ; car (soit dit en passant), il n'étoit pas encore sûr de son fait le 1er. de ce mois. Ce que je puis affirmer, c'est qu'il jouoit parfaitement à L'IMPÉRIALE avant et même après la retraite de Moscou ; c'est dommage qu'il n'ait pas réfléchi que c'est un jeu qui conduit à d'autres échecs et à de singuliers déchets, puisqu'on n'y monte guère que pour descendre. Que l'envie lui vienne d'apprendre le piquet ! je lui montrerai comment, d'un tour de main, on fait son adversaire *pic*, *repic* et *capot*.

Il est encore vrai que j'ai beaucoup connu M. le comte de Cazes ; voici comment : Ayant eu occasion de le voir, lorsqu'il n'étoit encore que préfet de police, je remarquai que tous les sentimens du bien étoient dans son coeur, et je lui dis : « Vous allez, Monsieur, » courir une carrière nouvelle pour vous ; votre âme » ne se perdra pas dans le tourbillon du monde et des » affaires, elle est trop à ses devoirs ; mais évitera-t-elle » tous les pièges qu'on lui tendra? Vous rencontrerez, » à chaque pas, des êtres d'autant plus abjects, qu'im- » bus de tous les vices, ils n'apparoissent que sous les » formes extérieures de l'honêteté ; ils vous feront » bénignement offre de services dont l'objet sera tou- » jours de noircir l'innocence ; si vous l'agréez, je » vous offre gratuitement les miens : ils se réduiront » à vous rapporter fidèlement (sans nommer per- » sonne) le blâme ou l'approbation qu'encourront les » actes de votre ministère, à vous indiquer quelque » bien à faire, et des injustices à réparer. » Le plus bel éloge que je puisse faire de ce ministre, est de vous dire, Monsieur, qu'il accueillit ma proposition. Investi de pouvoirs qui enivrent les autres hommes, et consentir à entendre la censure de ses opérations, est un excès de modestie peu commune ; c'étoit m'avertir que je n'aurois jamais le premier ni le dernier tiers de ma tâche à remplir ; restoit le deuxième (le bien à faire) ; rencontrant un jour, à la porte de son cabinet, un ancien prisonnier d'état qui la gratoit pour entrer, je lui demandai ce qu'il vouloit. — Des secours ; ma misère est extrême. --- Le ministre, sur ma prière, lui donna un mandat de 500 fr. Le sycophante s'étant impatronisé dans les bonnes grâces de S. Exc., en reçut 500 autres francs, puis mille écus pour une mission, dont on le chargea, dans la vue de l'aider, et qu'il n'accepta, m'écrivit-il, que pour trahir la main qui le nourissoit. Monstre !..... La trahir, quand elle ne t'avoit rien prescrit qui n'entra dans les intérêts de la monarchie ; double monstre !... me cacher les bienfaits que tu en avois reçu, et, par contre-coup, m'insinuer que les bruits qui circuloient sur mon compte étoient l'œuvre de la perfidie ministérielle ; triple monstre !... Je t'avois obligé ! Pouvois-je n'être pas dupe de ta scélératesse ?..... Va, je te la pardonne, puisqu'elle me fournit encore une occasion d'honorer le caractère personnel de ce ministre. Franc dans ma haine comme dans mon amitié, j'écrivis à M. le comte de Cazes des lettres peu convenantes ; hé bien ! le comte de Cazes pût s'y voir offensé ; mais n'y trouvant rien contre le Roi, le ministre de S. M. et l'Etat, il n'abusa pas des pouvoirs qui lui sont confiés. (Se reporter à une époque antérieure à la date de cette lettre.) Je tins une conduite à-peu-près semblable envers le comte Anglès ; pour m'en punir, il se montra généreux, en m'accordant l'autorisation d'un bulletin que je sollicitois vainement depuis plusieurs années. Il étoit impossible que je ne revinsse pas de mon erreur : mon retour fut prompt ; je le complète, en excusant bien volontiers les personnes qui ont pu mal penser de moi ; je conçois qu'il est difficile d'entendre continuellement décrier quelqu'un sans se laisser aller à des préventions contre lui.

Hors cette bonne œuvre, devenue mauvaise par le fait, et quelques démarches que je fis en faveur du colonel Bernard et de M. Robert, uniquement parce que j'avois à me plaindre d'eux, je déclare formellement que je n'eus point d'autres rapports avec la police, et que je veux n'en avoir d'aucune façon avec elle, parce qu'il ne me convient pas de m'exposer à des désagrémens de la nature de ceux dans lesquels m'entraîna mon bon cœur ; du reste, je ne nie pas l'utilité de cette administration ; je vais plus loin : il n'y a pas de fonctions comparables à celles d'un agent de police qui est homme de bien, parce que rien n'est au-dessus de l'emploi qui le commet à veiller à la sûreté de l'Etat, du Prince et des Citoyens ; mais aussi ce sont les fonctions les plus dégradées, lorsqu'elles sont exercées par des malhonnêtes-gens, et c'est communément ce qui arrive.

La police étant établie, moins pour réprimer que pour prévenir les attentats et les délits, il dépend de MM. les comtes de Cazes et Anglès de la ramener à sa primitive institution, et je vois avec plaisir qu'ils y marchent à grands pas. On s'est plaint (en 1816 et 17) des restrictions apportées à la liberté absolue de la presse sur les journaux ; l'événement dont je suis le triste exemple, prouve que M. le comte de Cazes eut raison ; ce qui m'est arrivé, malgré ces restrictions, arriveroit à mille autres si elles étoient levées, et la France ne tarderoit pas à être en proie à des agitations intestines, peut-être même retomberoit-elle dans l'anarchie dont nous fîmes de si cruelles épreuves ; je *pluralise*, parce qu'ayant aigri les esprits à la fin de 1814 et au commencement de 1815, la licence des gazettes (notamment de la G. et de la Q.) eut, durant ce période, une funeste influence sur les causes qui préparèrent et consommèrent la révolution du 20 mars. Quant à la liberté individuelle, M. le comte de Cazes eut encore raison, puisqu'il n'usa de la latitude qui lui fut déférée que pour sévir contre ces brouillons politiques, éternels réformateurs des gouvernemens dont ils se prétendent, bien que sans mission, les arbitres ou les régulateurs.

Le seul reproche fondé que l'on puisse faire à S. Exc. est de livrer tous ces *beaux génies* aux tribunaux : que ne les envoie-t-elle ici! On y dit du moins impunément tout ce que l'on veut. Le *moraliste* Martinvillain, qui ne peut rendre compte des séances des assises et des conseils de guerre sans y mettre du sien, et sur-tout sans se livrer à de profondes méditations sur la perversité humaine, trouveroit ici matière à réflexions ; O! aveugle fortune, et vous vicissitudes terrestres!....... Je n'étois qu'un pauvre diable dans le monde, et l'aréopage des fous de Charenton, m'a déjà proclamé leur généralissime. Maître Martin y serait au moins tambour-major; l'uniforme auroit de quoi flatter son amour-propre; le voici : GRANDE TENUE; chapeau à quatre cornes, au bout desquelles pendent de grosses sonnettes au lieu de glands, plumet de sainfoin, surmonté d'une girouette à tous vents, habit galonné de papier blanc, qu'il est défendu de *barbouiller* (c'est la langue du pays; on diroit, à Paris : *sur lequel il est défendu d'écrire*), latte au côté, baudrier de paille, canne de *cotret* et bottes de cartons. PETITE TENUE; camisole, tête nue, pieds nuds. Elle n'est d'*ordonnance* que lorsqu'il y a de l'agitation dans la maison; ce cas excepté, M. A. Martinvillain s'y convaincroit encore que les fous valent mieux que les méchans.

L'accusation porte un caractère de grandeur; son cortège est le courage : la délation n'a que la bassesse et le mensonge pour compagnes. On m'apprit, de bonne heure, ce qu'elle a d'odieux, et l'epèce de réprobation dont elle flétrit ses auteurs. Rien de lâche n'étant encore approché de mon cœur, j'allois, oubliant les affronts qu'on me fit en Belgique, parce que se lavant dans de belles actions, je m'en étois suffisamment vengé en redoublant de fidélité, j'allois traduire au tribunal de l'opinion publique les deux exagérés qui, me proscrivant à Bruxelles, ont à rendre compte aujourd'hui du sang versé à Waterloo; j'allois y traduire aussi d'infâmes intrigants, pestes et rebuts de la société, lorsqu'on trouva plus court de rendre mon intérieur insuportable, de tourmenter mon sommeil, d'insinuer à mon épouse qu'elle devoit s'éloigner, ce qu'elle fit, emmenant avec elle sa mère, sa tante, mon fils et sa bonne. Je restai seul, une fièvre me prit, l'absence de tous soins en augmenta l'intensité. J'ai pu, dans le paroxisme, me livrer à des actes apparens de folie; par exemple: Je rentre avec un cabriolet de place : — Adélaïde? (c'est le nom de ma bonne) trois francs? — Pas d'Adélaïde! — Madame Villaume? trois francs? — Pas de madame Villaume! Quoi! tout le monde m'abandonne....... Ma femme elle-même s'en est allée emportant avec elle jusqu'aux effets à son usage. Je n'ai pas d'argent? Que faire? Irai-je en chercher chez mes connoissances? non, j'ai besoin de me reposer. Renverrai-je mon cocher sans le payer? il ne le voudra pas.—Tiens, mon ami, voilà un habit de 120 fr.; rapporte-le moi demain à midi, tu recevras ton écu et deux francs en sus pour ton déplacement; va, j'ai ton *N*o. — Le lendemain je vais chercher de l'argent chez le vice-amiral comte Allemand, le surlendemain chez le baron de Saint-Jacques, secrétaire des commandemens de S A. S. Monseigneur le Duc de Bourbon, et le jour suivant chez M. le genéral baron de la Rochefoucault, pair de France; tous m'en donnent et l'amiral beaucoup. M'en eussent-ils remis si j'avois été mentalement affecté? Je paie; mais il me vient des comptes imprévus que l'on m'apporte à solder, parce que le bruit de mon aliénation prétendue circule déjà dans mon quartier et même au loin, grâce aux attentions délicates de M. A. Martinvillain et aux soins charitables d'une gazette. Le soir je n'ai plus une obole. Obligé de sortir, je prends encore un cabriolet : tous les cochers me connoissent, parce que je m'en sers depuis huit ans, que je les traite bien, que souvent je les réclame à la préfecture de police où, tout récemment encore, je réclamai le fils d'un loueur nommé Doucet, parce que le 24 mars 1815, il m'avoit conduit, d'un seul trait, à Senlis, lorsque Buonaparte me poursuivoit à Paris. (Senlis, si je ne me trompe, est bien dans la direction de Gand, en passant par Saint-Quentin, n'est-ce pas, Docteur?...) Tous m'entourent : montez, Monsieur, montez, vous serez content de celui-ci ; et un autre : en voici un qui ne vous laissera pas en route, Monsieur, montez, etc. — Mes amis, je n'ai pas le sou, vous me ferez donc crédit jusqu'à demain? — Oui, Monsieur, oui, prenez le mien, me disoit l'un ; donnez-moi la préférence, me crioit un autre, etc. — Je l'accorde au plus empressé. Mes affaires terminées, je rentre à la maison. — Mon ami, attends-moi un moment ; peut-être serai-je obligé de ressortir. — Tout ce que vous voudrez, Monsieur ; je suis à vos ordres. — J'ouvre une vingtaine de lettres que je parcours. Dans l'intervalle, on régente mon docile ami, auquel on fait accroire que je suis fou, et qu'il risque de n'être pas payé. Voilà mon homme qui oublie tout-à-coup la puérilité civile et honnête, dont il m'entretenoit en courant; il ne connoît plus que son fouet et les réglemens de police. — Monsieur, je ne démarre pas d'ici que vous ne m'ayez payé.... — Mais je vous ai pris à crédit devant témoins. — Bah ! crédit est mort, les mauvaises payes l'ont tué. — Je ne vous ai jamais fait de tort. — Il y a commencement à tout. — Mais je ne suis ni une fille, ni un aventurier ; j'ai un domicile.

— Cela est bon; votre argent vaut encore mieux, et il me saute au collet .... Dam, je n'aime pas cela : Dieu et lui savent ce qui en advint.

Donner des habits de 120 francs pour trois livres! Se colter avec des cochers de place, voilà très-certainement de la folie; je doute qu'il y en ait eu Monsieur, si l'explication que j'ai l'honneur de vous soumettre eut suivi le rapport qui m'accompagna au comité d'admission aux hospices, parvis Notre-Dame, à Paris, (*Il est bon d'indiquer l'adresse aux amateurs, ne fut-ce que pour M. A. Martinvillain qui pourroit bien en avoir besoin; car ce n'est pas ici le cas du proverbe*, A BON VIN PAS D'ENSEIGNE), parvis Notre-Dame, où je trouvai un grave docteur (le parfait, très-parfait et le *plus-que-parfait* M. PARFAIT; que de perfections pour n'aboutir à rien qu'à des erreurs!...) qui, sans m'écouter, signa que j'étois fou. Veuillez me garder ce brevet, monsieur; c'est un titre de famille : j'en ai déjà plusieurs de cette espèce : Pichegru, Moreau Lecourbe et Latour-d'Auvergne en disoient autant de moi parce que je courois toujours sur la brèche, et vous allez voir que j'avois raison : n'est-il pas vrai, qu'en me jetant dans l'angle du fossé d'une redoute je ne courois plus de dangers? J'y attendois mes camarades pour monter à l'assaut; eux, au contraire, se faisoient écharper de la tête aux pieds par des hommes à couverts, tandis que je n'avois eu qu'une décharge ou deux à traverser. Ma tactique prévalut à la fin. — Il n'y a pas jusques à Suwaroff qui n'ait porté ce jugement à mon égard; et à cause? Parce que je lui pris son bonnet de *nuit* un *jour* qu'il sommeilloit sur la neige; voyez s'il y avoit là de quoi me calomnier ainsi! Cependant cet immortel Suwaroff, qui étrilla si bien son antagoniste Lecourbe, qui le lui rendit encore mieux, et les trois autres immortels dont je viens de parler, se sont tous laissés mourir à propos de bottes;

or, j'ai lu, dans un gros livre, que le sage étoit celui qui, sans redouter, ni fuir, ni appeler la mort, savoit se conserver long-temps, de même que de toutes les folies, la plus grande est, sans contredit, celle qui nous porte à juger les hommes sans les entendre, et leurs actions sans les examiner, folie que n'aura pas M. A. Martinvillain qui, j'en suis sûr, m'entendra en me lisant, et c'est ce qui me désespère; mais s'il étoit homme à soutenir qu'il ne m'a pas entendu?..... (*compris*), et il en est capable; espérons, et sur-tout ne lui montrons pas le piége..... Il seroit assez renardé pour l'éviter; les fous s'y connoissent; donc s'il l'évite il est fou, et s'il ne l'évite pas il le sera encore..... Non, non, il ne s'échappera pas!!!...

Ma femme revint; sa présence me rendit un peu de calme; mais de nouvelles contrariétés auxquelles elle est étrangère; des articles non moins indécens que mensongers publiés contre moi dans les journaux; des commis qui alloient à gauche, quand je leur disois d'aller à droite; deux traîtres parmi eux, et la manie de Madame à me soutenir, jusqu'à satiété, que j'étois malade, qu'il falloit soigner ma santé, etc., m'exaspérèrent de rechef. Je me mis à lui reprocher hautement, dans ma cour, d'avoir coopéré à mon enlèvement le 4 juin 1814. Voilà ce qui fut encore taxé de folie: plus poli, vous allez dire qu'on n'enlève que les jolies femmes; dites tout ce qu'il vous plaira, je continue: dénoncé par un Perlet et un autre misérable, qui avoit un égal intérêt à me perdre; accusé, par eux, d'avoir rempli de victimes les prisons de Buonaparte, on m'enleva, ou plutôt (car il eut été difficile de m'enlever), conduit par ma femme, que l'on avoit endoctriné, je fus entraîné dans un piége où l'amitié et un attachement plus qu'ordinaires me firent tomber. Ce piége étoit, dans une maison de santé particulière, une loge de fou où l'on me coffra après avoir fait prudemment retirer mon épouse. Là (toujours en 1814), on affoiblit mes organes par la privation des alimens, puis on voulut, par les procédés de la ventriloquie, de l'optique, de la fantasmagorie et du magnétisme, porter le désordre dans mon imagination, et me faire rêver des horreurs qui n'existèrent jamais. Des voix souterraines m'interrogèrent; les corps auxquels elles sembloient appartenir agitoient des chaînes : je les envoyai *se faire faire*. Des ombres m'apparurent; je leur jetai, par la figure, un vase à anse qui fut se briser contre les murs qui me retenoient, et qui eût merveilleusement coiffé M. A. Martinvillain; c'étoit le po*«e»t* du tambour-major de là-bas, rue du Chemin-Noir, n°. 17, maison de santé de pauvre-*Braque*.

Po«*e*»t!........ Maudit Imprimeur! J'avois mis *bonnet*; voyez ce qu'il a fait!....... Non, ne voyez pas!.... Renverser un *b*..... au milieu d'une page; lui donner, par ce renversement, la figure d'un *p*, initial de pékin, de pédant et d'une saleté; intercaler trois *italiques* dans des caractères ordinaires; et quels *italiques?* un *E* que le public va prendre pour un nez, puis deux guillemets («») dont la propriété, dans les écrits, est d'ouvrir et de fermer les citations; vous allez encore voir qu'on dira qu'ils ne sont là que pour ouvrir et fermer le nez de Martin....., après l'avoir cité devant ce que forment les trois lettres de correctes qui sont dans ce mot; ne font-elles pas ensemble, unies à celles qui les suivent, po—p.... t—po.... t—pot—pot de... de...? Nuit, ô *nuit* détestable....! Maman, rends-moi le jour, et combats contre moi! Infirmier! de la chandelle, je vous en prie, je n'y vois goutte pour corriger mes épreuves?...—Je t'en ficherai de la chandelle; est-ce qu'on en donne ici, chien de fou? Mon Dieu, mon Dieu! Faudra-t-il donc que ces incorrections subsistent? Las! oui, puisque, contre l'impossible nul n'est tenu (Q). Encore si Roquelaure étoit près de moi, pour me tirer d'embarras! il le devroit, le damné! c'est lui qui m'a soufflé cette tirade: seul, je suis toujours ou concluant, ou tendre, ou sérieux, ou larmoyant; c'est pour cela que je reviens à mon sujet, maintenant que je n'attends qu'Héraclite, Linguet, et ce paysan romain qui, accusé de sortilège, parce que ses champs rendoient plus que ceux de ses voisins, repoussa cette accusation, en montrant ses bras, ceux de sa famille, et des bœufs parfaitement entretenus: *Il n'y a que mes sueurs*, ajouta-t-il, *que je ne puisse produire*..... Fut-il, je le demande, fut-il jamais un orateur qui eût mieux dit? Des preuves irrésistibles se tirent donc de la force et du concours des graves inductions, et des conséquences qui en découlent? Essayons cette méthode.

Les procédés de l'optique et du magnétisme m'étoient alors inconnus, ainsi que ceux de la fantasmagorie opérés à l'aide d'une lanterne et de verres plans, sur lesquels sont dessinés des figures qui croissent ou décroissent, selon qu'on en éloigne ou qu'on en approche la lumière; mais pouvois-je, après avoir vu, et de si près, tant de vivans armés de pied-en-cap, après

---

(Q) NOTE *du compositeur*. — M. Villiaume se trompe: un *b* renversé eût produit la lettre Qui suit le *p*, et le public y eût encore remarqué le nez de M. A. Martinvillain, parce Qu'il le fourre partout. Le *p* dont se plaint M. Villiaume fut formé par le renversement d'un *d*, initial de noms célèbres qu'il n'eût pas manqué de faire marcher de pair avec celui de M. A. Martinvillain, tels ceux de Danton, dogue, dindon, déhonté, détracteur, etc. Je suis bien aise qu'un dérangement de lettres, survenu dans la mise en page, ait épargné ce nouveau désagrément à M. A. Martinvillain: c'est autant pour le lui témoigner, que pour l'honneur de l'imprimerie que j'ai cru cette explication nécessaire. — *Par procuration du* SAPAJOU, *premier aide-de-camp du* GÉNÉRALISSIME DE CHARENTON,

Signé VADÉ BONNE-FOI, *avec paraphe* qqqqqqqqq.

les avoir défiés toute ma vie, pouvois-je pâlir devant des ombres? Il fallut feindre cependant : je feignis ; je fis plus, je confessai tout ce qu'on voulut, même que les tortues avoient des aîles, sauf à me réserver de les couper en plein jour, et c'étoit aisé. Je vis Paris, pour la première fois, fin de vendémiaire an 11. Cinq jours après Buonaparte m'avoit logé ; donc, je n'avais pu y connoître personne, et par conséquent y dénoncer personne. Détenu cinq ans, à quel propos aurois-je dénoncé mes camarades d'infortune? Ce n'eût du moins pas été pour les faire mettre dedans, ils y étoient ; ni, en trahissant leurs secrets, pour qu'on les y retînt indéfiniment ; puisque, communiquant peu avec eux, je ne connoissois pas leurs affaires. Je ne voyois, au Temple, que deux prisonniers qui sont demeurés mes amis : le baron de Saint-Jacques, ce fidèle serviteur du duc d'Enghien, et le général baron de la Rochefoucault ; ce sont eux qui me firent aimer le Roi, que je ne n'avois jamais eu le bonheur de voir (1). Né,

(1) Je ne pus voir, dans le baron de St.-Jacques, tant d'abnégation de lui-même, pour ne songer qu'à la catastrophe du duc d'Enghein, et dans M. de la Rochefoucault tant d'héroïsme et de noblesse dans les fers, sans me dire : *Il faut absolument que les Bourbons aient toutes les vertus en partage pour exercer un si grand empire sur leurs serviteurs*. M. de la Rochefoucault me paroissoit être Coligny ; c'étoit sous ses traits que je m'étois figuré cet amiral en lisant la Henriade. Jamais je ne m'approchai de ce général sans me rappeler qu'il étoit noble, parce qu'il cherchoit à le faire oublier, et du baron de St.-Jacques, sans penser qu'il méritoit de le devenir. Aujourd'hui qu'il l'est, il a du moins la gloire de commencer sa généalogie, et de monter quand tant d'autres descendent. Qu'on leur demande si ce n'est pas moi qui ai sauvé la vie au comte de Poss, lieutenant des gardes du roi de Suède, en passant sa correspondance? M. de la Rochefoucault s'en méloit aussi. Je passois également celle du capitaine anglais Wrigt. C'est à cette circonstance que j'ai dû le bon accueil que me

pour ainsi dire, avec la révolution, j'étois alors tout à Moreau et à la Constitution de 91, qui étoient tout ce que nous avions eu de mieux en France jusques-là.

Ma confession faite, j'obtins un peu de large, mais j'étois toujours rigoureusement surveillé. Une demoiselle, passant à l'improviste devant moi, me dit : « Vous êtes bien malheureux, monsieur. — J'ai cessé de l'être, mademoiselle, puisque j'ai pu vous inspirer de l'intérêt. — Beaucoup, monsieur. — Alors, je vous prie de m'en donner la preuve, en me fournissant les moyens d'écrire au dehors. — De tout mon cœur, je ferai même porter vos lettres. — Ah ! vous serez pour moi une nouvelle Providence !..... — Paix ! paix ! je me retire, dans la crainte d'être vue. » — J'écrivis à

---

firent ses compatriotes en Belgique, parce qu'ils ont un esprit national qu'il faut espérer que nous aurons bientôt. J'ajoute que je fus constamment le Michel Cervantes de mes camarades : on verra, dans mes mémoires, ce que j'ai fait pour la plupart *d'entre eux*, et ce que j'ai tenté de faire pour Moreau ; jusques-là je m'en réfère, sur ces calomnies, à l'extrait suivant d'une lettre imprimée, qu'à mon retour des Pays-Bas, j'adressai au duc d'Otrante, alors ministre de la police, et que j'adresse encore aujourd'hui à tous les ministres nés et à naître dans ce département.

« Monseigneur, vous m'êtes témoin que j'étois au secret depuis » trois mois, lorsque le porte-feuille de la police fut retiré au » Grand-Juge pour être remis à votre Excellence ; vous me l'êtes » également que, pendant cinq ans que j'ai été détenu, je ne vous » ai rien adressé contre mes compagnons de malheurs ; vous me » l'êtes aussi, que si vous me connoissez, ce ne peut être que par » mon évasion ; vous me l'êtes enfin, que vous ne m'avez jamais » vu : Il est donc faux que je vous aie jamais rien dit ou écrit contre mes camarades, tant au Temple que dans d'autres prisons » d'état ? Si j'en impose, démentez-moi, je mérite cet affront, » puisque j'invoque votre témoignage. Vous êtes maintenant » ressaisi de mon dossier : M. Dandré l'eut tout récemment en » sa possession ; il n'y trouva rien de reprochable : si, par événe-

ma mère, à ma sœur et à M. Delpierre, président de chambre à la Cour des comptes. Ma mère et ma sœur vinrent sur-le-champ; M. Delpierre seroit venu aussi, si elles ne l'eussent précédé : mes lettres, qui existent encore, et qui déposeront de la plénitude de ma raison à cette époque, mes lettres avoient été communiquées; le mari de ma sœur savoit où alloit son épouse; une autre de mes sœurs savoit où alloit ma mère; ma femme, que l'on éloignoit de moi, dans l'intérêt prétendu de ma santé; ma femme, qui me pleuroit, fut prévenue et arriva sur ces entrefaites : il fallut me relâcher..... *Mais pourquoi la faculté de médecine laissa-t-elle mourir, en moins d'un mois, et cette généreuse demoiselle qui avoit passé mes lettres, et l'épouse d'un employé à la trésorerie, qui lui procura les plumes et le papier, et l'infir-*

» ment, on en avoit extrait quelques pièces explicatives d'autres, » ce qui rendroit *noir* ce qui étoit *blanc*, ou si l'on y avoit glissé » des calomnies, en remplissant le dessus de signatures en blanc » qu'on m'enleva mainte fois, ne m'épargnez pas davantage que » si j'en étois l'auteur. *Qui prouve plus prouve moins*. C'est ap- » puyé sur cet axiome, que je vais publier de nouveaux mémoires » qui confondront mes détracteurs. Jusques-là, je leur porte » encore le défi de produire l'inscription de mon nom sur aucun, » des livres de dépenses de la police. Je vais plus loin : qu'ils sa- » chent, puisqu'ils m'obligent à cette révélation, que je n'ai pas » même voulu toucher les deux francs de secours quotidiens qu'elle » accordoit à d'autres prisonniers d'état; que long-temps j'ai » préféré n'avoir pour nourriture qu'un pain noir, arrosé de mes » larmes, et pour compagne qu'une douleur trop exclusive pour » que j'aie seulement pu me lier avec eux; et j'aurois été leur dé- » lateur sans connoître leurs secrets! .... et je l'aurois été gratuite- » ment, sans doute pour me couvrir d'infamie!.... Je l'aurois » sur-tout été quand je ne pouvois, la plupart du temps, étendre » mes observations que sur les verroux de ma porte, et les murs » silencieux des étroites enceintes dans lesquelles on m'isola pres- » que toujours!!!.... »

mier, qui me tourmentoit plus qu'il ne me soignoit, et le jeune médecin, qui, dérogeant à la gravité de sa profession, insultoit à mon malheur à travers mes barreaux, et une autre personne dont je n'ai pu retenir le nom? Je voudrois croire que leurs morts prématurées ont été l'effet de cinq hasards différens ; et je le croirois si je n'avois à vérifier d'autres hasards de cette nature. Je croirois aussi que le renvoi immédiat d'une infirmière, et de plusieurs individus, alors attachés au service de cette maison, fut motivée par des causes qui déterminent journellement les mutations dans un nombreux domestique ; je le croirois, si.... ; mais je m'arrête, Monsieur ; ce sera dans un article séparé de cette lettre que je résolverai ces diverses questions ; en attendant, croyez que je n'ai et n'eus jamais d'illusions ; croyez qu'il est une éternelle vérité, tellement établie sur des faits clairs, précis et circonstanciés, qu'il en jaillit des traits de lumière qui frappent jusqu'aux esprits les plus obtus, et portent la conviction jusque dans l'âme du sceptique ; croyez sur-tout que je connois la valeur des mots, et que les *italiques* qui suivent n'ont rien d'outré dans l'acception que leur donne la chute forcée de ce paragraphe ; je dis forcée, parce que le seul souvenir de ce que j'ai souffert dans cette abominable maison ne me laisse aujourd'hui de force que pour vous dire que vous serez plus qu'*horriblement étonné*, *mais épouvanté* lorsque vous en lirez les détails, que malheureusement je ne prouverai que trop !.....

Au moins le piège qu'on me tendit, cette dernière fois, fut honnête, sans que j'en fusse dupe ; honnête, parce que la police s'en mêla : sans elle, c'en étoit fait de moi. Le secrétaire de mon commissaire de police vint me prier de passer à la préfecture, bureau de M. Parisot, qui avoit, disoit-il, à m'entretenir sur des plaintes rendues par des cochers. Je promis d'y aller, et je m'y rendis, bien que je susse que les cochers n'entroient pas dans les attributions de ce chef qui a le département des prisons. Cela seul eût arrêté un autre homme que moi; mais je savois que les chefs de la police ne pouvoient me vouloir du mal; ils eussent été trop ingrats !... : j'écrivis de Mons à Bruxelles, en avril 1815, à M. Dandré, qui est maintenant à Paris, et qui ne me réfusera pas son témoignage, que tous les employés de cette administration regrettoient le Roi. Ils ne diront pas que c'est un compliment que je leur fais pour sortir de Charenton; je n'y étois pas alors.... et puis, je n'ai pas besoin d'eux pour en sortir. Loisible à moi d'aller où bon me semblera, quand je voudrai, et cela aussi vrai qu'il l'est que tous les cœurs sont au Roi; que la Charte est à ses côtés, la fidélité ici, et que bientôt les Chambres assemblées se rappèleront la foi que l'on doit aux sermens. N'ont-elles pas juré le maintien de nos libertés, et les aurois-je si long-temps défendues, pour perdre aujourd'hui la mienne ?....

M. Parisot m'ayant répondu qu'il n'avoit rien à me dire, apparemment parce que le rapport sus-mentionné ne lui étoit pas encore parvenu, je fus chez mon commissaire où je trouvai son secrétaire seul : IL Y A DU MAL-ENTENDU LA DEDANS, me dit-il; (je m'en doutois bien.) — *Voulez-vous m'attendre chez-vous, monsieur Villiaume? J'y serai dans un quart-d'heure.* — *Tout ce que vous voudrez, je suis à vos ordres.* (On voit, par cette réponse, que j'avois profité à l'école du *docile ami* que je pris sur la place.) Le secrétaire vint, me fit les honneurs d'un cabriolet qu'il paya; voilà une première attention : nous nous rendîmes à la préfecture où l'on m'ouvrit les portes du violon, salle St.-Martin, deuxième attention : l'on m'y apporta du pain blanc au lieu de m'en apporter du noir, troisième attention : une cruche d'eau, quatrième attention. (J'aurois préféré du vin; mais les médecins en avoient autrement ordonné : ils sont cause qu'on s'est trompé comme ma femme se trompa toujours en les écoutant ; quoi qu'il en soit, ce n'en est pas moins une attention, puisqu'on crut faire pour le mieux.) Tabac, petit-verre, bon lit le soir ; et, le lendemain, omelette aux fines herbes, bon vin, petit-verre encore, le tout *gratis*.—Si M. A. Martinvillain eut assisté à ce dîner, je lui aurois repassé un peu de sauce ; après cela qu'il ose dire que je n'ai pas le cœur bon ! —Ensuite, fiacre pour aller parvis Notre-Dame, fiacre pour venir ici, où une main bien invisible paye ma pension, puisqu'on ne me demande rien, et que ma femme n'a, foi d'honneur, pas un centime vaillant. En vérité, je suis confus, je ne sais comment reconnoître tant de bontés..... Pardon, je le puis : dites au préfet qu'il n'oublie pas de payer ces deux fiacres, afin qu'aventure pareille à la mienne ne lui arrive ; c'est ainsi, docteur, qu'une bonne action trouve toujours sa récompense. — Ce n'est pas tout : dans la journée, papier pour écrire, garçon de service pour porter mes lettres de tous côtés, et visite d'un commissaire qui vint m'interroger, non pas sur mon état. Par exemple, voilà ce que je n'ai pu comprendre : interroger un fou ! écrire sous sa dictée.... ; et je défie qu'on trouve un contre-sens, une distraction et même une faute de ponctuation dans ce que j'ai dicté ; certes, si je suis à Charenton, ce n'est du moins pas pour avoir oublié de mettre des points sur mes *i*..... Patience ! je percerai ce mystère....

Etant au violon de la préfecture, je crus ne pas y être pour pleurer ; je me mis à chanter et à crier encore plus fort que chez moi, ce que je voudrois que l'on criât sur tous les toits de Paris : si l'on n'a pas ouï ou compris ce que je disois, j'en suis fâché ; j'en serai quitte pour le faire imprimer. Toutefois n'oublions pas les excuses ; j'en dois à MM. Fortis et Foudras *au-dessus* desquels j'étois (Il y a ici trois manières d'entendre; une seule est au propre, les autres sont au figuré : que ces Messieurs choisissent celle qui leur convient le mieux ; je me contenterai des deux autres); ils n'auront pu ni travailler ni dormir. Je leur souhaite de meilleures nuits à l'avenir; mais non; ce seroit encore une bêtise de mon bon cœur : que ne me laissoit-on chez moi! Je veux décidément devenir méchant pour être heureux.

Je ne puis cependant quitter la préfecture sans vous entretenir d'une fente et d'un trou qui étoient à la porte de la chambre que j'y occupai. Ce fut moi qui pratiquai ce trou lorsque M. Français de Nantes me fit emprisonner, sous Buonaparte, pour avoir voulu marier, du consentement de son épouse, de MM. Janvier Français, son frère; Teste, inspecteur aux revues, son beau-frère, et sous les auspices du savant Le Breton, une demoiselle Farnaux, qui a manqué son établissement, et qui auroit aujourd'hui 15,000 francs de rente, si elle eût épousé le jeune et intéressant Delaporte, comme le vouloient aussi sa mère, son père, toujours sous-chef à la direction des contributions indirectes, et elle-même. Cette demoiselle achevoit alors son éducation avec mademoiselle Français, et ce fût pour ne pas l'en séparer que, par égoïsme, M. Français s'opposa à son mariage. Que cette demoiselle (qui ne m'avoit point chargé de cette négociation, puisque alors je n'avois pas l'honneur de la connoître, ainsi que sa famille et toutes les personnes ci-dessus nommées, à l'exception de M. Le Breton, qui m'avoit demandé un mari, sans me dire pour qui, comme cela m'arrive souvent); que cette demoiselle, dis-je, veuille bien me pardonner cette petite indiscrétion, je la réparerai de mon mieux quand je ne serai plus ici : je voudrois pouvoir ajouter, d'une manière digne d'elle, et je le ferois si elle ne réunissoit toutes les qualités solides, aimables et brillantes de son sexe sans en avoir un seul défaut.

Le conseiller d'état, directeur-général, donna pour prétexte, à sa dénonciation, les débits de tabacs (qu'il le nie, s'il l'ose, j'ai encore ses lettres) dans la vente desquels il m'accusoit de m'entremettre, ce qui étoit une fausseté. Vous conviendrez, Monsieur, que la distance entre ces débits et les perfections de mademoiselle Farnaux est aussi grande que l'est celle qui se trouve entre mon état moral et celui d'un homme qui a perdu la raison : voilà pourtant comment je suis devenu fameux par mes malheurs, et comme on m'a toujours jugé sans m'entendre, et sans que j'aie jamais eu l'ombre d'un reproche à me faire..... — Mais revenons au trou et à la fente pratiquée dans la porte de mon violon ; l'un et l'autre m'importunant, parce que je ne voulois pas que l'on vînt me reluquer à travers, j'y appliquai, avec de la mie de pain, les gazettes dont mes poches étoient farcies. J'ai su, depuis, qu'un guichetier, non moins grave que le docteur du parvis Notre-Dame, questionné sur l'emploi de mon temps et ma manière de m'arranger, répondit que je m'amusois à tapisser ma porte avec des journaux, ce que l'on prit encore pour un acte de démence. Ah! Messieurs de la police, j'en suis vraiment fâché pour vous!.... Ce jugement vous met presque de niveau avec moi; consolez-vous pourtant; si vous m'égalez vous ne serez déjà pas si bas : allez, allez; il y a encore ici plus de la faute à ma femme et aux gens de LARD que de la vôtre; que diable! il faut bien que vous vous rendiez à leur avis quand ils signent que je suis fou, puisqu'en fait de folies, vous n'êtes pas compétans, et qu'eux, au contraire, sont sur leur terrain; elle n'y étoit pas plus que vous, la petite de douze ans qui vint ici avec moi (à Charenton), lorsqu'elle me dit, par ses soupirs : « Vous êtes, Monsieur, plus sain d'esprit que tous ces empiriques. » Demandez au gendarme et à l'inspecteur qui étoient avec nous dans la voiture du.... ma foi du Préfet, puisque c'est Son Excellence qui la paya? S'ils n'ont rien entendu, c'est qu'ils n'avoient pas les oreilles de maître A. Martin..... et je les en félicite. L'inspecteur étoit au moins un bon garçon : il me régala d'un petit-verre en route.

Avant d'entrer où vous régnez, permettez, docteur, que je prenne acte ici de quelques lazzis auxquels vous ne comprendrez rien ; mais que j'expliquerai dans la suite ; les premiers ont frappé mon ouie, et le dernier, mes yeux : *Par quatre ; t'en as menti ; tu est un bâvard.— Vous cherchez madame Lemaire, Monsieur, montez là. — Vieux habits, galons! — Fagots! fagots! — Commissionnaire; Belleville. — Billets de loterie. — La folle et sa Martingale. — La Roche-Jaquelin. — Rue de la Fidélité; lune rousse sur la route de St.-Germain. Sourires, cocher. — Autres trous, et rue Louis-le-Grand, N°.* 20. Vous voyez que j'aurai beaucoup à dire et des particularités bien étranges à raconter. Il y a quelque chose *là-dessous*, me disoit le secrétaire de mon commissaire de police, et moi de répondre mentalement : *je m'en doutois.....* Si *ce dessous* provient de quelques erreurs, je l'oublierai ; s'il couvre une perfidie, je récriminerai, fût-ce même contre tout ce que j'ai de plus cher. On ne doit pas, en bonne justice, soustraire un témoin favorable à un accusé : il y a du bien et du mal à dire dans l'affaire du marquis de Maubreuil que je connois mieux que lui-même; ce fut moi qui le fit sortir de l'Abbaye le 18 mars 1815; ce fut encore moi, qui, de la Belgique, vint, à son insu, favoriser son évasion de la préfecture au mois d'avril suivant, et uniquement parce que Buonaparte vouloit s'en servir pour calomnier les Bourbons et les alliés (voir les Moniteurs du temps). Je sais ce que M. de Sémalé dont j'ai personnellement beaucoup à me plaindre, et qui, certes, ne l'échappera pas plus que les autres, lui fit souffrir d'horrible dans les Pays-Bas. Il a le droit (Maubreuil) de s'en plaindre et de se plaindre aussi d'un vil intrigant ; son droit ne s'étend pas au-delà : c'est bien injustement qu'il implique, dans son affaire, des personnes qui y sont tout-à-fait étrangères, et dont la pureté des intentions est incontestable. Pourquoi ne fus-je pas entendu dans la nouvelle instruction de cette procédure? Je dois d'autant plus m'en étonner que j'ai demandé à l'être. Seroit-ce pour écarter mon témoignage que l'on m'envoya ici ? Seroit-ce, au contraire, pour me conserver à cet infortuné, et me mettre à l'abri du poignard de ses ennemis, que l'on auroit jugé cette précaution nécessaire? Je ne sais..... J'avois demandé des passe-ports pour Bavai (nord), puis pour Maubeuge ; on me les refusa..... Etoit-ce parce qu'on ne vouloit pas que je m'éloignasse de Paris, afin de m'avoir au besoin ? De Paris! ... j'y étois, depuis plus de quinze jours avant mon entrée ici, surveillé d'une manière qui n'étoit point déguisée ; est-ce là la marche de la police quand elle a de fâcheuses intentions? Les individus qui me surveilloient ne faisoient aucune difficulté de dire à qui vouloit l'entendre et à moi-même, qu'ils étoient là (dans ma maison) et qu'ils me suivoient pour me garder ; voilà pourquoi je voulus partir, cette surveillance occulte me fatigant trop : étoit-elle exercée sous une direction autre que celle de la police et même opposée à cette dernière? Je m'y perds.... Ce de quoi je suis très-sûr c'est de l'intérêt que me témoigna M. Le comte Anglès, six semaines avant ces derniers événemens, intérêt qui fut jusqu'à me porter à le prier de vouloir bien être le parrain de mon fils; s'il l'est jamais, ce ne sera du moins que lorsque mes mémoires auront paru, ne voulant point lui laisser de regrets à cet égard, et je pense qu'il n'en aura pas après les avoir lu.

Dans tous les cas, je ne pourrois avoir à me plaindre de Son Excellence ; quand on vient lui dire qu'un individu est en démence, je sens qu'elle ne peut aller vérifier par elle-même la vérité de ce rapport ; elle ordonne de conduire le malade dans un hospice pour qu'un traitement lui soit administré. Cet ordre de sa part est en elle le produit d'un sentiment charitable et humain ; mais il est, dans les misérables qui le lui surprennent astucieusement contre un homme raisonnable, l'acte le plus monstreux et celui de la plus insigne perfidie ; car, indépendamment de son existance physique, l'homme a encore une existence morale ; il vit moins pour les sens que pour la pensée ; et lui ravir cette seconde existence, en la précipitant dans un lieu de délire, est un assassinat mille fois plus horrible que si on lui ôtoit la vie ; tranchons le mot : c'est ce qui s'appelle trousser les passans dans la rue. L'assassin de grand chemin laisse au moins des traces de son crime ; mais ici (et mes pressentimens ne me trompent pas), il pouvoit n'en point rester sans l'intervention de la police ; encore une fois, je n'ai ni rêvé ce qu'on m'a fait, ni rêvé ce que j'ai vu, ni rêvé ce que j'ai entendu, ni rêvé ce que j'ai entre les mains d'*autographiquement* écrit par de tierces personnes ; bref, je ne connois pas de moyens plus commodes de se débarrasser de quelqu'un. — Assassiné plusieurs fois de la sorte, traîné, en 1815, de prisons en prisons, privé d'une liberté que je n'aurois jamais dû perdre, dépouillé de tout ce que j'avois, trompé, trahi, calomnié près de l'autorité et jamais admis à me justifier, j'ai donc acquis le droit de me plaindre, et je l'exercerai. Je sais combien il est dangereux de le faire envers des gens plus puissans que soi ; mais je sais aussi que la justice est au-dessus d'eux, qu'il est du devoir du souverain de la rendre à tous ses sujets, de les protéger tous également, et que le foible doit trouver un réfuge, près de lui, contre les atteintes du plus fort : ce sera donc à ses pieds que je me réfugierai et en lui seul que se fondra mon espoir : on ne peut, d'ailleurs, mieux servir son Roi qu'en démasquant les imposteurs, et en signalant d'atroces abus à son impassible justice.

J'arrive à Charenton ; je paye d'une larme mon entrée dans cet hospice, ensuite je m'essuie l'œil, et je m'arme de stoïcisme. Ma première nuit ne fut agitée que par le bruit qu'on fit autour de moi, et par un restant de fièvre que vous trouverez bien naturel. Vous vîntes le lendemain, docteur ; vous me prîtes la main, vous me la pressâtes ! votre abord franc, votre aménité, vos formes polies, et plus que tout cela, l'intérêt bien vrai que vous prîtes à ma position, et la sensibilité que vous mîtes à me l'exprimer, me rendirent subitement une santé qui n'étoit altérée que par le défaut de semblables accueils.

Il étoit d'ailleurs impossible que je rencontrasse mieux qu'ici. M. Rouillac du Maupas, directeur de cet établissement, me succéda au Temple ; ami de mes amis, je me trouvai en quelque sorte, avec lui, en pays d'ancienne et intime connoissance. En m'honorant de son estime et de sa bienveillance, il me rend du moins une justice qu'on me refusa quelquefois dans le monde. Il est des malheurs qui aigrissent ; il en est qui consolent ; ce sont ceux dont on peut s'entretenir avec des personnes qui les partagèrent ; et le Temple, sous ce rapport, fut pour moi la source de bien des jouissances, puisque les seuls amis qui me restent me viennent de-là, si j'en excepte le vice-amiral comte Allemand, l'homme de France le plus calomnié, et pourquoi ? parce qu'il vouloit et pouvoit nous rendre Saint-Domingue : je ne sais, en vérité, quelle fureur prend à tâche de desservir, peut-être pour les irriter, les personnes qui le méritent le moins : si cela continue, les gens de bien ne devront plus rechercher que les hommes que l'on diffame le plus, et se garder de ceux que l'on exalte.

Je suis par fois triste, et je dois l'être ; vous concevez que si je suis fou j'ai lieu de m'en chagriner, et si je ne le suis pas, je ne puis me voir ici sans en être peiné. J'ai cinq écueils à y éviter : si je parle peu ou point du tout, mon silence sera considéré comme de la taciturnité, voilà une maladie ; si je parle trop, ce sera du désordre ; si je ris, de la folie ; si je pleure, de la mélancolie ; si je me fâche (et on en a souvent le sujet), ce sera de la fureur. On rit, on parle, on se tait, on pleure, on déraisonne, et l'on se fâche pourtant tous les jours dans la vie privée, sans que cela tire à conséquence ; mais il faut, pour sortir de Charenton, être plus sage que Socrate ; il s'y fût jeté au plafond, lui qui avala si tranquillement la ciguë. Pour mon compte, voilà cependant bien des fois que j'en avale ;..... hé bien ! je veux couronner tant d'épreuves par une dernière, en me montrant constamment égal tout le temps que je croirai devoir rester ici : entendez-vous, docteur ? *que je croirai*..... et ce n'est point une gasconnade, j'en jure mon honneur, que je n'engageai jamais en vain.

Maintenant si je me rappèle parfaitement toutes les circonstances qui ont précédé et suivi mon entrée ici, il est évident que je ne puis errer dans celles qui ont, en 1814, précédé et suivi mon entrée dans la maison de santé de la rue du Chemin-Noir, n°. 17 : d'abord la mémoire ne se divise pas sur des faits qui se rapportent à une même époque ; fidèle pour les uns, elle ne peut être inexacte pour les autres, c'est-à-dire ne conserver que le souvenir de ceux qui la flattent, à l'exclusion de ceux qui la tourmentent, ou de ces derniers, à l'exclusion des premiers ; et je vous ai suffisamment prouvé que je me souvenois également des uns et des autres : ensuite, qu'on m'ait présumé mentalement affecté cette dernière fois, je le conçois, puisqu'on n'a pas voulu s'assurer du contraire ; mais, en 1814, je n'avois ni donné mes habits, ni eu d'altercations avec des cochers, ni fait aucun reproche à ma femme qui ne s'y étoit pas encore exposée ; il y a plus : cédant à ses prières, ce fut, sans la moindre résistance et très-volontairement, qu'accompagné d'elle, de mon cousin et d'un de mes commis, je me rendis chez pauvre-*braque*, qui, après les avoir fait retirer, me jeta dans une loge d'où il ne me sortit affoibli que pour me plonger dans des bains de glace, sans qu'aucun médecin l'eût prescrit. C'étoit la fièvre qu'on vouloit me donner; on y réussit. Vous fûtes seulement appelé le sixième jour, monsieur; l'homicide de ma raison étoit consommé ; vous me trouvâtes dans le transport d'un mortel délire .... Un mot, et vous allez trembler : sachez qu'on ne vous appela si tard que pour couvrir de votre renommée ce guet-à-pens et tant de félonie.... Ce n'est pas tout, je travaillois, lorsqu'on m'entraîna dans ce coupe-gorge, à la rédaction de mémoires que j'eus le courage de revenir y achever immédiatement après en être sorti, et cela afin de mieux m'éclaircir sur ce qui s'y étoit passé ; à la vérité, j'avois, cette seconde fois, prévenu mes amis ; or, ces mémoires, imprimés chez Didot aîné (1), et dont un exemplaire me reste encore, ont été non-seulement honorés des suffrages du public, mais mentionnés de la manière la plus favorable dans les jour-

(1) Cet imprimeur peut certifier que leur impression ne fut interrompue que par mon entrée dans cette caverne, et qu'elle fut reprise aussitôt après que j'en fus sorti . . . . . je livre le reste à vos réflexions.

naux français et étrangers ; et, comme il n'y a que les insensés qui puissent applaudir aux productions d'un fou, je veux bien, à ce titre, passer pour l'avoir été en 1814, et, par amour pour mon prochain, ne l'être plus aujourd'hui que les temps sont changés, si en lisant cette lettre, vous trouviez que je le suis encore.

Les intrigans de 1814, que je présume être ceux qui me desservirent en 1816 et 1817, m'en vouloient donc bien en 1815, puisqu'ils ne cessoient d'écrire de Gand aux Prussiens, chez lesquels j'étois alors, de m'essayer par tels et tels procédés, ce qu'ils firent? L'épreuve eut les suites qu'elle devoit avoir : je cassai tout, et je ne convins de rien; mais ils parlèrent, eux : voulez-vous savoir ce qu'ils me dirent? hé bien! ils me confirmèrent dans ce qui fut toujours une certitude pour moi : « Vous avez, m'ajoutèrent-ils, été bien malheureux chez ce *Braque*. Il y a autant de ganaches chez » vous que chez nous. Cette doctrine du magnétisme, » connue depuis Mesmer, vous vient du nord de l'Allemagne; elle vous fut apportée, perfectionnée, comme » vous voyez, par des émigrés qui vivoient d'elle; nous » nous en amusons quelquefois, mais nous n'attachons » aucune importance aux effets qu'elle produit (1);

(1) Une dame alloit se faire tirer les cartes; en lui ouvrant, le sorcier vit à sa porte une prise qu'on y avoit déposée et que je souhaite dans la tabatière de Martin-Camisole, car c'est ainsi que se nommera désormais M. A. Martinvillain; la regardant, le devin s'écria, comme Jeannot : *Ah! c'en est* . . . . . . je voudrois bien connoître l'impertinent qui a fait . . . . fait là . . . . son grand tour! je lui en ferois voir de grises! — Si vous ne pouvez le savoir, lui dit la dame, vous ne m'indiquerez pas le voleur de mes couverts : je remporte mon écu; et elle s'en fut. — Des magnétiseurs prétendent faire voir à travers un mur. Assistant à l'une de leurs séances, l'un d'eux demanda à la personne magnétisée, derrière laquelle il étoit, quelle main il avoit derrière le dos? la droite, reprit-elle. — Qu'y tiens-je? — Un livre (et c'étoit vrai). — Pourriez-

» nous savons que dans le sommeil naturel on rêve » autant de faussetés que de vérités : quel est l'homme » qui ne s'est pas vu assassiné ou assassinant dans un » songe ? Il se tâte à son réveil, se retrouve, voit ses » mains pures, et se rit de son rêve ; c'est ainsi qu'il » faut en user avec ces charlatans ». — C'est justement, Docteur, ce que je ne ferai pas ; je veux les rendre méprisables, et j'y parviendrai : je veux même, tant j'ai à ajouter à ce chapitre, n'avoir encore rien prouvé, si ce n'est que les familles qui ont des malades de l'espèce de ceux que l'on soigne ici, feroient mieux de les y placer que de les envoyer dans les maisons particulières de santé, tombeaux vivans, ouverts à la douleur et fermés à toutes consolations (1).

---

vous, lui dis-je, m'apprendre si votre épouse, qui me paroît être sur le point d'accoucher, est enceinte d'un garçon ou d'une fille ? (Cette question l'embarrassa.)—Quoi ! vous prétendez voir à travers un mur, et vous ne pouvez voir à travers le nombril de madame ! allez, allez vous cacher, vous et votre fatras de science. . . . .

VILLIAUME.

(1) Charenton est un établissement royal placé sous la protection spéciale du Ministre de l'intérieur, qui a la nomination du directeur, des médecins, chirurgiens et employés de cet hospice. Des secours à toute heure, une distribution bien ordonnée dans les diverses classes de maladies ; des corridors parfaitement éclairés et aérés ; des chambres proprement tenues ; une nourriture saine et abondante ; une grande quantité d'infirmiers et d'infirmières, sur lesquels l'administration exerce une surveillance sévère ; un immense jardin élevé en forme d'amphithéâtre, d'où l'on découvre un site charmant et un vaste horizon ; des chauffoirs, une bibliothèque, un salon décemment meublé ; des damiers, trictracs, jeux de cartes et d'échecs pour se récréer ; voilà ce que Charenton offre à ses malades, et ce qu'on ne trouve pas dans les maisons particulières de santé, établies par de cupides spéculateurs et dirigées, la plupart, avec dureté et par la plus sordide lésinerie.

J'aborde la partie la plus essentielle de cette lettre : j'accuse deux sots, bien pervers, et que je nommerai en temps et lieu, d'être les seules causes de la bataille de Waterloo. L'accusation est grave ; je la soutiendrai, je la prouverai, ainsi que tous les faits contenus dans cette lettre ; je n'en excepte que ceux relatifs à M. A. Martinvillain, parce qu'ils sont de notoriété publique, et que la notorité ne se prouve pas. Si, malgré mes preuves, et contre toute attente, je succombe dans cette accusation, soit par les manœuvres et le crédit de mes adversaires, ou par d'autres circonstances, je déclare ici, sur l'honneur, que je me bannirai à perpétuité d'une patrie où je fus trop long-temps méconnu ; si je triomphe, fatigué de toutes les tracasseries auxquelles je fus en but, et aspirant après un peu de repos, je me condamnerai à quelques mois de détention dans une prison de mon choix. Vous avez déjà deviné, Docteur, que j'irai les passer dans celle de Maubeuge ; vous ne vous êtes pas trompé ; j'ai besoin de me rapprocher de souvenirs qui puissent chasser de mon cœur les chagrins qui y reviennent à chaque instant, et qui, s'y mêlant avec la gaîté qui m'est habituelle, lui livrent des combats qui me minent. Là, je ferai connoissance avec le Comte de Woronzoff, et si je trouve, dans les Russes qu'il commande, des soldats qui ayent servi sous Paul Ier., je leur raconterai comment leur inconcevable Suwaroff s'esquiva, en Suisse, par une montagne de neige que jamais pied humain n'avoit foulée. Au milieu d'eux, je me retrouverai avec Moreau, et, près de lui, avec Pichegru, Lecourbe et la Tour-d'Auvergne. Je cesserai d'être triste ! Rien que d'y penser, je ne le suis déjà plus !.... *Camisole* n'y sera pas, même en peinture ; les Russes, qui ont autant de goût que nous, ne doivent être abonnés qu'au Constitutionnel, aujourd'hui Journal du Commerce, aux Débats, au

Journal de Paris, aux Annales, au Moniteur, et au Journal Général.

Docteur ! Docteur ! quoi ! vous êtes distrait ? Est-ce que les Russes vous feroient peur ? — Non, je les aime autant que vous, et sur-tout leur ALEXANDRE. — Comment ! leur Alexandre ? — Je veux dire l'ALEXANDRE-RUSSE ; je ne nomme ainsi leur immortel souverain, que pour le distinguer de cet autre *Alexandre*, qui mit sa gloire à ravager la terre, lorsque la véritable grandeur réside dans la modération, dont cet astre du Nord nous donna, le premier, un si bel exemple en 1814. — Je suis enchanté, Docteur, de vous trouver dans des sentimens qui sont les miens ; mais écoutez Dom-Quichotte qui arrive : si l'on vous demande ce que je suis ? répondez hardiment, *pas grand'chose ;* ce que je fus ? *idem ;* ce que je serai ? *toujours le même.* Dites ensuite à tous ceux qui voudront l'entendre, que je fis, en 93, mes premières armes dans un régiment de hussards que je ne nomme point, parce qu'il se conduisit mal. Qu'à cet époque, je fus nommé capitaine par mes camarades, et qu'étant alors de même étoffe que Lannes et Augereau, j'aurois pu devenir maréchal de France, tout aussi bien qu'eux, si je n'avois préféré de donner aussitôt ma démission, pour n'être toujours, et par goût, que simple soldat, mais soldat qui mangeoit à la table des généraux sous lesquels il servoit, et sur-tout soldat très-volontaire. Que ce fut en cette qualité que j'entrai, en 94, sous le nom de Villam, dans le premier bataillon de Paris, compagnie Gatine ; que c'étoit moi qu'on voyoit toujours sortir des rangs quand on demandoit un homme de bonne volonté, ce que peuvent attester tous les officiers qui servirent dans ce corps. Que j'assistai, sous les drapeaux de ce bataillon, devenu depuis, par incorporation, 201e. demi-brigade, aux affaires de Sarrebruck, Deux-Ponts, Birkenfeld, etc.; que je m'en détachai pour monter, avec les chasseurs du Lot, à l'assaut de la Montagne-Verte, devant Trèves; que ce fut dans cette ville que, pour la première fois, j'eus occasion de signaler mon humanité envers les émigrés, en aidant à l'évasion de dix d'entr'eux que l'on avoit confiés à ma garde; que m'appuyant sur la loi qui faisoit, pour la peine capitale, exception des jeunes gens qui n'avoient pas atteint leur seizième année, j'envoyai paître les représentans du peuple qui vouloient me traduire, pour cette action, devant une Commission militaire; mais qu'heureusement la nouvelle de la mort de Robespierre vint mettre de l'eau dans leur vin.

Dites que je lâchai la 201e à la déroute de Mayence, parce qu'elle me lâcha la première en m'abandonnant devant les chevaux-de-frise où l'on m'avoit placé, et que je ne quittai (lorsque l'ennemi eut dépassé les lignes) que pour aller protéger, à une lieue au-delà de Kreutznach, l'habitation d'un meûnier que je voudrois bien revoir aussi parce qu'il fut encore hospitalier pour moi. En faction à l'entrée de sa maison, j'en éloignai les fuyards par un: *on n'entre pas*; ce qui leur faisant présumer qu'un général étoit dans l'intérieur, leur donnoit des jambes pour aller piller ailleurs. Non moins mécontent de cette déroute que de cet abandon, j'écrivis à Pichegru, et, un mois après, je reçus, dans les environs de Landau, mon congé du ministre de la guerre, motivé sur ce que je n'étois pas encore âgé de de quinze ans.

Dites qu'ayant repris du service dans le 8e. de hussards, que devoit commander l'ancien adjudant-général de Pichegru (Badonville, que, par parenthèse, j'ai revu au Temple), mais qui le fut par le général baron de Marulatz, l'un des officiers les plus distingués de l'armée, je quittai ce régiment moins pour y avoir passé à un conseil de guerre, qui m'acquitta honorablement, que parce qu'il reçut l'ordre de se rendre à Marseille, direction qui sentoit trop l'Egypte ou l'Italie que je n'aimois pas, et, plus encore, parce que Badonville n'étant point venu le commander, je ne pus m'y plaire, ce qui donna lieu à quelques altercations que j'eus avec mon colonel, et qui furent le motif principal de ma mise en jugement.

Dites, qu'étant sans corps, je fus traduit à un deuxième conseil de guerre pour avoir, deux ou trois mois avant, 1°. fait passer un mauvais quart-d'heure à cinq chasseurs de la 14e. d'infanterie legère, dite *les noirs*, parce qu'ils attentoient, dans un château, à une lieue de Berne, à la pudeur de deux demoiselles d'une rare beauté; 2°. pour en avoir fait autant, à d'autres chasseurs du même corps, qui commençoient le pillage de cette ville qui ne m'a pas de médiocres obligations. Le conseil jugea que j'avois raison; c'est ainsi que le trouvèrent déjà les officiers du bataillon du Lot, lorsque je mis fin aux atrocités d'un cannibal français qui se faisoit un barbare plaisir d'achever les blessés autrichiens que nous trouvâmes sur la Montagne-Verte. Je suis bien fâché que madame Villiaume ait disposé des effets d'un espion de Buonaparte que j'ai laissé, le 13 avril 1815, sur les lisières belges et françaises sans m'enquérir quelles autorités de l'un ou l'autre pays iroient le ramasser; je vous aurois montré une pièce curieuse; mais vous pouvez encore voir, près de Maubeuge, les ruines de la maison d'un autre espion que je n'ai fait démolir que parce qu'il assassina, pour le dépouiller, un officier anglais de la conduite duquel il étoit chargé.

Dites qu'avant d'être traduit à ces deux conseils de guerre, je m'évadai, à Zurich, de la tour du Lac en me précipitant, de sa hauteur, dans la Limmat, qu'un peu plus tard je traversai à la nage, lorsque Masséna donna le bal à Suwaroff. *Camisol*, qui ne se noie que dans la fange et l'encre, auroit, s'il eût été de cette double expédition, trouvé à se noyer proprement et à son aise dans de l'eau claire ; il seroit, sans contredit, moins sale aujourd'hui.

Dites qu'ayant été prévenu, à point nommé, par les bureaux de la guerre et de la marine, que la 109e demi-brigade, dont je fis partie depuis, étoit désignée pour aller à l'Ile-de-France, je ne la quittai que parce que je ne voulois pas passer l'équateur ; ensuite parce qu'elle n'avoit pu m'arrêter lorsque je la défiai, l'épée à la main, en l'an 9, sur les toits de Charmes (Voges). Il est vrai que les 3,000 hommes qui la composoient, ne pouvoient passer qu'un à un par la lucarne d'une fenêtre française, et que j'avois belle à les enfiler tous successivement (Matinvillain se fût caché dans la gouttière). Si vous doutez de cette crânerie, Monsieur, (pas de celle de Merdinvil..) écrivez aux autorités de cette ville, mienne natale, et vous verrez ce qu'elles vous répondront. Mon colonel, qui avoit des instructions sur la conduite qu'il devoit tenir à mon égard, me donna mon congé ; et je descendis des toits pour aller exercer la noble profession d'avocat à la Cour de justice criminelle des Vosges, où je me faisois une réputation, lorsqu'il plut à Buonaparte de m'enlever à mon état et.... de me loger : je l'ai déjà dit.

Cette avanture des toits m'en rappelle une autre que je vous prie, Docteur, de raconter, comme en ayant été témoin oculaire : dites comment, avant que ma mère et ma sœur vinssent m'y chercher, je parvins à franchir, en 1814, le mur de clôture de la maison de santé de pauvre-*Braque* ; comment, en le sautant, je m'enfonçai jusqu'au menton et sans me blesser, dans les parcelles d'une pille de cloches de verre fracassées par ma chute..... Ah ! vous ne pourrez l'expliquer qu'en avouant l'existence d'une éternelle

Providence ! C'est elle qui veilloit sur moi lorsque je sautai sur les mines de CHOSE sans me faire de mal ; c'est elle qui y veilloit lorsque le feu prit, sans me brûler un poil, au parc de Mayence que je traversois ; c'est elle qui y veilloit plus miraculeusement encore, lorsque je me trouvai placé sous la cavité de ce rocher que les Russes détachèrent du sommet d'une des montagnes de la vallée d'Altorf, et qui pulvérisa, dans sa chute, toute une escouade au milieu de laquelle j'étois....... C'est encore elle qui permit que je ne me fisse aucun mal, lorsque je tombai d'assez haut, en m'évadant d'ici il y a plus de douze ans ; ce sera également elle qui permettra que je ne m'en fasse aucun, lorsque je m'en évaderai de nouveau, en juin prochain ; enfin, ce fut elle qui, lorsque j'étois exilé à Troyes, me donna plusieurs fois la force de faire cent lieues à pied en 48 heures, en traversant, tout habillé, deux fois la Seine à la nage au-dessous de Nogent, et me séchant en route, hiver comme été. Il n'y a pas à dire : je signois à la mairie mon livré de présence le matin ; les nombreux amis que j'avois dans cette ville, m'y voyoient ainsi que mes hôtes avant mon départ et à mon retour ; mes amis de Paris, mes protecteurs, MM. le duc de Cadore, alors ministre de l'intérieur, de Lacépède, Delpierre, et quelquefois la police (il existe d'elle plusieurs rapports à cet égard) me voyoient aussi dans la capitale, et je ne pouvois prendre de voitures faute de passe-ports ; or, 42 lieues de poste pour venir, autant pour m'en retourner, 6 de détours pour éviter les brigades de gendarmeries auxquelles j'étois spécialement signalé, 10 lieues au moins que je faisois dans Paris, font bien un total de 100. Quelquefois, il est vrai, je n'arrivois qu'à bureau fermant, après être parti à bureau ouvert.

Dites que j'ai servi dans toutes les armes, et tâté, sous différens noms, d'une infinité de corps pendant plus ou moins de temps ; dites que j'ai été attaché à divers généraux, à leurs état-majors, et, comme défenseur, à des conseils de guerre, ce qui ne m'empêchoit pas de me battre ; dites que j'étois secrétaire du général de grosse cavalerie d'Évrigny, quand je courus après la Tour-d'Auvergne ; dites que je ne fus jamais à l'exercice, qu'on ne me vit pas faire une corvée en garnison, ni manquer une garde à l'armée ; dites que je ne reçus jamais un centime de l'état, ayant toujours laissé ma solde à la masse, et m'étant constamment fait habiller à mes frais ; dites que c'est encore à mes frais que je suis allé à Maubeuge, que j'en suis revenu, que je me suis rendu de Paris à Gand, de Bruxelles à Paris, puis de Paris à Bruxelles ; dites que pas un homme en France n'a vu plus de prisons que moi, ni mérité d'en moins voir ; dites que personne, peut-être, n'a eu plus de secrets et ne les a mieux gardés ; que personne aussi n'a la mémoire chargée de plus de faits, parce que j'ai été obligé d'y placer tout ce qu'on m'a confié, ainsi que tout ce qui pouvoit me compromettre, ou des tiers, n'ayant presque jamais été maître de mes papiers qu'on m'enleva toujours à chacune de mes arrestations ; dites que j'ai connu toutes sortes de courages, et jamais cette fausse prudence qui laisseroit égorger l'innocent plutôt que de le secourir lorsqu'il y a quelque danger à le faire ; dites que, sûr dans le commerce de la vie, je n'ai pas une lâcheté, même une foiblesse à me reprocher ; dites, qu'initié, encore à son insu, bien malgré moi, et bien fortuitement dans l'évasion du comte de Lavalette, dont j'ai blâmé et blâme encore la conduite qu'il tint en mars 1815, je n'ai pu ni dû le trahir : un officier anglais, que j'avois vu à Ménin, vint me demander s'il me restoit encore des passe-ports en blanc ; je n'en avois plus ; j'en aurois eu, que je sais ce que j'aurois fait quand il me parla de M. de Lavalette, qui me fit le renvoi d'une correspondance saisie, durant les cent jours, et qui, s'il en eût abusé, eût perdu ma femme et mes amis : j'ai oui raconter de lui plusieurs traits de cette espèce ; pouvoit-il jamais être vendu par les personnes qui en furent l'objet ? Cette question s'adresse aux gens d'honneur de quelques partis qu'ils aient pu être.

Dites, qu'ayant à conserver, lors de l'invasion de 1815, ma femme alors enceinte, sa mère, la mienne mes sœurs, ma tante, mon cousin, et Paris qui est la seule ville où je puisse exercer mon état, je pourrois, s'il suffisoit d'avoir indiqué la route de Saint-Germain aux Prussiens, me flatter aujourd'hui d'avoir sauvé la capitale. Ayant pris, à Saint-Germain-en-Laye, le 23 mars 1815, des passe-ports sous le nom de Joseph Narcisse (et la souche est encore là ; ce fut M. Danès, maire, chevalier de St.-Louis, ancien général vendéen, qui me les délivra pour me rendre à l'extrême frontière, parce que ceux que j'avois pris à Paris, ayant une série de numéros, ne me paroissoient pas assez sûrs pour aller à Gand), je remarquai, en me rendant à Pontoise, par Conflans, pour de là gagner Noyon par la traverse, ce que je ne pus exécuter qu'en revenant à Paris, je remarquai qu'on pouvoit s'emparer du bac de Conflans, y passer la Seine, monter à Saint-Germain qui a des hauteurs inexpugnables, rabattre de là sur Versailles et Saint-Cloud, qu'ensuite Montmartre et le plateau de Saint-Chaumont seroient forcés de capituler. Je n'attirois pas l'étranger dans mon pays ; j'étois alors en Belgique, et voici ce que je me disois : si les alliés sont battus, ils n'iront pas à Paris, donc les renseignemens que je puis leur donner sur la topographie des environs de cette ville ne leur servira de rien ; si au contraire les Français ont le dessous, il faut éviter qu'un engagement ait lieu sous les murs de la capitale ;

les deux armées, venant à s'y mêler, pourroient entrer ensemble dans l'intérieur de la ville, s'y battre, et s'en étoit fait d'elle. Or, j'ai en porte-feuille, la preuve duement écrite et authentique qui constate que j'ai tracé ce chemin aux Prussiens; mais comme je ne suis ni Martinvillain ni archevêque de Malines, je ne veux pas m'en prévaloir en rapportant tout à moi; j'aime mieux croire que l'expérience du prince Blucher et celle du général Gneisnau, son chef d'état-major-général, qui avoient eu, en 1814, le loisir de s'exercer sur toutes nos localités, déterminèrent cette manœuvre que le duc de Raguse indiqua d'ailleurs aux alliées l'année précédente, en leur apprenant que les routes de Pantin, de Belleville et Ménilmontant ne valoient rien pour arriver à Paris. Toujours est-il qu'ils ne pouvoient, pour s'y rendre, manquer de passer par Saint-Germain. Apropos du duc de Raguse, demandez-lui s'il se souvient du jeune homme qui, le 30 mars 1814, lui fit, sur la butte Saint-Chaumont, compliment d'être encore en vie lorsque les journaux l'avoient tué; s'il s'en souvient dites-lui que c'est moi qui suis ce jeune homme; que j'arrivois de l'armée Russe, et que je fus tenté de lui dire que toute résistance étoit inutile; mais que sachant qu'avec de grands talents militaires il n'avoit pas toujours été heureux à l'armée, parce que Buonaparte l'y plaça constamment dans de fausses positions ou l'opposa à des forces de beaucoup supérieures à celles qu'il commandoit, j'étois bien aise de voir ce qu'il feroit avec ses huit mille hommes : l'Europe le sait; il fit des miracles, et je m'y attendois. Sur-tout dites-lui que j'ai pris une part bien vive aux diatribes fulminées contre lui par Buonaparte durant les cent jours; que j'y ai répondu dans les journaux étrangers. Vous voyez, Docteur, que j'ai toujours eu du temps pour tout, même pour écrire, souffrir et me taire.

Dites que deux armes d'honneur qui, plus tard, conférèrent de droit la décoration de la légion, me furent offertes à l'armée, l'une par Moreau et l'autre par Lecourbe : « Votre intention, leur répondis-je, » n'est pas de m'honorer pour que je me batte moins » bien ; quand je vais au feu, et que mon fusil est trop » échauffé pour que je puisse m'en servir, je le jette et » j'en ramasse un autre ; vous savez qu'il n'en manque » pas sur le champ de bataille ; je ne pourrois en faire » autant avec une arme à capucines d'argent, donc elle » ne peut m'aller ». Depuis, je fus employé dans les bureaux de la Grande Chancellerie de la Légion, et honoré de la bienveillance particulière de M. le Comte de Lacépède, alors grand Chancelier de l'ordre ; je n'y fis jamais valoir mes droits à la décoration ; j'aurois aimé de la recevoir du gouvernement du Roi, sous lequel j'ai tâché de la mériter (Vous voyez que les fous ont de l'ambition ; vous verrez que je cesserai d'en avoir en cessant d'être malade, tant est qu'il n'y a qu'heure et niche dans ce bas-monde....). La croix de Saint-Louis, s'accordant à l'ancienneté des services, ou à des actions d'éclat, telles que la prise d'une redoute, d'une batterie, ou d'une pièce de canon, je croyois qu'un fait d'arme tel que la reddition, ou plutôt la prise et la conservation de Maubeuge, ne pouvoit être ignoré ; je me trompai : c'est ainsi que ma modestie me servit toujours mal. N'obtenant rien dans ma patrie, j'ai pensé ne devoir pas solliciter les brevets d'ordres étrangers qui m'avoient été promis ; aucune décoration n'orne ma boutonnière ; je m'en console, en songeant que cela ne m'empêchera pas de mourir ; mais j'aurois désiré de mourir moins malheureux, ou de pouvoir au moins léguer à mon fils l'espoir d'être un jour plus heureux que son père...... Tout me fuit aujourd'hui ; tout, même jusqu'à cet espoir. Il ne me reste, pour soutiens, que les idées que je me suis faites sur le néant, les misères et la brièveté de la vie ; idées que je dois à mes malheurs, et qui m'ont donné le courage de les supporter avec résignation ; mais ce courage manque à mon épouse et à mon fils. Ah! ce sont eux que je plains!!!.....................

Dites qu'on n'imagineroit pas combien d'obstacles j'ai eu à surmonter dans le cours de ma vie, et par quels moyens j'y parvins. L'orgueil ne convenant pas à ma position, je ne fais aucune difficulté de vous apprendre, Monsieur, qu'après avoir épuisé mon patrimoine, et m'être chargé de dettes en exil, et dans les prisons d'état de Buonaparte, ce fut avec une table et six chaises d'emprunts, que je vainquis le préjugé de mon siècle, en me créant un état, qui n'a d'autres ridicules que ceux que la malignité et l'envie lui prêtent; c'est pour y répondre, que je joins ici un extrait des brochures que j'ai publiées sur le fond même de l'établissement que je dirigeois avant d'entrer ici, et que très-probablement je ne dirigerai plus quand j'en sortirai: j'ai pu lutter une fois contre tous les journaux, plusieurs pièces de théâtre, et une infinité de caricatures; je sens que je ne puis le faire toute ma vie. Vous dire ce que je deviendrai, je ne le sais; mais je puis vous assurer que je ne cesserai jamais d'être homme de bien, et que jamais aussi je ne ferai à mes ennemis tout le mal qu'ils m'ont fait (1).

Dites à M. A. Martinvillain, qu'il peut, s'il le veut,

---

(1) Je le voyois alors trop en noir; mon établissement n'a jamais été mieux qu'aujourd'hui; j'ai aussi perdu le goût des voyages qu'avoit fait naître en moi l'ennui de la captivité. Je reste, pour être heureux, décidément auprès de ma femme; je conseille, et pour cause, à Martinvillain d'en faire autant. — Note ajoutée le 1er. mai 1818 — VILLIAUME.

intenter une action en calomnie contre moi, qu'alors nos plaintes se croiseront, et le tribunal n'aura plus à statuer que sur la compensation ; mais non ; haïssant les procès et ne voulant pas me livrer aux recherches, bien que faciles à faire, qu'exigeroit celui-ci, je me renfermerai dans ce dilemme : « Ou je suis fou, ou je » ne le suis pas ; si je ne le suis point, M. A. Martin- » villain a eu tort de dire que je l'étais ; si je le suis, il » a eu mauvaise grâce de se lutter avec moi, et le tribu- » nal ne me peut rien, parce que la loi ne l'arme pas » contre les fous. Or, je l'étois, et je le prouve, en » excipant : 1°. d'un procès-verbal des gens de *lard*, » (on n'est pas repris pour les fautes d'ortographe), » bien signé, constaté et duement légalisé ; 2°. de » l'ordonnance de Police, qui, sur le vu de cette » pièce, me transféra de *confiance* à Charenton ; or ce » procès-verbal est signé de M. A. Martinvillain lui- » même ; il y a apposé son nom en signant, à plu- » sieurs reprises dans la Gazette, que j'étois fou ; que » veut-il donc à présent ? Prétendroit-il qu'on a » abusé de son extrême jeunesse pour lui surprendre » sa signature ? mais il est majeur de 45 ans au » moins, etc. ». Car je ne veux, ni ne dois donner tous mes moyens dans cette affaire ; j'ai dit ailleurs que les fous étoient assez rusés pour avoir de la réserve ; il n'y a que les hommes d'esprit, de l'espèce de M. A. Martinvillain qui en manquent quelquefois.

Oserois-je encore, Docteur, vous charger d'une commission ? Comme vous habitez Paris, ayez, je vous prie, l'obligeance d'envoyer aux Petites-Affiches l'article ci-après, que l'on m'avoit adressé pour l'y faire insérer avant mon entrée ici. Je viens de le retrouver dans mes poches. La proposition qu'il renferme pourroit convenir au docteur du parvis Notre-Dame, s'il est encore garçon. — Ce doit être un homme bien tourmenté, s'il signe à toutes les personnes aussi folles que moi, des certificats semblables à celui qu'il m'a délivré. La Gazette pourroit le désennuyer, et cette union seroit bien assortie, parce que, *qui se ressemble s'assemble*, dit le proverbe.

« MARIAGE. Veuve inconsolable de l'Ermite de la » Chaussée-d'Antin, (1) la Gazette de France, âgée » de 160 ans, et par conséquent plus que caduque, » désire s'unir à un médecin, attendu qu'elle a besoin » d'être tempérée, et qu'il la mettra au régime; en- » suite, parce que ses 30 abonnés, périssant d'ennui, la » feront vivre, en augmentant d'autant la clientelle » du futur. La *décrépite*, apporte en dot ses parche- » mins usés, beaucoup de somnifères, un peu de pro- » pension à mordre, mais ses morsures n'opèrent rien » de dangereux puisqu'elle est édentée. — Tous les » mauvais plaisans sont invités d'avance à ses noces, » qui se feront chez leur doyen, M. A. *Martin- » ville*, rédacteur de la Lunatique. Le réveillon aura » lieu chez M. et Mad. Denis, vieux amis de la vieille, » Le bal se donnera chez la mère Radis, célébrée, na- » guère, dans les cinq colonnes du feuilleton de la » Proposante, tant est que son défunt mari possé- » doit, quand il se mettoit en goguette, l'art de dis- » serter longuement sur ce que, dans l'ivresse, il pre- » noit pour être de bonne compagnie. S'adresser à la » garde-malade de Mad. Gazette, rue Christine, n°. 5, » à Paris ».

---

(1) M. de Jouy, membre de l'Institut, aujourd'hui de l'Académie française, se qualifioit ainsi dans ses articles intitulés : *Les mœurs parisiennes*, qu'il faisoit insérer dans les Feuilletons de cette mégère : on y en lut un très-long de lui sur la mère Radis qui tenoit alors, à la Villette, un cabaret ouvert aux Porcherons, aux filles de la plus basse classe et aux chiffonnières.

Veuillez agréer, je vous prie, l'expression de ma gratitude, et l'assurance de la considération distinguée, avec laquelle j'ai l'honneur d'être,

Mon cher Docteur,

Votre très-humble et très-obéissant serviteur,

VILLIAUME.

Charenton, 9 mai 1817, 8 heures du soir.

Quelques-uns de mes lecteurs croiront que la lettre qui précède a été écrite après coup, je veux dire postérieurement à ma sortie de Charenton ; ils se tromperont : je l'ai lue, telle qu'elle est dans cet hospice, à M. Ramond, qui en est actuellement le surveillant général ; au Vice-amiral Comte Allemand ; à M. Gontard, l'un des administrateurs du Journal Général d'Affiches, à mon épouse, à sa mère, à mon cousin, et à toutes les personnes qui vinrent m'y voir. — J'avois promis de m'évader ; je tins parole ; et, immédiatement après, je la remis à M. Dandré, Directeur-général de la police de France en 1815, aujourd'hui intendant des domaines de la couronne ; lequel, ayant eu la bonté de la lire, voulut bien croire que je n'étois pas aussi fou qu'on le disoit, et écrivit, en conséquence, en ma faveur, à M. le comte Anglès ; l'Amiral, chez qui je la relus au docteur Noche, en fit autant ; enfin, elle fut déposée et recopiée dans l'étude de Me. Camusat, notaire royal, à Paris, rue Saint-Denis, près celle Tracy ; puis, en dernière analyse, confiée au sieur Frédéric Hervay, gendarme à la Villette, lequel ayant été chargé de me reconduire à Charenton, la garda plus d'un mois, (J'avois été réarrêté à Chantilly; sur la dénonciation d'un général Ostrogoth, qui crut voir en moi un grand conspirateur : nous rirons quand j'en serai-là). — Je n'insiste sur ces diverses circonstances que pour disposer le public à l'indulgence. Mal ponctuée, cette lettre péche encore fréquemment contre la langue, l'ortographe, la syntaxe; elle est sur-tout pleine de longueurs; libre depuis, j'aurois pu la réduire dans un cadre plus étroit, et peut-être la rendre digne de quelque intérêt; mais j'ai préféré me montrer tel que j'étois, et apprendre à mes contemporains ce que l'on est, et ce que l'on peut à Charenton. Le moyen d'y faire quelque chose de supportable! C'est un fou qui me coudoye d'un côté, un maniaque qui me heurte de l'autre, un imbécille qui renverse mon encrier, un insensé qui me prend pour le Bon-Dieu, tous ensemble qui détonnent en chœur; l'un me fait rire par ses grimaces, et l'autre, en tombant, me perce l'âme par ses cris. Ah! je ne voudrois pas, pour un empire, recommencer cette partie de mon existence!...

C'est pourtant encore à Charenton, où je fus ramené le 5 avril, présente année (1818), que je continue, ou plutôt que je remplis les lacunes de la lettre précitée. J'y ai parlé de deux lettres que j'ai promis de rendre publiques; l'une fut écrite du château de Tillier, près Namur, à la date du 1er. juin 1815; son but étoit de prévenir les hostillités, et elle les auroit prévenues, si elle fût arrivée à temps : l'autre, à la date du 25, mêmes mois et année, fut écrite, sous le feu de l'ennemi, dans la prison de Maubeuge; elle avoit pour objet la reddition et la conservation de cette ville. Mais, avant de les reproduire, qu'il me soit permis de remonter aux causes qui m'ont jeté, malgré moi, chez les alliés, et spécialement à celles qui m'ont conduit à Gand : aucune ambition ne m'y poussoit ; en quittant Paris, je fuyois la proscription, et c'est en Belgique que je la retrouve, sur la terre même qu'honoroient les vertus de mon Roi, que j'allois rejoindre !!!......... Encore quelques instans, et le voile qui cache la trame que de ténébreuses machinations ourdirent contre moi sera déchiré ; mes ennemis, démasqués, feront reculer d'horreur devant tout le hideux de leurs impostures, seul bien qu'à mon tour j'entends leur laisser. Que ne fus-je éclairé plus tôt sur leurs manœuvres ! j'aurois moins souffert... Malheureusement il n'y a que vingt jours que j'ai acquis la preuve de leur perfidie ; voilà ce qui m'a fait mal ; voilà ce qui m'a conduit ici ; cette preuve, je la tiens, je la porte, je me promène et me couche avec elle : personne ne me la ravira ! Je reviens à mon sujet.

Buonaparte nourrissoit une vieille haine contre moi, haine que fortifièrent encore des mémoires que je publiai contre lui en juillet 1814, et dans lesquels je lui faisois quelques concessions pour mieux le draper ensuite : cette tactique me venoit de lui ; pouvoit-il s'y méprendre? A ce grief s'en joignit trois autres : le marquis de Maubreuil, la prescience que j'avois de ce qui devoit arriver, et deux de mes lettres laissées, le 19 mars, aux Tuileries. Suivons l'ordre des faits, pour ne plus nous interrompre.

Les personnes qui ont lu les brochures que j'ai publiées sur la nature de l'établissement que je dirige, et dont, au surplus, je donnerai, ci-après, un extrait, ne douteront pas de l'étendue de mes relations, particulièrement dans la capitale et sur tous les points de la France ; elles s'étendent aussi dans tous les états de l'Europe, même en Asie, en Afrique et en Amérique : j'ai marié ou placé des Russes, des Suédois, des Allemands, des Danois, des Belges, des Anglais, des Italiens, des Polonois, des Espagnols, des Suisses, des Portugais, et jusqu'à des Américains, des Hollandais du cap de Bonne-Espérance, des Égyptiens (Mamelucs), des indigènes d'au-delà et d'en-deçà du Gange, tous actuellement en résidence à Paris; j'en ai même encore, et je puis en justifier, plusieurs à établir ou à placer, qui sont originaires de ces contrées : d'où il suit que ma réputation étant en quelque sorte plus qu'européenne, il n'est pas extraordinaire de voir, s'adresser à moi, toutes les personnes qui éprouvent des besoins de quelque espèce que ce soit. Ce ne peut être que dans un grand conflit de diverses propositions, que celui qui demande rencontre celui qui propose, et *vice versâ*. Il n'est donc pas étonnant que je sois, par la fréquence et l'immensité de mes relations avec toutes les classes, constamment au courant de tout ce qui se passe, et de tout ce qui se prépare. On me fera bien la grâce, j'espère, de croire que j'ai suffisamment d'intelligence pour saisir les mots inconsidérés qu'on lâche devant moi. Mes continuelles et apparentes distractions font croire qu'ils m'échappent : pas du tout; ils ne sont que tombés : je les ramasse aussitôt. Or, voici ceux que j'ai ramassés à la fin de 1814, et au commencement de 1815.

Louis XVIII fut reçu aux acclamations générales; l'armée le bénissoit; mise sur le pied de paix, tout ce qu'elle avoit d'un peu gradé dans les différens corps qui la composoient, passa chez moi : c'étoient un lieutenant, un capitaine, un chef de bataillon, un colonel, un général. Le Roi, me disoit l'un, m'a donné ma retraite; je conçois, qu'en nous réconciliant avec tous les peuples, S. M. ne peut nous maintenir sur le pied de guerre. Vous le dirai-je? cette retraite est fixée au *maximum* de mes services; je ne m'attendois pas à ce bienfait de la munificence de ce bon prince, qu'on nous avoit toujours si outrageusement dépeint..... M. Villiaume, ma pension, comparée à mon traitement d'activité, aux habitudes que j'ai contractées dans les camps, et aux besoins que je m'y suis créés, seroit insuffisante pour subvenir à mon existence; mais j'ai été quartier-maître, capitaine d'habillement, trésorier-payeur, etc.; mon écriture est bonne; je sais calculer; je m'entends un peu à l'agriculture: placez-moi, je vous prie, dans une maison de commerce, ou donnez-moi un emploi de régisseur; en un mot, *casez*-moi quelque part où je puisse me rendre utile, et faire encore des vœux pour la prospérité de la France et la conservation du Monarque qui vient de la préserver. — Les autres, en manifestant le même amour, en exprimant la même reconnoissance et les mêmes vœux, me disoient: Nous, M. Villiaume, nous sommes las de courir le monde sous les drapeaux de deux dieux vagabonds, Bellonne et Mars. Nous voulons caresser un dieu plus stable et plus aimable, celui de l'hyménée: ce sont des épouses que nous venons vous demander; si nous obtenons d'elles des enfans, nous leur inspirerons les sentimens qui nous animent pour la Patrie et pour le Roi.

Voilà les militaires français en mai, juin et juillet 1814; et ce tableau n'a rien de chargé. Tous avoient de l'esprit: l'enthousiasme en donne; il m'est impossible de décrire l'effervescence de la leur. Elle ne peut s'expliquer que par l'état de crise d'où nous sortions: c'en était fait de la France, si l'étranger eût usé de représailles en nous rendant, la Russie, la Prusse, l'Espagne et l'Autriche, tout le mal que nous leur avons fait. Quelle main les arrêta? Français! ce fut le frère de Louis XVI, et le petit-fils de Henri..... Que cette année 1814 fut féconde en grands et beaux traits! que d'éloquence dans les proclamations des Russes, et de cette éloquence qui, sortant de leurs cœurs, parloit si bien aux nôtres! Quelle leçon sublime, dont nous ne profitâmes point, ne nous donnèrent-ils pas eux et leurs alliés, en ne nous imposant aucunes contributions de guerre, nous qui en avions tant levé chez eux, notamment en Prusse, où toute une génération fut obligée de prendre les armes pour ne pas périr de misère! Plus que sublimes alors, ne nous laissèrent-ils pas jusqu'aux dépouilles que nous leur avions enlevées? Notre Musée ne resta-t-il pas intact? Les chevaux de Corinthe ne continuoient-ils pas de s'offrir à nos regards sur l'arc du Carrousel? Leurs étendards ne flottoient-ils pas toujours aux Invalides, là où reposoit encore l'épée du grand Frédéric? Ah! Puissances de l'Europe, ces richesses maintenant éparses, ces objets d'arts actuellement disséminés, c'étoient autant pour vous que pour nous, que nous aurions désiré de les garder, dans l'espoir de ne plus faire désormais avec vous qu'une même famille, subdivisée sous plusieurs chefs! Votre conduite, à cette époque, tint de l'héroïsme des premiers siècles : que dis-je? elle surpassa tout ce que l'histoire, et la fable même nous offre de merveilleux! Demi-dieux alors, pourquoi cessâtes-vous d'en être en 1815? Seriez-vous dégénérées au point de préférer notre or à la gloire? Si l'un nous manque, l'autre du moins nous reste..... Faites un retour sur vous-mêmes, et vous ne réduirez pas au désespoir, pour les fautes d'un seul homme, une nation qui est encore assez généreuse pour vous conseiller d'être toujours grandes.

Du 1er. août à la mi-octobre 1814, le zèle des militaires se refroidit. On ne dira pas que ce fut la faute de la température; il faisoit chaud alors. Je les voyois cacher leurs rubans, et se moquer de l'Archevêque, Grand-Chancelier de la légion d'honneur (M. de Pradt fut, je crois, appelé à ces hautes fontions par le gouvernement provisoire). Gare en France, quand on commence à y rire des gens en dignité. Si Buonaparte nous eût permis la chanson, il nous auroit gouverné moins de temps. Le prélat, disoient-ils, feroit mieux (sans doute en attendant qu'il révolutionnât, dans ses brochures, les Indes occidentales. *Villiaume*), feroit mieux d'aller chanter les vêpres à Malines, d'y diriger les évêques de sa juridiction, et d'asperger, avec de l'eau-bénite, ses fidèles troupeaux, que de distribuer ici, en soutanne et en rabat, la croix des braves. Si Montebello vivoit encore, sa place seroit au Palais de Salm. C'étoit celui-là qui en cueilloit des décorations, tout aussi facilement qu'il en voyoit Napoléon se *faire faire*. Que ce dernier ne l'a-t-il écouté ! nous ne serions pas à l'écart à présent (voir (1) la note). Puisque Montebello n'est plus,

---

(1) Eh! mes amis, vous n'y êtes pas à l'écart, et vous y eussiez été si Buonaparte fut resté en France : cessant de vous enterrer en cessant de piller l'Europe, il n'auroit pu vous continuer ses largesses, ni même vous conserver. Presque toutes les dotations dont il vous avoit pourvu étoit assises sur l'étranger; il avoit aliéné le revenu affecté à vos croix, en vendant les domaines de la légion; réduit aux seules ressources de l'Etat, souvent subordonnées à des intempéries, il eût fallu, pour vous satisfaire, écraser d'impôts le laboureur et vos propres familles; cela ne pouvoit être : la patrie, c'est le sol français, nos cités, le chaume et le toit qui abritent l'agriculteur, l'artisan, le moissonneur. Vous n'étiez que les défenseurs de cette mère commune : fils dénaturés, eussiez-vous souffert qu'on tarit, en elle et pour vous, les sources où vous puisâtes la vie? Non, jamais vous n'y auriez consenti! je vous connois trop bien pour ne pas vous rendre ce témoignage. Et quand la patrie vous est si chère, trouvez bon qu'elle le soit aussi à vos voisins : *Ne pas faire à autrui ce que nous ne voudrions pas qu'on nous fît*, est, en morale comme en politique, un axiôme d'une éternelle justice, soit qu'on l'applique aux individus ou aux empires. Buonaparte l'a trop long-temps méconnu ; Louis XVIII semble l'avoir adopté le premier; qu'il soit aussi votre devise : heureux, mille fois heureux les peuples dont on parle peu! Malheureux ceux qui remplissent l'univers du bruit de leurs exploits. . .

qu'on mette, à sa place, un Reggio ou un duc de Tarente; ceux-là sont braves, au moins; jamais il n'ont dit la *messe* (menti), ni faussé l'honneur.

J'avoue franchement que je n'ai pu m'empêcher de sourire à l'originalité de ces propos. J'aime à voir les hommes dans leur sphère : par exemple, je vois avec plaisir M. Molé au ministère de la marine; d'abord, parce qu'il a de grands talents, ensuite, parce qu'il est un véritable homme de bien ; seulement je regrette qu'il n'ait pas passé les tropiques, et fait au moins dix campagnes sur mer; il sauroit mieux où l'on trouve du bois pour construire des vaisseaux. Nous n'avons plus que des fagots en France, depuis que nos forêts sont à veau-l'eau. C'est Buonaparte, voyez-vous, lecteur, qui a commencé à les y mettre pour continuer ses guerres, et nous mener à la boucherie; le gouvernement royal acheva de les vendre par un tout autre motif: c'étoit pour nous soulager, en aidant à nous libérer sans nous fouler. Toutefois, ne me prenez pas au mot; nous en avons encore assez (des forêts) pour faire bouillir la marmite, et même pour aller au loin, s'il nous falloit des bâtimens pour y aller. — Ce sont pourtant ces diables de militaires, et leurs drôles de propos qui m'ont conduit dans ces broussailles : c'est que je ne puis causer avec eux sans penser à la gamelle.

De la mi-octobre 1814 au 1er. février 1815, les camarades, qui en dernier lieu n'étoient que tièdes, me parurent exaspérés. On ne dira pas que c'étoit la chaleur de l'atmosphère qui échauffoit leurs têtes: il geloit alors. Je redoutois le printemps, cette saison qui régénère et vivifie la nature, en même temps qu'elle exalte et embrâse l'imagination (ceci est d'une vérité constante : il y a plus de fous et d'affections mentales au printemps que dans les neuf autres mois de l'année).

—« Eh ! Messieurs, qu'avez-vous donc ?—Ce que nous avons ? Les Ministres trompent le Roi. Vous avez vu de quelle manière, avec qu'elle respectueuse soumission, et quelle gratitude nous reçûmes nos retraites, quel'on motiva sur la double raison d'âge et d'économie : hé bien ! l'état-major de l'armée est triplé ; nous sommes remplacés par des morveux ou par des gens de dix à quinze ans plus vieux que nous, en sorte que le budget de la guerre est à la fois augmenté de nos retraites, et le cadre des officiers d'une activité plus considérable qu'elle ne le fut sous Napoléon. Jamais on ne vit tant d'épaulettes sans qu'on sache ni d'où elles viennent, ni où elles ont été méritées. Ces Messieurs qui occupent nos places ont de singuliers noms ; presque tous finissent en *gnic* et en *gnac ;* ce sont, pour la plupart, des vicomtes, des comtes et des marquis qui ne souffrent pas qu'on les nomme autrement que par ces qualifications, quand nous nous honorions, nous, d'être appelés par nos soldats, capitaine, major ou colonel. Voyez ce que m'écrit mon fourrier, et ce qu'écrit au chef de bataillon son sous-officier : ils ne peuvent plus y tenir ; il est impossible que les choses aillent comme cela ; ce n'est ni ce que promit le Roi, ni ce que S. M. vouloit que l'on fit ; ne dit et n'écrivit-ELLE pas ces paroles mémorables, gravées au fond de nos cœurs : *Que souvent* ELLE *avoit, du fond de son exil, tourné, avec orgueil, ses regards vers nous.* Notre valeur alors étoit digne d'une meilleure cause : cette cause, nous aurions su la défendre dans la personne de cet auguste, excellent et respectable prince que défendront mal ces nouveaux venus. Les émigrés ont peu fait pour ELLE ; nous leur tenons cependant compte de leurs intentions ; nous voyons, nous verrons même encore, sans jalousie, leur sort s'améliorer ; mais que ce ne soit pas à notre préjudice : issus de familles aisées, ils ont, la majeure partie, reçu une éducation qui manque aux trois quarts d'entre nous : nous n'apprîmes qu'à vaincre ; nous ne savions que nous battre : nous ne voulons plus que savoir nous garder, en défendant la Patrie et les Bourbons. Qu'on me retienne, me disoit un capitaine de première classe, 40 francs par mois sur les 200 francs que je recevois ; et moi 60 francs sur mes 300 fr., disoit un lieutenant-colonel, et qu'on leur fasse des pensions avec ces retenues, auxquelles il n'est pas un de nos camarades qui ne souscrive. Il est juste que ces victimes d'un noble et généreux dévouement aient une existence. A l'exception de l'armée révolutionaire dirigée contre la Vendée, nos autres armées ne leur ont jamais fait, ni voulu beaucoup de mal. Maintenant que nous avons la paix, quoique ce ne soient pas eux qui l'aient ramenée, nous sommes tous frères; nous donnions bien ce nom, en trinquant avec eux le jour d'une trêve, aux Russes, aux Prussiens, aux Autrichiens, avec lesquels nous nous étions battus la veille, et avec lesquels nous devions nous rebattre le lendemain ; à plus forte raison devons-nous aimer des hommes nés français, que les événemens seuls ont armés contre nous, comme ils nous armèrent contre eux.

Toutefois nous éprouvons peu d'estime pour ces émigrés qui ne passèrent à l'étranger que par ton, et qui, en y traînant leur suffisance et leur nullité, auroient rendu le nom français méprisable, si l'on eût jugé de lui par eux. Plutôt que de fuir, que ne défendoient-ils leur Roi, les lâches ! Nous étions trop jeunes alors pour nous dévouer à sa défense. Jamais, du moins, on ne nous accusera d'avoir insulté à sa mémoire ; on ne dira pas même qu'il existoit encore, dans nos rangs, des hommes de ces temps horribles : nous sûmes en chasser ceux qu'épargna le fer ennemi. Pourquoi donc nous humilier ? Le Roi peut s'en fier à l'honneur français. L'ancienne armée et l'ancienne garde ne trahirent jamais Napoléon : elles ne trahiroient pas Louis XVIII. Environné de cette dernière, sa Personne et sa famille seraient invulnérables ; mais on a eu soin de l'éloigner, en la calomniant, sans doute pour l'irriter, et sans avoir dit à S. M. combien elle étoit fidèle, quand elle avoit juré de l'être. »

Le 11 février, un officier général, anciennement attaché à la maison de Buonaparte, et qu'on me permettra bien de ne pas désigner, vint me trouver. — « Que pensez-vous de tout ce qui se passe, M. Villiaume ? — Ne gouvernant pas, et m'occupant peu de politique, je ne pense à rien ; je désire seulement que tout aille bien. — Tout ira bien aussi : l'empereur va revenir. — L'empereur est un misérable. — Mais il vous a fait sortir de prison (voir, à la fin de ce volume, l'extrait de mes mémoires inédits). — Il ne devoit pas m'y mettre. — Ce fut sa polic... — Il devoit la changer. — C'est ce qu'il fit. — Du tout : c'étoit le chef de division Bertrand qu'il falloit chasser. L'ex-Conseiller d'État Dubois, qu'il renvoya, n'étoit pas un buveur de sang, et le Ministre Fouché ne dut sa destitution qu'à une action louable : il ne voulut pas commettre le nouveau crime que lui commanda votre patron, en lui ordonnant de faire arrêter Lucien (qui valoit encore quelque chose à cette époque). — L'empereur protégea votre établissement. — Oui, parce qu'il savoit que ma correspondance et mes brochures sur mes mariages occupoient le public, faisoient rire, après avoir fourni les sujets de deux pièces de théâtre, de plusieurs caricatures, articles de journaux, etc., et qu'on ne conspire point, quand on rit. — Ne vous envoya-t-il pas nombre de généraux ? — C'est encore vrai : le grand-homme ne sachant, quand ils l'abordoient, que leur dire, parfois, ce qu'il répétoit si *spirituellement* à toutes les dames : « Etes-vous mariée, Madame ? — Non, Sire. » — Il faut vous marier ; et, à une autre : Etes-vous

» mariée, Madame? — Oui, Sire. — Vous avez des en« fans? — Quatre, Sire. — Il faut encore en faire. » Je sais, que sur la réponse négative de ces généraux, il dit à quelques-uns, dans ses bons et sots momens : « Hé bien ! allez trouver Villiaume. » Mais j'ai fait peu d'affaires avec eux ; il ne les laissoit pas assez de temps à Paris, pour qu'ils y eussent le loisir d'y publier leurs bancs : voilà pourquoi j'en ai tant à marier encore. C'est au contraire lui qui a ruiné mon établissement : ses guerres furent cause que je n'eus plus que des demoiselles et des dames à pourvoir ; elles étoient alors à la baisse ; aujourd'hui que le Roi est rentré, et que vous êtes tous de retour, elles sont à une hausse telle, qu'on ne peut y atteindre, ce qui me désespère. — Trève à la plaisanterie : voudriez-vous faire, pour l'empereur, ce que vous fîtes pour le Roi (voir (1) la

---

(1) Un mouvement dans le peuple, sans le concours duquel il n'y eut jamais de réaction ou de révolution complète. Nul homme n'a plus que moi les moyens d'opérer et de conduire ces sortes de mouvemens, qu'on ne mène bien qu'autant que l'on entend un peu la langue des halles. Lorsque le sénat se réunit, en 1814, pour statuer sur le choix d'un gouvernement, je fis écrire 400 circulaires à des individus inscrits sur mes livres pour être placés ; tous vinrent à la même heure, suivant mon intention : — « J'ai à vous proposer ce » que vous désirez, disois-je à chacun d'eux ; mais je suis » pressé de sortir : il faut que j'aille au sénat y faire crier : » Vive le Roi ! Vive Louis XVIII ! Vive Louis le *Désiré !* repassez » demain, ou plutôt venez avec moi, et je vous expédierai à mon » retour. — Volontiers, allons, en avant, vive le Roi ! à bas » Napoléon, pas de régence, etc. » Ma troupe, se grossissant en route, se montoit, en entrant au Luxembourg, à plus de 3000 aboyeurs, bien persuadés que se faisant ainsi remarquer, ils ne pouvoient manquer d'être, dans le nouvel ordre de choses, ou employés ou pensionnés ; aussi plut-il de tous côtés, dans les premiers jours de la restauration, des mémoires qui ne valurent pas même, à leurs auteurs, de quoi se raffraîchir ; voilà

note) ? Non. — L'empereur, mon cher, ne vous en vouloit pas; vous avez eu tort de publier ces vilains mémoires contre lui ; il reçoit, à l'île d'Elbe, tout ce qui a trait à sa personne : ils lui auront fait de la peine; mais, en le servant bien, il les oubliera. — Je vous ai déjà répondu. — Des sarcasmes : cependant, le fait est que le traité fait avec lui est nul, puisqu'on n'en remplit pas les clauses; sa pension n'est point payée. — Je suis sûr du contraire : le Roi ne s'est jamais obligé, sans remplir ses engagemens. Au surplus, votre Buonaparte, qui a vidé la trésorerie, a plus d'argent que S. M., à qui il n'a laissé que des plaies à cicatriser, et des dettes à acquitter, dettes contractées par sa cruelle et folle ambition. — Vous conviendrez du moins, qu'après ce traité, les Bourbons et les alliés voulurent le faire assassiner par une bande de sicaires, à la tête de laquelle étoit Maubreuil : ce qui annulle encore la convention de mai 1814, puisqu'il n'a dû la vie qu'à son bonheur. — Ce que vous dites-là est faux : je connois mieux que vous l'affaire du marquis de Maubreuil ; j'ajoute mieux qu'il ne la connoît lui-même : j'ai de ses lettres que m'a fait passer le capitaine Sainte-Clair : il n'y est pas fait mention d'assassinat. Je sais qu'on veut lui faire dire ce que vous avancez ; que contrairement aux ordres de S. M., qui veut qu'on le juge, on ne le retient au secret de l'Abbaye, sans instruire son procès, que dans l'espoir de s'en servir pour accréditer ces monstrueuses calomnies, en l'obligeant à les affirmer mensongèrement ; mais je veille sur lui ; et, l'événement arrivant, j'aurai soin de l'enlever aux brigands qui veulent lui suggérer

---

les badauds: on les échauffe, en les faisant aller à volonté, ensuite ils se désaltèrent où ils peuvent : heureusement que l'eau coule pour tout le monde. J'ai cependant eu soin de placer, de préférence aux autres personnes aussi inscrites sur mes livres, celles qui m'avoient aidé dans cette entreprise.

de semblables impostures ; s'il ose ensuite les soutenir devant moi, je saurai le mettre à la raison. — Adieu, mon cher; vous voulez vous perdre. » J'avoue que je ne l'aurois pas cru si prophète.....

Je n'étois point encore remis de l'impression que fit sur moi ce colloque, lorsque de nouveaux militaires vinrent me proposer de leur négocier des revues, des pertes, des entrées en campagne, des arriérés, etc. Ils ne demandoient que 4 à 500 fr. sur des comptes qui, vingt jours avant, auroient produit, au cours de la place, 15 et 1,800 fr., mais que l'on parvenoit difficilement à vendre dans ce moment, attendu la masse énorme de ces réglemens jetés, pour ainsi dire, sur le pavé de Paris. — « Différez un peu, mes amis, et je vous trouverai le triple de ce que vous désirez. —Nous n'en avons pas le temps; nous voulons nous rendre en Provence, ou dans le Dauphiné, ou à Lyon. — Et pourquoi vous rendre là-bas, quand on ne vous tourmente pas ici? — C'est que les choses y iront mieux qu'à Paris, où il est de toute impossibilité qu'elles aillent bien, tant qu'il y aura un Comte de ** (Deux-Étoiles) là-haut, un D. à la guerre, un M. à l'intérieur, et des préfets qui nous vexent dans nos départemens. » (Voir la note (1) fournie par les fous de Charenton).

---

(1) NOTE *fournie par les* FOUS DE CHARENTON. D'après ce qui eut lieu alors, on seroit tenté de croire que ces messieurs, loin d'informer le Roi de ce qui se passoit en France, n'entretenoient, au contraire, S. M. que de ce qu'ils auroient désiré qui s'y passât, substituant ainsi leur opinion à l'opinion publique. Bien différens, les ministres actuels ont eu le courage de dire la vérité à un souverain qui la recherche autant qu'il l'aime. Ne rappelle-t-on pas tous les jours des officiers de l'ancienne armée? Disons-le : on provoqua leur rébellion en les humiliant; c'est en cessant de les humilier qu'on les rattacha à une cause que jamais ils n'auroient désertée. Tous les jours leur esprit et celui du public s'améliorent. On peut même dire

D'après ces propos, tenus successivement en ma présence par plus de six mille individus, et que je n'ai recueillis çà et là que pour les mettre dans la bouche de quelques-uns, afin d'en composer un tout qui abrégeât ma narration, on conçoit qu'il ne me falloit pas un grand sens pour pressentir ce qui alloit arriver. N'ayant jamais rempli d'emploi dans le Gouvernement, ni trahi personne, soit en livrant, soit en accusant des noms, tous ces militaires, qui me connoissoient, se gênoient nécessairement peu avec moi; libres dans les discours qu'ils m'adressoient, et qu'autorisoit la sûreté de mon commerce; réservés avec les Ministres, dont le caractère imposant éloigne toujours plutôt qu'il ne les provoque, les franches ouvertures, je devois en savoir plus que ces derniers. Je devois aussi compte à l'Etat et au Roi de ce qui se passoit. Ma conduite sera constamment la même dans toutes

---

qu'il n'en est en quelque sorte plus qu'un parmi nous. En conclura-t-on qu'il faille, pour cela, supprimer la police? autant vaudroit de proposer la suppression des rondes et des patrouilles qui se font à Paris, parce que tout y est tranquille: dès demain on ne pourroit plus y sortir de nuit. C'est justement parce que tout est également tranquille en France, que la police doit redoubler de surveillance pour y maintenir le calme qui y règne, et qui n'est dû qu'à sa vigilance.

On attaque le comte de Cazes! et c'est de lui et du comte Anglès que notre généralissime a dit, page 23, ligne 30 de cette brochure: « Deux Ministres, jeunes encore, mais plus » sages que leurs siècle, sauvent la France tous les jours, et » la malveillance les accuse de la perdre. » Il l'a dit, parce que pour assurer le repos de l'État, ils n'ont pas craint de sacrifier à l'usage constant de la police, qui est de ne livrer jamais même les délateurs mensongers: dérogeant à cet usage, ne vit-on pas, sous leur magistrature, une multitude de faux dénonciateurs traduits devant les tribunaux? Le Ministère de la police est, dit-on, inutile! Buonaparte ne le maintint-il pas dans ses plus beaux jours, à une époque où il y avoit, pour ainsi dire, una-

les occasions ; elle ne cesseroit de l'être qu'autant que l'on exigeroit de moi ce que l'honneur réprouve : une précision délatrice.... Ne pouvant parvenir jusqu'au Roi, je fus trouver leurs Deux-Étoiles, qu'ils avoient tant en grippe. MONSEIGNEUR étoit encore au lit. « Vous dormez, lui dis-je, en l'approchant, et Buonaparte va venir... — Comment! Buonaparte va venir? Vous êtes un alarmiste! je vais vous faire arrêter.... » et, sans me laisser achever ce que j'avois à lui raconter, l'EXCELLENCE se met en devoir de tirer le cordon de sa sonnette, qui heureusement étoit embarrassé dans les rideaux de son lit; de mon côté, je lui tire ma révérence, et je prends congé d'ELLE. je me rends, non chez moi, où je craignois de n'être pas en sûreté, mais chez un de mes amis; là, j'adressai au puissant et haut seigneur, qui avoit dédaigné de m'entendre, une relation de ce que j'avois appris, sans lui nommer mes auteurs, conciliant ainsi ce que je me devois, avec mon devoir de bon citoyen et de

---

nimité de sentimens pour lui? Trois conseillers d'État, chargés chacun d'un arrondissement, n'étoient-ils pas adjoints à cette police, à côté de laquelle s'en trouvoient encore deux autres? Et c'est sans ces auxiliaires que les comtes de Cazes et Anglès rétablirent, seuls, la tranquillité dans les temps difficiles de 1815, 16 et 17; temps qui n'existèrent jamais sous les gouvernemens précédens, puisqu'aux troubles intérieurs d'alors ne se joignirent pas la présence des étrangers chez nous, et tous les maux qui, par suite, nous accablent; c'est, disons-le, parce qu'ils ont trop bien fait et font encore trop bien, qu'on ose proposer le renvoi de l'un, et la réduction des attributions de l'autre à l'éclairage et au balayage de la capitale! En vérité, il faut absolument que les Petites-Maisons ne soient plus où nous sommes, et qu'elles soient où nous n'osons dire. *Signé* LABOURDON, NIAIS, tous deux fondés de pouvoirs des autres fous de Charenton, et ne faisant qu'un ensemble. *Colas* t onnez, par nous greffier de l'hospice, *signé* BIG ON, parent de tous les *Labourdon*, *Niais* et *Bougon* de là-bas, ce 1er. mai 1818.

fidèle sujet. Ce billet accompagnoit l'envoi : « Votre » morgue, vos préjugés, vos fausses mesures, l'igno- » rance absolue dans laquelle vous êtes de notre esprit » public, et de ce qui nous convient, ont perdu la » France, que votre aveugle et fatale sécurité va per- » dre encore. Je me signe, Villiaume. »

Cette relation fut laissée aux Tuileries; Buonaparte ne put m'en savoir gré : le billet d'accompagnement ne se retrouva pas. Sa date étoit du 12 février, veille d'un mauvais nombre ; 18 jours après, nombre chéri, Buonaparte étoit débarqué. Le croira-t-on ? Deux-Étoiles et consors prétendirent alors que j'étois du complot... Imbécilles ! Si j'en avois été, l'eussé-je révélé ! Que le comte de Cazes n'étoit-il alors ce qu'il est à présent ! Ce Ministre, le seul d'habile qu'ait eu la France après le duc d'Otrante, ne m'eût pas repoussé : la police ne se fait bien qu'en accueillant tous les avis ; sans doute il en est, dans le nombre, beaucoup de saugrenus, qui égarent quelquefois; mais il s'en trouve aussi d'importans qui ramènent sur la piste : voilà pourquoi ce Ministère, si difficile à conduire, exige un tact si fin, et tant de choix dans les moyens d'exécution. On pense bien que Deux-Étoiles m'en voulut; et que pour n'avoir à rougir devant moi, à Gand, il dut m'en écarter. On verra bientôt que ceux qui le secondèrent avoient aussi à redouter ma présence dans cette ville; si je leur en garde rancune, et particulièrement à Deux-Etoiles pour m'avoir si sottement éconduit, je n'oublierai du moins jamais que le comte de Cazes ne me soupçonna pas de partager les sentimens de quelques généraux étrangers, que je lui signalai, à mon retour de la Belgique, comme voulant exciter des troubles chez nous, et dont S. Exc. sut si bien croiser les desseins. Au demeurant, je n'ai encouru, dans tout cela, que l'effet du ressentiment de ces généraux, mais j'y parerai ; la haine plus forte de Buonaparte, je m'en honore; celle de Deux-Étoiles, je m'en soucie aussi peu que de son estime; la perte irréparable de mon mobilier, presque celle de ma raison, mais bien certainement ma tranquillité, le bonheur dont je jouissois, et l'espoir de laisser, après moi, à mon épouse et à mes fils, de quoi les mettre à l'abri du besoin.

La nouvelle du débarquement de Buonaparte parvint le 5 mars à la Cour; j'en fus informé, peu après, par une personne attachée au service du Palais; le 6, les détails de cet étrange événement furent envoyés au Moniteur: ils y parurent le 7. Je me rendis aussitôt aux Tuileries: toutes les avenues de ce château étoient embarrassées par des gens qui, méditant la trahison, alloient offrir leurs services aux princes, ou par des ganaches qui eussent mieux fait de rester chez elles que d'aller *pleurnicher* là sans avancer à rien: en un mot, on délibéroit, et il falloit agir.

Les lendemain, surlendemain et jours suivans, même encombrement, et même impossibilité pour moi de pénétrer dans l'intérieur. Cependant, à mesure que Buonaparte avançoit, tous ces empressés, qui commençoient à faire leurs paquets de départ, éclaircissoient d'autant toutes les issues, et je parvins enfin dans l'anti-chambre du duc de Berri. Là, je rencontrai de vieux et fidèles serviteurs, qui me parurent n'avoir d'autre tort que celui d'y venir proposer très-sérieusement leur épée, oubliant ainsi qu'il est un âge où l'on cesse de défendre, par les armes, la Patrie et son Roi: c'est celui dans lequel on recueille les récompenses méritées par d'anciens et honorables services. « Messieurs, » leur dis-je, avec un accent d'enthousiasme et d'ins» piration, je puis arrêter Buonaparte : j'en fais mon » affaire, j'en ai les moyens; seul peut-être, j'aurai le » courage de les mettre à exécution : j'attends que le » duc de Berri passe; mais si S. A. R. ne m'emploie pas, » Buonaparte sera à Paris avant dix jours. » Ces respectables vieillards avoient fait la guerre; ils m'écoutoient avec cette attention que donne l'expérience; ils voyoient bien que Buonaparte étoit venu de Cannes à Lyon, sans éprouver de résistance; et que son escorte, se grossissant en avançant, rien ne l'arrêteroit, si l'on ne prenoit les devants. Mais, à côté d'eux, se trouvoient des fréluquets, fils de ci-devants (voir (1) la note), qui, n'admettant de courage que dans leur caste, et l'excluant dans la roture, ne purent supporter, dans un homme sans dorures et sans croix, le ton mâle et décidé avec lequel je m'exprimois : peut-être leur en

(1) Ils ont beau faire : eux et leurs arrières-petits, seront toujours des ci-devants, de la manière que je l'entends. La noblesse put être et fut en effet l'appui du trône, du temps de l'ancienne chevalerie, long-temps avant l'invention de la poudre à canon : cuirassés de la tête aux pieds, montés sur d'agiles coursiers, armés de tranchans, garantis par d'impénétrables boucliers, les nobles alors pouvoient, dans les combats, pourfendre individuellement et jusqu'à ce que leurs bras s'affaissassent, deux ou trois cents soldats mal armés, mal défendus, mal nourris et presque nus; mais aujourd'hui qu'un boulet ne respecte pas plus un Bayard qu'un tambour, ce à quoi ils peuvent aspirer, en fait de courage, c'est de s'élever à la hauteur de ces braves qui désertant leurs charrues pour se transformer en héros, étonnèrent si long-temps l'Europe encore émerveillée de leurs hauts faits. Descendans abâtardis d'illustres ascendans, ce sont ces *noblichons* de nos jours qui perdirent Louis XVI en se refusant à des sacrifices que réclamoient les circonstances; ce sont eux qui, voulant, au retour de Louis XVIII, nous rattacher à la glèbe sous un Roi éminemment constitutionnel, précipitèrent la France en mai, juin, juillet, août, octobre, novembre, décembre, 1814; janvier, février et mars 1815. Ils devoient, disoient-ils, répandre tout leur sang en défendant S. M. Cependant on ne vit nulle part une goutte de ce sang si précieux. Je sais que celui de La Rochejacquelin coûla dans la Vendée, celui de quelques autres dans le midi; mais ces modèles d'une rare fidélité ne s'amusèrent point à se pavaner aux Tuileries; ils agirent, et la race maudite dont je me plains fut cause qu'on n'agit pas.

eussé-je imposé, si j'avois eu des broderies à mon habit, et des rubans à ma boutonnière : malheureusement je n'avois que ce qui leur manquoit : *du cœur au ventre et de l'âme dans le cœur*. « Quoi ! s'écrièrent-ils, Buonaparte à Paris dans dix jours ! nous » l'en empêcherons bien ! Qui êtes-vous ? que faites- » vous ? où est votre mission ? — Ma mission est dans » ma tête ; je fais mon devoir ; je suis un soldat, et » vous n'êtes que des *lèches*-pain, qui ne vous êtes » attachés aux princes que pour avoir la *pâté*. » On voulut encore m'arrêter, mais j'étois déjà loin.

Rien de meilleur que les hommes vifs, ouverts, brusques même : le Grand Condé étoit de cette trempe. Connoissant la franchise, la popularité et la rondeur du duc de Berri, je me déterminai à lui écrire. Ma lettre portoit en substance que je me faisois fort de livrer Buonaparte mort ou vif (et je l'aurois fait...), ce dont je répondois sur ma tête. Je n'en disois pas davantage, dans la crainte d'être lu par d'autres personnes que S. A. R., et me proposant d'ailleurs d'entrer, avec ELLE, dans des détails ultérieurs ; elle fut remise au Prince par le général Montélégier, son premier aide-de-camp, dont j'invoque ici le témoignage, ainsi que celui du comte de Fontanes, secrétaire des commandemens de S. A. R. ; elle fut également déposée chez tous les Suisses du château aux adresses du Roi, du comte d'Artois, du duc d'Angoulême, du comte Deux-Etoiles, etc. J'en remis pareillement, pour le duc de Berri, au comte de Nantouillet, son grand-écuyer, au comte de Mesnard, dont j'aurai bientôt occasion de parler, et à M. de Clermont-Tonnerre, aussi l'un et l'autre attachés à la maison du Prince. Je ne puis, et j'en suis bien aise, dire par qui l'une d'elles fut encore laissée aux Tuileries ; heureusement que ce ne fut pas celle que m'apostilla M. le général baron de Larochefoucault, pair de

France, alors directeur-général du dépôt de la guerre ; je l'ai craint, lorsque j'appris, dans les Pays-Bas, qu'un Sostène de Larochefoucault étoit proscrit, ignorant alors les prénoms du général. Ce que je puis affirmer, c'est qu'elle acheva de courroucer Buonaparte contre moi, en me présentant à ses yeux comme un assassin. Qu'il se détrompe ; je ne voulois que le tuer à mes risques et périls ; et il le saura, si un exemplaire de cette brochure, que je lui adresse à l'île Sainte-Hélène, lui parvient jamais : voici quel étoit mon plan ; et on ne dira pas que je l'ai bâti à Charenton, ayant en main la preuve qu'il fut lu par des généraux alliés, auxquels je le communiquai immédiatement après m'être réfugié en Belgique. Étoit-il susceptible d'une exécution sûre et facile ? C'est à Buonaparte lui-même que je m'en rapporte à cet égard ; je ne réponds que de sa hardiesse (du plan), du sang-froid et de l'audace avec lesquels je l'aurois mis à exécution.

Je demandois 2,000 hommes, à la tête desquels je me serois mis, sous un autre nom que le mien. Un casque renfoncé, des moustaches sous le nez, un teint basané, comme j'ai su me le basaner dans maintes circonstances que j'aurai occasion de rapporter, m'eussent rendu méconnoissable à l'homme de l'île d'Elbe. Je rangeois, sur son passage, ma troupe en haie le long des maisons d'une ville, d'un bourg, ou d'un village (Mais, dira-t-on, il eût fallu savoir par quelle route il venoit ? belle question ! Ne venoit-il pas tout droit par le chemin le plus court ?). Pouvant compter sur la discrétion de deux hommes, et non sur celle de 2,000, ma troupe n'auroit rien su de mes desseins : ainsi il m'importoit peu qu'elle fût bonne ou mauvaise, dévouée ou non dévouée. Je plaçois ces deux hommes, armés de gueulards, chargés chacun de vingt balles, dans un appartement, au premier, derrière mon centre ; et ces deux hommes, je les avois : tout-à-l'heure on les connoîtra. J'aurois choisi cette maison de manière à ce qu'on fût obligé de tourner une partie de la ville, du bourg ou du village pour en barrer le derrière : c'est assez dire que je l'aurois pris au centre d'une rue, et non à l'une de ses encoignures ; des chevaux de selle très-frais eussent été derrière pour favoriser la fuite de mes deux hommes qui, comme on voit, n'auroient pas eu de grands dangers à courir ; les croisées de leur appartement eussent été fermées, ce qui, les empêchant d'être aperçus du dehors, ne les auroit pas empêché de distinguer parfaitement ce qui s'y passeroit; et comme en semblable circonstance on n'y regarde pas de si près, ils auroient tiré, sans ouvrir, à travers leurs vitrages, et presqu'à bout portant, parce qu'en province les rues n'ont pas la largeur des quais de Paris.

Maintenant voici quelle eût été ma conduite : Buonaparte étant dans l'usage d'envoyer, pour les séduire, des émissaires aux troupes qui se trouvoient devant lui, j'aurois répondu à ceux qu'il m'auroit dépêchés, par un *Vive Napoléon*, etc.; puis j'aurois ajouté : « Nous attendons l'empereur pour nous joindre à lui, » après l'avoir salué de notre drapeau; j'irois bien à » sa rencontre, mais ma troupe est fatiguée. »; et elle l'eût effectivement été, car j'aurois eu soin de lui faire faire quelques marches et contre-marches, afin qu'aucune voix ne me démentît. Si, après cette explication, on m'eût, ce qui n'est pas présumable, témoigné de la défiance, j'aurois fait mettre les baguettes dans les canons, puis ouvrir les gibernes : « Vous voyez, au» rois-je dit, que nous n'avons pas de munitions ; » qu'ainsi nous ne venons ni pour vous attaquer, ni » pour vous empêcher de continuer votre route; d'ail» leurs, nous ne sommes pas, pour cela, assez nom» breux, et nos sentimens sont trop conformes aux » vôtres. » A l'approche de Buonaparte, j'aurois fait battre un banc qui eût été, pour mes deux hommes, le double signal de s'apprêter, de donner deux tours de clef à la porte d'entrée, d'y mettre les verroux, et de la barricader, en poussant une masse derrière, afin qu'ils eussent, après leurs décharges faites, le loisir de filer, avant qu'on l'eût enfoncée : ce qui n'eût déjà pas été si facile avec des crosses de fusils; je pense bien que le grand homme ne devoit pas avoir de canons autour de sa voiture, et que tous les corps auxquels il s'étoit réuni sans défiance, ne l'y disposèrent pas par tant de précautions, faites pour inspirer de la sécurité.

J'ai fait la guerre de bonne heure; je sais ce que produisent les coups d'audace; quelle soudaine et panique terreur s'empare d'une armée qui perd subitement son chef. Je l'ai dit : je m'en rapporte, sur ce point, à Buonaparte; pour mon compte, j'ose assurer que cette journée se seroit terminée, de part et d'autre, par des cris de *Vive le Roi!* (Voir (1) la note). J'oubliois de dire que je me serois bien gardé d'amener avec moi le volontaire royal Martinvillain, parce qu'il n'est bon qu'à rédiger des mouchoirs, puis à pérorer, ce qui ne m'eût pas convenu.

Voilà pourtant l'honneur que je sollicitois, et que je ne pus obtenir ! J'en accuse ces hommes que j'ai

---

(1) Je ne voyois et il n'y avoit en effet dans cette attaque qu'une ruse de guerre, qu'un piége tendu à un homme qui en tendit tant : qu'on l'examine comme on voudra ; n'est pas assassin celui qui hasarde sa vie en se montrant à découvert, ni celui qui tire le premier sur son ennemi, puisque dans tous les combats qui ont eu lieu depuis la création, il a nécessairement toujours fallu que l'un des partis belligérans s'engageât le premier. L'assassin, au contraire, n'est qu'un lâche qui fond à l'improviste sur sa victime ; la dépouille par calcul sans jamais rien exposer du sien; la cupidité seule, ou des sentimens non moins bas, le dirigent; soutenu dans son attroce barbarie

signalés plus haut, hommes qui, écrasant les Princes du poids de leur inutilité, ne me permirent pas de pénétrer jusqu'à eux. Leur inutilité ! ! ! ..... Ah ! je n'aurois pas à m'en plaindre, s'ils n'eussent été qu'inutiles ! Mais, en obstruant tous les passages, ils écartoient de LL. AA. RR. des sujets capables de se dévouer. Je m'en venge du moins aujourd'hui, en soutenant qu'ils ne sont propres qu'à embarrasser une armée ; et qu'un général qui les auroit à sa solde, seroit assuré d'être toujours battu.

Il n'y eut que le vicomte de Montélégier et un officier du duc de Berri qui me secondèrent ; mais il n'étoit plus temps : le prince se rendoit, avec la famille royale, à la Chambre des députés. Le bouillant Montélégier vouloit que je parlasse à S. A. R. ; le moment ne me parut pas opportun. Au retour de cette solennité, le comte de Fontanes me signa, pour me rendre où bon me sembleroit et sans qu'aucun empêchement me fût fait, des passe-ports sur lesquels il apposa les armes du prince. J'aurois, dans ce moment, obtenu les ordres que j'avois demandés ; mais c'étoit le 17 soir, je crois même le 18 ; je n'aurois pu en faire usage que le 19 au matin, jour annoncé pour le camp de Villejuif : je m'y rendis ; j'eus l'humiliation de m'y trouver seul. Voyant que tout le monde décampoit sans avoir campé, et sachant l'abus que Mau-

---

par l'espoir de l'impunité, il n'oseroit avouer ses forfaits, tandis que conduit par de nobles vues, je me serois énorgueilli de mon action : le monde entier l'eût admirée ! D'ailleurs Buonaparte n'étoit-il pas mis hors la loi par les Chambres et le Roi ? Qui oseroit contester ce droit à Sa Majesté et aux représentans de la nation ? Et puis, qu'étoit alors Napoléon, sinon le destructeur de la France qu'il venoit ensanglanter, ruiner et démembrer ? Que de maux sa mort eût épargnés à la patrie, maintenant en deuil de ses pertes et courbée sous le poids de tant de charges ! ! ! ....

breuil avoit fait des passe-ports qui lui furent délivrés, non par les princes, mais par les ministres, et pour un tout autre motif que l'usage qu'il en fit, je me rendis, la rage dans le cœur, chez M. Dandré : « Tenez, lui dis-je, voilà des passe-ports qui » me viennent du duc de Berri ; vous allez à Gand ; » veuillez les remettre à ce prince; ils ne peuvent » plus me servir qu'à me faire arrêter ; c'est vous dire » que je reste en France : je veux voir qui l'emportera » de Buonaparte ou de moi. »

Je n'avois pas oublié le marquis de Maubreuil ; dès le 18, je l'avois fait sortir de l'Abbaye. Je m'étois adressé, pour cela, à qui de droit, et notamment au comte Maison que je rencontrai, monté sur un cheval blanc (je ne rappelle cette particularité que pour remémorer ce général ; j'étois d'ailleurs avec l'adjudant commandant Allier, aujourd'hui grand prévôt en Corse), dans la cour du général Beillard. — « J'en » ai, me dit le comte Maison , parlé ce matin au con- » seil ; le comte de ** (Deux-Etoiles) s'oppose à son » élargissement. — Le comte de ** est un sot qui est » cause de tout le mal qui nous arrive. Je connois les » projets de Buonaparte sur Maubreuil : au nom de » Dieu, veuillez retourner au château et faire, dans » l'intérêt du Roi, que ce prisonnier soit élargi sur- » le-champ. » Le lieutenant-colonel Delon, rapporteur du conseil de guerre, qui devoit prononcer dans cette affaire, vint sur ces entrefaites. Je fus voir Maubreuil à l'Abbaye : je le quittai presque aussitôt ; deux heures après il étoit chez moi.

Maubreuil me parut aliéné et il l'étoit : on lui avoit fait, dans ses prisons, en tourmentant son sommeil, ce qu'on me fit en juin 1814, chez Pauvre-*Braque*. Il paroit que cette espèce de torture étoit alors à la mode, puisque plusieurs de ses co-accusés, détenus comme lui à cette époque, m'assurèrent, depuis, qu'ils avoient essuyé les mêmes traitemens ; d'ailleurs ne s'en plaignit-il pas en pleine audience, à Paris, à Rouen et à Douai ? Je le conduisis successivement chez le respectable M. Dandré, qui me remit une botte de passeports en blanc. J'eus, cette fois et pour la première, le plaisir de voir son inappréciable épouse, ses intéressans, bons et beaux enfans ; je dirois volontiers, tant elle commande la vénération, cette famille patriachale qui devoit, en me sauvant la vie, m'accueillir encore en Belgique. Nous fûmes ensuite chez MM. le comte de Bourrienne, préfet de police ; Rivière, maître des requêtes, et Foudras, inspecteur-général, qui me donnèrent également des passeports en blanc. Le lendemain 20 nous revînmes, à midi, chez quelques chefs, sous-chefs et employés de cette administration : Buonaparte arrivoit le jour même, et ces braves gens n'en expédioient pas moins, avec un zèle que je craindrois d'affoiblir en le peignant, toutes les personnes qui vouloient rejoindre le Roi, ou se rendre dans la Vendée ou dans le midi de la France. Ce fut là que je remarquai les bons sentimens qui les animoient, sentimens qui me firent embrasser leur défense dans une nouvelle lettre que je rapporte ci-après et que j'adressai de Namur à Bruxelles à M. Dandré, à l'occasion des calomnies publiées contre eux, lui et le duc de Berri, dans une feuille belge. J'oubliois de dire que j'avois vu, la veille au matin, M. le comte de Chabrol, préfet de la Seine, qui, depuis 1815, ne cesse d'alléger ma position autant qu'il est en lui, en me déchargeant de mes contributions (1).

---

(1) Je suis aussi exempt du service de la garde nationale : on a déjà vu, et on verra encore, qu'après les gardes que j'ai montées ailleurs, il ne m'est guère possible de faire ce service, sans exposer ma santé à des *rechûtes ;* d'ailleurs, je pourrois, dans mes lunes, souffler mon mauvais esprit à Messieurs de cette garde, arrêter Martinvillain pour un autre, renverser ma

Je lui montrai les passe-ports que j'avois du duc de Berri. Je voulois aviser, avec lui, à quelques moyens pour empêcher Buonaparte d'arriver à Paris, ou faire qu'il y trouvât au moins le terme de ses brigandages; mais l'extrême douleur, l'abattement et la consternation qui accabloient ce magistrat, l'isolement dans lequel il se trouvoit déjà, l'avoient comme anéanti. En le quittant, je rencontrai, sur le boulevart italien, l'indomptable Lecourbe; mon espoir se ranima à sa vue, et s'éteignit encore à sa voix : « Tout est perdu », me dit-il, en rejetant d'abord le passe-port en blanc que je lui offrois, et que pourtant il finit par accepter; « tout est perdu, puisqu'on recommence la faute de » la première émigration : pourquoi s'expatrier pour » rentrer en France en s'épuisant par des obstacles » toujours difficiles à vaincre, lorsque restant ici, » on est plus à portée d'y servir utilement l'Etat et » son Prince? Si jamais les événemens te conduisent » en Belgique, et que tu aies le bonheur d'y voir le » Roi, dis-lui bien que jamais un racommodement » franc n'existera entre Buonaparte et moi; je doute » qu'il me donne un corps d'armée à commander; » peut-être me reléguera-t-il dans quelque place » forte; quoi qu'il arrive, je commencerai par défen- » dre, de toute invasion étrangère, ce qu'il confiera à » ma garde; mais, attentif à tout ce qui se passera, » je saisirai le moment de lui faire rendre gorge du » mal qu'il m'a fait, et de celui qu'il fit à Moreau. » Tu m'entends, mon cher : je ne me rendrai à l'en- » nemi que lorsque je ne pourrai plus *p..ser* (1). »

---

guérite, crier *qui vive !* sur mon ombre, me battre contre les bornes, mettre le feu au poste, que sais-je, enfin ? Tout n'est-il pas à redouter dans un fou de ma sorte ?

(1) Une chose remarquable, c'est que cette expression fut commune à tous les braves qui affrontèrent la mort : toujours favorite au général Humbert, Latour la proféroit quelquefois;

Et c'est ce qui'arriva : l'armée sait qu'il mourut d'une rétention d'u..... à Belfort, d'où il ne sortit que pour accompagner, dans la personne de l'empereur Alexandre, que la garnison salua d'une triple salve d'artillerie, l'immortel ami de son illustre ami. Lecourbe a cessé d'être, mais il aura entretenu ses intimes de sa rencontre avec moi; j'invoque aussi leur témoignage; au surplus, j'ai, sur cette rencontre et les fais qui s'y rattachent, plus de preuves qu'il ne m'en faut : je les produirai en leur lieu.

J'avois conduit Maubreuil à Saint-Germain le 19 mars, à deux heures. Madame Couture, épouse du constant, délicat et célèbre avocat de ce nom, nous attendoit, avec madame de Châtillon, à l'auberge du Cheval-Blanc, à Neuilly. Je me rappelai le capitaine Sainte-Clair, que j'avois laissé à l'Abbaye. Condamné à mort, pour le meurtre d'une fille connue sous le nom de belle Hollandaise, ce malheureux officier, en me faisant part de la résolution qu'il avoit prise de se suicider, et qu'il effectua quatre mois après à Bicêtre, en s'y asphyxiant, me dit : « Dans la position où je » suis, je regarderois comme une faveur de pouvoir » mourir en délivrant mon pays. Les Chambres et le » Roi viennent de mettre Buonaparte hors la loi : finir » pour finir, j'aime autant que ce soit en le poignar» dant. Voyez, mon cher Villiaume : vous et mes » parens, vous n'auriez plus à rougir, vous d'avoir » été mon ami, et eux de l'opprobre qui rejaillit sur

---

Mallet voulut p...... avant de mourir; Stoflet, dit-on, en fit autant, et moi je voulois boire !..... Qu'on le demande, si l'on veut, au Latour de Maubeuge, aux Anglais de Ménin, aux Autrichiens de Felkérich, aux Russes du Pont-au-Diable, et à ceux d'au-delà et d'en deçà de la Roche-Percée. — Lannes, Augereau, Masséna, Dampierre, Marceau, Hoche, Kléber, d'Haupoult, Espagne et Marion avoient aussi leurs mots pour rire, et des expressions équivalentes.

» ma famille ; vous connoissez mon amour pour le
» Roi, ma haine contre Buonaparte : le secret de mon
» affaire, que je vous ai confié, ne m'avilit plus autant
» à vos yeux ; faites, je vous en conjure, que je puisse
» m'honorer en mourant ! »

Voilà l'homme qui, joint à Maubreuil, dont le dévouement alors n'avoit de mesure que ses étourderies, eût complété les deux hommes dont j'ai parlé plus haut, et, certes, je ne les aurois pas oubliés, si j'avois obtenu l'ordre que je sollicitois. Je remis à madame Couture, sans lui en dire l'importance, un mot pour faire sortir Sainte-Clair; ce mot s'adressoit à M. Dandré; mais malheureusement Maubreuil, qui n'en finissoit pas, retint trop long-temps cette dame : impatienté de ces retards, je retirai mon billet, auquel je substituai une lettre plus détaillée, que je fis porter par un exprès. J'ignore si elle fut remise dans la soirée du 19 ou dans la matinée du 20; ce qu'il y a de positif, c'est que M. Dandré étant parti, elle fut déposée chez le suisse du ministère, d'où elle passa dans les bureaux et de-là à Buonaparte. Mes intentions y étant expliquées, elle me devint encore fatale, ainsi qu'à Sainte-Clair, dont le cas, très-graciable, n'aurait rien eu de criminel, s'il eût homicidé la belle Hollandaise d'un seul coup. Voici le fait, tel qu'il me l'a raconté : Il étoit chez cette fille, qui le provoqua par des injures; l'ayant, de son côté, traitée de coquine, elle se saisit d'un couteau à gaine, l'en frappa au corps, d'un coup qu'il para, et vint s'amortir sur son pouce : voilà l'origine de la blessure qu'il avoit à la main, et que les gens de l'art expliquèrent si différemment ; ce fut en arrachant ce couteau, par la partie du manche qui dépassoit la poignée de cette fille, qu'il lui coupa, bien involontairement, les phalanges de trois doigts, ce qui ne seroit pas arrivé sans le serrement et la résistance qu'elle opposa. A la vue du sang qui ruisseloit, et que

Sainte-Clair prit pour le sien, sa fureur n'eut plus de bornes ; à son tour, et dans un premier mouvement, il frappa cette misérable de plusieurs coups ; se calmant enfin, il voulut la panser ; mais il en fut empêché par les cris redoublés d'*assassin!* qu'elle articuloit d'une voix mourante ; envisageant alors les suites horribles que cette affaire pouvoit avoir pour lui ; s'apercevant d'ailleurs que la belle Hollandaise étoit mortellement atteinte, et, touché de son agonie, il crut, en y mettant un terme, assurer son salut.

Appelé comme témoin dans les premiers débats de ce procès, je ne pus y déposer de ces détails qu'il ne me confia qu'après sa condamnation. Son jugement ayant été infirmé, je n'assistai pas au deuxième, rendu pendant les cent jours, étant alors en Belgique. On sait qu'il se donna, à cette dernière audience, plusieurs coups de couteau, après avoir ouï les conclusions du rapporteur, nouvelle preuve de son abnégation pour la vie ; mais ce que l'on ignore, c'est que ce dernier jugement, qui intervint et qui le condamna à la flétrissure et aux galères perpétuelles, ne fut déterminé que par les rapports secrets qu'il faisoit au gouverneur militaire de Paris, sur l'esprit des officiers de son régiment, espèces de services qui dégradent, dans les subalternes qui les rendent, la police des corps appartenant aux majors et aux colonels qui, lorsqu'ils pensent bien, renvoient, sans ménagemens, ceux de leurs subordonnés qui pensent mal. C'est assez dire que je partage l'opinion des membres de la Chambre des Députés, qui admettent la nécessité d'une police sur la pensée, dans des temps orageux, et qui la rejettent, dans des temps calmes, comme contraires à la dignité du Monarque, et à l'esprit national des Français. La question est de savoir si ce calme tant désiré existe, ainsi que l'assurent loyalement mes camarades de là-haut, en le rapportant à la sagesse du Roi et à la prudence des dépositaires de son autorité, tandis que quelques-uns de leurs collègues d'ici-bas ne l'assurent que pour s'en faire une arme contre le ministère, après l'avoir également accusé d'avoir fomenté des troubles qui furent évidemment leur ouvrage, et qu'il sut appaiser. Il me semble qu'il n'y a que S. M. qui puisse la résoudre. Exempte de passions, ELLE voit, par ses ministres, d'un seul coup d'œil, et sous leur véritable jour, tous les points de la France. Nos mandataires n'en aperçoivent quelquefois que les localités, et souvent encore à travers les nuages qu'enfante la diversité de leurs opinions.

Je n'aurois assurément jamais reçu Sainte-Clair, dans l'intimité de mon intérieur, si j'avois été informé du métier qu'il faisoit. Du reste, je me plais à rendre ce témoignage à sa mémoire : doué des inclinations les plus douces, serviable à l'excès, libéral dans toutes les circonstances où je l'ai vu ; poli, complaisant, rempli d'attentions avec les dames, je suis intimement convaincu qu'aucuns sentimens bas, ou violens ne le portèrent à commettre ce meurtre; roulant sur l'or, heureux dans ses amours avec une femme charmante dont il étoit épris, on ne peut attribuer son entraînement ni à la cupidité, ni à la jalousie. Nous avions, lui, ma mère, mes sœurs, ma femme, d'autres personnes et moi, dîné très-gaiement la veille à la campagne; et le jour même de l'événement, je l'avois prié, en me mettant à table, de s'y asseoir aussi : « Je ne puis, re- » prit-il, étant engagé ailleurs : aurez-vous du monde » ce soir ? — Oui. — Alors comptez sur moi. » Il suit encore de là qu'il n'y eut pas de préméditation de sa part. Enfin, ayant été à portée d'apprécier sa bravoure, je m'étois lié avec lui à la suite de plusieurs duels dans lesquels il me servit tour-à-tour de témoin et de second.

J'ai cru cette digression nécessaire pour convaincre le public que je ne me serois pas aidé, dans ce coup de main, de misérables sicaires ; j'aurois moi-même refusé toute espèce de récompense. « Il est, ai-je eu l'honneur d'écrire au Roi, dans une lettre que je rapporterai bientôt, et que j'adressai à S. M., à mon retour de Maubeuge » ; il est des actions honorables qui, mises à prix, avilissent leurs auteurs. » Ce sentiment me dirigeoit également lorsque, quittant la Belgique pour me rendre à Paris, en avril 1815, j'instituai M. Dandré mon exécuteur testamentaire, en lui recommandant de prescrire à ma femme de ne recevoir aucun des dons qui pourroient lui être offerts pour prix de mon sang, si, me sacrifiant comme je m'étois proposé de le faire, j'avois été assez heureux pour que mon dévouement fût couronné du succès. Si M. Dandré, que j'ai eu occasion de revoir vingt fois depuis, sans lui parler de cet acte, ne l'avoit pas reçu, c'est qu'il seroit encore entre les mains du général hanovrien, baron de Dortberg, à qui je le remis, avant de quitter Mons, en le priant de le transmettre sur-le-champ, par une ordonnance, à son adresse, ce qu'il me promis de faire et ce qu'il a dû faire, parce qu'il est homme d'honneur.

Maintenant éclaircissons l'affaire de Maubreuil, si étroitement liée à la mienne, et toujours si obscure pour le public. D'abord Maubreuil étoit un de mes cliens ; à ce titre il avoit des droits à l'intérêt que je porte à toutes les personnes qui, en me chargeant de leurs affaires, m'honorent de leur confiance : ensuite il étoit malheureux ; on violoit manifestement la charte à son égard, en le retenant, sans le juger, au secret le plus rigoureux, et je suis encore plus citoyen, fermement attaché à nos libertés publiques, qu'agent-d'affaires, profession qui, en pareil cas, ne sera jamais que secondaire pour moi.

Mes relations avec Maubreuil naquirent d'un projet de mariage : ayant tourné ses vues sur mademoiselle Richard-Lenoir, et s'étant aperçu que le père de cette demoiselle venoit fréquemment chez moi, il s'y rendit aussi pour me prier d'être, près de lui, l'interprête de ses sentimens. Je dînois précisément, ce jour-là, avec cet industrieux manufacturier, M. le comte de Montaulon, la comtesse son épouse, ma femme, MM. Lebreton, membre et secrétaire perpétuel de la classe des beaux-arts de l'Institut; Roard, notaire, Cécile, Cordier, Colin-Daples, banquiers, et vingt autres matadors de la bourse; c'étoit un repas de nôces que nous rendions (chez Billotte, au Palais Royal,) dans un mariage que j'avois fait : discret par état, je demande seulement d'être dispensé de nommer le marié et la mariée. Au dessert, je pris M. Richard à part, et m'acquittai de ma commission près de lui. « Je suis, me répondit-il, sensible à la recherche du » marquis de Maubreuil; mais j'ai pris des engage- » mens avec Lefevre-Desnouettes; ma fille l'aime, je » crois qu'il la rendra heureuse (il ne s'est pas trompé); » j'aurois pu lui trouver un parti plus riche; j'ai pré- » féré son bonheur. » M. Richard avoit alors une belle fortune, sa réponse me parut encore plus belle : je la transmis, sur-le-champ, par un billet, à l'impatient et amoureux Maubreuil, que je savois être sur les épines. Rentré chez moi, j'y trouvai 25 louis enveloppés dans ce bout de lettre : « Quand un avocat perd » une cause, on ne lui en dois pas moins ses hono- » raires. Je suis persuadé que la non-réussite de la » mienne ne vient pas de vous : je m'y suis pris trop » tard, ce que j'attribue à ma mauvaise étoile. Veuil- » lez recevoir les 25 louis ci-joins comme un foible » gage de ma reconnoissance, et croire que je n'au- » rois pas mis de bornes à ce sentiment si j'avois été » plus heureux. J'admire comme vous la réponse de » M. Richard-Lenoir; elle augmente mes regrets. » Votre obligé serviteur, MAUBREUIL. »

Maubreuil s'étoit lié d'affaires avec MM. de Vantaux et de Saint-Gelin, fournisseurs des armées sous le gouvernement impérial. Malheureux dans leurs opérations, il se plaignoit de ces rapports avec ces Messieurs, et ceux-ci se plaignoient de lui : je n'examinerai pas de quel côté furent les torts ; ce que j'établis comme constant, c'est que pour faire honneur à ses affaires, Maubreuil s'expropria de lui-même en vendant ses terres, l'hôtel qu'il avoit rue Taitbout, et jusqu'à son ameublement. Ses créanciers sont du moins chaussés, et lui l'est à peine ; j'en ferai connoître tout-à-l'heure qui traînent la savate, et qui ne recueillent de leur insolent débiteur, que les éclaboussures qu'il leur lance en promenant, dans un char superbe, son audacieuse et déhontée friponnerie.

J'aimois Maubreuil parce qu'il abhorroit Buonaparte long-temps avant sa chute. Sa fureur, contre ce fléau de notre patrie, fureur long-temps contenue, devoit éclater avec violence le 31 mars 1814. J'avertis cependant qu'on me trouvera peu disposé à l'excuser, quand j'en serai à l'article de ses torts, que ni son amour pour le Roi, qu'il servit dans la Vendée où périt toute sa famille, ni sa haine contre Buonaparte ne peuvent justifier ; je dirai seulement que ses folies, que ses inconséquences, ses absurdités, ses tergiversations, ses mensonges même eurent une cause.

MM. de Vantaux et de Saint-Gelin, avec lesquels j'ai dîné plusieurs fois (car je dîne par-tout), ne parloient, ne pensoient au contraire que par Buonaparte lorsque Buonaparte étoit sur le trône ; et je les préviens qu'il n'y a pas lieu à rendre plainte contre moi pour ce que j'avance là, S. M. ne nous faisant pas un crime d'avoir, avant son retour, aimé, servi et même fourni Buonaparte ; j'ajoute, et il y a encore moins à reprendre en ceci, que Buonaparte tombé, le Roi n'eut pas de plus chauds partisans que MM. de Vantaux et de Saint-Gelin : on les voyoit par-tout où il n'y avoit plus de dangers à courir....; à les entendre, ils avoient.,. *fait*...., oui, *fait*..... ce que je n'ose raconter, parce qu'on pourroit me soupçonner d'être payé pour les flagorner : le monde est si méchant !.....

Je dois pourtant dire que j'eus l'*honneur* de rencontrer, le 1er. avril 1814, les très-élevés et très-nobles MM. de Vantaux et de Saint-Gelin, chez le modeste, obligeant et trop confiant comte Armand, aujourd'hui duc de Polignac, Pair de France : j'ai cru remarquer qu'ils furent embarrassés de m'y voir ; je n'aurai pas la naïveté de leur en demander la cause, on se moqueroit de moi ; mais je serois curieux de savoir par quel miracle ils passèrent si rapidement de Buonaparte au Roi. Ah ! j'y suis..... Que j'étois bête aussi de me faire cette question ! c'est apparemment parce qu'ayant toujours été, comme tant d'autres qui le proclament hautement aujourd'hui, zélés partisans de la légitimité, ils avoient soigneusement caché leur jeu sous l'usurpation. Voyez la finesse ! Celle de Martin... n'étoit cousue que de fils de toutes couleurs ; mais celle-ci étoit, j'espère, de la politique toute pure. J'avoue que je ne m'en étois jamais douté, et que j'aurois encore moins présumé que M. de Vantaux dût être commissaire du Roi en 1814. La personne qui lui délégua ce titre ne put assurément faire un meilleur choix ; c'est dommage qu'on en revêtit aussi le fripon dont j'ai parlé plus haut, fripon d'autant plus infâme que dès long-temps il avoit passé ses biens sur la tête de sa femme, et qu'ayant reçu 1,800,000 fr. du gouvernement royal, pour des fournitures également faites à Buonaparte, il laissa honteusement protester ses effets, ne tint compte de rien à ses sous-traitans qu'il réduisit à la mendicité, et, ce qui la *coupe* aux plus malins, c'est qu'il eut, par-dessus tout cela, le double talent de se faire nommer colonel et chevalier de St.-Louis.

Or, c'est chez ce fripon, ancien marchand d'huile, devenu aussi l'un des Crésus de Paris, après avoir vendu de la viande, ou plutôt de la vache aux armées, que Maubreuil m'assura avoir fait conduire, INTACTES, les caisses contenant les diamans de la reine de Westphalie : si cette assertion est vraie ; si ces caisses ont seulement vu le seuil de la porte de ce misérable, pas de doutes qu'elles n'aient été ouvertes et pillées chez lui. Mes lecteurs partageront ma conviction à cet égard, lorsque je les aurai initiés dans le secret de quelques traits qui caractérisent l'astuce de cet adroit fripon ; avant, j'ai cru devoir leur faire connoître le caractère de Maubreuil, ses sentimens antérieurs, et ceux de MM de Vantaux et de Saint-Gelin, parce que ces derniers l'ayant, m'a-t-il encore assuré, accusé d'avoir lui-même extrait des caisses l'or et les bijoux qui ne s'y retrouvèrent plus, il importoit de rappeler leur constant et courageux attachement aux Bourbons, leur noble dévouement, et les services éclatans qu'ils rendirent à la couronne lors de la restauration, attachement, services et dévouement qui, après l'arrestation du sieur de Vantaux, pour fait de la disparition de ces diamans, donnèrent à son témoignage, et à celui de son beau-frère, un poids qui devint si fatal à l'infortuné dont je plaide actuellement la cause.

On a déjà pu remarquer que j'étois un narrateur prolixe ; je vais l'être encore plus, sans qu'il y ait de ma faute : il est d'ailleurs essentiel que je prenne les faits d'un peu haut ; et puis c'est de mariage qu'il va être question, et j'aime tro à m'étendre sur cette matière, pour qu'il me soit possible d'être succinct en la traitant. M. de La-Ventouse (c'est le nom que je donne à mon infâme et rusé fripon, parce qu'il n'est rempli que de bassesses et de vent ; ensuite parce que je me propose de le faire rimer avec ces temps du verbe BLOUSER, je me *blouse*, tu te *blouses*, il se *blouse*, je le *blouse*, je les *blouse*, etc. Enfin, ne voulant me faire d'affaires avec personnes, ce qui pourroit arriver par l'emploi d'une parité de noms, j'ai eu soin de prendre celui-ci dans le Dictionnaire de l'Académie, après m'être assuré qu'il n'étoit ni dans l'Almanach-royal, ni dans celui du Commerce, ni sur les rôles des contributions de Paris, ni sur les états de Charenton, qui ne contiennent que des noms sans taches, à l'exception de ceux de Napoléon et de Martin-Camisole, qui se sont grandement blousés, quoique ce ne fût pas, bien qu'il en ait dit, Friponneau qui blousa le premier). M. de La-Ventouse donc, avoit, dans ses bureaux, un cousin nommé le comte B....; ce cousin étoit venu chez moi pour se marier ; il n'apportoit en dot que des dettes. A quelque temps de là, Madame d'A..... de B......, nièce de l'Électeur, prince-évêque de**, par conséquent issue d'une des familles souveraines de l'Empire, vint me voir pour un emprunt qu'elle désiroit faire, attendu que les alliés étant sur nos frontières (c'étoit à la fin de 1813), elle ne pouvoit recevoir les revenus de ses biens situés en Allemagne. — « Sur quoi, Madame, désirez-vous faire cet emprunt ? — Sur mes propriétés, Monsieur : voilà mes titres. — Mais avez-vous des qualités pour emprunter ? Etes-vous majeure, veuve, ou en puissance de mari ?—Veuve, Monsieur.—Comment, de si bonne-heure! il faut vous remarier : tant d'attraits ne doivent pas être perdus pour la société. Puis-je vous faire une question souvent indiscrète auprès de votre sexe ? Vous n'avez pas vingt ans ? — J'en ai vingt-six; voyez qui voudroit de moi...—Ah! l'heureux mortel, qui vous posséderoit, les oublieroit long-temps. Votre fortune est.... ? — De 15,000 francs de rente à présent, de 60,000 francs à la mort de ma mère âgée de soixante-dix ans, et peut-être de 200,000 francs, si, comme je l'espère, les séquestres mis sur les biens de mon oncle sont levés par suite des événemens qui se préparent. — Et avec tous ces avantages vous vivez aussi isolée à Paris que si vous étiez reléguée au bout du monde? — Il le faut bien : mon mari, qui étoit un vieux jaloux, m'a tourmentée huit ans, sans me le faire voir..... — C'est qu'il est des trésors qu'on ne peut trop soigneusement garder : votre mari étoit peut-être comme ces avares qui serrent leur or, sans jamais y toucher, même du bout du doigt..... ; mais tous les maris n'ont pas été coulés dans le même moule ; il en est qui pourroient répandre sur votre vie, les agrémens que semblent y appeler vos grâces, le son touchant de votre voix, le charme de vos regards, que sais-je? Tout en vous, Madame, me paroît fait pour inspirer les plus tendres sentimens. — Oh! (d'une voix foible et les yeux baissés) j'ai résolu de rester veuve : je fus trop malheureuse dans mon premier mariage. — C'est bon, Madame; veuillez revenir après-demain, j'aurai trouvé ce que vous souhaitez...... — Sur-tout pas de mariage. — Je vous comprends, Madame; il n'en sera pas question non plus. Permettez que je vous offre ma main pour descendre. — Je vous suis obligé, Monsieur; ma femme-de-chambre, qui est à m'attendre, m'a vu entrer dans votre maison, sans savoir chez qui j'allois : elle se doute bien que c'est pour de l'argent que je cours; mais puisque vous faites des mariages, je ne veux pas qu'elle me voie avec vous. — C'est y mettre du mystère, Madame; et en cela, j'approuve votre réserve autant que je la conçois : on ne peut trop s'en environner avec ses gens; adieu donc. — A revoir, Monsieur. » Je monte chez ma femme; le comte de B..... étoit justement à m'y attendre : je raconte devant lui l'entretien que je venois d'avoir avec Madame d'A....de B...., « Sais-tu, dis-je à mon épouse, qu'elle conviendroit parfaitement au général d**. — « Eh! Non, reprit le comte de B...., il faut me proposer. — Je crains que votre position ne soit un obstacle. — Je la *rachète* par mon nom. — Le sien vaut bien le vôtre. — Elle s'appelle ? — Un moment ; je ne livre pas comme cela les noms. — S'adressant à ma femme : allons, madame Villiaume, joignez-vous à moi; je suis un bon enfant, je la rendrai heureuse. — Ma femme, en me regardant : Mon ami ! — Ma belle. — Tu vois ce que me demande le comte de B.. ? — Ah ! Si tu t'en mêles, il est sûr de réussir. — Le comte de B...... : je mets mon sort entre vos mains, madame Villiaume, et ma reconnoissance à vos pieds (c'est le langage des amans façonnés par La-Ventouse). Je me retire ; dans une heure je serai de retour. »

L'heure n'étoit pas écoulée qu'il revint tout haletant : « Mon cousin de La-Ventouse, Madame, son épouse, sa sœur et son beau-frère m'ont chargé *de* vous prier *de* venir *d*îner *de*main en famille avec eux, votre mari et moi. — Votre cousin demeure.... ? — Rue Tait-*Amorce*, près celle du Mont-*Brouillard*. — Nous aurons cet honneur. — Je vous en rends mille grâces. »

Le lendemain nous nous acheminâmes vers la rue Tait-*Amorce*. Arrivés à la demeure de M. de La-Ventouse, je demandai gauchement le portier. — « Monsieur, ce n'est point ici une maison, me dit un *Nègre*, c'est un hôtel; j'en suis le *Suisse*. — Pardon, mon cher, je cherche M. de La-Ventouse. — Tout droit au bout de la cour, Monsieur (et, avec cette affectation qui décéloit en lui le valet d'un gueux parvenu) : il n'y a que lui et sa famille dans l'hôtel. — Mon Dieu, me dit ma femme, en traversant la cour, il paroît que nous allons chez de grands seigneurs : tu es en bottes ; tu aurois bien dû te mettre en culottes et en bas. — Laisses donc, ce n'est plus l'usage ; au surplus, tu *rache-teras* cela, non par tes titres, je n'ai pu t'en donner, mais par ton amabilité et ta beauté. »

Nous entrons d'abord dans un grand et magnifique vestibule, puis dans une première anti-chambre, une deuxième, une salle à manger, un premier et un second salon où nous ne trouvons que Madame de La-Ventouse : « Nous sommes d'anciennes connoissances, dit-elle, en appliquant son vilain mufle sur le joli visage de mon Adelle (elle ne m'en fit pas autant, et je m'en passai bien); le comte de B..... ne nous parle que de vous; mon mari sera ravi de vous voir. Jockei! jockei! — Madame. — Où est donc le valet-de-chambre de Monsieur? — A l'office, Madame. — Dis-lui de conduire Monsieur et Madame dans le cabinet de mon mari. » On nous fit traverser un troisième salon; Monsieur n'étant pas dans son cabinet, il est, nous dit son valet-de-chambre, probablement dans la chambre à coucher de Madame; ne l'y trouvant pas, c'est donc dans la sienne; n'y étant pas non plus, il sera peut-être dans celle du gouverneur de Messieurs ses fils; pas plus de Ventouse là qu'ailleurs, si ce n'est à la cheminée; il est donc, continua son valet, dans le jardin; n'y trouvant que des fleurs, il nous fit entrer dans la salle du billard où nous ne vîmes que les queues avec lesquelles on devoit essayer de me *faire au même* le soir; hé! mais, seroit-il dans celle des bains ? Nous apercevant alors que ce roué de valet ne nous promenoit ainsi que pour éblouir nos yeux par l'éclat d'un luxe plus qu'asiatique, et craignant qu'il ne nous conduisit, sous prétexte d'y chercher son maître, jusque dans ses écuries et sous les remises, afin de nous y faire admirer ses chevaux et ses voitures, nous prîmes le parti de rentrer chez Madame; son mari venoit de nous y précéder : « Tu étois donc dans mon boudoir, lui dit-elle? — Non, ma mère, j'étois à ma bibliothèque. » C'étoit, avec les caves, la cuisine et les greniers, les seules pièces oubliées ; je tremblois qu'on ne voulût nous les faire voir.

Le dîner étant servi, M. de La-Ventouse prit la main de ma femme; l'étiquette exigeoit que j'offrisse la mienne à son épouse; j'aurois préféré de prendre celle d'une jeune et jolie personne qui étoit des nôtres : ma femme qui, au mérite de n'être point jalouse, joint celui plus rare de rendre justice à ses compagnes, sembloit lui dire, en la fixant, *vous êtes plus belle que moi*. Placé, à table, à côté de cette aimable personne, j'y fus moins sérieux qu'à mon ordinaire. — « Faites-vous, me dit un convive, bien des mariages, M. Villiaume? — Beaucoup. — Et quand les femmes vous manquent? — Je vais à la découverte ; par exemple, il ne nous arrive pas un bulletin de la grande-armée que je n'y prenne note des coups de canon qui s'y font remarquer : bon, me dis-je, en voilà encore un qui a tué le colonel un tel, un autre le général tel autre, etc. ; je commence par m'informer de quelle manière leurs femmes étoient avec eux ; si elles y étoient bien, je leur accorde généreusement trois semaines pour pleurer, et je vais les consoler ensuite ; si elles y étoient mal, j'y mets moins de façons, c'est-à-dire que j'abrège les délais. — En vous présentant chez elles, vous annoncez-vous sous votre nom? — Rarement, bien qu'il soit honnête, que je croie l'avoir encore honoré, et que je vaille, à coup sûr, mieux que ma réputation, et que tous les folliculaires qui ont essayé de la ternir. Ce sont ces charlatans littéraires (de Jouy, Malteblond et Martin.....) qui créent, accréditent et perpétuent des préjugés qu'il seroit convenable de détruire. Leurs devanciers reculèrent les lumières et les progrès de la civilisation en attaquant successivement tous les arts, toutes les découvertes, toutes les tentatives utiles, et même la vaccine qu'ils chansonnèrent. Ne les vit-on pas combattre jusqu'au système planétaire actuellement enseigné dans toutes les écoles, tant ils étoient routinés à voir tourner autour d'eux un soleil qui, depuis qu'il est immobile, timbra leurs successeurs à tel point qu'ils n'approuvent la marche de la lune que parce qu'elle a, comme eux, ses différentes phases, et que c'est sous leur influence qu'ils écrivent? —Vous nous mettez là en bien mauvaise compagnie; laissez la lune à sa place, et tous les bênets qui en sortent radoter à leur aise en attendant qu'ils y retournent; personne ici ne croit à ce qu'ils écrivent. Vous alliez, disiez-vous, consoler ces veuves sous un autre nom que le vôtre? mais quand vous les rencontriez en tête-à-tête ou en nombreuse compagnie et que vous étiez reconnu par une des personnes de leur société, vous deviez être bien embarrassé? cela devoit aussi déranger vos projets? — Oui et non; mais bien certainement non sur la question de l'embarras : je vais, à ce sujet, vous raconter une aventure qui m'est arrivée chez une dame de la connoissance du vice-amiral comte Allemand. Elle habitoit un premier; je fis demander qui demeuroit au second; j'appris que c'étoit un monsieur de St.-Elme; je sonne au premier; un domestique me demande mon nom; je lui donne celui de St.-Elme; il m'annonce; on me fait entrer; je trouve là le général Humbert, plus connu des Anglais que des François, par sa belle descente, sur le droit-de-l'homme, en Irlande, et par la résistance plus belle encore qu'il sut, avec mille hommes, opposer à toutes leurs forces.— « Comment, c'est toi, farceur? et depuis quand t'appelles-tu donc St.-Elme? Est-ce que le veuvage vous importune, Madame? vous pouvez vous en débarrasser : vous avez devant vous le GRAND MARIEUR, celui qui, *s'il se le fût mis en tête, il y a vingt ans*, a dit un de nos plus spirituels journalistes, *eût marié le Grand-Turc avec la République de Venise.* — Vous dûtes, me dit ma jolie voisine, être bien mal à l'aise? — Du tout; m'adressant à la dame de la maison, je lui dis : je m'applaudis, Madame, d'une méprise qui, en me procurant le plaisir de revoir, dans le général, un compatriote et un ami, me procure celui, non moins grand, de me trouver en tiers avec lui dans une société aussi agréable que la vôtre. Je cherchois M. de St.-Elme qu'on m'a dit habiter cette maison; apparemment que votre domestique aura pris, pour le mien, ce nom que je lui demandois. — C'est un sot qui ne m'en fait pas d'autres; il faut absolument que je le renvoie. — Ah! Madame, je vous demande sa grâce; voyez ce que je lui dois.... — Vous êtes galant.... — Puis-je ne pas l'être, inspiré par d'aussi beau yeux que les vôtres? — Je ne m'étois pas trompé. Vous allez prendre le thé avec nous. Sonnez donc, général, (Humbert sonne, et le domestique vient.) Francis, Remerciez Monsieur; sans lui je vous congédiois. — Merci, Monsieur. — Nigaud, est-ce ainsi que l'on remercie? — Oh! Madame, ne l'humiliez pas; au fait, je suis la cause involontaire de sa bévue; sans elle je ne vous devrois pas une reconnoissance qu'il me tarde de vous témoigner; si vous me le permettiez.... — Je vous permets tout; (je l'embrasse, et elle ajoute): — C'est donc en dérobant que vous payez vos dettes? cette manière de vous acquitter ne vous ruinera jamais. — Ah! Madame, je n'y pensois pas; si vous voulez je vais vous rendre ce que je vous ai pris. — Vous avez trop de probité. — On s'en trouve toujours bien : c'est une vertu que je ne perdrois jamais près de vous. — Vous croyez? — Vous pouvez m'éprouver. — Je ne m'y hasarderai plus; je ne veux pas avoir à me reprocher de vous avoir fait perdre une si belle qualité. — Vous vous jugez trop sévérement, Madame, vous ne pourriez que la rendre durable en la fortifiant. — Allons, je vois bien que ce larcin vous pèse sur le cœur, et comme je veux que vous l'ayez tranquille en me quittant, je consens à la restitution. » Ainsi finit mon aventure, par des excuses que je reçus, un excellent thé qu'on me servit, et deux baisers que je voudrois encore cueillir : « Tant qu'il ne m'en arrivera pas de plus périlleuses, dis-je à la compagnie, elles n'auront rien de très-alarmant pour moi. — Mais votre femme? — Ma femme y gagne aussi : je ne lui fis jamais d'infidélités sans en tirer des comparaisons qui me ramenèrent toujours plus empressé et plus tendre auprès d'elle. »

Le dîner fini, M. de La-Ventouse me conduisit à la salle de Billard; sa femme, sa sœur et son beau-frère se saisirent de mon épouse, la cajolèrent par toutes sortes d'attentions, de complimens et de prévenances; en un mot, elle est si bonne, quoique très-spirituelle, qu'après s'être laissée brider, elle tourna à gauche, tandis que je tirois à droite avec M. de La-Ventouse. — « Voulez-vous, me dit-il, jouer en une partie la Dame dont de B.... m'a parlé hier et ce matin? — Je crains, ainsi que je le lui ai déjà exprimé, que sa position ne rende cette négociation impossible. — Et qu'a-t-elle déjà tant, votre Dame? des espérances que sa mère peut dissiper, et d'autres espérances qui ne se réaliseront point. Est-ce que l'empereur ne va pas repousser l'ennemi? il a eu des revers, mais un aussi grand homme que lui ne peut être vaincu. Reste donc à cette Dame un revenu actuel de 15,000 fr. : de B.... en a davantage (s'adressant à de B.....). Ecoute ici, mon ami : N'as-tu pas 2,400 francs de rente du chef de ton père? 6,000 fr. de traitement chez moi? 600 fr. de gratifications? Voilà déjà un revenu de 9,000 fr.; 100,000 fr. que je te dois, et dont je te ferai la rente à 7 p. 100 en te mariant? 140,000 fr. dans la succession échue de ton oncle, etc. » Bref, il lui composa, en cent paroles, une fortune de plus de 30,000 fr. de rente, et finit par me demander l'adresse de cette Dame que je lui refusai; mais ma femme l'avoit donnée en nommant mal-adroitement les sénateurs duc de ** et comte de ***, parens de madame d'A.... de B...., dont elle avoit vu les signatures, sur son premier contrat de mariage, resté chez moi avec ses titres de propriété. C'en étoit plus qu'il n'en falloit pour mettre sur la voie un aigre-fin comme de La-Ventouse. Ne pouvant y remédier, je voulus du moins y mettre de la bonne-grâce; ma femme m'avoit d'ailleurs, dans un petit entretien que j'eus en particulier avec elle, ramené à son avis par des argumens pleins de justesse. « Je trouve aussi absurde que » toi, me dit-elle, que M. de B....... ne connoisse » pas sa fortune et que M. de La-Ventouse soit obligé » de la lui récapituler : en admettant que ce dernier » soit un menteur, ce qui me semble hors de doute, » l'autre n'en seroit pas moins, dans mon esprit, un » homme que je juge devoir être un bon mari. Des » femmes qui ont de la fortune n'épousent-elles pas » tous les jours des hommes qui n'en ont point? Ne » voit-on pas aussi tous les jours des hommes assez » désintéressés pour faire le bien-être des femmes » auxquelles ils s'unissent? C'est de ne rien céler et » même de faire part de nos conjectures à madame » d'A...... de B.... que je n'ai pas plus que toi » intention de tromper; si M. de B....... parvient ensuite à lui plaire, je ne vois pas pourquoi » tu apporterois des obstacles à leur union. — Tu » as raison, mon amie; tiens voilà les deux baisers » que je disois avoir donnés, tu sais, là où je rencontrai Humbert......; mais elle ne les eut pas; » je te les gardois. Te le dirai-je? c'étoit à toi que je

» pensois en terminant cette anecdote; ton cœur
» devina le mien : qu'ils sont malheureux, avec
» toute leur fortune, les gens chez qui nous sommes,
» puisqu'il n'ont pas compris notre langage! Rentrons.. »

Il fut convenu que MM. de La-Ventouse et de B....... se rendroient le lendemain chez moi à l'heure où ma cliente devoit y revenir; que ce dernier lui prêteroit, sur un simple billet, les 6000 fr. dont elle avoit besoin; qu'il ne prendroit ses titres que pour avoir une occasion de les lui reporter; que les fonds seroient faits par de La-Ventouse, etc.

Les choses s'étant ainsi passées, nous ne revîmes le Comte de B....... et madame d'A..... de B...., qu'un mois après leur mariage; nous apprîmes d'elle que deux jours après nous avoir quitté, les La-Ventouse l'attirèrent du faubourg St.-Germain, où elle étoit momentanément en garni, à la chaussée d'antin, en lui insinuant qu'elle se compromettroit si elle nous revoyoit. Elle laissa des marques de sa reconnoissance à ma femme, en l'assurant qu'elle eût mieux fait, si les de La-Ventouse, sur lesquels elle et son mari comptoient, avoient répondu à leur attente. Le Comte de B....... me fit un billet de 1000 fr. que je passai à M. Nicolas Vaucluse, imprimeur, et qui fut protesté; pour l'acquitter, je fis prêter à M. de B......., sur un nouveau billet que j'endossai, 2500 fr. par M. Gallois, planeur en cuivre, rue des Mathurins St.-Jacques, n°. 17; il fut également protesté, sans que de La-Ventouse ait eu le cœur d'acquitter l'un et l'autre...J'ai même vu, dans les temps difficiles de la première entrée des alliés, M. et madame de B....... réduits à mettre leurs effets en gage, et à se retirer dans un village près de Chantilly pour y vivre plus économiquement. Plus tard, ils remplirent non-seulement leurs engagemens envers moi, mais ils me secoururent encore dans mes malheurs par une remise de 3000 fr. Sensible, comme je dois l'être, à cette noble et généreuse action, qu'ils sachent du moins, en me lisant, que ce qui me touche le plus en eux, est d'apprendre qu'ils sont heureux l'un par l'autre : puissent-ils l'être aussi long-temps qu'ils le méritent!

Il est évident que M. de La-Ventouse ne vouloit que se débarrasser du comte de B..... qui lui étoit à charge; que s'il n'a pas trompé madame d'A..... de B....., c'est qu'elle ne pouvoit l'être puisqu'elle ne tenoit pas à la fortune; mais qu'il auroit trompé, sans scrupule, une famille qui y auroit tenu. J'ai omis de dire qu'il escamotoit avec une dextérité qui surpasse celle de Comte et d'Olivier : — « Voyez-vous » cette Montre? » nous disoit-il, en la plaçant sur une de ses mains qu'il étendoient après avoir retroussé ses manches jusqu'aux coudes. — « Oui. — Hé bien (sans retourner sa main, et seulement en la fermant et en la rouvrant), « hé bien, vous ne la voyez plus? » et on ne la voyoit plus. Il étala, aux yeux de ma femme, des boucles d'oreilles, des médaillons, des bagues, des plaques de ceintures, des brasselets, des peignes enrichis de diamans, en lui faisant entendre qu'il lui destinoit un présent proportionné aux services qu'elle rendroit à sa famille : le mariage se fit, et la pauvre petite ne reçut pas même de lui et des siens, un billet de faire part qu'ils s'étoient chargés d'envoyer.

Sont-ce là des coups de gibecière, de jarnac ou de Ventouse? Je n'y ajouterai qu'une assurance formelle. J'affirme que les bijoux de la reine de Westphalie ont été portés chez cet intrigant et déhonté coquin. Maintenant que le public compare, en les rapprochant, la conduite franche, étourdie, inconsidérée même du marquis de Maubreuil, avec la conduite deloyale du souple et astucieux de La Ventouse, et qu'ensuite il prononce entre eux deux....

Maubreuil, que j'avais conduit le 19 mars à Saint-Germain, revint le lendemain 20 à Paris, ce qui fit qu'il m'accompagna encore ce jour-là, entre midi et une heure, à la Préfecture de police, qui n'avoit plus pour chefs que MM. Rivière et Foudras. Je dois dire que cet inspecteur-général descendit jusqu'aux supplications en le pressant de fuir, lorsque déjà il aurait pu le faire arrêter, s'il eût ambitionné la faveur de Buonaparte. Voilà pourtant le jeune et bienveillant fonctionnaire, que les exagérés de 1815 accusoient d'être le partisan du tigre de l'île d'Elbe !... J'ai connu M. Foudras antérieurement; je regrette de ne pouvoir rappeler ici les nombreux services qu'il rendit dans l'exercice de ses fonctions, même lorsqu'il n'étoit encore qu'officier de paix. Obliger fut toujours un besoin de son cœur. Elevé depuis 1814 au poste qu'il occupe aujourd'hui, il a su, en le dépouillant des formes acerbes qu'il avoit avant lui, s'environner aussi d'adjoins et d'employés qui marchent sur ses traces. On pourroit même dire, de ses bureaux, qu'ils sont une école de politesse. J'engage néanmoins mes lecteurs d'éviter, autant qu'il leur sera possible, d'aller y prendre des leçons de savoir-vivre.

Le croira-t-on? Maubreuil fut se coucher tranquillement chez lui, rue de Céruty; il y était encore après l'arrivée de Buonaparte, qu'il voulait, disoit-il, aller tuer aux Tuileries, où il se serait infailliblement fait arrêter. Voisin du duc d'Otrante (1), c'étoit

(1) Personne n'a plus que moi en horreur le crime épouvantable qui priva l'infortuné Louis XVI de la vie, et cependant je ne puis, tout en respectant la loi qui frappe le duc d'Otrante, que plaindre le malheur actuel de cet ancien ministre, et le plaindre d'autant plus sincèrement, qu'il seroit encore en France, s'il n'avait pas signé l'acte additionnel aux constitutions

à la porte de ce ministre qu'il crioit cela. Nous eûmes, M. de l'Epinay, Madame Fribourg et moi toutes les peines du monde à le faire sortir. Arrivés à la barrière, je m'aperçus que nous n'avions pas d'armes ; nous revînmes en acheter chez Lepage. Cet armurier me témoignant quelqu'étonnement de la quantité de balles que je faisois mettre dans des pistolets gueulards (espingoles), je lui répondis qu'allant me battre avec Monsieur, je ne voulois pas le manquer. Nous sortimes ensuite aux cris de *vive le Roi!* cris peut-être imprudens, mais qu'excitoit en moi l'indignation que j'éprouvois contre ces hommes qui devoient tout faire, et qui pourtant ne se battirent qu'à coups

---

de l'empire, que signèrent, par divers motifs, la plupart louables, tant d'honnêtes gens, de royalistes même, et qu'il ne signa lui, j'en ai la conviction, que pour se conserver au Ministère, bien qu'il fût intimement convaincu que Buonaparte ne pourroit se maintenir. Quelles raisons donc l'obligeoient à se sacrifier ainsi ? Ah ! Si je ne me trompe, et si son vote ne me paroissoit irrémissible, je dirois, si non qu'elles le réparent du moins qu'elles l'atténuent. Le duc d'Otrante se reprochant un ministère terrible dans ses commencemens, ministère que pourtant il adoucit encore, et qu'aucunes expressions connues ne pourroient caractériser, s'il eût obéi à tout ce qui lui fut commandé, n'ambitionnoit plus que ce qui étoit digne d'ambition : *reconquérir l'estime publique par une extrême modération*, aussi les dernières années de son pouvoir n'eurent-elles rien de réprochable ; j'ajoute que s'il se fit peu de mal en France durant les cent jours, c'est à lui qu'on en est redevable ; sans lui les prisons auroient encore regorgé de victimes. Bientôt on verra que je lui dus la vie à cette époque ; je confesse publiquement que je la lui dus aussi à une époque antérieure. Certes ! nous serions plus qu'à plaindre, si la corruption étoit telle parmi nous qu'on me fît un crime de plaindre cet ex-ministre, en blâmant ce qu'il y eut de répréhensible dans sa conduite, et si sur-tout on m'en faisoit un de la reconnoissance que je lui dois, moins pour moi qui ne tient nullement à l'existence, que pour mon épouse et mes enfans.

de poings au Palais-Royal ; encore fut-ce en se mettant dix contre un.

J'eus cependant, avant de quitter Paris, la consolation de voir un de ces dévoués de la veille vertement *rincé* par trois sous-officiers du bataillon de l'île d'Elbe. Ils étoient à se raffraîchir dans un café où nous entrâmes. — Vivent les braves qui nous ont ramené notre immortel Napoléon! etc., s'écria-t-il en s'asseyant près d'eux, et qui nous débarrassent de ce.... (je supprime l'épithète) de Louis XVIII! — Bien de crier vive l'empereur, lui répondit un de ces sous-officiers, en lui présentant un verre de bière pour boire à la santé de Buonaparte, et au moment où ce caméléon le portoit à ses lèvres, il le gratifia du plus beau soufflet que j'aie vu donner de ma vie, en ajoutant : « Maintenant, voilà le prix de tes invectives envers un Prince que nous vénérons ; sache, infâme, que le Roi étoit un sage assis sur le trône ; que jamais nous ne souffrirons qu'on l'outrage devant nous, et que nous n'en voulons décidément qu'aux *pékins* qui ont mal manœuvré. » Ensuite ils le poussèrent à la porte, et si rudement, qu'il tomba sur un tas d'ordures, après s'être proprement roulé dans le ruisseau. J'ai revu ce héros au mois de juillet 1815 ; à l'en croire, il étoit encore plus partisan de la légitimité que toute la sequelle des La-Ventouse, consorts et compagnie.

L'éloge le plus flatteur, parce qu'il est le plus vrai, est celui que l'on surprend jusque dans la bouche de ses ennemis ; et je n'ai rapporté le trait de ces trois sous-officiers de l'île d'Elbe, que pour ne laisser aucun doute sur l'universalité d'amour et de respect que l'on eût toujours pour le Roi. Disons-le : dupe d'ultras qui s'écartèrent trop des intentions conciliatrices et paternelles de S. M., le vulgaire prit trop longtemps pour ennemis de sa royale personne des hommes qui ne le furent que des ennemis de la gloire nationale, et des véritables principes.

Nos chevaux étant harrassés, nous les laissâmes, avec notre cabriolet, à la garde de Dieu, au beau milieu de la rue, et nous continuâmes notre route à pied. Arrivés sur la hauteur, au-delà de Neuilly, Maubreuil, épuisé par sa longue et pénible captivité, fut hors d'état de marcher. Je lui reprochai alors de n'être pas resté à St.-Germain, et, m'impatientant, je l'envoyai se promener en jetant mes gueulards à travers champs, puis je rebroussai chemin.

Je me cachai, à Paris, chez Laval, épicier, rue du Coq-St.-Honoré, nº. 7. Le lendemain, Maubreuil, qui avoit eu soin de ramasser mes armes, m'écrivit, par l'entremise de madame Couture, qui fit porter sa lettre à ma femme par sa domestique ; il me prioit de le rejoindre en m'assurant qu'à l'avenir il se conduiroit par mes avis. Le marquis de La Rochejacquelin, son parent, m'avoit conjuré de ne pas l'abandonner ; madame Couture, qui se moquoit de Buonaparte comme s'en moquoient toutes les jolies femmes de Paris, au nombre desquelles on la remarque, m'y engageoit aussi : pressé par les grâces, l'héroïsme et mon honneur engagé, je ne pus résister : je le rejoignis.

M. Danès nous logea chez une dame Lemaire, femme respectable, qui nous céda une de ses maisons où nous aurions été en sûreté, si un envoyé de Buonaparte ne fut venu nous y trouver. Cet envoyé, nommé Dasies, impliqué originairement dans l'affaire de Maubreuil, et, sans contredit, plus coupable que ce dernier, s'étoit, quelque temps après son arrestation, évadé sous l'Arcade-St.-Jean, lorsqu'on le transféroit de la Force au Palais de Justice : il avoit ensuite rejoint Buonaparte. « L'empereur a triomphé, dit-il à Maubreuil en se jetant à son cou ; les » Bourbons sont irrévocablement détrônés ; jamais

» ils ne rentreront en France. J'ai vu le major-géné-
» ral Bertrand avant de quitter Lyon : il désire que
» tu dises que ta mission avoit pour objet d'assassiner
» l'empereur lorsqu'on le conduisoit à l'île d'Elbe ;
» que ce furent le Roi, les princes (les princes alors
n'étoient pas à Paris, encore moins le Roi ; il n'y
avoit, de cette auguste famille, que le comte d'Artois
d'arrivé ; je doute même que S. A. R. y fût déjà.
Villiaume.) « Tailleyrand, Anglès, etc., qui te la
» donnèrent ; sur-tout ne manque pas d'y compren-
» dre Anglès : on l'a oublié dans le décret de pros-
» cription rendu le 12 à Lyon, mais on y reviendra.
» Quant à Dupont, son affaire est faite : il existe un
» ancien jugement contre lui et Marescot. — Je ne
» peux, répondit Maubreuil, faire cette déclaration :
» je n'ai vu ni le Roi ni les princes ; rien de sem-
» blable ne m'a été commandé par eux ni par Anglès
» et Tailleyrand ; le fait est qu'il n'a été question,
» avec les ministres, que des diamans de la cou-
» ronne, et que ce fut pour m'en faciliter le recou-
» vrement, en requérant au besoin la force armée ou
» l'intervention des autorités civiles ou militaires,
» que je reçus une mission illimitée. — Et qu'im-
» porte que tu l'aies reçu pour cela ! repartit Dasies ;
» n'as-tu pas assez souffert sous les Bourbons ? La
» vengeance est légitime ; d'ailleurs se sont des...
» (je supprime encore les épithètes.) qui ne revien-
» dront jamais, ni Tailleyrand, ni Anglès, ni bien
» d'autres que l'empereur chassera (on voit que le
» grand homme avoit de bonnes intentions.) lors-
» qu'il sera bien affermi. Au surplus, m'a-t-il arrêté ?
» non, n'est-ce pas ? hé bien ! il ne t'arrêtera pas plus
» que moi ; mais il faut que tu aies le courage de
» confirmer ce que je lui ai dit ; j'ai même eu celui
» de faire tout imprimer ; tiens, lis : .... (nous
» lûmes des horreurs). En suivant mes conseils, dès

» demain tu seras lieutenant-général ; de mon côté, » j'ai la promesse d'un régiment, etc. »

Jusque-là je m'étois contenu ; ne pouvant plus y tenir, je pris enfin la parole : « Vous, Dasies, un » régiment ! et toi, Maubreuil, un brevet de lieu- » tenant-général ! et pourquoi ? pour avoir détroussé » la reine de Westphalie sur un grand chemin ! ... » En vérité, c'est bien peu connoître Buonaparte, » beau-frère de cette princesse, fille (aujourd'hui » sœur) du roi de Wurtemberg, et parente de l'em- » pereur Alexandre, que de penser qu'il récompen- » sera en vous, par des honneurs, une action que » n'eût pas commis Cartouche. C'est encore plus » mal connoître l'armée que de croire qu'elle vous » souffriroit dans ses rangs. Un régiment ! une lieute- » nance générale ! Buonaparte, Messieurs, vous don- » nera tout au plus un piquet pour vous nétoyer dans » la plaine de Grenelle, ou une compagnie de gen- » darmerie pour vous escorter à la Grève, après s'être » servi de vous pour arriver à ses fins criminelles. » Croyez-en l'expérience d'un homme qui a été, plus » que vous, à portée de le juger ; vous pouvez encore » vous réhabiliter ; c'est de servir le Roi : Maubreuil » en avoit la volonté avant que vous n'arrivassiez, » Dasies ; j'espère que vos discours ne l'auront » point ébranlé, et que mes réflexions vous auront » désenchanté. »

Cette conférence eut lieu en présence de M. Danès, maire de St.-Germain, chevalier de St.-Louis, ancien général Vendéen, oncle de Napoléon par Joséphine, et détestant, malgré cette parenté, cordialement son neveu depuis l'assassinat du duc d'Enghein, aussi fut-il destitué dans les cent jours. Un chevalier de St.-Louis, ami de M. Danès, étoit également présent, ainsi qu'un M. Commelin, oncle d'un adjoint du maire de St.-Quentin et une autre personne dont le nom m'échappe.

M. Danès ne pouvoit qu'appuyer mon avis, Maubreuil ne s'en étoit pas écarté, Dasies feignit de s'y rendre. Il avoit, avant son arrivée, été convenu qu'on n'entreprendroit rien sans l'assentiment du Roi : il falloit aller à Gand; qui entreprendra ce voyage? Ce fut moi. Nous devions, avec d'autres personnes, dont heureusement je n'avois pas même donné les noms à Maubreuil, nous faire recevoir dans la Garde-Nationale, et attaquer Buonaparte à l'une des revues qu'il en passeroit. Voilà, peut-être, pourquoi il différa tant la première, qui n'eut lieu que le 16 avril, et justement j'étois à Paris ce jour-là, lorsqu'il me croyoit encore en prison en Belgique; car, les journaux en ayant fait mention, il n'ignoroit pas que j'y avois été arrêté : j'ajoute qu'il n'y contribua pas peu, en m'y faisant précéder par des diffamations que ses espions accréditoient auprès de mes ennemis, déjà si disposés à accueillir toutes les méchancetés qui pouvoient me perdre et même à en inventer; d'ailleurs, la marche bien avérée de sa police particulière fut toujours de calomnier pour diviser; c'est ainsi que jalouse de mon repos, lorsque j'étois au Temple, et inquiète des suites qu'auroit pu avoir l'union qui eût régné entre les prisonniers d'état renfermés dans cette maison royale, elle y fit déjà, il y a quatorze années, insidieuseusement courir le bruit que j'étois *un de ses agens* (1). Plus

(1) Une remarque digne de pitié, c'est que ceux de mes camarades qui me soupçonnoient être ce que je n'étois pas, se plaignoient eux-mêmes d'être détenus sur de simples soupçons: pourquoi donc me juger si légèrement à votre tour? N'auriez-vous pas dû savoir qu'un espion connu pour tel ne peut rendre aucun service à celui qui l'emploie? mais raisonne-t-on quand on souffre? Les prisons ne sont-elles pas des couvents pour la plupart des hommes? et tous ceux que récéla le Temple

franche, la police du sénateur Fouché me vengea de cette imputation, en me faisant, peu-à-près, transférer à Charenton, où tout le monde sait qu'il n'y a rien à *moucharder*, et ce fut par cet expédient que ce ministre me sauva la vie. — Avide de sang, après la condamnation de Moreau, et l'assassinat du duc d'Enghien; voulant justifier ce double forfait, en prouvant que ses jours étoient sans cesse menacés, Buonaparte, après avoir infirmé de sa propre autorité le jugement d'une commission militaire qui venoit d'absoudre, à l'unanimité, le maréchal de camp Dessoles de Grisoles, pour le renvoyer à une autre commission militaire qui l'acquitta également, ce qui ne l'empêcha pas de le retenir jusqu'à sa chute dans un cabanon souterrain de Bicêtre, où il resta douze ans, Buonaparte qui ne pouvoit me pardonner d'avoir voulu prévenir Moreau lorsqu'il en étoit encore temps, avoit aussi ordonné au duc d'Otrante de réunir les pièces qui établissoient, à sa manière, que j'avois voulu lui brûler la cervelle, dans une entrevue particulière que j'eus avec lui aux Tuileries. Ce duc, sur la proposition de l'ex-chef de division Havas, qui est toujours à Paris, imagina de me tirer de ce mauvais pas en me faisant passer pour fou. C'est à l'aide du même expédient qu'il conserva l'existence à une infinité de personnes, notamment au docteur Faure, actuellement si célèbre dans son art par les cures miraculeuses qu'il opère, en rendant presque subitement la vue à des aveugles affligés de cécité complète depuis nombre d'années. Ce jeune homme, aujourd'hui médecin oculiste de S. A. R. madame la duchesse de Berri, avoit eu l'énergie, au

---

étoient-ils dignes de ce nom? C'est ce qu'on verra!!.......
Combien de fois n'eus-je pas lieu de m'écrier là et ailleurs :

Je crois voir des forçats, l'un sur l'autre acharnés,
Se battre avec les fers dont ils sont enchaînés. VOLT.

milieu des gardes qui se trouvoient au Champ-de-Mars, au couronnement de Buonaparte, de jeter son chapeau en l'air, en criant : *A bas le tyran, et le rappel de Moreau.* Le branle étoit commencé; peu s'en fallut qu'il n'entraînât dans un mouvement général toutes les députations des différens corps de l'armée, et cependant, grâces à la modération du duc d'Otrante, un père et une mère respectables n'eurent pas à pleurer un fils unique de la plus haute espérance : Faure en fut quitte pour venir me tenir compagnie pendant deux mois et demi.

On croira facilement que ce n'est pas de cette première translation à Charenton que je me suis plaint dans le commencement de cette brochure, mais d'une deuxième qui eut tous les caractères de la plus affreuse tyrannie. J'en parlerai incessamment, et ce sera encore pour rendre hommage à l'équitable modération du duc d'Otrante, qui contribua, avec le duc de Cadore, (M. de Champagny, à cette époque ministre de l'intérieur,) le maréchal Moncey, le comte de Lacépède, MM. Delpierre, alors membre du Tribunat, Maret et Bigot-Préameneu, conseillers d'état, à faire cesser cette barbare et inouie persécution, fruit du plus révoltant abus de pouvoir qui ait jamais existé. La conformité de mon âge avec celui du jeune de Faure, celle de nos sentimens pour Moreau, ne tardèrent pas à nous unir d'amitié, et les nœuds de cette liaison se sont encore resserrés, de ma part du moins, depuis qu'il a eu le courage de payer, comme moi, à notre bienfaiteur commun, le tribut de la juste reconnoissance qu'il lui doit.

Une nouvelle preuve du courageux dévouement de M. Danès, rétabli dans ses fonctions à la rentrée du Roi, c'est que me connoissant nommément, ainsi que Maubreuil, et sachant l'importance que Buonaparte mettoit à se saisir de nous, il ne craignit pas de nous délivrer des passe-ports sous d'autres noms que les nôtres.

Désirant que Maubreuil et Dasies se retirassent dans la Vendée jusqu'à mon retour de Gand ; et ne trouvant pas assez sûrs, à cause de leur série de numéros, les passe-ports en blanc que je tenois de la police, nous en prîmes à la mairie de Saint-Germain ; savoir, moi, sous les noms de Joseph Narcisse (j'ai déjà dit que les souches étoient encore là), Maubreuil, sous ceux de Dumont, et Dasies sous celui de D*u*sies, qui, en le déguisant peu, lui laissoit la facilité, en fermant l'*u*, de le rajuster à son véritable nom, d'où résulta, pour moi, la preuve évidente qu'il étoit un traître, que son adhésion à mes remontrances n'avoit été qu'apparente, et que j'avois perdu mon temps à le sermonner. Je fis part de mes conjectures à cet égard à Maubreuil, j'exigeai de lui qu'il partît le lendemain pour la Vendée, en prenant une autre direction que celle déjà connue de Dasies ; il me le promit ; mais je partois le soir même à cinq heures (c'étoit le 23) ; il alloit perdre son bon génie, rester à la merci du mauvais ; une nuit suffisoit pour le perdre, une nuit le perdit.

On sait que les intrigans prennent, sur les esprits confians, plus d'ascendant que les hommes droits : ceux-ci se renferment dans peu de mots ; les premiers, au contraire, se plient à toutes les formes, ne se rebutent jamais, reviennent coup sur coup à la charge, et flattent les passions que les autres gourmandent. Dasies entraîna le soir même Maubreuil à Paris ; heureusement encore qu'ils ignoroient, l'un et l'autre, que mon départ dût être si prochain : forcé de dissimuler à mesure que je voyois le péril s'accroître, je leur avois laissé croire que je ne partirois qu'à leur retour. Arrivés de nuit aux Ternes, où ils couchèrent, Dasies promena le lendemain Maubreuil au Palais de Justice, y retourna après le départ de celui-ci pour St.-Germain, fut même chez M. Grandin, juge d'instruction, lui réclamer une voiture saisie dans l'origine de son affaire. (J'invoque ici le témoignage de M. Lainé, inspecteur général des prisons; ce fut devant lui que Dasies, que j'étois allé voir avec une permission du Ministre, uniquement pour éclaircir mes soupçons, osa me confirmer cette particularité, en ajoutant qu'il avoit été vendu par Maubreuil qu'il livra !....) M. Grandin décerna un mandat de dépôt contre Dasies et il fit bien. Je fis bien aussi lorsque, six semaines après, je vins favoriser l'évasion de Maubreuil, de laisser ce misérable dans la prison d'où il ne seroit jamais sorti, s'il n'eût eu que moi pour l'en tirer.

Je me suis, parce que j'ai des témoins, expliqué nominativement sur cet individu, et cathégoriquement sur les faits qui se rattachent à la corruption qu'il vint exercer sur Maubreuil, en l'engageant à reverser faussement sur les plus augustes personnages, ainsi que sur le comte Angles et le prince de Talleyrand, la fable d'un projet d'autant plus monstrueux que Buonaparte, voyageant alors sous la foi d'une convention, elle ne pouvoit être violée ni par le prince Talleyrand qui a signé tant de traités et qui, par conséquent, doit connoître la religieuse observance qu'on leur doit, ni par des Princes qui sont l'honneur et l'espoir de la France, ni par le comte Anglès qui, à cette même époque, veilloit sur la fille d'une tête couronnée, en protégeant le voyage de Marie-Louise, qu'il fit accompagner, suivre et précéder par plusieurs personnes auxquelles il avoit ordonné de prendre des mesures pour qu'il n'arrivât rien de fâcheux à cette princesse, lorsqu'elle se rendroit d'Orléans à Chartres; quand, d'un autre côté, il faisoit courir, sur la route de Rouen, pour recouvrer les cartes enlevées au dépôt de la guerre, et de la possession desquelles nous lui sommes aujourd'hui redevables.

Mais si, dans ce qui suit, je ne m'explique pas mieux que je ne me suis expliqué relativement à M. de la-Ventouse, je veux dire avec une précision également nominative, c'est parce qu'il s'agit de faits déférés aux tribunaux, et que c'est dans leur sanctuaire seul que je dois décliner les noms de mes auteurs : là, ma déclaration établie sur des particularités positives et bien circonstanciées, acquerra tout le poids d'une preuve, tandis qu'ici elle auroit le caractère d'une dénonciation qui me répugne, et qui, en repoussant mon témoignage, ouvriroit une action contre moi à ceux que je nommerois. Je me borne donc à attester que les 80,000 francs qui disparurent des caisses de la reine de Westphalie, ont été volés par un scélérat que son parjure envers le Roi, ses diffâmations et ses odieuses calomnies contre des personnes respectables et méritantes, enfin sa mercenaire et vile trahison à l'égard d'un homme qu'il appeloit son ami, rendent encore plus infâme qu'il ne l'est par ce vol même : innocent sur ce point, Maubreuil l'est aussi sur la partie des diamans qui ne se retrouva pas.

1°. Maubreuil n'avoit pas un centime vaillant lorsque je le fis sortir de l'Abbaye, le 18 mars. Ce fut M. de la Rochejacquelein qui lui prêta 400 francs; il n'auroit bien certainement pas eu recours à ce parent s'il avoit eu d'autres ressources, et s'il en eût eu, il ne me les auroit pas cachées dans un moment où, pouvant passer en Amérique, il dépendoit de lui de n'avoir plus rien à craindre du gouvernement royal ni du gouvernement usurpateur; il n'auroit sur-tout pas souffert que ma femme se mît au dépourvu en engageant notre argenterie pour suppléer à l'insuffisance de cette somme; prodigue jusque dans le pénurie, il ne se seroit pas refusé, à St.-Germain, jusqu'au nécessaire, dans la vue de faire durer plus long-temps ce que nous avions.

2°. La position de son prétendu ami, qui n'eut jamais rien en propre, étoit bien différente de la sienne : courbé sous une ceinture pleine d'or, je lui vis encore un porte-feuille rempli de billets de banque, pouvant, le tout ensemble, faire 60 à 70,000 fr. dont, en débutant, il osa me proposer le partage si je voulois l'aider à opérer la défection de cet infortuné marquis, auquel ce Judas eut le front de reprocher devant moi, je crois aussi, sans pouvoir l'assurer, devant M. Danès, mais bien certainenment en présence de madame Lemaire, du vieux et respectable Crommelin, de ne s'être pas, comme il le lui avoit conseillé, embarqué avec les dix-sept caisses enlevées à la reine de Westphalie. « Si j'avois eu tes scrupules, ajouta-t-il » en secouant ses reins, je ne porterois pas sur moi » ce qui m'a donné les moyens d'aller, dans ton in» térêt comme dans le mien, là d'où j'arrive à pré» sent. »

3°. Dasies qui, en prison, avoit toujours été séparé de Maubreuil, me confirma, dans les mêmes termes, ce que celui-ci m'avoit précédemment raconté relativement à de La-Ventouse.

4°. Une partie des diamans fut jetée et retrouvée dans la Seine, vis-à-vis les Invalides ; il a été facile de déterminer, par le plus ou le moins de limon qui s'y étoit attaché, la durée de leur stagnation dans l'eau ; si elle fut présumée récente, ce ne put être Maubreuil qui les y jeta, puisqu'il étoit au secret depuis plus de trois mois ; ensuite, pourquoi ne fut-il pas confronté avec l'individu qui les en retira, soit par hasard, soit par induction ? Il m'a protesté, à Saint-Germain, n'avoir jamais été mis en présence de ce *pêcheur* si bien *avisé*. Ce fait est encore facile à vérifier : il n'emporta pas, lors de sa dernière évasion, les dossiers de sa procédure, qui doivent être trop volumineux, depuis quatre ans qu'elle dure. Pas de doute qu'on ne le juge sans délais, maintenant qu'il est en fuite ; mais qu'on veuille me promettre de ne plus le renvoyer d'Hérode à Pilate, et je prends l'engagement qu'il viendra purger sa contumace. Traduit tantôt au militaire et tantôt au civil, je ne me permettrai aucune réflexion sur ce conflit de juridiction, ni sur cette multitude d'arrêts intervenus dans son affaire, seulement sur la compétence, et tous infirmatifs les uns des autres, respectant les tribunaux dont ils émanent, et persuadé d'ailleurs que les magistrats qui les rendirent prononcèrent en conscience : je n'émettrai qu'un vœu, c'est de voir réformer notre législation si, par son obscurité, elle fut cause de tant d'interprétations contradictoires.

On pense bien que Dasies ne se promena pas qu'au Palais de Justice..... Maubreuil, qu'on auroit pu arrêter le jour même à Paris, ne le fut que quelques jours après à St.-Germain, parce que tenant à m'avoir avec lui et me soupçonnant dans les environs, on espéroit toujours que je le rejoindrois.

Les reproches que je lui fais sont : 1°. De s'être laissé prendre sans se défendre : il avoit, dans quatre espingoles, quatre-vingt balles à tirer, ce qui étoit plus que suffisant pour balayer l'escouade de Mouchards et la brigade chargées de cette opération : je me suis, plus d'une fois et avec moins de moyens, ouvert un passage à travers de plus fameux ennemis. 2°. Il a eu tort de mettre, le 31 mars 1814, à la queue de son cheval, sa décoration de légionaire que jusque-là il s'étoit honoré de porter ; il est vrai qu'il ne le fit, m'a-t-il dit, que pour montrer à la foule qu'il n'y avoit plus rien à redouter de Buonaparte ; quelque bonne qu'ait été en cela son intention, elle ne peut excuser le moyen dont il fit choix. 3°. Il avoit été 1er. écuyer de la reine de Westphalie, par conséquent il ne pouvoit ignorer sa naissance, et, soit qu'il eût eu à se plaindre ou à se louer de cette princesse, la rencontrant seule avec ses femmes, il n'en devoit pas moins être courtois avec elle. Je déclare franchement qu'à sa place et comme Français, je lui aurois offert la moitié de mon escorte pour protéger son voyage jusqu'aux frontières. 4°. Terreur ou Buonaparte, ou l'un et l'autre tant que l'on voudra, il ne devoit pas, après son arrestation, foiblir au point de confirmer ce qu'avoit inventé Dasies; c'est, de sa part, avoir trop oublié qu'on peut, en mourant, se soustraire à ce que l'honneur réprouve. Plus maltraité que lui en Belgique et plus en péril à Maubeuge, on ne m'y vit pas sacrifier à Buonaparte. Le cœur froissé par l'affront le plus sanglant, reçu à Bruxelles, et mis ensuite aux plus rudes épreuves à Liège, à Namur et à Catillon, mon dévouement et mon ardeur pour la bonne cause n'en furent pas moins les mêmes. 5°. Que Maubreuil, ressaisi par Buonaparte, ait manqué de fermeté, je le conçois; je conçois même qu'il ait eu, sous la domination farouche de l'usurpateur, la foiblesse, pour se tirer d'affaire, d'accuser des noms révérés ou justement considérés; mais qu'il ait persisté dans cette accusation après le retour du Roi, voilà ce que je ne conçois pas, voilà ce que rien ne peut justifier, pas même la plate et peu généreuse diatribe publiée contre lui par M. de Semalé, parce qu'il étoit aussi plat que peu généreux, à un officier supérieur des gardes de MONSIEUR (il n'en fait plus partie), d'attaquer, par un Mémoire accusateur, un malheureux qui gémissoit dans les fers; j'ajoute que cet acharnement suppose, dans son auteur, un intérêt caché, mais bien grand, à perdre celui que, sans mission, il poursuivoit ainsi; que cela seul me fait croire à tout ce que ce dernier m'a dit à son égard, et que je croirai en outre à tout ce qu'il en dira à l'avenir.

J'apprends que Maubreuil fait imprimer, à Londres, un ouvrage qui sera digne de faire pendant avec les fameux mémoires du collier, s'il le dirige dans l'esprit qui fut la base de sa conduite depuis ses dernières mises en jugement. Je les désavoue d'avance en tout ce qu'ils contiendront de contraire aux déclarations que j'ai faites et que j'affirme encore avec cette restriction : *que les diamans pourroient bien avoir été soustraits par l'individu qui vola les* 80,000 *fr.*, *puisqu'ils furent aussi en sa possession.* Ce souvenir m'étoit échappé dans mon aliénation ; il me revient avec ma raison maintenant que je ne suis presque plus fou; puisqu'on m'annonce à l'instant même (vendredi 24 avril), que je serai en état de sortir vendredi prochain, 1er. mai, à huit heures et demie du soir, d'où il suit qu'on doit considérer comme non-avenu, tout ce que j'ai précédemment écrit, à ce sujet, contre M. de La-Ventouse, qu'au surplus je n'ai pas nommé par son nom ; d'ailleurs, j'étois dans la lune, séjour des insensés ; aujourd'hui je suis plus voisin de la terre, réfuge de toutes les lumières : espérons même que lorsque j'y serai tout-à-fait redescendu, je rectifierai aussi ce que je me suis permis de dire contre MM. Judas, Martinvillain et Semalé : alors il n'y aura plus, dans ma brochure, que du bien pour tout le monde, et j'en serai charmé. En attendant, continuons de gagner la tisane qu'on me prodigue ici.

Il est bien certain qu'un homme qui n'est, ne fut et ne sera jamais ni prince ni ministre, quoiqu'il se soit sottement flatté de supplanter le comte de Cazes ou le comte Anglès ; mais qui est, fut et sera toujours un exagéré, parce qu'il en étoit un à Gand et à Bruxelles en 1815, à Paris en 1814, notamment chez

M. de Morfontaine tout en y pérorant de travers, il est, dis-je, certain qu'un homme, et c'est celui-là, engagea effectivement Maubreuil à tuer Buonaparte; s'il n'eût dépendu que de lui, Maubreuil auroit cessé d'être depuis long-temps.

Que Maubreuil se venge de cet infâme, il aura raison; mais qu'il cesse de calomnier ce que la France a de plus estimable ou il perdra, sans être cru, jusqu'aux amis qui lui restent. Je sens tout ce qu'il a dû souffrir en se voyant accusé de distractions dont il étoit innocent; je sais aussi que l'on fut inique à son égard, et que l'iniquité irrite; mais qu'il s'en prenne à ses premiers juges, c'est-à-dire aux ministres qui se sont succédés dans les derniers mois de 1814, les premiers de 1815, et à ceux du gouvernement usurpateur; je sais enfin qu'il a pu et dû croire la justice bannie de chez nous, et que, dans cette pensée, il a pu, fulminant à tort et à travers, même contre l'intérêt de sa cause, et contre ce que nous avons de sacré, ne mettre aucun frein à ses récriminations. — Je l'ai dit, il étoit aliéné; le public et les journaux l'ont répété comme moi. Il l'étoit parce que le malheur aliène, et que le sien fut extrême. Quoi! on ne le confronta pas même, durant les cent jours, avec ce monstre de Dasies (c'est de ce dernier que je le tiens, et ce fut encore en présence de l'inspecteur général des prisons qu'il me le dit, après le retour du Roi)! Il s'évade, se rend à Gand, marque certaine de son innocence, et c'est encore dans un cachot qu'on le précipite, le jour même que son vieux père meurt dans la Vendée, où dix-sept des siens avoient déjà péri, et où la Rochejacquelin, le seul qui lui restât, trouva aussi, peu de temps après, une mort glorieuse!!!.... Son accusateur, Sémalé, pourroit-il en dire autant de sa famille?...

Ce n'est pas tout: on avoit, en arrêtant Maubreuil à Saint-Germain, trouvé sur lui un passe-port au nom de Charles Dumont. En vérifiant la souche d'où il avoit été coupé, on remarqua, à côté, les souches du mien et de celui de Dasies. On ne pouvait donc pas plus ignorer que nous étions avec lui, qu'on n'ignora à Gand que j'étois venu le faire évader à Paris. D'ailleurs, est-il présumable de croire qu'il n'en ait pas parlé lui-même? Pourquoi donc ne nous interrogea-t-on pas, ainsi que MM. Danès, Crommelin et l'autre témoin qui signèrent ces passe-ports? On auroit su par eux, madame Lemaire, vingt autres personnes et moi que Dasies étoit au moins un calomniateur, un vil et perfide imposteur, et peut-être ne l'auroit-on pas relâché. Aujourd'hui, le père Crommelin est décédé (on ne dira du moins pas que je l'ai fait revivre pour m'écrire une lettre que j'ai de lui); M. Danès, qui n'est plus jeune, peut mourir d'un jour à l'autre; je pouvois moi-même perdre la vie en Belgique ou à Maubeuge : c'est ainsi, qu'en 1814, on a déjà laissé périr les preuves qui pouvoient disculper Maubreuil, et qu'il n'a pu invoquer du fond de l'homicide secret dans lequel on le retint constamment. La charte, respectée à son égard depuis juillet 1815, ne l'a donc pas été antérieurement, puisqu'on entrava sa défense en accordant un vaste champ aux accusations de ses ennemis. J'ai donc eu raison de dire qu'on fut injuste à son égard, je le dis encore, je le dirai toujours.

En 1814, on instruisit franchement son procès tant que le comte Anglès et le prince de Tailleyrand eurent de l'influence dans les affaires; mais on ne s'en occupa plus dès que ce prince fut parti pour le congrès de Vienne, et que le comte Anglès cessa d'être ministre. Le lieutenant-colonel Viotti, rapporteur du 2me. conseil de guerre, me dit même que cette affaire lui sembloit interminable, tant les ordres et les instructions qui s'y rapportoient lui paroissoient alambiqués. La seule chose qu'on ne dissimuloit pas à ce malheureux prisonnier, même avant le 1er. mars, c'est qu'on ne le gardoit que pour l'offrir en holocauste au héros de l'île d'Elbe : pouvois-je, après de si nombreuses et de si fortes inductions, ne pas pressentir la prochaine arrivée de Buonaparte?

Non, jamais on se figureroit par combien de terreurs, de tourmens et de faussetés l'on parvint à désorganiser ses facultés, en égarant et en effrayant son imagination. Dans l'interrègne, on lui fit accroire que c'étoit moi qui l'avois vendu (1) : fidèles à ce machiavélisme, ses bourreaux de Gand lui en dirent autant lorsque je venois, en bravant mille dangers, de le délivrer encore à Paris; on fit ensuite, comme si l'on eût voulu m'associer au plus abominable parricide, courir le bruit qu'il ne s'étoit rendu dans les Pays-Bas que pour y assassiner le Roi : cette particularité, en ce qui concerne cet infortuné, je la tiens du chancelier d'Ambray lui-même, que j'eus l'honneur de voir, il y a environ 15 mois, à la suite d'une affaire que je venois de terminer dans l'intérêt de sa Grandeur. Ce respectable magistrat me parut plaindre Maubreuil en repoussant cet horrible attentat.

Même tactique en 1815, lors de la dernière ar-

---

(1) Qui sait même si on ne lui montra pas, pour l'indisposer aussi contre eux, des lettres simulées du chancelier, du comte Anglès, du prince de Talleyrand, etc. Buonaparte, qu vouloit *légitimer* son usurpation ; Buonaparte qui étoit capable de tout, leur en vouloit assez pour cela : on me montra bien à moi, en l'an 12, pour m'aigrir contre Moreau, un faux interrogatoire dans lequel ce général, qui n'accusa jamais personne, m'auroit lâchement accusé. Le piége étoit trop grossier pour que je m'y laissasse prendre; mais on auroit pu le tendre plus artistement à Maubreuil, qui d'ailleurs n'étoit aussi prémuni que je l'étois, ce qui expliqueroit son inexplicable conduite.

restation de Maubreuil : j'étois un traître qui le desservois, et cependant, je venois, après avoir écrit au feu Roi de Wurtemberg, auquel je présumois qu'on avoit eu l'atrocité de le livrer, d'adresser au ministre de la police générale une lettre imprimée dont les journaux rendirent compte, et dans laquelle on remarquoit ce passage : « On m'accusa, en Bel-
» gique, d'avoir été, durant ma détention au Temple,
» le dénonciateur de mes camarades d'infortunes,
» lorsque je suis en possession de leur estime, et
» que je fus constamment leur Michel - Cervantès,
» comme je vais l'être encore du trop infortuné
» marquis de Maubreuil, QU'IL FAUT ENFIN QUE L'ON
» RETROUVE...... »

Un serment, et je m'en acquitte, me lioit envers lui : j'avois juré de le défendre, si je lui survivois; de son côté, il m'avoit promis de se représenter aux autorités légalement constituées par le Roi : tint-il à sa parole? Que trop, hélas! puisqu'il n'en recueillit d'autre fruit que de se convaincre de plus en plus qu'il n'y a rien de sacré pour les pervers : ne pouvoit-il pas, après avoir ainsi recouvré sa liberté, la conserver, en se rendant dans la Vendée où nulle atteinte ne lui auroit été portée? En se dirigeant sur Gand, n'accomplit-il pas la foi qu'il m'avoit engagée? Dirai-je encore qu'après tout ce qu'il y souffrit, il ne craignit pas d'aller au-devant de ses juges, en rentrant en France avec le Roi, quand il dépendoit de lui de rester à l'étranger? Sont-ce là les caractères qui décèlent une conscience reprochable, un cœur bourlé, une âme timorée par le crime? Puis-je maintenant hasarder une question inverse, en demandant d'où provint l'acharnement de ses ennemis, et leur inconcevable activité, soit à détruire soit à créer tout ce qu'ils purent pour le perdre?

Enfin, trois jours avant sa dernière fuite, je fus

trouver M. le comte Auglès, dans la vue de mettre fin à ce scandaleux procès. Je voulois proposer à S. E. d'envoyer Maubreuil en Amérique, avec une pacotille qu'on lui auroit donnée. Ce ministre, l'homme peut-être le plus constitutionnel qui soit en France, m'interrompit, en me disant qu'il convenoit de laisser faire les tribunaux; que si Maubreuil étoit innocent, justice lui seroit rendue; que jamais il n'avoit rien tant désiré, quoiqu'il eût personnellement à s'en plaindre. « Je crains, dis-je en » quittant S. E., qu'on n'ait incessamment à se » repentir de ne pas faire différemment. » Cette réponse n'acquit du poids qu'à la nouvelle bien *télégraphique* du nouveau tour de force de Maubreuil : on sait qu'il se donna ses étrennes en s'évadant encore de Douai, le 1er. janvier dernier; ses amis et son conseil (M. Couture) savent quelle conduite je tins à cette époque; ceux de mes lecteurs qui seront un peu pénétrans, en sauront autant qu'eux, et tous demeureront bien persuadés que je ne le trahis jamais.

Dans l'état actuel de son affaire, me fera-t-on un crime de désirer qu'il rentre dans son devoir en s'abstenant de toute publication mensongère; que prenant en considération tout ce qu'il a souffert depuis quatre années, on mette à néant les poursuites dirigées contre lui dans l'intérêt de la vindicte publique, et que l'ex-Reine de Westphalie veuille bien se désister de la plainte rendue par elle? Cette action, vraiment méritoire et digne de sa générosité, doubleroit, en les acquittant, la satisfaction que j'éprouve encore au souvenir des services que j'eus le bonheur de rendre dans les états du Roi son frère, lors des dernières guerres d'Allemagne, sous Moreau : attaché, comme défenseur officieux, au conseil de guerre de la division Montrichard, ce fut moi qui (en précipitant dans un fossé, à la suite d'une retraite près de Biberach, le fourgon contenant leur pièces) rendis à la liberté un chevalier de l'ordre teutonique, et plusieurs paysans des environs d'Ulm; ce fut également moi qui, après avoir arrêté, sous Lecourbe, les incendies fortuits de plusieurs villages situés entre Stockak et Stutgardt, préservai cette dernière ville du pillage, en y plaçant, dans le premier choc, des postes volontaires. Quoiqu'il arrive, il restera toujours bien établi que je devois à Maubreuil l'intérêt que je lui ai porté, et qu'en suivant, pour lui, l'impulsion de mon cœur, je fus aussi déterminé, dans ma conduite, par l'envie de servir d'honnêtes gens et les Bourbons, en croisant les desseins de Buonaparte; car enfin, s'il eût été vainqueur, que d'abominations le burin de l'histoire, toujours infidèle sous le despotisme, n'eût-il pas transmis à la postérité?.......

J'avois pris, à St.-Germain, un passe-port pour me rendre à Sédan, *en passant par St.-Quentin*; c'étoit faire un coude que je me proposois de redresser dans cette dernière ville, en m'y faisant diriger sur Lille, sous prétexte d'aller y contremander des voitures expédiées par la maison de commerce pour laquelle j'étois sensé voyager. Ce changement ne souffrit aucune difficulté à la vue de la signature de M. Crommelin, oncle, comme je l'ai dit, d'un adjoint de cette mairie : ayant d'avance pressenti de quelle utilité elle me seroit à St.-Quentin, et voulant me dérober aux poursuites de Buonaparte, en le trompant sur l'itinéraire de mon voyage, au cas où il en seroit averti, voilà pourquoi j'avois adopté une route si contraire à la géographie, et je m'en trouvai bien : j'ai su, depuis, que l'ordre de m'arrêter, expédié directement pour Sédan, y parvint plus tôt que je n'y serois arrivé. Qui a pu éventer ainsi la route que je devois suivre ? Ce n'est assurément pas le fidèle et discret Dasies, ami si dévoué à Maubreuil : il n'avoit qu'une copie de mon passeport.... Ce ne fut d'ailleurs que le jour même de sa promenade à Paris, qu'on y signa l'ordre d'aller arrêter *J. Narcisse et C. Dumont* à Saint-Germain.....

La carte que je consultai, dans cette ville, n'étant pas exacte, m'avoit trompé. Arrivé a Pontoise, je fus, comme je l'ai encore dit, obligé de venir gagner, à Paris, le chemin de Noyon. C'étoit passer trop près de mon domicile, pour n'être pas tenté d'y entrer : une descente d'Alguazils y ayant eu lieu la veille, ma femme, effrayée, s'étoit retirée chez sa mère ; je ne trouvai que mon cousin et ma domestique qui me conjurèrent de fuir au plus tôt. En sortant (24 mars, trois heures du matin), je m'aperçus que ma porte étoit gardée par deux gredins que j'applatis contre un mur. Le loueur de carrosses Doucet me donna son fils, un cabriolet et le meilleur de ses chevaux : en moins de cinq heures et d'un seul trait, je fus à une lieue au-delà de Senlis (onze de Paris). Je passai la journée à me reposer et à régler mes affaires, ne m'étant ni couché ni occupé de mon établissement depuis le 6 mars. J'écrivis aussi à ma femme, à mes amis et à mes commis d'adhérer à tout ce que le nouveau gouvernement demanderoit, fut-ce même de signer que Buonaperte étoit issu des dieux, et cela, afin de les mettre plus à portée de me servir, en écartant d'eux tout soupçon, d'où il suit qu'ils auroient pu, ce que pourtant il ne firent pas, signer, par un motif louable, l'acte additionnel aux constitutions de l'empire : c'est dans ce sens qu'il faut interprêter ce que j'ai dit en parlant d'une infinité de personnes qui signèrent cet acte, la plupart en le désavouant, et quelques-unes par timidité ou désir de conserver ce qu'elles avoient.

Connu de tous les officiers de l'ancienne garde et ne pouvant, par cette raison, traverser, sous un autre nom que le mien, la ville de Compiégne où se trouvoient les grenadiers à cheval de cette arme, j'attendis la chute du jour pour passer, à un quart de lieue au-dessous, l'Oise à la nage. Les eaux étant grandes, rapides et aussi larges en cet endroit que l'est la Seine à Paris, je ne pus, fatigué comme je l'étois, gagner l'autre bord qu'avec beaucoup de peine, et après avoir perdu mes souliers dans le courant. Je les aurois retrouvés si M. de Sémalé, qui me témoigna tant d'intérêt à Bruxelles, avoit été là pour faire le *plongeon*, et sur-tout s'il eût été aussi heureusement inspiré que le pêcheur qui, à l'aide des ameçons que lui prêtèrent maître Judas ou de La-Ventouse, retira si adroitement de la Seine les diamans de la Reine de Westphalie.

Je me procurai de mauvais souliers à deux lieues de Compiégne, dans un village où j'appris que M. Desmarests, ex-chef de division au ministère de la police, avoit une habitation. Je passai, cette nuit, encore A CÔTÉ de deux ponts, mais avec moins de difficulté, la Vorse près de Noyon, et la Somme au-dessous de Ham. Ce ne fut qu'à St.-Quentin que je me décidai à entrer dans les villes ; j'en sortis le soir à neuf heures, et j'arrivai le lendemain, à la fin du jour, à une lieue au-delà de Ménin, ce qui étoit avoir franchi, à pied, plus de trente-quatre lieues en moins de vingt-trois heures, après m'être encore mouillé dans la Lys, ainsi qu'on le verra tout-à-l'heure, et avoir également fait, en traversant trois rivières, dix-neuf lieues dans la nuit et le jour précédent ; et il n'y a pas plus à contester ici que sur mes voyages de Troyes ; ceux que je fis, en avril suivant, de Mons à Paris et de Paris à Mons, le tout étant légalement constaté.

D'abord il est notoire que je ne pus partir de St.-

Germain avant le 23 mars, date de mon passe-port : ce fut le fils d'un sellier de cette ville qui me mena, avec le cabriolet de son père, à Conflans, puis à Paris dans la nuit du 23 au 24. — Le jeune Doucet me conduisit, dans la matinée du 24, à une lieue au-delà de Senlis, où, après l'avoir renvoyé, j'écrivis plusieurs lettres que je puis reproduire frappées du timbre de cette ville et de celui de Paris, qui assure leur date : j'espère qu'on ne prétendra pas que je les écrivis en courant. — N'ayant pu passer l'Oise, la Vorse et la Somme que dans la nuit du 24 au 25, on me pardonnera de n'avoir fait, cette fois, que dix-neuf lieues en 20 heures, après m'être arrêté pour acheter des souliers et m'être ensuite, chemin faisant, séché à trois reprises différentes. — Arrivé le 25 à St.-Quentin à sept heures du soir, il me fallut bien deux heures pour me restaurer, faire changer la direction de mon passe-port, acheter une chemise, une cravate, la faire ourler, me faire chausser, etc., d'où il suit que je ne quittai cette ville qu'à neuf heures du soir; or l'ordre de m'arrêter ayant été signé à Ménin le lendemain 26, à la fin du jour, il falloit bien que j'y fusse passé un peu avant, et cependant j'avois encore, à trois lieues au-dessus de St.-Quentin, perdu une demi-heure de mon temps, en me battant avec l'adjoint d'un maire et deux paysans qui voulurent m'arrêter, parce que m'ayant demandé mon passe-port, j'en tirai, par inadvertance, un de ma poche qui étoit en blanc.

Je vivois en route avec des fruits secs, de l'eau-de-vie et des œufs durs; je préservois mes papiers de l'eau en les fixant sur ma tête avec ma cravate que je nouois ensuite sous mon menton; ils ne furent trempés qu'à Ménin où je pris moi-même un bain sans m'y attendre : le pont de cette ville venant d'être coupé, je me disposois à passer la Lys à la nage, lorsqu'on me tendit une planche qui ne dépassoit que d'un demi-pied les extrémités de l'arche rompue; son centre ayant plié, je tombai, à la vue des habitans et de la garnison, d'assez haut dans la rivière: je m'en tirai seul, et c'est ce qui me perdit; car il est indubitable que si j'en avois été retiré par quelques-uns des assistans, je n'aurois pas manqué d'être questionné et d'apprendre, par eux, que j'étois au milieu des hussards hanovriens et des gendarmes belges. On sait que l'uniforme des premiers est en tout conforme à celui de nos hussards; que leurs cheveux sont de mêmes couleurs et aussi diversifiés que les nôtres, tandis que ceux des anglais ont une teinte généralement blonde: quant aux gendarmes belges, leur habillement qui n'avoit pas encore été changé depuis que la Belgique avoit cessé d'appartenir à la France, ne différoit en rien de celui des gendarmes français; ceux d'entr'eux qui étoient vêtus, avec du drap vert, ressembloient parfaitement à nos chasseurs.

Il n'est donc pas étonnant, que m'attendant à rencontrer des Anglais, je me sois cru à nos avant-postes, et cela avec d'autant plus de raison qu'ayant appris, en passant à Lille, que je n'avois plus que trois lieues à faire pour être hors de France, j'avois parcouru cette distance avec un plaisir tel, que je ne croyois pas avoir fait plus d'une lieue et demie; ensuite la couleur du Roi des Pays-Bas n'étant pas encore arborée sur le clocher de la ville, je n'avois pu reconnoître à aucun signe que j'étois sur une terre étrangère; enfin les hussards hanovriens, qui avoient long-temps servi dans nos armées et qui en avoient les manières, parloient, ainsi que les gendarmes belges, correctement notre langue, ce qui, en me faisant prendre le change, me détermina à continuer ma route sans rien demander à personne. Ce ne fut qu'à une lieue de là et lorsque je pensois en avoir fait trois, tant j'étois fatigué et frappé des dangers, l'un réel et l'autre imaginaire; auxquels je venois d'échapper, que je fus instruit, par un garde champêtre, que j'étois, depuis une heure, en Belgique, ce qui me confirma encore davantage dans mon erreur, croyant les postes hanovriens beaucoup plus loin derrière moi.

Je priai ce garde de me conduire auprès de l'autorité la plus voisine; c'étoit un maire : je lui montrai mon passe-port, en lui déclinant mon véritable nom, et en lui racontant pourquoi j'avois pris celui de *Joseph Narcisse;* je lui exprimai ensuite le desir que j'avois de rejoindre le Roi ou les Princes; je lui demandai acte de ma déclaration; il me le donna.

On ne pouvoit assurément y mettre plus de franchise que moi; mais la rapidité avec laquelle je traversai Menin avoit fait naître des soupçons.

Je commandai le soir même une voiture pour le lendemain 27, à trois heures du matin; j'y étois à peine monté que je m'aperçus que le cocher la dirigeoit par le même chemin que j'avois suivi la veille. Je ne me trompois pas : on me descendit, à Menin, au corps-de-garde hanovrien: « Ha! ha! b...de traître, me dirent, en très-bon français les hommes du poste; attends que le jour vienne, et on te montrera le pays à plus de dix lieues à la ronde. » Vint, un moment après, un officier, mis en bourgeois, que je pris, à son accent, pour le chef d'un des corps étrangers qui avoient été à la solde de Buonaparte, et je devinois juste : c'étoit le major des hanovriens, qui ont fait, comme on sait, partie de notre ancienne armée, aussi me parlèrent-ils d'Jéna, de Friedland, etc. en gens qui y avoient été, ce qui contribua encore à fortifier mon erreur. « Comment *péle-tu*, me dit-il, *lé machine pour hisser un corde en haut la cloché?* — Une poulie. — Ah! *un pouli; cé bon.* » Comme on n'y regarde pas de si près avec les gens qu'on prend pour des espions, je crus qu'on alloit réellement me pendre à cette hauteur, afin qu'on me vit de loin.

Les shakos des hanovriens étant recouverts d'une toile cirée, je ne pouvois distinguer la couleur de leurs cocardes; mais le jour commençant à poindre, je regardai, à travers mes vitrages, et un brouillard épais, celles des gendarmes belges qui circuloient dans la ville; comme elles étoient neuves et d'un orange très-foncé, elles me parurent, dans la brume et l'éloignement, du même rouge que celui qui entre dans les cocardes tricolores, et qui d'ailleurs prend une nuance amadou en vieillissant; quant aux parties blanches et bleues, je m'imaginai, sans plus y réfléchir, qu'elles étoient cachées par les ganses. Enfin, tout, jusqu'au certificat que j'avois requis la veille, concouroit à me persuader que je m'étois jeté dans nos avant-postes. Je lisois sur cette pièce : *Nous maire de... arrondissement de... département de...*, *etc.*, dénominations qui me paroissoient n'avoir pas dû être conservées depuis que ce pays avoit été séparé de la France. C'est alors qu'envisageant la mort de près, me jouant d'elle et bravant les sarcasmes de mes gardes, mais toujours inébranlable dans les secrets qui me furent confiés, et ne voulant compromettre personne, je m'approchai du poële, y jetai le passe-port que M. Danès m'avoit délivré, et plusieurs lettres que j'avois pour Gand; ensuite, seul contre tout le poste, je défendis l'approche du foyer jusqu'à ce que tout fut consumé.

Ce feu de paille mit pourtant en campagne je ne sais combien d'ordonnances, dépêchées aux généraux cantonnés sur la ligne; tous accoururent en grande hâte : on leur avoit apparemment annoncé qu'on tenoit la... *pie au nid*.

M'étant retranché derrière une table que j'avois poussée en avant du poële, j'étois, armé d'un couteau dont je me menaçois, encore sur la défensive contre mes gardes, lorsqu'on vint me chercher pour paroître devant un conseil. Introduit auprès de mes juges, je partis d'un grand éclat de rire à la vue de leurs cocardes noires et de leurs uniformes écarlates. « C'est bon, m'écriai-je, c'est bon, Messieurs ; quittez votre gravité, comme je perds ma réserve ; ceci n'est qu'un mal-entendu de l'espèce de ceux qui me sont habituels, je veux dire qu'il passe la farce. » Puis leur ayant expliqué les causes multipliées et naturelles de ma méprise, ils en rirent avec moi.

Que n'ai-je rencontré, dans les miens, à Gand et à Bruxelles, aussi peu de préjugés, autant de bonne-foi, de droiture et d'équité que dans ces braves étrangers ! Je n'aurois pas à me plaindre d'y avoir essuyé des traitemens auxquels on ne croiroit jamais, s'ils n'avoient eu pour témoins la population entière de ces deux villes, et tous les Français qui s'y trouvoient ; mais ceux d'entre ces derniers, qui disposèrent de mon sort, eurent la bassesse de me calomnier dans l'ombre, et de manœuvrer de manière à ce qu'on refusât de m'entendre... Lâches coquins! infâmes brigands! je cesserai de m'appeler Villiaume, ou j'obtiendrai, par les lois ou l'honneur, à pied ou à cheval, satisfaction de vos honteuses menées : je le jure à la face de la France!!!..... j'étois Français, barbares, et plus Français que vous j'étois en outre homme de bien, époux et sur le point d'être père ; je jouissois de quelque considération dans ma patrie, où je méritois d'être même mieux connu; des souvenirs honorables se rattachoient à mon nom chez l'étranger, et ce fut sous les yeux de mon Roi, qu'abusant des pouvoirs qu'il vous avoit confiés, vous me dégradâtes en me transformant, de fidèle et d'intrépide sujet que j'étois, en un vil traître et en un obscur criminel : vous m'en fîtes subir et la peine et la honte ; que dis-je? vous y ajoustâtes, par un rafinement qui n'a pas de nom, mais qui vous peint bien, le dernier degré de l'humiliation ; malheureux ! n'est-ce pas assez vous dire que j'ai toujours derrière moi la fille que vous y mîtes, et que, fussiez vous dix mille fois plus puissans que vous ne l'êtes, je l'appliquerai, d'un revers de main, sur vos sales figures, s'il ne vous convient mieux de la recevoir droit au cœur.

« Si vous êtes », me dit, à Menin, après m'être nommé, le commissaire général de police belge, qui assistoit au conseil pour y verbaliser, « si vous êtes » réellement ce prisonnier d'état qui souffrit tant sous » Buonaparte, et dont un de nos journaux parle au-» jourd'hui, vous ne méritez pas d'être retenu un ins-» tant. » Il y avoit effectivement, dans ce Journal, un article où le rédacteur, en rendant compte de mes souffrances sous le gouvernement impérial, citoit plusieurs passages (les voir dans la note (1) ci-dessous)

---

(1) « Enthousiaste du grand, du beau, du sublime et des » hauts faits, alors que j'aimois Buonaparte, j'aimois égale-» ment et Pichegru et Moreau, dont je fus le protégé et presque » l'ami : j'aurois voulu réunir ces deux grands hommes au faux » grand, tant je fus dupe du dernier !

» Né au commencement de notre révolution, je fus en » quelque sorte un de ses enfans. J'étois trop jeune pour avoir » pu connoître les Bourbons ; mais j'étois français, je plaignois » leurs malheurs, je déplorois sur-tout le sort infortuné de » Louis XVI, comme je déplore encore celui de Charles Ier., » qui n'étoit pas de mon pays : les rois malheureux appartien-» nent à toutes les nations, et c'est en ce sens, peut-être, » qu'il est permis d'être cosmopolite.

» Depuis vingt-cinq ans, des factions et un usurpateur se » sont entre-tués sous le prétexte spécieux de porter le far-» deau de l'état. C'est des Bourbons que l'on peut véritable-» ment dire que la couronne est un fardeau : ils ne l'ont jamais » portée que pour le bonheur du peuple ; puis-je dire pour le » leur ? . . . . . .

» Maintenant que je les ai vus, je suis sûr que si l'homme » qui nous gouvernoit nous eût rendus heureux, ils auroient » préféré renoncer au trône de leurs pères, plutôt que d'y

littéralement extraits des mémoires que je publiai, en 1814, immédiatement après ma sortie de la prétendue

» remonter au prix d'une seule goute de sang; et c'est par flots, » comme sans nécessité que Napoléon le répandoit! Quand il » dévoroit toutes les fortunes, il bâtissoit des prisons pour les » pauvres, autrefois si peu nombreux. Hélas! après nous avoir » tout enlevé, il nous y auroit tous engloutis; il n'auroit plus » régné en France que sur des détenus, en Espagne que sur » des tombeaux!!!... Ce n'est pas à celui-là que le peuple » auroit osé demander du pain : il l'eût mitraillé, etc.

» L'usurpation, si je puis m'exprimer ainsi, est en quelque » sorte légitime quand l'usurpateur succède à un tyran et qu'il » se fait aimer; mais Louis XVI étoit le meilleur des Rois: » héritier de ses vertus, de sa bonté et de ses droits à la cou- » ronne, Louis XVIII nous promettoit la paix, le bonheur et » le retour du commerce que Buonaparte avoit anéanti par ses » lois prohibitives d'entrées et de sorties, la perte de nos co- » lonnies, ses guerres continuelles et ruineuses, toujours en- » treprises contre le vœu de la nation. Ebloui par sa re- » nommée, ses premiers crimes purent, dans l'inexpérience » de ma jeunesse, me paroître des fautes de politique; mais ils » devinrent si nombreux que sa domination n'étoit plus sup- » portable. C'est alors que l'examinant de nouveau, je n'a- » perçus plus en lui qu'un misérable et vil intrigant qui ne » fut investi de l'autorité que par la violence et la ruse. On sait » comment deux registres furent ouverts dans les préfectures, » sous-préfectures, mairies, justices de paix, greffes de tribu- » naux, etc., sur cette question qui fut son marche-pied au » trône: *Napoléon Buonaparte sera-t-il consul à vie?* Certain » d'avoir pour lui les fonctionnaires publics et les flatteurs, il » n'auroit cependant obtenu par là qu'une infiniment petite » minorité, s'il n'eût fait ajouter que ceux des Français qui ne » signeroient pas seroient considérés comme votant pour l'af- » firmatif; or, comme les trois quarts et demi des habitans de » la France ne savent ni lire ni écrire, il ne pouvoit manquer » d'être élu à la grande majorité. Avec cette théorie et de sem- » blables registres, le premier venu ne pourroit-il pas se faire » proclamer Stathouder en Turquie, Grand-Turc en Hollande, » Sophi à Londres, Dey à Malte, Grand-Mogol en France,

maison de santé pauvre-*Braque*, et lesquels ne furent, ainsi que je l'ai dit ailleurs, interrompus que par ma

---

» et protecteur de la confédération du Rhin sur les bords du » Mississipi ou de la rivière des Amazones?

» L'auteur de ces mémoires, d'ailleurs très-franc, accorde à son ennemi ce qu'il semble, continuoit ce journaliste, qu'on ne puisse lui contester; mais, en homme adroit, il part de ces concessions même pour disculper les anciens et nombreux partisans de son adversaire, et rendre plus incontestables encore les reproches qu'il lui fait. « On n'accuse bien, dit-il, qu'autant que l'on convient des défauts et des qualités de celui » qu'on accuse. Buonaparte eut un beau moment; ce fut celui » de son avénement au consulat: le rappel des émigrés, la » pacification de la Vendée, le rétablissement du culte, le » traité d'Amiens, rompu trop vîte, mais dont la rupture fut » alors attribuée aux Anglais; l'espoir, malheureusement peu » fondé, que Buonaparte consentiroit à être le second de » l'état, et par cela même le premier des hommes; l'estime » dont l'honora le prince Charles, j'ajoute l'empereur » Alexandre, et ce nom prononcé, je n'en ai plus à citer!....

» Il est donc vrai que Buonaparte eût l'amour des Français; » il l'est aussi que nous lui avons fourni les moyens de nous » rendre heureux et de l'être lui-même; il l'est enfin que nous » ne l'avons détesté que lorsqu'il abusa de ces moyens, ce » qu'il fit toujours, et ce dont nous ne nous aperçûmes que » trop tard.

» Bien différent de ces déclamateurs vulgaires qui ne savent accumuler qu'invectives sur invectives, M. Villiaume, peignant toujours l'oppresseur de sa jeunesse sous les traits les plus vrais et avec les couleurs les plus fortes, s'exprime ainsi en parlant du divorce et des victoires de Buonaparte: « Moins exécrable que le Corse, le tyran de Rome n'étoit » du moins pas un usurpateur sorti de la fange. En répudiant » Octavie, qui n'avoit rien fait pour sa gloire, il ne commit » qu'une action abominable et malheureusement trop ordi- » naire aux empereurs romains; mais en répudiant Joséphine, » à qui il devoit son élévation, puisqu'elle fut l'instrument de » sa grandeur primitive, Buonaparte s'est rendu l'opprobre » du genre humain. Cette femme à jamais célèbre, et mère

séquestration dans ce repaire. On jugera encore si leur style et leur contexture étoient d'un fou.

» d'un des plus grands capitaines du siècle, réunissoit en elle » plusieurs grands hommes. Tant qu'elle put, par l'ascendant » de ses vertus, la force de son génie, les grâces de son es- » prit, la bonté de son cœur, et la douceur angélique de son » caractère, tempérer l'humeur farouche de son parjure » époux, ne fut-il pas justement aimé de nous? Qu'étoit-il » avant de la connoître? un pygmée, un homme incapable » de rien être; j'en atteste la rapidité de sa chute, les moyens » qu'il eut entre les mains, ceux qu'il avoit encore et l'usage » qu'il en fit. Quoi! il n'aura pas su se conserver au faîte de sa » puissance, et l'on prétendroit qu'il a été grand par lui-même? » Non, non, non. Il ne le fut que par l'immensité de nos sa- » crifices, l'expérience de ses généraux, l'ardeur de ses » troupes, etc. »

Là, franchement, Buonaparte pouvoit-il me pardonner ces mémoires qui assurément ne le calomnioient point, puisqu'ils ne contenoient que des vérités? Non, certes. Ce fut cependant avec le journal qui en rendoit compte, et un autre qui en parloit aussi (je les avois tous deux dans mes poches) qu'on me conduisit si horriblement à Gand. Voici ce que disoit le dernier que je pris dans un café en arrivant à Courtrai : « On a déjà vu, par ce qui précède (il s'agissoit des gardes-d'honneur : peut-être reproduirai-je ailleurs le commencement de cet article. *Villiaume.*) « On a déjà vu, par ce qui précède, que l'étendue des relations de M. Villiaume en France, ne pouvoit lui donner que de justes aperçus sur ce qu'il convenoit de faire, lors que les alliés y entrèrent. Il écrivit, en conséquence, aux noms de ses commettans, à Buonaparte, à Français de Nantes et au *grand-faiseur* Regnault de St.-Jean d'Angely, qu'il seroit bien d'autoriser, sans les obliger au droit de passe, d'acquit-à-caution, d'octroi et d'emmagasinement, qu'après leur vente, l'entrée, à Paris, de tous les vins de l'Yonne, de la Côte-d'Or, du Lyonnais, du Mâconnais, de la Franche-Comté, de la Bourgogne, de l'Alsace, de la Champagne, et de tous les vignobles qui se trouvoient menacés. « Par-là, leur » disoit-il, vous aurez des provisions qui courent risque de » tomber au pouvoir de l'ennemi, ou plutôt qui seront perdues » pour lui, pour nous et leurs propriétaires; car vous n'igno-

Malheureusement j'avois brûlé mes papiers ; je les aurais eu, qu'étant au nom de *Joseph Narcisse*, ils

---

» rez pas qu'une soldatesque ivre, enfonçant une cave, coule
» un tonneau d'un coup de crosse, souvent pour n'en recueillir
» qu'une potée et quelquefois moins. Ce sont ces vins, qui ne
» profiteront à personne, qu'il est urgent de conserver ; leur
» propriété ne peut-être garantie qu'à Paris, parce qu'il est
» rare qu'on pille les grandes villes, etc. »

« N'étoit-ce déjà pas annoncer à Buonaparte la prochaine arrivée des alliés dans la capitale? Cependant il ne tint compte de l'avis. Le ministre d'état Regnault de St.-Jean-d'Angely eut seul la politesse de répondre *qu'il s'en occuperoit avec empressement aussi-tôt que l'occasion s'en présenteroit.....*, ce que M. Villiaume appelle une réponse de cour, en ajoutant : « Il est vrai que le comte Regnault de St.-Jean-
» d'Angely étant alors colonel d'une des cohortes de la garde
» nationale parisienne, tout son temps étoit absorbé à la passer
» en revue, à lui voir faire l'exercice, à l'apprendre lui-même,
» et à la haranguer, afin de la disposer à se signaler sur les
» hauteurs de Montmartre. J'ai ouï dire qu'il s'y étoit illustré ;
» des envieux soutiennent le contraire ; cela seroit, qu'il
» pourroit encore s'en consoler : tout le monde n'a pas le
» courage de mourir en bonne santé pour acquérir un peu
» de fumée que l'on nomme si improprement de la gloire ;
» d'ailleurs Démosthènes, qui avoit pour le moins la langue
» aussi bien pendue que SON EXCELLENCE, a bien lâché pied
» à la bataille de Chéronnée. Autre chose est de faire trembler
» les hommes en tonnant à la tribune ou de les enhardir de-
» vant des baïonnettes. Que dis-je? il y avoit plus que des
» baïonnettes à Montmartre, il y avoit du canon, et il n'y en
» avoit pas à Chéronnée. Qui ne sait qu'une pièce de cam-
» pagne parle plus haut que les orateurs, qu'elle a même une
» force magique qui coupe la parole aux plus et aux mieux
» diserts ? »

« M. Villiaume, qui ne fit jamais d'études, n'en a pas moins, poursuit l'auteur de cet article, une diction souvent très-soignée et toujours rapide ; et puisqu'il fait des mariages, je dirai, de son ouvrage, qu'il y marie agréablement et avec beaucoup d'habileté, tous les styles. Peu d'écrivains possèdent aussi bien que lui l'art de graduer l'intérêt, et surtout celui de

n'auroient pu établir mon identité avec le Villiaume dont il était question dans ce Journal. Il ne me restoit que des passe-ports en blanc que je produisis comme une preuve de la confiance que le ministre de mon Roi avoit eu en moi, en me les donnant ; on en tira des conséquences contraires : « Vous pourriez, me dit-on,

---

passer, sans que ses lecteurs s'en aperçoivent, et quelquefois brusquement d'un genre à un autre. Il excelle particulièrement à manier l'arme de l'ironie : piquant dans l'attaque, judicieux dans ses observations, sublime même dans quelques pages, tournez-les, vous n'y trouvez plus que des plaisanteries, et à leur suite de sages réflexions. C'est ainsi qu'après s'être moqué de Buonaparte et de M. Regnault qui ne tinrent aucun compte de ses propositions, il passe subitement au paragraphe suivant, que je cite avec d'autant plus de plaisir que les hostilités étant prêtes à recommencer, j'aimerois de voir les puissances belligérantes le méditer.

« Deux joueurs entrent en partie avec chacun cent louis ; » l'un en gagne cinquante à son camarade, celui-ci les regagne » le lendemain, et ainsi de suite durant un mois; en sorte que, » compte fait, l'un n'a ni plus perdu ni plus gagné que l'autre ; » et cependant, en résultat, tous deux sont également ruinés, » parce que celui qui a d'abord gagné cinquante louis en a dé» pensé CINQ *pour ses plaisirs*; et celui qui les a perdus, DEUX » *pour se consoler*. Pires que ces joueurs, les chefs d'armées, » prodigues dans la victoire, le sont encore davantage dans » l'adversité : que de magasins par eux alternativement brûlés » pour ne pas les abandonner à leurs adversaires, ou pour » n'avoir pas avisé aux moyens d'assurer leurs évacuations, » tant la prospérité enivre et rend confiant! C'est ainsi que se » perdent les biens que le ciel départ au labeur des malheu» reux! La famine ou les disettes suivent de près; la paix, que » l'épuisement commande d'un et d'autre côtés, vient enfin; » chacun des combattans regarde autour de soi; il n'y aperçoit » plus que ruines, deuils et misères........ voilà les conqué» rans! et l'on entasse pierres sur pierres, carrières sur car» rières, pour leur ériger des arcs de triomphe, quand d'hon» nêtes infortunés manquent d'asiles, et que de bons Rois ob» tiennent à peine un simple monument.....! »

les tenir de Buonaparte. A-t-il beaucoup de troupes? Avancent-elles vers les frontières ?—*Je suis venu ici*, répliquai-je, *pour tout tenter contre lui et non pour vous livrer mon pays*. Cette réponse, qui étoit bien et qui sera toujours du même Villiaume, excita l'admiration du conseil, notamment celle de l'officier général qui vint me voir plus tard, à Paris, à l'occasion du comte de Lavalette : devois-je, par une trahison, démentir la bonne opinion qu'il conçut de moi ? — Avez-vous, me dit-on, des connoissances ici qui puissent répondre de vous ? — Non, mais j'en ai à Courtrai et à Bruxelles, auxquelles j'ai rendu des services ; je me réclame d'elles, ainsi que du duc de Berri, du général Montélégier, du comte de Fontanes, de M. Dandré, etc. — Hé bien, nous allons vous envoyer à Bruxelles, en passant par Courtrai et Gand, avec ordre de vous relâcher si vous êtes reconnu par l'une de ces personnes pour être seulement le M. Villiaume qui fait des mariages à Paris, puisqu'il résulte encore du Journal que nous avons sous les yeux que celui-là est bien le même qui fut si long-temps victime de Buonaparte. »

J'arrive à Courtrai ; je fais demander un M. Gambard, imprimeur, dont j'avois rétabli les affaires en le mariant, six mois avant, avec une demoiselle Courval de Paris : « Me connoissez-vous, lui dis-je ? — Oui. — Suis-je M. Villiaume ? — Oui. — Celui qui a été prisonnier d'état sous Buonaparte ? — Je ne sais. — Au moins celui qui fait des mariages ? — *Ma foi, je l'ignore.* » Un *oui* de sa part m'eût sauvé, sans le compromettre, puisque beaucoup de personnes peuvent, sans avoir été mariées par moi, savoir que j'en marie d'autres. Le voilà bien avancé à présent !..... et, s'il *l'ignore encore*, je veux bien lui apprendre, ainsi qu'à tous ses compatriotes, que j'ai toujours en porte-feuille la preuve des obligations qu'il m'a. Une fausse honte le retint, soit ; mais une considération plus forte m'oblige à parler, et le public m'excusera de le mettre dans la confidence d'un secret que je n'aurois jamais divulgué, si la sotte réticence de celui qu'il touchoit, n'avoit eu pour moi les suites les plus funestes.

Rien ne nuit autant qu'un démenti ou l'équivalent donné par un témoin que l'on invoque. L'escorte qui m'avoit conduit jusque-là avec de grands égards, concevant de moi une opinion peu favorable, me remit, suivant ce qui lui avoit été prescrit en cas de mauvais renseignemens sur mon compte, entre les mains des gendarmes de Courtrai, qui m'enchaînèrent d'une manière affreuse, à une portée de fusil de cette ville. Un hussard fut aussitôt expédié à Menin, et en rapporta un gros paquet contenant mes passe-ports en blanc, et le procès-verbal de mon arrestation, où se trouvoient relatées toutes les préventions détruites par ma défense, lesquelles, séparées de cette dernière, acquirent encore, par une annotation écrite au dos de l'enveloppe, plus de force qu'auparavant. Il remit le tout, sur la route, à de nouveaux gendarmes, chargés de ma conduite, en leur recommandant d'aller nuit et jour.

Je venois de marcher sur un clou resté à un fer à cheval retourné sur le pavé ; il m'étoit entré d'un pouce dans le défaut du talon ; on eût pu me suivre aux traces du sang que je perdois. Je demandai qu'il me fût permis de louer une voiture : jusque-là on m'avoit toujours accordé un cabriolet, à mes frais, il est vrai, et en le payant très-chèrement : « Va donc, J... f...., va donc, b..... d'espion, tu en verras, me dit-on, bien d'autres à ta destination. » Tels furent les moindres outrages que je reçus : il m'étoit réservé de voir se réaliser, bien au-delà de ce qu'elle m'annonçoit, la menace qui les accompagnoit.

J'obtins enfin une charrette, à raison de 60 fr. par lieue, que mes gendarmes partagèrent avec mon conducteur, en me répétant à chaque minute que je n'avois plus besoin d'argent ; que si je voulois leur payer à boire ils me desserreroient un peu , etc. Ce voyage me coûta dix-huit louis ; je n'en avois pris que vingt-cinq pour aller et revenir. En arrivant à Gand, je n'avois plus de quoi m'acheter du pain je n'en eus pas d'autre que celui des prisonniers pendant dix jours, encore en manquai-je souvent.

Une planche, arrachée de nuit à une palissade, et mise en travers sur les brancards de ma charrette, conservoit aussi un clou qui, en m'asseyant, m'entra dans la partie haute de la cuisse, en sorte que je ne pouvois plus ni marcher ni m'asseoir sans éprouver les plus vives douleurs. A Mintz, on me fit entrer, sans lumière, à trois heures du matin, dans un cachot où il n'y avoit que du fumier et de la vermine : je m'y tins appuyé contre un mur jusqu'à la pointe du jour, que l'on vint m'en extraire, pour me joindre à deux forçats, avec lesquels on m'attacha ; j'étois au centre : menotté par les deux mains, qui tenaient à chacune des leurs, je ne pouvois ni me moucher ni m'essuyer la figure sans les obliger à se prêter à mes mouvemens : c'est ainsi que j'arrivai à Gand, et que je parcourus cette ville d'une de ses extrémités à l'autre, en passant sous les fenêtres de l'hôtel qu'habitoit le duc de Berri.

Fatigué de ce voyage, sur le point d'en entreprendre de plus pénibles encore et de plus périlleux, j'éprouve le besoin de me reposer un moment; mes lecteurs feront bien eux-mêmes de reprendre haleine pour me suivre dans les deuxième et troisième parties de cet Ouvrage : là seulement commenceront mes malheurs; ce que j'ai souffert jusqu'ici n'en étoit que le foible prélude.

Fin de la première Partie.

M. VILLIAUME,

Toujours à Charenton, y est interrompu dans la narration de son voyage par de sérieuses réflexions *que lui suggèrent son épouse et ses nouveaux hôtes.*

Ma femme, sans doute informée, par mon médecin, qu'au lieu de soigner ma santé, je m'amuse à écrire ici les événemens de ma vie, me mande de suspendre mon travail, attendu que le tribunal de police correctionnelle est en goût de condamner nombre d'auteurs que les circonstances ont fait naître. Mais quels rapports y a-t-il entre ces auteurs et moi, leurs brochures et *mes folies?* car c'est ainsi que j'aurois dû intituler *cet ouvrage*, d'ailleurs composé dans une maison qui n'a rien à démêler avec les tribunaux, puisque leur juridiction et la législation qui les régit ne s'étendent pas sur les pensées qui sortent de Charenton. Au surplus, on verra, par les pièces ci-après, que je n'ai jamais cessé d'être aliéné : les premières furent écrites peu avant ma dernière translation ici; les secondes, ainsi que ce qui précède, immédiatement après y être arrivé; les troisièmes avant, durant et après le séjour que j'y fis sous Buonaparte, et les quatrièmes chez pauvre-*Braque*, l'an 1814. Toutes enfin sont un monument de ma déplorable existence : puissent-elles attester aux siècles à venir cette unique conformité qui exista entre le Tasse et moi! puissent-elles aussi préparer mes lecteurs à entendre, sans étonnement, le récit d'aventures plus singulières encore, semées, outre mesure, dans le cours de ma malheureuse vie, et cependant j'atteins à peine ma trente-huitième année!... Veuillez, lecteur, veuillez tourner encore ce frivole feuillet : les pages qui le suivent, transcrites pour me délasser, vous raconteront peu de choses; mais je me couche, et mon réveil, dissipant d'affreux nuages, éclairera *d'horribles* horreurs!.....

LETTRE PREMIERE.

Adressée, quelques jours avant ma mise actuelle à Charenton, à S. E. M. le COMTE ANGLÈS, *ministre d'état, préfet de police, qui avoit eu la bonté d'y payer ma pension la fois précédente, et qui, avec le* duc de Cadore, les comtes de Cazes et de Fontanes, les barons Delpierre et de St. Jacques, le vice-amiral comte Allemand, mêmes mes créanciers, *fut, de tous mes bienfaiteurs, celui qui, à mon retour de la Belgique, me secourut avec une générosité d'autant plus remarquable qu'il avoit beaucoup à se plaindre de moi.*

M. le Comte,

En vous remettant cette lettre et les fonds que vous eûtes la bonté de me prêter tout récemment, je ne dépose véritablement entre vos mains que l'expression bien foible de ma vive reconnoissance. Je vous dois encore les frais de *ma maladie*, et les nouveaux fonds qu'ensuite vous me fîtes compter pour rétablir mes affaires, en m'aidant à relever mon établissement : j'espère pouvoir bientôt vous rendre le tout ; ce dont je suis plus certain, ce sont les vœux que je ne cesserai jamais de faire pour votre prospérité, et celle d'une administration que vous avez su, d'odieuse et effrayante qu'elle étoit, rendre protectrice, paternelle, noble même ; et je n'exagère pas, puisque, réduites à leurs justes élémens, rien n'est au-dessus des attributions qui ont pour objet de veiller à la sûreté de l'État, du Prince et des citoyens

C'est dans ces sentimens que je vous supplie, Monsieur le comte, d'agréer la nouvelle assurance du profond respect avec lequel je suis,

DE VOTRE EXCELLENCE,

Le très-humble, très-obéissant, très-obligé et très-reconnoissant serviteur, *Signé* VILLIAUME.

LETTRE IIe.

Aussi adressée, peu avant mon entrée à Charenton, à S. E. M. le COMTE DE CAZES, *ministre de la police générale, membre de la légion d'honneur, etc.*

Monseigneur,

Je supplie V. E. de prendre en considération les motifs qui me déterminent, dans la prière que j'ai l'honneur de lui faire, d'autoriser la circulation d'une feuille périodique que je me propose de répandre incessamment, sous le titre d'AFFICHES-VILLIAUME, et dont l'objet sera spécialement d'égayer le public, puisque indépendamment des annonces qui sont du domaine de ces sortes de feuilles, j'y publierai encore différens articles sous les titres MARIAGES, *par correspondance, Biographie, Anecdotes, etc.*, sans jamais y rien mettre de contraire aux mœurs et à la décence, ni rien aussi qui se rapporte à la politique: *rétablir des réputations, honorer des noms, n'en avilir aucun*, fut ma constante devise; je n'y ajouterai que celle-ci:

Amis défendons-nous, mais n'attaquons personne.

Nul, peut-être, n'aima plus que moi V. E., et ne lui rend aujourd'hui plus de justice: trompé sur ELLE par des ultras, comme ELLE le fut sur moi par des infâmes, le regret que j'en ressens m'attache plus fortement à sa personne. Vaut mieux le retour franc d'un homme égaré, qu'un ami que de perfides instigations peuvent encore ébranler. Au surplus V. Exc. trouvera la mesure de mes sentimens pour ELLE dans la lettre ci-contre que je viens d'écrire à M. le comte Anglès; je n'y exprime rien qui ne soit également commun à V. Exc.; je devois même, en sortant de la Préfécture, lui porter une pareille lettre et les fonds qu'ELLE eut aussi la bonté de m'avancer; je ne m'en abstins que parce que M. le comte Anglès ayant refusé de se rembourser, je présumai que V. E. en userait de même à mon égard.

Je termine en la suppliant de vouloir bien agréer l'assurance formelle de mon attachement, et de mon inviolable dévouement.

Son très-humble, très-obéissant, trés-obligé et très-reconnaissant serviteur,

VILLIAUME.

LETTRE IIIe.

Également adressée, quelques jours avant ma mise actuelle à Charenton, à M. LE CHEVALIER DUPLEIX DE MEZY, *Conseiller d'État, Directeur général des postes.*

Monsieur le Conseiller d'État,

J'ai l'honneur de vous transmettre la copie d'une lettre (la précédente) que j'ai écrite à M. le comte de Cazes. J'éprouve tant de plaisir à confesser mes torts à son égard, et à publier sa générosité envers moi, qu'il ne m'est pas possible de supprimer, dans cette lettre, la partie relative à la reconnaissance que je dois à ce ministre, bien pourtant qu'elle soit étrangère à la supplique que j'ose vous adresser. Elle sera courte : voici ce que le chef de la division littéraire du ministère de la police m'a répondu de vive voix : « Ce que vous demandez étant dans le domaine de la » loi, S. Exc. croit ne devoir pas vous accorder une » autorisation spéciale : FAITES VOS AFFICHES : » n'y insérez rien qui puisse provoquer la censure du » gouvernement. » Je lui ai répliqué que j'avois trop d'obligations à l'autorité pour que je me rendisse jamais coupable d'ingratitude envers elle ; mais, ai-je ajouté : *M.* Dupleix de Mezy *peut s'opposer à leur départ?* — « N'y mettez rien de contraire aux lois ; » au surplus, M. de Mezy pourra consulter le Ministre » au besoin ».

Vous voyez, M. le conseiller d'Etat, ce que j'ai l'honneur de vous demander : ma lettre à M. le comte de Cazes vous donnera un aperçu de l'esprit dans lequel sera rédigé la feuille que je me propose de publier; quant à ses parties biographiques et anecdotiques elles se réduiront uniquement à l'histoire et aux événemens de ma vie.

Veuillez, je vous prie, M. le Conseiller d'État, agréer l'expression du profond respect avec lequel je suis,

Votre très-humble et très-obéissant serviteur,

Villiaume.

PIECE IVe.

Extraite des instructions transmises par moi à mon huissier (Rousselet), et mise à exécution par un commandement que, l'avant-veille de ma translation à Charenton, il signifia à M. Aubri, *Directeur du timbre, parlant au sieur* Galet, *Receveur dudit.*

NOTE *à exécuter.*

Signifier à MM. Gallet, receveur de l'administration du timbre; Aubri, directeur d'icelle, et Barreron, directeur général de l'enregistrement, que depuis longtemps le requérant sollicite, en vertu des lois existantes, et notamment de celle du 30 décembre dernier, la faculté de publier, au timbre de quatre centimes, et sur papier de dimensions égales à celles des affiches parisiennes, une feuille, en son nom, intitulée AFFICHES-VILLIAUME; que le requérant n'ayant obtenu aucune satisfaction, il vous a requis à l'effet 1°. de constater les motifs pour lesquels les signifiés n'obtempèrent pas à sa juste demande, les lois étant égales pour tous régnicoles, et bien certainement pour ceux d'entr'eux qui ont défendu l'Etat et au nombre desquels fut toujours le requérant; 2°. de constater leur réponse à la suite du présent, etc.

VILLIAUME.

Seroit-ce parce que j'ai eu dispute avec le timbre *noir* qu'on m'auroit conduit à Charenton? M'auroit-on, à cause de cela, jugé plus timbré qu'il ne l'est ainsi que son frère le timbre *rouge*, sur lequel s'impriment pourtant nos spirituels et joyeux journaux, même la Gazette et la Quotidienne qui n'ont rien que de morose et de triste depuis qu'elles sont en deuil de leurs abonnés, morts d'ennui de les avoir lues? Eh! non, puisqu'il acquiesça à ma *juste demande*, ainsi que le ministre de la police et le directeur général des postes. Que Dieu les bénisse! d'aliéné que j'étois, je serai donc, en sortant d'ici, journaliste, éditeur, et tout ensemble propriétaire d'une feuille qui ne sera pas la moins gaie, si mes camarades d'hospice m'aident un peu, en me faisant passer, de temps à autre, quelques-uns de leurs articles. Là, du moins, nous serons sur notre terrain, et s'il se trouve encore des Accadémiciens, des Malte-blond et des Martinvillain qui soient assez osés pour nous attaquer, nous tâcherons de leur prouver, en entrant en lice avec eux, que les fous ne manquent pas toujours de raison. Le public n'aura au moins jamais à nous reprocher de lui annoncer, comme le font les Petites-Affiches de l'Hôtel des Fermes, *des professurs anglais demandant des élèves auxquels ils montreront*, disent-ils,.......... LEUR LANGUE. Jamais aussi nous n'insulterons au goût de nos lecteurs par des propositions de l'espèce de celles qui suivent, littéralement extraites, avec leurs numéros d'ordre, de ces affiches qui certes n'ont rien d'académique; encore seroient-ellessupportables s'il leur arrivoit d'être par fois *charentoniennes*; mais non : particulièrement courues par les cochers, les chevaux à vendre, les domestiques à placer, et les chiens perdus, elles semblent en avoir pris le jargon et n'exister que pour corrompre le nôtre. Voyez si j'en impose!

☞ *Petites - Affiches, de la rue de Grenelle - Saint - Honoré, n°. 55, Hôtel des Fermes,* ☞ ☞ ☞, n°. 225.—Un jeune dame de grand mérite, dont les talens ne laissent rien à désirer POUR FORMER DE JEUNES PERSONNES À UNE ÉDUCATION DISTINGUÉE, désire trouver une maison opulente ou aisée (*opulente ou aisée!*) où elle puisse les UTILISER (*sont-ce ses talens ou les jeunes demoiselles qu'elle entend* UTILISER?) S'adresser, *pour le savoir*, à M. Nogués, tenant un bureau d'affaires et de placement, rue des Fossés-Montmartre, maison *Vide-Poche*, *n°. Attrape-Nigaud.*

☞ *Idem. Mai* 1812. ☞ ☞ ☞ Un propriétaire âgé, voulant aller passer quelques mois à la campagne, désire trouver, pour lui faire société, comme ami, un homme qui ait quelque éducation, ET AU BESOIN FAIRE BIEN DE PETITES CHOSES, comme un peu de cuisine, de pâtisserie, etc. S'adresser à M. Porre, L'INDICATEUR, tenant un bureau d'ADRESSE, rue de Richelieu. n°. 1, vis-à-vis le théâtre français. (*Le bel ami que M.* PORC *demande-là!*)

☞ *Idem. Mai* 1812. ☞ ☞ ☞ On demande, pour une blanchisserie, une dame ou demoiselle de confiance, qui soit forte et LESTE. (*M. Porre a probablement voulu dire* ACTIVE; *car il sait, comme un autre, qu'on trouve, à la chûte du jour, des demoiselles* TRÈS-LESTES *dans tous les recoins de Paris.*)

☞ *Idem.* n°. 258. ☞ Un jeune homme de 30 ans, d'un PHYSIQUE AVANTAGEUX, (*M. Porre saura que le mot* AVANTAGEUX, *pris dans cette acception, n'est applicable, au propre, qu'à un fort et, au figuré, qu'à un fat*), se propose en mariage à une demoiselle de 16 à 22 ans; il tiendroit à ce qu'elle fût FILLE NATURELLE. (*Certes il ne manquera pas d'en trouver.*)

☞ *Idem* 7 ☞ ☞ ☞, n°. 190. Une dame de 28 ans, sans

CHARGE., demande une place de dame de CHARGE. *(Oh! M. Porre! charge sur* CHARGE, *est une* CHARGE *trop forte.)*

☞ *Id.* ☞☞☞, n°. 258. Un monsieur propriétaire *(pourquoi pas tout simplement un propriétaire?)* ayant des connaissances dans différens genres d'affaires, désire les utiliser. Il accepteroit un emploi de régisseur de bien ruraux, de secrétaire près d'un officier général, CHEZ UN LITTÉRATEUR, DANS UNE MANUFACTURE OU AUTRE GRAND ÉTABLISSEMENT. *(Voilà un officier général qui a bien des domiciles. Est-ce chez le littérateur, ou à la manufacture, ou au grand établissement qu'on le trouve? C'est à M. Nogués à nous l'apprendre.)*

☞ *Id.* ☞☞☞, n°. 234. Un employé aux ponts et chaussées PROTESTANT, désire se marier. *(Je ne savois pas que les ponts et chaussées étoient* PROTESTANS, *M. Porre me l'apprend, et tout le monde sait qu'il est une autorité en matière grammaticale.)*

☞ *Id.* ☞☞☞, n°. 234. Un ex-militaire de 33 ans, ayant satisfait aux lois, sachant écrire, parler allemand, faire la RECETTE, PENSIONNÉ, MARIÉ, SANS ENFANS, SON ÉPOUSE, BLANCHISSEUSE EN FIN, RACCOMMODANT LES DENTELLES, DÉSIRE UNE PLACE DE PORTIER S'adresser à M. Nogués. *(Il n'y a pas de doute qu'un ex-militaire, âgé de 33 ans, n'ait satisfait aux lois; mais une* RECETTE, *pensionnée, mariée, sans enfans, son épouse, blanchisseuse en fin. raccommodant les dentelles, etc., etc.,* me paroît une drôle de recette.

Des blessures reçues à l'armée prouvent qu'on y a fait son devoir; que l'on mérite du Souverain et de la Patrie, mais rien de plus; de même que des certificats de probité, donnés à un particulier, ne peuvent être pour lui une preuve de bravoure. M. Nogués nous apprend cependant le contraire dans la note qui suit. J'en SOULIGNERAI seulement la partie la plus oratoire.

☞ *Petites Affiches*, ☞☞☞, n°. 223. —Un ex-militaire, adjudant sous-officier, âgé de 44 ans, marié, sans enfans, natif de Paris, offrant de bons répondans, SI TOUTEFOIS D'HONORABLES BLESSURES REÇUES SUR LE CHAMP DE BATAILLE ET QUI LUI ONT VALU LA PENSION DE RETRAITE DONT IL JOUIT, NE LUI SUFFISOIENT PAS, désire une place de PORTIER.... *(Quelle chute, grand Dieu! Quelle chute!.... et pour y arriver, que d'étalage, d'enflure et surtout que de titres mis en avant pour acquérir le privilège de garder une porte, d'en tirer le cordon, de balayer une cour et, souvent encore, de recevoir les sottises du maître, des locataires et d'un tas de valetailles......)*

Si j'avois été l'auteur de toutes ces sottises, je trouverois ma réclusion à *Charenton* justifiée; mais loin de les avoir faites, ce fut moi qui les releva!..... Et puisque ce n'est pas non plus pour avoir assigné le le *timbre* qu'on m'y conduisit; pourquoi donc est-ce? Ma foi, je m'y perds, et comme je ne veux pas me fêler la tête à chercher les *raisons* de cette mesure, j'offre trois *merles blancs* au nouvel OEdipe qui *les* trouvera et s'il *les* trouve, il est bien sûr de *les* avoir. Vous me comprenez, lecteur, bien que pourtant il y ait ici deux équivoques: d'abord sont-ce les *raisons* ou les *merles* qu'il doit chercher? ensuite, s'il *les* trouve, qu'aura-t-il? je l'ai dit: L'UN ou L'AUTRE, *raisons* et *merles* étant synonymes en une rencontre aussi singulière, de même que *timbre* et *Charenton*, où l'on me conduisit. Toujours est-il que m'y voilà encore bien et duement reclus. J'ai déjà fait remarquer, (page 40, lig. 28) que ce n'étoit pas pour avoir *oublié de mettre des points sur mes i*, qu'on m'y cloua (1) la fois précédente; et, cette seconde, ce ne fut du moins pas pour avoir oublié ma femme à laquelle je me hâtai d'écrire la lettre suivante que je puis également reproduire, frappée du timbre de Charenton et de celui de Paris qui assure aussi sa date. En la lisant, on y verra encore, infiniment mieux que dans les précédentes, combien j'étois alors réellement *timbré*. On peut d'ailleurs s'en informer auprès de tous les employés de la préfecture de police, ainsi qu'auprès des gendarmes qui y furent de garde dans la soirée du 4 avril 1818, et dans la matinée du lendemain, époque de glorieuse et touchante mémoire. Eux, le concierge

---

(1) Encore une équivoque: est-ce sur mes *i* ou à Charenton qu'on me cloua? C'est à Charenton, Lecteur, et l'un vaut l'autre quand on y arrive avec une logique aussi dérangée que l'est la mienne.

de la salle Saint-Martin, ses guichetiers, et tous les habitans de la rive gauche de la Seine certifieront que je n'écris rien à madame Villiaume qui ne soit vrai : les uns ont vu, *par leurs propres yeux*, et les autres ont ouï tout ce que je lui mande, et cela ne pouvoit être autrement, puisque avec un verbe aussi fort que l'est le mien, je m'étois encore aidé d'un porte-voix de ma façon. Qu'on en juge d'ailleurs par les pièces suivantes.

LETTRE Ve.

Charenton, 5 avril 1818, six heures du soir.

Ma bonne amie, je suis arrivé ici en parfaite santé. Je te fais passer les copies de deux lettres que j'ai adressées au comte Anglès et à M. Parisot. Rien ne m'irrite autant que quand on me trompe ; mon commissaire de police m'avoit dit que c'étoit dans une maison de santé qu'il me conduisoit, et ce fut au violon qu'il me mit ; j'y demande de l'eau, on m'en refuse, ou plutôt on tarde trop à m'en apporter ; j'avois une soif dévorante ; je renouvelle ma demande en frappant à ma porte, suivant l'usage de la salle St.-Martin, où les détenus n'ont pas de sonnettes ; on vient enfin, mais c'est avec une camisole que l'on me passe, et des cordes avec lesquelles on me lie : ma fureur devient extrême et, bien que je n'eusse plus la liberté de mes mains, je romps tout, cordes et camisole, je brise mes fenêtres, je démonte environ douze pieds de tuyau à mon poële, lesquels, alongés de ma hauteur, atteignent le toît de ma chambre ; puis, m'en servant comme d'un porte-voix, je crie *du pain, de l'eau, ou ma femme et mon fils, ou enfin des ménotes*. Tu peux imaginer le beau bruit que cela fit ; le préfet en fut lui-même abasourdi ; au lieu d'eau seule et de pain noir on m'apporta, sur le-champ, de très-bon vin, du pain blanc, en un mot tout ce que je demandois, et je me calmai ; le lendemain, j'étois comme tu m'as vu dans mes jours les plus tranquilles.

Voilà M. Royer-Colard qui arrive; je désire le charger de cette lettre pour qu'elle te parvienne plus vîte. Tu as dû en recevoir une de moi ce matin, avant mon départ de la préfecture ; j'en attends une de toi ce soir : elle m'arrive à l'instant même, mon amie, et je l'ouvre avant de fermer celle-ci. Ah ! qu'elle est bien dite et qu'elle est belle ! Que de sentimens y sont exprimés, et que de charmes, de doucœur, de raison et de sensibilité dans leur expression ! Ton âme et ton esprit s'y retrouvent tout entiers. Je dirais presque, qu'avec elle, je ne suis plus séparé de toi. Je voudrois pouvoir la payer en baisant mille fois la main qui la traça et, pour que tu ne sois pas jalouse, baiser aussi celle des tiennes qui se rapproche le plus de ton cœur ; cela feroit que les deux jolies mains de la personnes que j'aime le plus auroient été baisées par *le fou* qui est ici, comme il étoit et sera constamment ailleurs, toujours à tes pieds, ton mari,

VILLIAUME.

LETTRE VIe.

A Monsieur PARISOT,

Monsieur,

Je m'attends à être transféré dans une maison de santé ; quelque plaisir que j'aie à revoir M. Royer-Colard, tâchez néanmoins d'obtenir de l'inappréciable bonté de M. le pré et que je sois placé plus à proximité de mon domicile, afin que je puisse voir plus facilement et plus fréquemment mon épouse, mon fils, mes proches et mes amis.

Je ne suis nullement malade, monsieur ; je n'étois

hier et les jours derniers que colère et en *pointe* (1) ; je suis maintenant calme et *très-dépointé*. Il m'a suffit, pour opérer ce changement, d'une nuit de repos et de vin fortement mouillé d'eau.

Quand vous connoîtrez les causes de cet apparent désordre et toute l'étendue de mon malheur, vous éprouverez quelque satisfaction de m'avoir rendu le service que je sollicite de votre bienveillance ; il seroit trop long de vous les détailler ici : je me bornerai donc à vous dire que j'ai seulement connu, il y a huit jours, l'infâme *artisane* de mes infortunes anciennes et

(1) J'étais parvenu à joindre trois des auteurs de mes infortunes : j'en saignai un au flanc droit ; les autres se saignèrent noblement d'eux-mêmes ; le plus pur de leur sang coula de leurs nez, des excuses coulèrent de leurs bouches ; je m'en tins satisfait, c'est ce que je veux encore obtenir de deux autres ; et comme les différens de cette espèce se terminent toujours par de copieux déjeûners, il arriva que je rentrai chez moi en décrivant quelques *zig-zag* : ma femme, qui s'y attendoit, parce que j'avais oublié mon gilet de laine, ce qui est toujours de fâcheux augure pour elle, me dit, en rentrant : qu'un honnête homme ne se mettait pas dans un semblable état, que j'étois un *cochon*, etc. Un mari qui n'eût pas aimé son épouse autant que j'aime la mienne auroit pu lui riposter des *cochoneries*, c'étoit le cas ; mais moi qui n'ai jamais contrarié madame Villiaume, je me contentai de lui répondre que ce qu'elle disait était vrai, mais qu'elle étoit toujours *ma bonne femme*..... Voilà tout le mal que j'ai fait. Attendez cependant : mécontent des craintes exprimées sur ma santé par un sieur *Poulet*, fabricant de schals, dans la maison que j'habite, je le qualifiai aussi, dans ma folie, de fils dégénéré d'un *Coq-d'Inde* ; enfin, j'avois invité à déjeûner chez moi, le 1er avril, des personnes dont j'avais à me plaindre, et pour tout plat, je leur fis servir une friture composée d'un petit brochet que je pris pour moi, d'un gougeon que je fis avaler à un insolent, et d'un bavard que je mis sur l'assiète d'un de mes commis, en le remerciant de ses services ; je fis ensuite porter trois écrevisses et un quart de fromage à MM. A Martinvillain, Malte-Blond et de Jouy.

récentes ; cette découverte a dû d'autant plus m'affecter que j'avois, jusqu'ici, donné le nom de bienfaitrice à la perfide. Au reste, ce n'est pas que je n'aie besoin de me rafraîchir un peu, et ce sera avec plaisir que je me verrai, pendant quelque temps, au régime. J'ai tant souffert, dans ma vie, que je ne puis trop soigner ma santé; mais il ne faut pas non plus que je lui sacrifie mon état, en lui donnant tout mon temps. Je suis ; etc.....

VILLIAUME DE LA SALLE SAINT-MARTIN,

Ce 5 avril, dix heures du matin.

C'est pour ces pécadilles, qu'on jugea que j'avois besoin de me rafraîchir; il est vrai que mes lettres à M. Parisot et au comte Anglès, leur parvinrent trop tard : j'étois en route pour ma maison de campagne quand on les leur remit.

J'oubliois de dire qu'il m'étoit encore arrivé de déposer au café de Flore, rue de Cléry, nº 104, *pointe Bonne-Nouvelle*, une belle paire de fleurets démouchetés, avec une petite lettre adressée à un grand flandrin qui m'y avoit insulté, et dans laquelle je le priois de vouloir bien me rapporter ces meurtriers jouets, passe-tems de mon adolescence, ce qu'il s'abstint de faire, tant est que les lâches n'ont de courage que pour outrager. A-propos de ces amusettes, je préviens les deux autres lâches, que je n'ai encore pu joindre, qu'ils feront bien de se procurer des cartes pour jouer avec moi, soit à la mouche, soit au piquet, soit à la drogue, attendu que celles que j'ai n'ont plus d'as de *pique*, et que le fameux maître d'armes Lebrun, domicilié rue Poissonnière, nº 21, ne veut plus m'en prêter, peut-être parce qu'on le lui a défendu, ou par crainte qu'à la fin je ne me ruine à ces jeux ; en sorte qu'en attendant mieux, il ne me reste que des plumes mal taillées et dont, comme on voit, je me sers assez mal. Enfin, pour que tous ces *honnêtes gens* n'aient pas à reculer, je déclare que je les nommerai tous par leurs noms dans la deuxième partie de cet ouvrage, qui contiendra aussi les preuves manifestes de tout ce que j'ai avancé dans celle-ci.

LE GÉNÉRALISSIME DE CHARENTON,

Signé VILLIAUME.

LETTRE VIIe.

A Mr. le comte Anglès, Ministre d'État, Préfet de Police,

Monsieur le Comte,

L'imagination de l'homme heureux n'enfante que des rêves charmans ; l'homme malheureux, et je le suis d'être à la salle Saint-Martin, n'a que des songes pénibles : je voyois cette nuit toute la capitale embrasée; je cassai aussitôt ma porte, comme je brisai hier la camisole et les liens dont on m'avoit chargé, pour voler au secours de mon épouse et de mon fils ; après les avoir sauvés, je revins à vous pour arracher vos enfans des flammes.

Ce rêve ne vous donnera, monsieur le Comte, qu'une bien foible idée de l'attachement réel que j'ai voué à V. Exc. — Je viens d'adresser une lettre à M. Parisot ; veuillez bien vous la faire représenter, et prendre en considération la prière qu'elle renferme.

Daignez agréer, je vous en supplie, la nouvelle assurance du profond respect avec lequel je suis,

DE VOTRE EXCELLENCE,

Le très-humble, très-obéissant, très-obligé et très-reconnaissant serviteur,

VILLIAUME DE LA SALLE SAINT-MARTIN,

Préfecture de police, ce 5 avril 1818, dix heures et demie du matin.

Comme je viens d'avoir encore le secret de me procurer ici (à Charenton) du Bordeaux, du Bourgogne, du vin de Bar et de la tisanne de Champagne, on ne sera peut-être pas fâché de lire ce qu'ils m'ont inspiré, ainsi qu'à ceux de mes camarades à qui j'en ai fait boire : c'est d'abord un aperçu de ma façon sur leur esprit, ensuite deux de leurs rapports que j'adresse à ma femme pour servir à l'éducation de mon fils; ces trois pièces portent avec elles leurs certificats d'origine. On sait que les Bordelais, pour être gascons, n'en sont pas moins braves et spirituels; les Bourguignons, francs et salés; les Lorrains, solides au poste, peu (1) endurans et néanmoins patiens, et que les Champenois se comptent par centaine dans tous les pays du monde et même dans toutes les académies. C'est à mes lecteurs à deviner quels sont ceux qui ont bu le champagne en composant ces trois pièces, et quels seront ceux qui rinceront nos verres en résultat.

PIECE VIIe.

Aperçu sur l'esprit des Fous de Charenton.

Il n'est personne, à Paris, qui n'ait visité les Petites-Maisons de Bicêtre, et qui n'y ait rencontré des fous dont les manies sont de se croire ensorcellés, ou femmes, ou Grand-Mogol, ou Empereur de Russie, ou Roi de Prusse, Empereur d'Autriche, Prince-Régent, duc de Reggio, de Tarente, de Wellington, Pape, St.-Pierre, St.-Paul, etc.

Il est à remarquer que presque toutes ces maladies

(1) On a dit des Lorrains, et j'en suis un, qu'ils étoient *traitres à Dieu et à leur prochain, rancuniers, mangeurs de lard. etc.* Passe pour la rancune et le lard, mais traîtres, jamais; et cette calomnie n'a pu être inventée que par des sots qui prennent pour leur prochain ce que naguères ma femme vouloit que je fusse. Il est vrai que nous tuons, chez nous, (et c'est pour cela que je conseille à Martinvillain, consorts et compagnie de n'y jamais passer), beaucoup de ces quadrupèdes domestiques, proscrits par les lois de Moyse; mais c'est autant pour notre usage que pour en faire honneur aux étrangers qui nous visitent; car nous sommes hospitaliers. Au surplus, l'Europe nous connoît: les treize bataillons des Vosges vivront longtemps, et si Louis XVIII nous en demandoit cinquante, il les auroit sur-le-champ dans nos seules montagnes.

ont été occasionnées par nos révolutions politiques, ou par un excès de dévotion, et qu'en fait de folies, les fous ne se méprennent jamais sur l'illustration ou la sainteté des noms qu'ils adoptent. Il est, au contraire, très-rare d'en voir qui veuillent bien consentir à n'être que colonel ou cardinal.

Nous avons également tous ces personnages à Charenton, même un rédempteur, et jusqu'à un Mathurin Bruneau. Nous y avons aussi des détenus qui, sans être atteint d'aucune affection mentale, y sont retenus, les uns par leurs femmes, les autres par leurs familles (1). Ceux-là je les ai signalés, par l'inscription de leurs noms, au bas du rapport suivant, fait au petit conseil des sages de cet hospice. Je me propose

(1) J'ai dit assez de bien de l'administration de cette maison pour que ce reproche, que je lui adresse, soit à couvert de toute suspicion; il m'est dicté par cet impérieux sentiment de justice qui me rendit, dans le cours de mes nombreuses arrestations, si fréquemment le libérateur de mes camarades; il me l'est également par le désir que j'ai de voir prospérer cet utile établissement. Dégagé de cet indigne abus qui ne peut inspirer que de la défiance aux familles qui ont des malades à faire traiter, l'Hospice Royal de Charenton ne présenteroit désormais que des garanties et des procédés curatifs qui ne se trouvent nulle part. M. Royer-Collard en a banni les douches, fléaux de l'intelligence humaine, pour y substituer un régime simple dans ses élémens, calmant dans son application. J'ose dire, sans crainte d'être démenti, que ce docteur opère autant de guérison par l'ascendant persuasif qu'il prend sur ses malades, que par les remèdes qu'il leur fait administrer; aussi n'est-il pas de jour qu'il n'en sorte de parfaitement rétablis, ce qui arrivait rarement avant lui, et même presque jamais; la méthode qu'on employoit alors, détraquant entièrement le cerveau des malades, achevait d'aliéner ceux d'entre eux qui, foiblement atteints, étoient susceptibles d'une prochaine guérison. Au surplus, je reviendrai, dans une seconde édition, sur cet article que, faute de tems, je ne puis qu'ébaucher aujourd'hui. Villiaume.

même d'adresser très-incessamment une pétition, en leur faveur, à la chambre des députés.

J'ai cru ces explications non seulement nécessaires à l'intelligence de ce rapport, mais encore à celui qui vient après. Rien de mon crû n'est entré dans l'un ni dans l'autre : j'ai observé, écouté, puis j'ai écrit ce que j'ai vu et entendu. Abonné au *Journal Général* qu'on me renvoie tous les jours de chez moi ici, je le prête à ceux des pensionnaires détenus qui me paroissent n'être pas malades ; la lecture s'en fait en commun ; tous se communiquent réciproquement leurs réflexions, dont je prends note de mémoire. Rentré dans ma chambre, je les couche sur le papier; ce sont elles qui m'ont fourni le sujet du premier rapport.

J'ai ensuite excité de véritables fous, en les provoquant, par la lecture de cette chute ambitieuse, répétée avec affectation dans le discours de M. Bougon : *Tel est mon avis, et de plus je demande qu'on détruise Carthage.* — « Contre qui en a-t-il donc ? me dirent-ils. — Contre les alliés qui nous dévorent, et les ministres qui violent ouvertement la Charte. — Il a raison : on devroit pendre les ministres; ce sont eux qui nous retiennent ici : qu'avons-nous fait ? Pourquoi ne pas nous l'apprendre? Il n'y a plus de lois en France. Quant aux alliés, qu'on nous délivre, et nous en ferons notre affaire..... » Puis, ils se mirent aussitôt à raconter et à proposer très-sérieusement les moyens d'exécution que je rapporte ci-après. — « Bah! s'écrioit un nommé Lalaut : « Que les alliés viennent me voir : » j'ai QUINZE MILLIARDS dans les caves de cette » maison, sur lesquels je n'ai encore envoyé que CINQ » CENTS MILLIONS au Roi, pour qu'on lui serve des » petits pois et des cerises en hiver. Je les paierai ces » affamés, mais qu'ils nous laissent tranquilles ; et » vous, laissez-y les ministres : sachez que je suis en » correspondance avec eux, et que j'ai à leur propo-

» ser vingt projets qui rendront au Gouvernement dix » mille fois plus que je n'ai. »

Non, jamais on ne pourroit calculer combien de trésors imaginaires sont enfouis dans leur cerveaux. Ce qu'il y a de plus singulier, c'est d'en voir quelques-uns avec la camisole et des cordages qui les retiennent à des anneaux, se croire parfaitement libres ; d'autres, qui n'ont que de la paille pour coucher, se persuader qu'ils sont sur le duvet d'un bon lit ; d'autres, enfin, tourmentés par des maux physiques et réels, se prétendre bien portans, chanter le rigodon d'une contre-danse, et vous proposer d'être leur vis-à-vis.

S'il est vrai que le bonheur gît dans l'imagination, on peut dire de ces infortunés, qu'ils sont réellement heureux d'être malheureux. Mais à côté de ces tableaux, qui excitent à-la-fois le rire et la pitié, il en est qui affectent douloureusement : » J'ai ma raison » aujourd'hui, me disoit autrefois un sous-préfet, » mort tout récemment dans cet hospice ; demain » je ne l'aurai plus ; je ne la recouvre, hélas ! que » pour mesurer l'étendue de mon infortune.... Ma » femme ! être que j'adore ; et vous, mes enfans, êtres » innocens, que je chéris et que je pleure..... ; vous » tous pour qui ce n'est pas assez d'un seul cœur pour » contenir l'amour que je vous porte, ai-je, vivant » encore, cessé d'exister pour vous? Ah ! que ne l'ai-je » totalement perdue cette intelligence qui ne vous » montre à mes regards que pour m'apprendre... »

L'infortuné s'arrêtoit toujours là ; sa tête tomboit dans ses mains, sa poitrine se gonfloit, un torrent de larmes s'échapoit de ses yeux, qui ne se séchoient que pour se mouiller de nouveau un instant après, et se refuser au sommeil tant qu'une étincelle de ce feu céleste qui nous guide, en nous éclairant, brilloit dans son entendement.....

Mais ne nous attristons pas ; rappelez-vous, lecteur, que la bande des foux joyeux de Charenton me nomma l'an dernier (voir, page 28, ligne 16 de cette brochure), son généralissime à vie ; que j'y fis recevoir, un peu plus tard, Martinvillain en qualité de tambour-major, sous le nom de Martin-Camisole ; que je fis choix, pour mon aide-de-camp, d'un fou connu ici sous le sobriquet de Sapajou ; qu'un autre fou, nommé La-Mouche, garçon rempli d'expédiens dans ses intervales lucides, me serviroit d'espion ; enfin, puisque nous en sommes sur le chapitre des confidences, je ne vous dissimulerai pas qu'il m'en sert encore, et que ce fut lui qui me prêta deux fois ses épaules, lorsque je m'évadai deux fois d'ici.

Signé VILLIAUME.

RAPPORT

Fait au petit conseil des sages de Charenton, par un malade qui a cessé de l'être.

MESSIEURS,

Il faut qu'il se passe d'étranges choses en France ; puisque nous ne recevons pas de nouvelles directes de notre généralissime, depuis le 1er. juillet 1817, époque à laquelle il nous a quittés pour retourner avec les fous, dont le monde civilisé abonde. Vous verrez qu'il se sera faufilé sous quelque banquette de la chambre des pairs ou de celle des députés, pour y prendre note de tout ce qu'on peut y dire de sensé ou d'insensé, et que bientôt il nous servira un plat de son métier. Déjà deux Nos. du *Journal Général de France*, des 1er. et 5 du courant, nous sont parvenus : pas de doute que ce ne soit lui qui nous les ait adressés. On trouve, dans le premier, l'analyse du discours prononcé à l'occasion du budget, par *M. Laisné de Villevêque*. Qu'il devoit être beau, ce discours ! Certes ! s'il est permis d'en juger par ce fragment de l'analyse qui en a été fait, nous devons nous étonner de ne pas posséder, au milieu de nous, son sage et immortel auteur.

Chapeaux bas, Messieurs ; écoutez : M. Laisné, en terminant ses critiques sur quelques parties du projet de loi, proteste : « qu'elles n'ont pas été dictées par » un sentiment d'animosité ou de parti, mais par » son amour pour le bien public. » Il prend à témoin de la pureté de ses intentions, Dieu qui lit au fond des cœurs : « Un jour, dit-il, une main amie, peut-» être celle du pauvre, gravera sur ma tombe : *Il aima* » *sa patrie et son Roi*.....

« Ces mots excitent dans l'assemblée un inconceva-» ble mouvement de gaieté. Des éclats de rire partent » en même temps de tous les points de la salle. L'ora-» teur a bien de la peine à recouvrer la parole ; enfin il » la reprend pour offrir un aperçu fort détaillé sur » l'administration des contributions indirectes, dont » il examine tout le systême. D'importantes réformes » lui paroissent nécessitées par le besoin des écono-» mies. Il demande si c'est par pitié pour la misère du » peuple que le traitement de M. le directeur général, » qui étoit de 30 mille francs, est *descendu* à 60 mille. » (On rit de nouveau.) Il espère que M. le directeur » général réclamera lui-même le rétablissement de son » traitement au taux primitif.

» Il voudroit qu'on opérât des suppressions dans » l'état-major des employés supérieurs, sur-tout parmi » les inspecteurs généraux qui touchent des traitemens » de 24 mille francs, quoiqu'ils soient de la plus grande » inutilité.

» Quant au matériel de l'administration, il pourroit, » dit-il, être appelé l'abus des abus. Le chauffage et » l'éclairage y sont portés pour une somme énorme, si » l'on considère que les employés n'arrivent au bu-» reau qu'à neuf heures, et qu'ils croiroient troubler » l'harmonie bureaucratique s'ils y restoient après » quatre heures ; d'où il paroît résulter, dans l'opinion » de l'orateur, que l'article de l'éclairage est employé

» tout entier pour la lumière de M. le directeur géné-
» ral (on rit). En total, il propose, sur les frais de
» cette administration, une masse d'économies de 2
» millions 14 mille fr.

» Le mode de perception des impôts indirects paroît
» à l'orateur susceptible d'un changement total. Il de-
» mande l'abolition des droits de détail sur les boissons.
» Ces droits, dit-il, pèsent sur le pauvre, et le riche en
» est exempt. Les mécontentemens commencent à se
» manifester par des murmures, comme un tonnerre
» lointain, précurseur de l'orage; il faut se hâter de
» le conjurer avant qu'il éclate. Quand une fois l'ex-
» cès de la misère aura porté le peuple à de coupables
» écarts, appellera-t-on, pour les comprimer, le se-
» cours des cours prévôtales? »

Vous remarquerez, Messieurs, que la chambre des députés a refusé l'impression de ce discours, et qu'en nous le transmettant, pour le déposer dans nos archives, et en perpétuer par-là le souvenir, c'est une niche que notre généralissime aura voulu faire aux collègues de M. Villevêque.

Ce député ne s'étoit pas trompé en nous annonçant *un tonnerre lointain, précurseur de l'orage :* le *Journal Général*, du 5, nous apprend qu'il y eut effectivement du tapage à la chambre, le 4. Un nouveau venu, qui n'est rien moins qu'un Caton, y parla, au sujet du budget, de ce Romain, qui, disoit-il, terminoit toutes ses harangues par cette impertinence pour ses confrères : *Tel est mon avis, et de plus il faut détruire Carthage.*

A quel propos, s'il vous plaît, nous parler de Carthage et de Caton, nous qui ne voulons plus être Romains; nous, surtout, qui ne voulons plus brûler de villes? Vîte, qu'on fasse consigner cet orateur à la grille de cette enceinte; si par malheur il y pénétroit jamais, nous serions obligés d'en déguerpir.

Ce qui pourtant est de nature à vous consoler un peu, c'est que nos députés, qui n'ont pas la *gravité* des Sénateurs romains, rirent au nez du moderne Caton. Vous n'aurez pas vu sans surprise, Messieurs, les sorties virulentes qu'il s'est permis contre les alliés; tant de véhémence ne peut nous convenir; ce n'est point avec des coups de langues qu'on chasse l'étranger; ils ne font qu'irriter les esprits, et c'est de calme que nous avons besoin.

Qu'on laisse au Roi et à ses ministres le soin d'affranchir la France du joug qui pèse sur elle; eux et S. M. nous ont déjà tirés d'assez de crises, pour qu'on puisse avoir une confiance entière dans la fidélité des uns, les lumières et la sagesse de leur maître; ce n'est point en décriant ces derniers qu'on les met à même d'opérer le bien ; c'est, au contraire avec cette tactique. C'est en déconsidérant dans l'opinion publique les vertueux ministres de Louis XVI, qu'on parvint à l'environner de traitres, et à conduire cet infortuné monarque à l'échafaud.

On a proposé le rappel de ses bourreaux : il en est, dans le nombre, dont le retour serait sans danger; ce sont ceux qui ont voté sa mort avec l'appel au peuple, ce qui étoit une sorte d'acquittement. Le peuple est bon en France; il aima toujours ses Rois, et jamais il n'aurait souffert qu'on immolât le juste dans la personne de Louis. En supposant que ce prince n'eût été qu'un simple particulier, sa condamnation n'en serait pas moins un crime irrémissible, sur-tout de la part de ceux qui, l'ayant approché, ont été à portée d'apprécier ses vertus ; tel un Drouet de Sainte Menehould qui, l'ayant fait arrêter à Varennes, ne se laissa désarmer ni par sa douceur, ni par sa constance dans l'adversité, ni par cette résignation plus qu'angélique à supporter les coups du sort, qu'il rapportait aux immuables décrets d'une providence qui le venge aujourd'hui ; rien, non rien ne put sur cette âme de fer....., ni les pleurs, ni les instances d'un prince enfant, ni les larmes, ni les prières, ni les supplications d'Antoinette, épouse et mère, ni celles d'une auguste princesse que je craindrais d'affliger en la nommant.

Les Rois, Messieurs, ne sont véritablement grands que par la clémence : après avoir épuisé tous les genres de gloire, hors celle qui ne laisse derrière elle que des ruines, le nôtre vouloit pardonner encore à sa seconde rentrée ; alors, peut-être, n'auroit-il pas eu à s'en repentir, rien ne liant plus fortement qu'un pardon généreux, et si celui de 1814 ne produisit pas l'effet qu'on devait en attendre, il faut, pour être juste, en accuser aussi les déclamateurs du temps qui, rébelles à la voix de leur Roi, ne surent ni l'imiter, ni lui obéir; ce furent eux qui perdirent la France, et qui la perdroient de rechef si on les écoutoit.

Ces bannis, Messieurs, y ont encore du crédit, des créatures, des partisans même, et de grandes affinités : les rappeler aujourd'hui qu'ils sont aigris...... Ah ! laissons faire le Roi ; S. M. qui souffre d'un acte rigoureux (1), mais juste, sait mieux que nous ce qu'il convient de faire ; renfermons-nous donc dans nos vœux pour la conservation de sa royale personne ; faisons-en pour le retour au bien de ces hommes que tout François voudroit pouvoir nommer du nom de frères ; puissent-ils, par la sincérité de leurs regrets,

---

(1) *Rigoureux*, appliqué à des régicides, est trop doux pour qu'il puisse être le mot propre. Je déclare que si j'en avois le pouvoir, je ferois pendre dès demain des juges qui, ayant la conscience de son innocence, auraient seulement condamné le dernier des hommes, et Louis XVI en étoit le premier, moins encore par la royauté que par la pureté de ses intentions, l'excellence et la sublimité des nombreuses qualités de son cœur.

VILLIAUME.

voir un jour leur sort s'améliorer ! Qu'on cesse, jusque-là, d'éclater en reproches contre la Chambre qui les a frappés, on peut le dire, avec trop d'indulgence : ne leur cria-t-elle pas (ou du moins c'est la substance de la loi rendue contre eux), ne leur cria-t-elle pas : « Vous êtes des monstres; nous ne pouvons plus co-» habiter avec vous; partez, cherchez, s'il se peut » une terre où les remords ne vous poursuivent pas ; » nous vous donnons un mois pour vider la France, » et six mois pour vendre vos biens; portez votre or à » l'étranger; nous en aurons de reste pour payer vos » fautes, nous qui fûmes toujours fidèles, et vous qui » appelâtes sur la patrie tous les maux qui l'accablent, » vous ne supporterez aucune des charges qui lui » sont imposées?..... »

Etait-ce cela, messieurs, que vouloient le duc de Richelieu et le comte de Cazes, quand ils protestèrent contre cette loi? Pourquoi donc accuser aujourd'hui le ministère d'avoir contre-signé les listes de proscription ?

Mais ce qui étonne d'avantage dans le discours de cet orateur, étonnement que sans doute vous partagerez avec moi, c'est qu'il revendique, pour l'attribuer aux Chambres, le bien qui s'est opéré en France depuis 1815. Vous l'avouerai-je? j'avais eu la simplicité de le rapporter à la marche uniforme du ministère, à la permanente et ferme volonté de S. M. ; j'ignorois encore que l'harmonie pût naître de discussions souvent tumultueuses ; je la croyois fille de l'union et, jusqu'ici, je ne me suis pas encore aperçu qu'il y en ait eu beaucoup dans les délibérations de la Chambre, bien que tous les députés qui la composent, portent le même amour à la patrie et au Roi.

Ah ! si notre généralissime étoit ici, nous pourrions, sur toutes ces incohérences, tirer quelques lumières de lui. Dans son absence, qu'il me soit du moins permis de clore ce rapport par un extrait des mémoires, qu'il publia en 1814, sur ses détentions, arrestations, exils, réarrestations, évasions, etc., sous les gouvernemens consulaire et impérial. Ces Mémoires dédiés à la police de Buonaparte avec cette lettre dédicatoire : « Messieurs, vous ne savez pas » ce que je vous suis; attendez ce que je vous serai, » finissent par ce paragraphe, d'autant plus remarquable qu'il eut peu d'imitateurs : « Je termine par » une petite vengeance : ma lettre dédicatoire aura » peut-être effrayé messieurs de la police; je dis peut-» être, parce que je ne les ai connus qu'à une époque » où ils ne s'effrayoient de rien. Qu'ils se rassurent! » raconter mes malheurs, inspirer de l'horreur pour » l'abus du pouvoir, faire en sorte qu'on ne puisse » deviner les auteurs de mes maux, leur pardonner, » me taire ensuite et pour toujours, est le but que » je me propose en publiant ces mémoires. Le jour » qui nous a rendu Louis XVIII est trop beau pour » qu'il ne soit pas celui de la concorde. »

Fait à Charenton, sous l'influence d'un beau soleil qui se levera toujours pour la France, bien qu'il ne se couche jamais, *quoiqu'on en dise*, ce 6 avril, année 1818, et la 27e de nos folies qui pourtant, grace aux Bourbons, commencent à se calmer. — *Signés :*

Chev...., membre de la légion d'honneur, et lieutenant en demi-solde, bien disposé à servir le Roi; Bru.., chevalier de Saint-Louis, ex-agent supérieur de la marine, et par-dessus tout, officier plus dévoué à S. M. qu'il ne l'est à ses propres intérêts; Pierre-Amable Gri...., de Riom (Puy-de-Dôme), à la tisanne depuis douze ans; Louis Bar.., de Chartres, aussi à la tisanne depuis un même nombre d'années; Coster, ex-employé, pensionné par le Gouvernement, oncle du fameux

Coster-St.-Victor qui, dans l'affaire de *Georges*, fredonnoit, avec *Burbant* et huit autres, à Bicêtre, la veille de leur exécution, si joyeusement et avec tant de courage ce noble refrein : *En Grève, en Grève, en Grève nous irons*, refrain que nous mettrons en musique, et que tout Français devrait avoir dans le cœur quand il s'agit d'abattre un tyran et de rétablir un bon Roi; et pourquoi ne classerions-nous pas à côté de l'octogénaire et respectable Coster, le jeune et malheureux Thévenin, épicier encore établi, rue Neuve-Saint-Eustache, n° 19, presqu'en regard de la maison que j'habite dans cette rue? Ah! je vous délivrerai tous, ou je m'enferme à jamais avec vous!..... Comptez, amis, comptez sur mon inviolable dévouement (1).

Certifié conforme à l'original déposé dans les archives de l'hospice royale de Charenton, par nous généralissime de tous les pensionnaires dudit hospice.

Signé VILLIAUME.

N. B. Demain, 7 avril 1818, 1er jour de la lune rousse, il y aura grand conseil des fous.

---

(1) Tous sont arrivés malades à Charenton. Chev... et Bru... en sortiront incessamment, à ce que m'a dit M. Royer-Colard; Gri... et Bar... y sont retenus par leurs mères, parce qu'ils sont, disent-elles, emportés, ce dont je ne me suis jamais aperçu. Le vieux Coster est l'homme le plus serviable, le plus doux et le plus patient que j'aie vu de ma vie: il aime tendrement son épouse qui fera bien de le tirer de là. Je le lui demande au nom de Coster Saint-Victor, qui lui feroit lui-même cette prière s'il pouvoit revivre; les soins qu'elle portera à ce vieillard ne pourront que l'honorer; ses malheurs et sa position, dans un âge aussi voisin de l'enfance, m'ont vive-

PIÈCE VIII.

Rapport fait, le 8 avril 1818, au Grand-Conseil des Fous de Charenton, par MARTIN CAMISOLE, leur Tambour-Major.

MESSIEURS,

Les derniers renseignemens que j'ai pu recueillir sur notre Généralissime, auquel je dois le grade que j'ai parmi vous, remontent au 4 du courant. Pendant qu'on faisoit du boucan à la chambre des députés, il faisoit ses bamboches à la préfecture de police, cassoit ses vitrages, démontoit le tuyau de son poële, s'en servoit comme d'un porte-voix, crioit avec, d'une voix de Stentor, qu'on lui amenât sa femme et son bambin, brisoit tous les cordages et toutes les camisoles qui tomboient sous sa main; et en cela, Messieurs, vous avouerez qu'il eut grandement raison : on ne doit trouver de camisoles qu'ici et dans notre succursale de Bicêtre. Si la police se met jamais en tête d'empiéter sur notre domaine, tout sera bientôt sens dessus dessous en France. Elle a ses attributions ; qu'elle nous laisse les nôtres. Notre général le lui a bien fait sentir : sa pantomime étoit plus éloquente que tout ce qu'on a braillé en Grèce, à Rome et en France, en 93;

---

ment ému. Nouveau Philémon, qu'il puisse encore, sur le bord de sa tombe, jouir, au sein d'un paisible ménage, des douceurs de la vie, et revoir quelquefois, avec sa Baucis, les prairies qui charmèrent leurs premiers ans!..... Que madame Thevenin veuille bien, elle-même, cesser de poursuivre l'interdiction de son mari qui eut des torts envers elle, je le sais ; mais alors il étoit malade, et aujourd'hui il ne l'est plus. Au reste, l'intégrité bien connue de M. le procureur général Bellart, me rassure à l'égard de cet infortuné. Je me hâterai, aussitôt que je le pourrai, de voir pour lui ce courageux et vertueux magistrat.

les débris, dont il étoit environné, parlèrent au cœur sensible du préfet et en imposèrent à ses geoliers : pour l'appaiser, son Exc. lui fit servir du bon vin, un excellent potage, du fricot, que sais-je, moi ? et il ne dit plus mot. Le lendemain 5, vers midi, on le pria de monter dans un fiacre, où l'attendoient deux gendarmes, ou plutôt deux de ses amis ; c'est ainsi qu'il les nomme, parce qu'on les voit par-tout où le bien du service exige leur présence, et que, sous la conduite des comtes de Cazes et Anglès, du colonel Tassin, des lieutenans-colonels Laisné et Dandré, ils maintiennent, dans Paris, un ordre admirable. Ils avoient, avec eux, un camarade à La-Mouche ; ce dernier a dû faire, de son côté, quelques découvertes ; veuillez l'interroger.

Le président à La-Mouche : Tu connois, mon cher, l'origine, l'ancienneté et tout l'éclat de ton nom ; songe à ne pas le démentir. Quelque étymologie qu'on lui ait donnée, il te vient, en droite ligne, de la famille des mouches, insectes qui ont précédé le premier homme, puisqu'Adam en trouva de toutes créées dans le Paradis terrestre ; et cela est si vrai, qu'Eve et lui, n'ayant rien de mieux à y faire, s'amusoient souvent à en prendre ; l'une d'elles piquant un jour Eve là où Adam n'auroit jamais dû porter ses regards, l'imprudent voulut la chasser ; sa main fut trop loin ; la chair est foible, le diable le tenta sous la figure d'un serpent ; voilà ce qui est cause que nous sommes ici, et les alliés sur nos frontières, en attendant, eux et nous, le Purgatoire ou l'Enfer, la droite ou la gauche de Dieu, selon nos bonnes ou mauvaises œuvres. Tu vois, par-là, que de tout temps les mouches ont fait du mal. Alors elles troubloient déjà, et depuis elles ne cessèrent de troubler l'intérieur des ménages, des familles et des sociétés, en se plaçant, sans être ouïes ni aperçues sur le bord de nos lèvres : écoutant, entendant tout, elles le rapportoient aussitôt ; aussi furent-elles condamnées, pour ces exécrables méfaits, à devenir la pâture des chiens, des chats, des oiseaux, des chauves-souris, des araignées... De nos jours, elles se sont faites hommes, sous la dénomination de *Mouchard*, et elles nous mangent à leur tour. Ce nom de *Mouchard* dérive d'elles, non par corruption, à moins que cette expression ne s'entende de la corruption des siècles qui concoururent à cette métamorphose. Doué de leur instinct, sans en avoir les vices, montre-nous, La-Mouche, que tu ne ressembles à aucune d'elles par l'abjection de cet horrible et odieux côté. Lève-toi : jure de dire la vérité, toute la vérité, rien que la vérité, et apprends-nous ce que tu sais.

La-Mouche : je ne puis, M. le président, vous jurer cela, *de ne dire que la vérité :* vous savez bien, qu'en bonne justice de Charenton, on ne doit ni nous croire en tout, ni nous déférer le serment, du moins est-ce le sentiment de notre généralissime. — Le président : tu as raison, La-Mouche; et comme il y a de la probité dans ta réponse, je te nomme chevalier du grand ordre des grelots ; tiens, voilà un bouchon de paille, mets-le à ta boutonnière, prends garde que le feu n'y prenne, et sur-tout n'en sois pas plus fier. Maintenant raconte-nous ce que tu as vu.

La-Mouche : j'ai vu arriver ici un fiacre, dans lequel étoient notre généralissime, les deux gendarmes, ses amis, et... Comment nommez-vous cette canaille-là, M. le président ? — Le président : *mouchard*.--La-Mouche : ah ! oui, je l'avois oublié ; et un *mouchard*, qui bien certainement n'est pas mon camarade, quoiqu'en ait dit Martin-Camisole. Ayant cru m'apercevoir qu'on montoit le général dans le corridor St.-Pierre, et ne sachant dans quelle chambre, je m'en assurai, en me couchant dans la cour, au bas de tous les plombs ; l'eau qui en sortoit étoit sale, à l'exception d'un seul qui en ruisseloit de la propre : c'est de la tisane, me dis-je, après avoir mis le nez dessus, et comme notre général n'en boit pas, j'ai conjecturé qu'il étoit dans la chambre, n°. 15 ; c'étoit aussi dans une chambre n°. 15, qu'il étoit à la préfecture de police ; mais comme on ne lui donnoit que du vin, et qu'il le rendoit en u.... auxquelles Martin-Camisole, qui est un p.... froid, se connoît mieux que moi, il n'est pas étonnant qu'il l'ait découvert là et moi ici. Enfin, à l'aide d'une vrille, j'ai pratiqué, ce matin, un trou incliné dans sa porte; j'y ai introduit le tuyau d'un entonnoir, et je lui ai coulé du bon vin : il est maintenant à le cuver.

Le président à La-Mouche : va, cours avertir les fifres, les tambours et les musiciens de l'hospice de se tenir prêts pour aller lui offrir nos hommages, quand il sera dégrisé.

Le président à Martin : continuez votre rapport, et concluez à quelque chose.

Martin : nos camarades de Paris ne parlent que du prompt départ des alliés ; nos pots d'étain valant bien leurs balles, je propose de nous en armer et de faire sur eux, à l'improviste, une belle et bonne sortie : *Tel est mon avis, et de plus je demande qu'on détruise Londres, Bruxelles, Dresde, Berlin, Warsovie, Saint-Pétersboug, Vienne, Munich, Stuttgardt, Berne, Turin, Naples, Madrid et Lisbonne.*

Le président : Qu'on mette ce furieux-là dans une loge. Et vous, Roquelaure, quel est votre avis ?

Roquelaure : Mon avis seroit d'attirer ici les alliés, de leur faire prendre de la tisane, et de leur mettre les sangsues ; ce régime les rendroit peut-être plus traitables.

Le président : l'avis n'est pas mauvais. Je vais faire l'appel nominal et consulter l'assemblée ; toutefois je vous recommande de ne rien dire qui puisse blesser les souverains alliés, qui sont les véritables amis du nôtre; du reste, vous pourrez vous égayer sur leurs soldats : nous les avons battus assez long-temps, pour avoir acquis le droit d'en plaisanter. Où est Henri IV ?—Un fou : présent. L'empereur Alexandre ? — Un autre fou : présent. L'empereur d'Autriche?—Present. Le Prince-Régent ? — Présent. Lord Wellington ? — Présent. Le duc de Reggio ? — Présent. Le duc de Tarente ? — Présent, etc. — Le president : Personne ne manque à l'appel. Roquelaure, continuez.

— Roquelaure : Ce que vous avez dit, M. le Président, en assurant que tous les Souverains étoient reellement les amis du nôtre, est si vrai, qu'ils firent franchement la paix en 1814, puisqu'ils ramenèrent leurs troupes dans leurs etats; voilà pourquoi les Russes tardèrent tant à arriver en 1815. Il n'y eut que les Anglais et les Prussiens qui restèrent sur les lisières belges. On aperçoit une cause pour les Prussiens : ils avaient à garder et à organiser leurs nouvelles possessions d'en deçà du Rhin ; mais il n'y en eut pas pour les Anglais, même d'apparente ; ils eussent été mieux sur les côtes de la Provence. On ne conçoit pas comment, avec le sceptre des mers, ils ont pu laisser passer Buonaparte....

Le président : pas de politique, Roquelaure, ou je vous rappelle a l'ordre. — Roquelaure : je n'ai plus rien à dire.

— Vadé : M. le Président, je vous demande la parole. — Le président : tu l'as a, mon ami ; sur quoi veux-tu parler? — Vadé : sur la question ; je n'ai que deux mots à dire, et si l'on ne m'interrompt pas, je n'occuperai la tribune qu'une petite heure, montre en main (il tire un oignon de son gousset). — Le président : Va.—Je propose de ne pas mettre de sangsues aux troupes alliees qui se conduisent bien chez nous, tels les Russes sous le comte de Woronsoff; les Autrichiens sous le général Frimont, les Anglais sous lord Wellington, etc.

Les réflexions hasardées par Roquelaure, sur ces derniers, me semblent déplacées : N'est-ce pas en Angleterre que Louis XVIII et tous les princes de sa famille trouvèrent un asile actuellement consacré, dans la mémoire des habitans de Norwick, par de touchans souvenirs? Ne sont-ce pas les Anglais qui délivrèrent l'Espagne; lord Wellington et le prince Blucher qui nous débarrassèrent de Napoléon, en le secouant à Waterloo? — Une voix qui part de dessous la table : « T'en as menti......; c'est moi qui les ai battus avec mon blocus continental, et j'aurais interdit aux Russes l'usage du sucre et du café, si les gelées, survenues dans leur pays, n'eussent fricassé mon armée. Je m'en suis tiré enveloppé dans une peau de loup, moi; les autres n'avaient qu'à m'imiter; pourquoi furent-ils si moutons? Je me proposais bien de les mener plus loin l'année suivante; mais les souverains m'ont fait la queue, en s'unissant tous contre moi; et puis, j'ai été trahi par un Raguse qui, avec une grande armée de huit mille hommes, n'a pas su repousser, sous les murs de Paris, une poignée d'ennemis qui ne s'élevoit pas à plus de trois à quatre cent mille. Je gardois les derrières, moi, et j'aurais volé à son secours, s'il eût été vainqueur. Allez, tas de bandits, vous avez beau dire, je suis toujours Napoléon Ier, empereur des Français, roi d'Italie, protecteur de la confédération du Rhin, médiateur de la Suisse, etc. — Tous les fous d'une commune voix : » Qu'on chasse ce monstre-là! qu'on le brûle! qu'on » l'étouffe, ou qu'on le noye.... »

— Vadé. Il me vient une idée : véritable sangsue; puisqu'il a sucé le sang des Français, des Espagnols, des Egyptiens, et le sang de tous les peuples de l'Europe, c'est de le pendre au *cou* de ceux de ces messieurs qui battent nos femmes en buvant notre vin, et cela produira le même effet sur eux. Aussi bien, nous n'aurions jamais assez de sangsues pour en mettre à tous les soldats qui composent le seul corps d'armée (car, *à proprement parler*), il n'y en a qu'un qui se comporte mal en France; à moins toutefois qu'on ne les range tous à la *queue-le-leu*, l'un derrière l'autre, dans une posture que je n'ose dire, crainte des arrêts, mais que vous devinez, et que d'ailleurs Martin-Camisole, qui s'y connoît mieux que moi, pourra vous indiquer du bout de son nez....

Roquelaure, de sa place : ce remède, trop violent, pourroit leur déranger le bas-ventre, et amener des résultats pareils à ceux qui eurent lieu au camp de la Lune, près Châlons. Ne vous souvient-il plus qu'alors ils nous infectèrent avec leur dissenterie? qu'étant venus avec des culottes neuves, ils n'en remportèrent que de pourries par derrière et de trouées par devant, montrant ainsi, à tous les passans, leur honte...... des deux côtés? ....

Le président interrompant Roquelaure : quel jour sommes-nous, messieurs? — Tous les membres du conseil ensemble : le 7 avril, premier jour de la lune rousse. — Le président : ah! je ne m'étonne plus de toutes vos bêtises........ Il falloit donc me le dire avant d'ouvrir la séance, je l'aurois ajournée : allons, voyons, il est temps de clore le procès-verbal; approchez tous, et signez.

Signés en la minute : Henri IV, Roi de France et de Navare. — Mathurin Bruneau : toi, Roi de France? il y a bel que tu es mort; c'est moi qui suis Louis XVII, entends-tu? — Toi? — Oui, moi? — Signe donc, que je voye ton écriture? — Je ne sais pas signer, mais si tu veux, je *vas* te faire des sabots; au surplus, que mon valet de chambre signe pour moi. — Imbécille, ton valet de chambre c'est un infirmier. — Oh ! que non ; il est aux Tuilleries, et se nomme Hue. — Comment est-il, Hue ? — Gros, court, petit et trapu. — Tu vois bien que tu n'es qu'un gueux : Hue est grand, maigre, et n'en est pas moins homme de bien......

Le président : voulez-vous mettre fin à toutes ces tracasseries, et signer sans plus de reflexions ? que l'on transfère, sur-le-champ, cet intrus à Bicêtre, non dans l'hôtel de nos collègues, mais dans la maison de détention ; on s'est mépris en l'amenant ici : nous n'y admettons que les illusions de bonne foi, et jamais de grossières impostures.

Suivent les signatures. Alexandre, Grand-Authocrate et Empereur de toutes les Russies, Roi de Pologne, etc. ; Guillaume, Roi de Prusse, duc de Brandebourg, etc. ; François, Empereur d'Autriche, Roi de Bohême, de Hongrie, d'Italie, etc. ; Prince-Régent, pour Georges III, Roi des Royaumes-Unis, d'Angleterre, d'Ecosse et d'Irlande ; Pie VII, Souverain-Pontif, serviteur des serviteurs de Dieu ; Saint-Fiacre, patron d'Â, Martinville, Saint-Basile, Eustache, Gilles, Blaise et Babolein, idem ; Sainte-Anne, patronne dudit ; Wellington, prince de Waterloo ; Odinot, duc de Reggio : Macdonald, duc de Tarente ; Louis-Victoire Bénard, prince de la Folie, filleul de Louis XVI et de S. A. R. Madame Victoire ; [illegible]alaut, archi millionnaire ; Nicolas, maréchal de France, Roquelaure ; La-Mouche ; Vadé ; Martin-Camisolle ; Innocentin-Réjoui et Victorine-Réjouie, parain et maraine de messire Claude-Tranquillin Villiaume.

Contre-signé par nous premier président, aide-de-camp du généralissime de Charenton, chargé, par intérim, du porte-feuille dudit, et avons fait apposer la lune au présent, par notre garde des sots, *signé*, Sapajou ; et plus bas : par le généralissime, le susdit garde ; signé, Rouillac du Maupas, directeur général de l'hospice royal de Charenton.

Certifié conforme à l'original, déposé dans le cerveau des fous de Charenton, LEUR GÉNÉRALISSIME,

Signé, VILLIAUME.

ERRATA.

Les personnes chastes sont priées de vouloir bien fermer (page 181, ligne 1re. de ce rapport) par un quart de cercle, le second C du mot *ccu* afin d'en faire *cou*. Les vauriens sont, au contraire, invités à supprimer le premier C du mot mal composé ; alors ils y verront, en plein jour ou à la lumière, ce que notre généralissime ne montra jamais à l'ennemi, et ce que le volontaire royal Martinvillain fit voir, en mars 1815, aux troupes de Buonaparte, en se signalant devant elles, ainsi qu'il s'en est vanté dans un gazette, en entretenant le public de ses bons principes.

Mieux eût valu pour lui
De remettre ses chausses ou de cesser d'écrire.

Un malheur ne va jamais sans un autre : il y a un pied de trop dans le premier hémistiche de ce dernier vers de Charenton ; mais que peut-on tirer de bon des culottes à Martin, si ce n'est du *c'en est* fameux de Jeannot? et si ce n'en est, il faut absolument que ce soit la patte qu'il perdit au camp de Villejuif qui cause cet excédent, ce qui expliqueroit pourquoi il marchoit avec des béquilles quand il se fit vacciner, l'an dernier, au café Valois ; les uns disent par la main d'un jeune homme qui ne respecta pas son piteux état, d'autres par un crachat vomi sur sa figure ; mais cette dernière assertion n'est soutenue que par les mauvaises langues qui sont ici : elles profitent, trop évidemment, pour médire de lui, de sa réclusion dans une loge. Au surplus, si ce n'est pas la patte qu'on lui amputa à Villejuif, c'est peut-être celle qu'il perdit en montant à l'assaut de l'institut avec MM. de Jouy et Malte-Blond ; voyez-les tous trois dans trois guérites figurées par trois Q placés en échelon dans la note de la page 34 : Martinvillain, en serre-file dans celle du bas, a devant lui M. Malte-Blond ; mais plus agile et plus robuste, M. de Jouy atteint seul le sommet, lâchant traîteusement, par derrière, aux nez de ses concurrens, force petards et de coups d'arme à vent, qui les font dégringoler dans le bourbier : voilà comment le chantre de la Vestale, l'auteur de Tipoo-Saëb, l'historien de la Mère Radis, enfin celui qui, dans ses *Mœurs Parisiennes,* eut le front de me qualifier de charlatan; voilà, dis-je, par quel fait d'arme ce grand homme parvint au fauteuil académique.

Signés, Roquelaure, La-Mouche, Vadé, Innocentin Réjoui, Victorine Réjouie, Jean qui pleure et Jean qui rit; *contre-signé* Sapajou.

Le président : à propos, La-Mouche ; porte à notre généralissime un double de ce rapport et de la délibération qui le suit ; demande lui quand notre musique pourra jouer une fanfare sous ses croisées, et quand il sera disposé à recevoir nos hommages ?—La-Mouche : j'y vole.

La Mouche de retour : le général m'a répondu, M. le président, que le procès-verbal de notre séance de ce matin n'avait pas le sens commun ; qu'il falloit absolument que tous les fous qu'il avoit vus dans la capitale se fussent retirés ici; qu'en conséquence, il est résolu de retourner à Paris, bien persuadé qu'il n'y rencontrera plus que des sages. Quant à la fanfare, il la refuse, par la raison, dit-il, qu'elle ne seroit que du tintamarre : la seule musique qui lui plaise, à présent, est celle des Variétés ; il s'y rendra lorsque les chaleurs seront passées (le 15 septembre prochain, jour de Saint-Nicodème, son patron sublunaire). Il s'y rendra avec ses dieux vengeurs, tenant d'une main son *Villiaume reveillé*, et de l'autre son *Villiaume rentré dans le monde*, que toutes les aimables parisiennes, tous les généraux, tous les grands, tous les petits de sa connoissance, les restes du premier bataillon de Paris et de vingt autres corps, sont priés de venir applaudir; il s'y rendra, si toutefois l'administration de ce théâtre veut bien donner une représentation de

---

D'honneur, d'honneur, je m'y rendrai.

Je voudrais bien pouvoir y inviter le général Carnot, les ducs d'Otrante et de Rovigo; mais cela ne dépend pas de moi. On verra, et les pièces sont toujours là (je les ai vues, il n'y a pas deux mois), on verra, dans la troisième partie de cet ouvrage, les obligations que j'ai eues, sous un autre nom que le mien, au général Carnot. J'ai déjà mentionné une partie de celles que j'ai au duc d'Otrante. Voici pour le duc de Rovigo : Il n'est pas un Français qui ne se souvienne du vingt-neuvième bulletin de la grande armée, et qui n'ait tremblé de tous ses membres après se l'être procuré. Un aboyeur le crioit rue Feydeau. *Voilà*, disoit-il, *le vingt-neuvième Bulletin de la grande armée; il faut voir les superbes victoires remportées par S. M. l'Empereur et Roi.* J'achète ce Bulletin, ou plutôt cet enterrement de tant de braves; je lis, dans deux pages de deuil, que nous avons, en une seule nuit, perdu 30,000 chevaux, et presque tout le matériel de notre armée. *(C'étoit le moment que devoit attendre Malet; il eût été secondé.....)* Des crispations me prennent. J'allois, ah! je n'ose le dire..... j'allois... lorsque heureusement un marchand de fagots vint à passer : *Fagots! fagots!*.... Saisissant l'allusion, je lui donne 15 fr. Suis-moi ce mâtin-là, lui dis-je, et crie tes fagots aussitôt après qu'il aura crié son bulletin. Je donne 10 fr. à celui-ci pour qu'il n'entre pas dans les allées, et que la voiture du campagnard puisse le suivre dans les rues. L'un crioit son *Bulletin*, et l'autre répondait : *Fagots! fagots!*

Le lendemain, le duc de Rovigo me fait appeler : « Vous avez donc bien de l'argent, monsieur Villiaume? — Pas trop, Monseigneur. — Il faut bien que vous en ayez de reste, puisque vous avez payé hier un colporteur et un marchand de fagots pour..... — Puisque V. E. le sait, je ne le nierai pas. —

la *Matrimoniomanie* : il vous y invite ainsi que les membres du petit conseil qui ont signé le rapport d'hier, et qu'il juge trop raisonnables pour vieillir

---

— C'est bon, retirez-vous ; je vous passe celle-ci en faveur de l'originalité; mais une autre fois gardez votre argent pour vous. »

Voilà pourtant le duc de Rovigo, à une époque où Buonaparte eut encore assez de puissance pour requérir TROIS CENT MILLE HOMMES qu'il fut perdre à Leipsick, Dresde, Brienne, Montmirail, etc. C'est à cet ex-ministre que Rapp doit d'exister encore ; c'est à lui.... je m'arrête.... Qu'on dise, si l'on veut, que le général Savary faisoit la police à coups de sabre, je ne le contesterai pas ; mais qu'on ne l'accuse point, devant moi, d'avoir jamais été un méchant homme. Lui, d'Otrante et Carnot, pouvoient et auroient empêché la bataille de Waterloo, ainsi que je le prouverai dans la deuxième partie de cet ouvrage, si, comme je l'ai dit ailleurs, le Roi n'eût pas été entouré, en Belgique, de tant d'intrigans français. C'étoit aisé : tous trois avoient assez de bon sens pour voir que Buonaparte leur en avoit imposé, et qu'en se perdant, il alloit les perdre aussi.

Carnot, en sa qualité de ministre de l'intérieur, avoit les gardes nationales dans ses attributions ; il pouvoit, par une circulaire, les éclairer sur la véritable situation de la France, tant au dedans qu'au dehors. Rovigo, inspecteur-général de la gendarmerie, en pouvoit autant de son côté, et d'Otrante davantage du sien. J'ajoute que dans les généraux qui furent à Waterloo, beaucoup s'y rendirent à contre cœur. Il ne falloit que s'entendre, et l'on se seroit entendu, si des faquins ne m'eussent fait arrêter à mon retour en Belgique.

Buonaparte, prévenu trop tôt par une lettre saisie trop tard, mais qui serait arrivée à temps sans cette arrestation ; Buonaparte qui devoit, dans sa position, se tenir sur la défensive, prit les *devants* sans garder son *derrière* ; je veux dire qu'il commença les hostilités en portant toutes ses troupes dans le nord, lorsque l'ennemi pouvoit déboucher chez nous par les Pyrénées, les Alpes, la Suisse, le Rhin, l'Océan et la Méditerranée qui n'étoient pas gardés. Le désespoir étoit évidemment dans son cœur ; c'étoit son *va-tout* qu'il alloit jouer, et

plus long-temps à Charenton. Vous et eux vous le trouverez à l'avant-scène de gauche. Comme il est le héros qu'on y fêtera, a-t-il ajouté en terminant,

---

c'est à lui que son biographe prête cette sage réponse qu'il lui fit faire en rendant compte des avantages plus grands qu'il auroit pu retirer du traité de Campo-Formio !... JE JOUOIS AU VINGT-UN ; *j'avais vingt; je m'y suis tenu.*

C'est à Moreau, qui ne hasarda jamais rien, que cette réponse appartient. Je dirai ailleurs à quelle époque et dans quelle circonstance il la fit. En attendant, je déclare que ni le général Carnot, ni le duc d'Otrante, ni le duc de Rovigo, n'auroient, en servant le Roi, consenti à ce qu'on attentât aux jours de Buonaparte; ils auroient fait ce que firent les alliés : ils l'auroient éloigné ; et comme je ne suis pas l'apologiste du général Carnot, je lui dirai, en passant, que je suis fâché pour lui qu'il ait entrepris de justifier son vote, jusque-là pardonnable, puisque la Convention étoit alors en délire, et je m'y connois : il en est de cette maladie comme de mille autres, elle frappe ordinairement les individus, quelquefois aussi elle devient épidémique et gagne les nations : les Anglois en furent attaqués, avant nous, sous Charles Ier.

Depuis 93 nous en fûmes aussi atteints, à diverses reprises, avec l'Europe entière. Que de feux d'artifice, que de pompes et de bacchanales mêlés ensemble et sur tous les points, sous Buonaparte victorieux ! Sans chercher si loin, n'avons-nous pas, dans notre juste allégresse, dansé dans la boue sous les croisées de Louis XVIII ? Qui de nous voudroit répéter aujourd'hui ces joyeuses contre-danses ? personne, et cependant cette folie étoit aimable et gaie : les autres furent malheureuses, la première fut horriblement épouvantable. C'est ainsi que se retracent en petit, ici et sous mes yeux, au moment où j'écris cette note, les symptômes divers de cette déplorable maladie : je vois des fous se battre, d'autres rire, d'autres exécrer ce qu'ils ont de plus cher .... Eternelle Providence ! Dieu de Moreau, seul Dieu que je connoisse et que j'aie pu connoître ; je ne me mets point à tes pieds, l'immensité n'en a pas ; reçois, dans l'attitude où je suis, mon encens et mes vœux : je te remercie de m'avoir conservé ; je te remercie d'avoir mis dans mon cœur le germe de quelques vertus, et dans mon âme cette in-

vous pourrez facilement le reconnaître au gros bouquet de bluets qu'il aura devant lui; son petit fou, sa tendre et jolie folle seront à ses côtés; mais il ne faut pas les en prévenir: son bambin surtout qui, depuis trente mois qu'il est né, n'est pas encore aussi discret que le sont les hommes faits.

Le Président: que le diable l'emporte! Je vois bien qu'il a décidément perdu la tête dans le monde: je lui avois toujours conseillé de n'y jamais rentrer.

Certifié conforme à la minute qu'on vient de me transmettre, *Signé* VILLIAUME, ACTUELLEMENT

---

différence pour tous les événemens qui ont marqué, qui marquent et qui peuvent encore marquer les époques de ma vie à-la-fois et si courte et si lente. Je te remercie de m'avoir doué d'une intelligence qui auroit dû me manquer, et dont je me sers pour admirer tes œuvres que je voudrois voir de plus près. Si j'osois t'adresser encore une prière, ce seroit de m'appeler bientôt près de toi, près de tous mes amis que je ne retrouve plus sur ce globe de misères et d'orgueil. J'y suis seul, grand Dieu! Et si je dois encore y rester long-temps, fais du moins que ma folie n'ait jamais rien de cruel.

Je voudrois bien (tant est que la tisane qu'on me donne me calme) inviter aussi aux Variétés plusieurs autres exilés auxquels j'ai pareillement des obligations; mais outre qu'il seroit peut-être imprudent, dangereux même pour moi de le faire, je n'en ai réellement pas le loisir dans ce moment. Il ne me reste de temps que pour engager les exagérés de tous les pays et de tous les partis à venir prendre des bains avec moi; on en donne ici comme on n'en donne nulle part, et tous ceux qui en prendront s'en trouveront bien.

LE TEMPS ME MANQUE, parce que je l'emploie à des choses plus pressées. Je compose la liste des généraux que je me propose d'engager à m'accompagner au théâtre le jour convenu. Je la publierai dans le *Journal Général*. C'est aussi de ce journal que j'ai le projet de me servir, jusqu'à ce que le mien soit en train, pour répondre à tous ceux qui m'attaqueront. On pourra se le procurer rue St.-Hyacinte-St.-Honoré, N°. 6.

VILLIAUME.

comme par le passé, directeur de l'Agence générale pour Paris, la France et l'étranger, établie à Paris, rue Neuve-Saint-Eustache, n°. 46.

ACTUELLEMENT *comme par le passé!* Concevez-vous, lecteur, l'importance de cette phrase? ACTUELLEMENT *comme par le passé, directeur de l'Agence générale, etc.* Concevez-vous, là concevez-vous son véritable sens? Hé bien, elle signifie que j'ai cessé d'être fou, et que je vais être replacé à la tête de mon établissement. Graces aux attentions de la police, aux soins de M. Royer-Colard, et à la docte science du *Parfait* docteur ou du *docteur* Parfait, j'ai donc recouvré ma raison..... Le premier usage que j'en dois faire, est, sans contredit, de remercier ces messieurs; puis de réparer les fautes que j'ai commises durant ma maladie; quoique nombreuses, elles appartiennent toutes aux aberrations de mon esprit. Tel étoit le caractère de ma déplorable folie, que je voyois en noir tout ce qui étoit en blanc, et en blanc, tout ce qui étoit noir; c'est ainsi que je justifiois Maubreuil, et que j'accusois des hommes exempts de reproches. Encore si je n'avais fait que cela, le mal seroit-il réparable; mais j'ai tronqué les noms en attribuant aux personnes qui les portent ce qui appartenoit à d'autres: un *errata*, accompagné d'une franche rétractation, peuvent seuls me tirer de ce mauvais pas, et je ne me refuse point à les faire. Ainsi donc, toutes les fois que vous trouverez M. de Jouy dans cette brochure, lisez M. de la Jouisserie; c'est de ce dernier que j'avois à me plaindre et non du premier qui est *un ancien adjudant général couvert d'honorables blessures, reçues dans l'Inde où il a fait la guerre avec distinction*; et ce que j'avance là, je le tiens de bonne source, puisque c'est lui qui me l'a dit. Voici à quelle occasion: l'académicien s'étant permis, dans la *Gazette de France*, quelques Pasquinades (les voir (1) dans la note) à mon égard, je m'en plaignis d'abord en réclamant : peu de jours après, je lus avec étonnement, dans le feuilleton de cette Gazette, l'article suivant ; j'en releverai encore, entre deux parenthèses, les parties les plus saillantes.

« Je ne puis, dit-il, écrire quatre lignes sans avoir » maille à partir avec quelqu'un : (*à l'entendre, ne » diroit-t-on pas que ce sont les autres qui lui cherchent noise*)? « Chacun de mes articles me met en re- » lation épistolaire avec une demi-douzaine de cor- » respondans nouveaux, qui tous me cherchent querelle. (*Le pauvre homme !*) « Celui-ci pour une lettre » initiale qui fait partie de son nom ; celui-là pour la » profession qu'il exerce, et dont j'ai parlé trop légè- » rement. (*Selon lui, le mot de* CHARLATAN *n'est que léger. Quelle langue parle-t-il donc quand il ne badine pas?*) « Cet autre, parce que ses amis l'on re- » connu dans le portrait que j'ai fait d'un sot à pré- » tentions. (*Cela étant, j'engage M. de Jouy à ne plus signer ses articles; on l'y reconnoîtra toujours bien.*) « Je fais, continue-t-il, trois parts de toutes ces » lettres; je publie les plus spirituelles. *Il ne nous dit pas si c'est sous son nom*). « Je prends note de

---

(1) « On plaisante M. Villiaume dans les journaux ; il répond » sans se mettre en frais d'esprit : Ne diroit-on pas que cela » n'arrive jamais à personne? » (*Comment M. de Jouy peut-il faire cette question, quand l'article auquel je réponds la résout affirmativement?*) « On rit de sa réponse, il se fâche de nou- » veau ; rien de plus naturel : on rit alors aux éclats, et » M. Villiaume, atteint et convaincu de ridicule, sans qu'on » sache trop pourquoi, va prendre rang à la suite des CHARLA- » TANS qui ont occupé les Parisiens depuis Nicolas Flamel jus- » qu'à M. Le Maoüt inclusivement. » (*Je m'honore d'être accolé à M. Le Maoüt; mais le tour eût été sanglant, si l'Hermite de la Chaussée-d'Antin eût ajouté:* ET M. DE JOUY *inclusivement.*)

» celles qui renferment de justes réclamations, (*sans doute qu'il n'a pas trouvé que les miennes etoient fondées*) « et je jette au feu les autres. (*Celles qui le redressent; en vérité, on ne peut mieux en user.*) Pour « peu que les poëles à papier se perfectionnent, ma » cellule sera bien chauffée. » (*Enfin, le voilà pris, le menteur : à l'en croire, il ne se chauffe qu'avec du papier; et je sais de bonne part qu'il reçoit de temps à autre du* COTRET *en échange de ses bonnes œuvres.*)

Après s'être modestement comparé au cardinal de Retz, et moi à un poltron, M. de Jouy fit succéder, dans la même feuille, l'article qui suit à celui qu'on vient de lire :

« Le succès de la *Gazette de France*, consacré par » cent quatre-vingts ans d'existence, se maintient par » le respect des principes, par un ton décent et im- » partial qui devient chaque jour plus rare, par un » esprit de modération également éloigné des décla- « mations du philosophisme et de l'intolérance de la » secte opposée. » (1)

Il m'étoit assurément permis, plus qu'à tout autre, de repousser cette éloquence d'école qui, séparée des injures dont j'étois l'objet, n'étoit plus qu'un assemblage de mots vides de sens; mais M. de Jouy l'ayant trouvé mauvais, vint chez moi avec grand fracas. Son arrivée fut signalée par deux carreaux qu'il cassa et qu'il paya, parce qu'étant homme à proverbes, il sait que *qui casse les verres les paie*; il y avoit, il est vrai, plus de la faute à son cheval que de la sienne,

« (1) *Feuilleton du 24 décembre* 1812—Toutes ces rapsodies sont pourtant reliées pour l'instruction des étrangers qui veulent connaître les mœurs, usages et coutumes de la capitale. Les voilà bien avancés quand ils ont fait cette emplette du livre ! ! !

mais c'est égal ; ensuite il monte dans mes bureaux : — « Monsieur Villiaume ? — C'est moi, monsieur. — Je désire vous parler en particulier — Entrez ici ; que voulez-vous ? — *Je suis un ancien adjudant-général, etc.* Je viens vous demander satisfaction de l'offense que vous m'avez faite. — Vous vous nommez ? — De Jouy, *Ermite de la chaussée d'Antin.* — Vous êtes un plaisant capucin.... Quoi ! vous et trois à quatre autres frelons, vous vous arrogerez le droit d'attaquer périodiquement le tiers et le quart, et vous trouverez mauvais qu'on vous riposte ? — Mais, Monsieur Villiaume, *cotret* est bien dur ! Dur tant que vous voudrez, et *copeaux* si vous l'aimez mieux.... Au surplus, vous avez déjeûné, Monsieur ; et comme on ne se bat bien que lorsqu'on a l'estomac garni, permettez que je mange ma côtelette, ensuite nous irons nous couper la gorge tant qu'il vous plaira. »

Nous entrâmes chez ma femme ; M. de Jouy la trouva jolie, lui fit des complimens sur son amabilité, sur ses grâces ; m'en fit aussi sur mon esprit. Il s'attendait, disait-il, à rencontrer un vieillard (voilà le *chiendent*, et tout ensemble le bout de son *oreille*); enfin, il s'étonnoit qu'étant si jeune et sans culture, j'eusse pu créer l'établissement que je dirige, et tant faire parler de moi. Le moyen, après cela, de me battre avec lui ? Vous concevez qu'il eût en effet été par trop malhonnête de tuer un homme qui, nous trouvant charmans, nous disoit de si agréables choses.

Il fut convenu que je supprimerois le mot *cotret* de ma replique, et qu'il me feroit une réparation dans un des prochains numéros de la *Gazette.* Nous nous rendîmes en conséquence à mon imprimerie, et à pattes ; car ayant bon pied et bon œil, je refusai de monter dans son cabriolet. D'ailleurs, je puis assurer qu'il couroit, ce jour-là, comme un lapin ; il faisoit un temps d'orage, et il sautoit les ruisseaux presqu'aussi bien que moi. Je fis ôter de la planche le mot fatal, qu'on remplaça par six points sur lesquels j'écrivis, à la main, peu de jours après, les lettres C O T R E T, parce que l'Ermite s'étant trouvé satisfait de mon côté, se crut, en vrai savant, dispensé de remplir l'engagement qu'il avoit pris de me faire une réparation. Voilà, ni plus ni moins, toutes les mailles que j'ai eu à partir avec le saint homme, et c'est plein de sens que j'en conviens, désavouant franchement tout ce que j'ai pu dire en plus. Au reste, il est de notoriété publique qu'il monta à l'Académie par l'escalier, après avoir passé sous la porte d'entrée qui fut ouverte aux chefs-d'œuvres de son génie, tandis que M.r de la Jouisserie y parvint, on ne sait trop comment ; mais il n'y eut escalade ni de la part de l'un, ni de la part de l'autre.

C'est en songeant à la manière dont l'académicien franchissait naguère les ruisseaux et les goutières, que, dans ma folie, je le voyois arriver à ce corps illustre par les plombs qui bordent les corniches de son temple. Je rêvois bien, il y a huit jours, que je venois de lui succéder. Voici quel fut mon discours de réception : « Messieurs, vous m'avez admis dans votre » corps, apparemment pour vous faire rire, ou pour » m'enseigner l'ortographe. Mon prédécesseur étoit » un grand-homme ; il ne tient qu'à vous que j'en sois » un aussi : c'est de chanter mes louanges. »

Certes, il falloit être plus que fou pour rêver de semblables absurdités. C'est sans doute encore en rêvant que j'aurai vu, dans ma folie, tout ce que j'ai rapporté relativement à la maison de santé de pauvre-*Braque*. Cela ne m'empêchera pourtant pas de donner, dans la deuxième ou la troisième partie de cet ouvrage, la suite du rêve que j'ai fait chez lui, et le détail des choses que j'y ai vues en songe ou en réalité. En attendant, il faut, à l'avenir, lire *Riche-empirique*, partout où l'on trouvera pauvre-*Braque*; je m'étois trompé en écrivant son nom. Lire de même MM. Ressemelé et de la Ligouse, par-tout où j'ai mis MM. de Semalé et de La Ventouse. Je m'étois également trompé : l'un est un bon garçon qui, après m'avoir fait *pis que pendre* en Belgique, voulut bien me plaindre à ma rentrée à Paris ; l'autre est un honnête homme : j'ai dîné chez lui.

Sur-tout ne plus lire Malte-Blond, mais Malte-Blanc ; car

> Le Ciel n'est pas plus pur que le fond de son cœur.....

Et je le prouve. Il y a quelques années que le Lilliputien me pria de lui ménager une entrevue avec M. le comte de Lacépède, alors grand-chancelier de la Légion-d'Honneur ; j'en parlai à ce respectable ministre ; sur sa réponse, la présentation eut lieu le lendemain. Satisfait de l'entretien qu'il venoit d'avoir avec S. Exc., Malte-Blanc me fit offre de ses services *tout et quand fois qu'ils pourroient m'être utiles* : je n'en eus pas besoin ; je le perdis même de vue, et je crois que je l'aurois tout-à-fait oublié, si, dans mon malheur, à mon retour de la Belgique, il ne s'étoit généreusement rappelé à mon souvenir, en insérant, sur mon compte, dans son *Spectateur François*, une notice que j'eus le mauvais esprit de prendre de travers.

Comme je ne marche pas par quatre chemins quand je me fâche, je fus trouver mon Lapon : « M. Salgues, lui dis-je, vous demande.—M. Salgues ! M. Salgues ! Savez-vous ce qu'il me veut ? — Je crois qu'il veut vous confier la rédaction du *Journal de Paris*. (Malte-Blanc étoit alors repoussé de tous les journaux). — Vous croyez ? vous croyez ? (en me crachant aux yeux; car il ne peut parler autrement) ; vous croyez, M. Villiaume? attendez-moi, je vous prie; nous irons ensemble. Dites? il s'est glissé, sans que je m'en aperçoive, dans le *Spectateur*, dont je suis éditeur et propriétaire, un article contre vous, mais je le releverai, je le releverai...—J'ignore cette particularité; allons. » Nous arrivons, rue de la Monnoie, n°. 11, au bureau du Journal de Paris; je ferme les portes; j'ordonne au scribe, devant tous les employés de ce Journal, de se mettre à genoux et de me demander pardon. — « A genoux! Pardon! Mais c'est trop humiliant... — Vîte, ou je te soufflete. — Souffleter! Souffleter! Mais je rendrai plainte; *la police correctionnelle est-là*..... »

Que la terre s'ouvre à l'instant sous mes pieds, si je n'entendis pas : *Alte-là! la Garde royale est là*... Indigné de l'effronterie d'une semblable réponse de la part d'un Zoïle, qui n'est pas même digne d'être fifre ou tambour dans cette arme, je répandis sur lui un encrier qui le tacha de la tête aux pieds; forcé de se décrasser dans de l'eau d'oseille, il devint bientôt blanc comme neige : c'est depuis cette époque qu'il a cessé d'être brun. Sans doute j'ai eu tort, très-fort tort et je le confesse; mais ce n'est pas moi qui ai engagé les élèves de l'école polytechnique à aller le fesser un beau matin; ce n'est pas moi non plus qui ai dicté au *chien* Rustre-Blond la lettre suivante, qu'il vient d'adresser au grand-conseil des Fous de Charenton, et que le malin *Journal-Général*, qui est en correspondance avec ce conseil, ne manquera pas de publier.

Messieurs,

« Il faut que vous sachiez d'abord que je suis d'une » espèce de chiens qui savent un peu parler, lire et » écrire le françois, quoique je sois d'origine DA- » NOISE. Or, une ordonnance de police enjoint à qui

» de droit d'abattre tous les chiens trouvés divagant ;
» attendu que plusieurs sont *soupçonnés* de la rage.
» Je désire que vous sachiez ce qui m'est arrivé à
» l'occasion de cet arrêté ; mon exemple pourra servir
» à l'instruction de ceux de mon espèce, et même à
» celle de la postérité. »

« J'étois, à l'époque où l'ordonnance meurtrière
» fut rendue, divagant (selon son expression) c'est-à-
» dire libre ; j'errois à l'aventure dans les rues de Paris,
» lorsque j'eus connoissance de la fatale mesure qui fut
» pour moi, comme bien vous pensez, un objet de
» profonde méditation. Quoi ! disois-je en moi-même,
» il suffira de n'être pas attaché pour être suspect, et
» d'être suspect pour être traité en coupable ! Je com-
» parois cet arrêté à l'édit du cruel Hérode, à celui
» d'Assuérus ; et ce vaste abattoir se peignoit à mon
» imagination avec les couleurs dont un grand peintre
» a représenté le massacre des Innocens. Je me rappe-
» lois ce vers qu'on m'a fait apprendre dans mon
» enfance.

Qui veut noyer son chien l'accuse de la rage.

» Comme je faisois ces réflexions, je vis venir à
» moi un quidam qu'à sa mine sinistre je jugeai
» être un abatteur, lequel se disposoit à m'expédier
» en qualité d'enragé. (Enragé ! moi, la modération
» même.) Je me résignai, et je lui tendois une tête
» innocente, lorsqu'un autre individu l'arrêta, disant
» que je lui appartenois ; je ne le connoissois pas,
» mais comme je vis que son intention étoit de me
» sauver, je me gardai de le contredire ; je lui expri-
» mai même, le mieux que je pus, ma reconnoissance.
» En effet, le quidam s'éloigna, et je suivis quelques
» pas mon prétendu maître ; il me dit que, pour éviter
» un danger pareil, il étoit prudent qu'il me tînt en

» lesse ; je témoignai de la répugnance pour cette » précaution ; car j'ai horreur de tout ce qui sent la » servitude ; mais il me représenta que c'étoit une me- » sure de circonstance, et qui cesseroit quand la » saison de la rage serait passée. Soit, je me laissai » mettre au cou un léger cordon. Un instant après » il vint à mon conducteur une crainte, c'étoit que » la police n'eût fait semer des boulettes pour em- » poisonner les chiens divagant ; je l'assurai que je » n'en mangerois pas ; il ne fut point satisfait de » cette promesse ; et pour me préserver de la tenta- » tion, il me mit une muselière ; je gémis beaucoup » et je le priai de considérer que si quelque autre » chien venoit pour me mordre, je ne pourrois me » défendre. Il parut frappé de cette observation, et » je crus qu'il alloit me démuseler ; mais il imagina » un autre moyen de me mettre à l'abri de toute » espèce de péril : ce fut de m'attacher dans une ca- » bane étroite avec une courte chaîne, en me recom- » mandant d'aboyer aux voleurs. Je ne doute pas que » mon maître n'ait eu en vue, comme il le dit, mon » bien et ma conservation ; mais, en vérité, j'aurois » mieux aimé qu'il m'eût laissé divagant, au risque » d'être abattu ou de manger une boulette.

J'ai l'honneur d'être, toujours en aboyant, votre dévoué,

RUSTRE-BLOND. »

P. S. Je commence à être de bonne-garde ; je m'estimerois le plus heureux des *chiens*, si vous vouliez bien me confier celle de votre hospice : je me contenterois de vos restes. On ne me donne, où je suis, que du pain de creton pour nourriture.

Continuons notre *errata*, notre amende honorable, et tout ensemble nos rétractations. Il est faux que madame Villiaume m'ait appelé *cochon;* elle est trop bien élevée pour s'être servie de cette expression; c'est *buberon* qu'elle a dit, et il faut qu'elle ait dit bien vrai, puisque j'ai si mal compris.

Il est pareillement faux que M. Poulet soit le fils dégénéré d'un Coq-d'inde. Issu de pères très-honnêtes, il marche non-seulement sur leurs traces, mais c'est encore le fabricant de Paris chez lequel on trouve, aux prix les plus modérés, les schals les mieux conditionnés et les plus parfaits, soit pour le dessin, soit pour l'exécution. On peut d'ailleurs s'en assurer à son magasin, rue Neuve Saint-Eustache, n°. 46; c'est aussi à cette adresse que sont et seront toujours mes bureaux. On y vend et on y vendra *éternellement* ce *précieux* ouvrage.

Je suis fâché d'avoir appelé M. de Pradt *archevêque de Malines*, et d'avoir dit de lui qu'il disoit la *messe;* il y a long-temps qu'il ne la dit plus, et que les affaires de l'église ont cessé de l'occuper. Entièrement livré à la politique, il fait, comme moi, des brochures dans lesquelles il se montre tour-à-tour homme de guerre et diplomate profond. Je lui en voulois d'avoir soutenu que les indépendans de l'Amérique méridionale réussiroient; de semblables assertions peuvent exciter nos anciens généraux à l'émigration. Il est peut-être cause que mon ami Humbert s'y fera échiner; ce général vouloit revenir, il ne le voudra plus aujourd'hui qu'il doit avoir reçu la fatale brochure.....

Je pardonne à mon guichetier de la préfecture de ne m'avoir pas servi assez vîte, et de m'avoir passé une camisole, s'il veut bien me pardonner d'avoir voulu le tuer.

19 *À Martin*-vil, est trop bien nommé pour qu'on doive rien changer à son nom : j'ai dit de lui qu'il étoit un mauvais plaisant ; je le dis encore ; c'est effectivement mal plaisanter que d'envoyer des hirondelles à Moscou ; s'il eût été aussi bon géographe qu'elles, il ne les auroit pas fait voyager si près du cércle polaire, où elles ne furent jamais.

Quant à Martainvillain, c'est Martin-Guerre qu'il faut lire. Croyez à tout ce que j'ai dit de lui, hormis au reproche que je lui ai fait d'avoir varié dans sa conduite politique ; elle fut toujours uniforme ; rien d'équivoque ne se rattache à son nom ; il est faux et de toute fausseté qu'il se soit sali dans nos troubles révolutionnaires; au contraire, le Roi n'eut jamais un plus zélé partisan ; j'ajoute qu'il ne contribua pas peu à désarmer les alliés, en publiant, en 1814, une infinité d'articles qui, en flattant leur amour-propre, les rendit plus traitables. Je lui dois, en mon particulier, d'avoir fait connoître mon établissement : c'est bien sincèrement que je l'en remercie et que je lui pardonne d'avoir dit, écrit et imprimé que *je jetois mon bonnet par-dessus les moulins*. La tisane qu'on me fait boire ici m'apprend que s'il est beau de se souvenir des bienfaits, il est méritant d'oublier les offenses : c'est pour cela que je l'invite, ainsi que MM. de Jouy, de la Jouisserie, de la Ligouse, Resmelée, Martinville, Poulet, Malte-Blanc, Parfait, *Riche*-empyrique, Guichetier, et autres qui m'ont fait du bien et du mal, à venir, le 16 septembre prochain, manger une matelote à la Rapée avec moi ; mais à condition que nous la pêcherons à la ligne, et que chacun de nous ne mangera que ce qu'il aura pris, n'étant pas assez riche pour traiter tant de monde : tout ce que je pourrai faire sera de fournir le poivre et le sel, puis de payer la *quarte* en *tierce* avec MM. de Jouy, de la Jouiserie, de la Ligousse, Resmelée, Martinville,

Malte-Blanc, *Riche*-empirique et Guichetier. Je veux bien régaler, mais j'excepte de la pêche MM. de Pradt, Poulet et Parfait; ils pourront même, si cela leur convient, rester avec madame Villiaume pendant que j'irai me baigner, tant je suis persuadé qu'ils seront, près d'elle, sans danger pour moi, etc... etc...

FIN de mon Errata et de mes Rétractations.

Etois-je, quand on me coffra, chez pauvre-*Braque* ou plutôt chez *Riche*-empirique, plus fou que je l'étois lorsqu'on me transféra deux fois ici? On en jugera par les RÉFLEXIONS suivantes, *sur les journaux, et sur la liberté de la presse*, que je composai chez lui, lorsqu'on cessa de m'y martyriser: il faut, pour les apprécier, se reporter au tems où je les écrivis. N'ayant eu occasion de les adresser que le 3 août 1815, (cinq jours après mon retour de Maubeuge), à M. le comte de Cazes, alors préfet de police, j'y fis, à cette époque, quelques additions, mais si légères qu'elles ne changent rien au texte; ce sont celles-ci: *ils attirèrent* (en parlant des journaux), *chez nous l'Europe armée*: j'ai ajouté: DEUX FOIS *l'Europe armée*; et, en parlant des ministres, j'ai cru devoir faire une exception en faveur de M. Dandré, parce que j'ai acquis la preuve que, s'il n'empêcha pas nos désastres, ce ne fut du moins pas faute d'être un des hommes les plus intègres et les plus constitutionnels que nous ayons jamais eus. Trouvant encore un jour à sa porte, le Corse, le même monstre qui gratoit aussi, pour entrer, celle du comte de Cazes, (ces misérables, vrais piliers d'anti-chambre et toujours insatiables, se rencontrent partout), je le fis passer avec moi; dirai-je ce qu'il demanda au directeur général? la place de concierge (geolier) du donjon de Vincennes; et ce monstre étoit un ancien prisonnier d'état..... « Le donjon de Vincennes! s'écria

» M. Dandré, le donjon de Vincennes! je l'ai rendu » au ministre de la guerre. Désormais plus de lettres » de cachet, le Roi n'en veut pas; la Chartre, les » tribunaux et les lois, voilà tout ce qu'il nous faut.» Depuis lors, j'ai voué un attachement tel à ce respectable magistrat, qu'en toutes circonstances je me jeterois au feu pour lui et les siens. La note qui le concerne, dans la pièce qu'on va lire, étant anecdotique, je n'en garantis pas l'autenthicité ; c'est uniquement, parce que je crois au fait qu'elle contient, que je le rapporte : les autres sont récentes ; je les fis ici (à Charenton); l'une d'elles est de Sapajou.

REFLEXIONS

Sur les journaux et sur la liberté de la presse.

Si le Roi n'y prend garde, les journaux ramèneront encore l'anarchie.

C'est spécialement à la plupart des journaux qu'on peut appliquer ces mots de Carnot : *que si la peste donnait des emplois, elle aurait des adorateurs*, tant est qu'ils n'encensent que les personnes de qui ils espèrent ou de qui ils dépendent, et le pouvoir seulement lorsqu'ils le redoutent.

La grande pluralité, la licence effrénée, et tour-à-tour la servitude des journaux français, causent, depuis vingt-cinq ans, les malheurs de l'Europe. Nés avec la révolution, ils commencèrent par renverser la Constitution que nous reçûmes, en 1791, de l'assemblée constituante ; d'abord, en *émettant* des vues que le Gouvernement ne pouvoit sagement accueillir; puis, offensés de n'être pas écoutés, et irascibles dans leur dépit, ils déclamèrent contre le plus infortuné des rois et la plus malheureuse des reines. Bientôt, métamorphosé sous la plume des journalistes, Louis XVI fut présenté à la nation comme inepte, paresseux, intempérant, lorsqu'il étoit éclairé, grand travailleur et sobre; son épouse, suivant eux, étoit dépouillée de toutes les vertus de son sexe. Les honnêtes gens ne furent pas dupes de ces déclamations; mais l'habitant des campagnes et la populace, qui admettent tout sans examen, donnèrent dans le piége. De-là, des pages d'horreurs qu'il convient de déchirer de notre histoire, et que, par cette raison, je me garderai bien de retracer ici.

Robespierre vint; le sang ruissela de toutes parts; ils y applaudirent.

Le directoire parut, et avec lui le 18 fructidor; ils y applaudirent également.

Cet hydre fut renversé par un homme qui devoit surpasser Robespierre en cruauté; ils y applaudirent encore. Que dis-je? Ils l'élevèrent, par des louanges d'abord libres, ensuite serviles, sur le trône impérial; ils furent, en le prônant, les artisans de sa monstrueuse grandeur, et tout ensemble les bourreaux du genre humain en justifiant ses guerres non moins atroces qu'ambitieuses; Graces leurs soient enfin rendues! ce sont eux et ses flatteurs qui nous en ont délivrés, mais à quel prix? Grand Dieu! en attirant chez nous DEUX FOIS l'Europe armée.... Oh! Plutôt qu'une éternelle malédiction les poursuive! j'ajoute, je vais prouver que ce sont encore eux qui ont précipité Louis XVIII, et qui nous replongeront dans l'anarchie si l'on ne se hâte d'y mettre ordre.

Nous n'aurions bien certainement jamais été envahis si Buonaparte n'eût disgracié quelques-uns de ses Ministres, entr'autres le duc d'Otrante, qui ne lui auroit conseillé ni la conduite qu'il tint envers Moreau, arrêté sous la lourde magistrature du grand-juge Regnier; ni l'assassinat du duc d'Enghien, enlevé et jugé militairement; ni la guerre d'Espagne, voisine de sa disgrâce; ni celle de Russie, entreprise après son exclusion du Ministère.

Cela posé, je maintiens que Buonaparte, dans ses beaux jours, vit presque constamment bien, quand il suivit les sages conseils qu'on lui donnoit, et qu'il ne fit que des sottises lorsqu'il agit par lui-même. Le Roi, au contraire, n'ordonna rien que de sensé, et ses Ministres (si j'en excepte M. Dandré, que le comte Deux-Ténèbres (1) réduisit encore à n'avoir

---

(1) Bien persuadé que le Roi ne pouvoit se maintenir que par la stricte exécution de la Charte, M. Dandré proposa, *dit-on* plusieurs fois, mais inutilement, et c'est là le tort du comte Deux-Ténèbres, de sévir contre ces jacobins blancs qui, sans respect pour la volonté d'un monarque reçu aux acclamations universelles, et d'autant plus justement chéri, qu'il n'aspiroit à régner que sur une nation libre et unie, exaspérèrent néanmoins les esprits, au point de leur faire souhaiter la retour du despote. Et par quelles manœuvres? en se prétendant seuls admissibles aux honneurs, et en excitant à des récriminations, lorsque l'expérience de l'histoire prouve qu'elles sont le germe qui perpétue les révolutions, qu'un entier et sincère oubli de tous les torts peut seul terminer.

Investi de plus de confiance, mieux environné, plus heureux, plus habile, plus jeune, plein de vigueur et d'énergie, M. le comte de Cazes sut, dans des temps non moins difficiles, nous débarrasser de cette tourbe en la réduisant au silence, et ce n'est pas un des moindres services qu'il a rendus à l'Etat et au Souverain. M. Dandré n'eut pour lui, comme je viens de le dire, que l'opinion jointe à la volonté du bien. L'opinion ne lui désignoit point les personnes qui avoient été en faveur sous Buonaparte; elles ne demandoient pas mieux que de vivre paisibles sous Louis XVIII; il falloit les y laisser.

Les arrestations qu'un orateur de la chambre des députés lui reprocha de n'avoir pas faites, eussent, à une époque où le mal étoit sans remède, avancé les affaires de Buonaparte, en aigrissant la nation contre le Roi, lorsqu'elle n'en vouloit qu'aux ultras d'alors; car elle regretta sincèrement S. M. Il est des

plus que l'impuissante volonté du bien), ne commirent, en 1814 et au commencement de 1815, que d'énormes fautes. Pour ne me rattacher qu'à celles qui ont rapport à la question que je traite, je ferai observer que sous Buonaparte, et à une époque où il y avait malheureusement trop de nouvelles à publier, nous n'avions pourtant que quatre journaux : l'*Officiel*, *Paris*, *les Débats* et *la Gazette*. La paix, ramenée avec le Roi, vit éclore d'autres feuilles périodiques, quand déjà, par suite du bonheur et de la tranquillité publiques, il n'y avait plus suffisamment de nouvelles pour alimenter les anciens journaux; aussi, arriva-t-il que les nouveaux, (1) n'ayant rien à annoncer, crurent

---

circonstances où il vaut mieux ne prendre aucune mesure que d'en prendre de mauvaises, parce qu'alors elles sont presque toujours ou violentes ou intempestives, et par cela même injustes.

C'est en s'abstenant de toutes rigueurs que M. Dandré conserva au Roi cette insigne réputation, d'*être entré en France et d'en être sorti sans y avoir répandu une goutte de sang*. Il en résulta un tableau de comparaison qui ne fut pas à l'avantage de Buonaparte : il en eût été différemment si quelques fusillades eussent eu lieu : *voyez-vous*, se seroit-on dit, *les Bourbons ne faisoient que commencer, qui sait où ils se seroient arrêtés?* Pour qu'on ne le dise jamais, n'oubliez pas, Messieurs les ultras, que vous n'êtes point appelés à gouverner ; soyez assez sages pour obéir, et sur-tout ne criez plus que tout est perdu, parce qu'on ne veut pas vous laisser bouleverser tout. C'est là ce que vous demandent, par mon organe, vos camarades de Charenton, ou plutôt venez leur tenir compagnie, et bientôt vous serez, comme eux, satisfaits de voir la modération assise sur le trône.

VILLIAUME.

(1) Ces derniers sont aujourd'hui les meilleurs, notamment le *Journal général de France*, qui étoit, sans contredit, le plus mauvais de tous en 1814 et au commencement de 1815. Les *Annales*, dont l'existence est plus récente, n'ont jamais tergi-

devoir, pour se procurer des abonnés, se rendre piquans en diffamant toutes les personnes qui avaient été en faveur sous Buonaparte. Le Roi vouloit l'oubli du passé; en provoquant des représailles, ils le desservirent, avec intention ou par un zèle mal entendu; ce qui excita et dut nécessairement exciter une réaction moins extraordinaire que leur conduite, parce qu'il est naturel d'abandonner un gouvernement (1) qui, par foiblesse ou par insouciance, ne protége pas également tous ses sujets.

Le Roi avoit déclaré la vente des domaines nationaux

---

versé; toujours bien fournies, elles sont en plus vierges de principes qui ne mourront pas, il faut l'espérer. Le *Journal du Commerce* a eu le bon esprit de ne conserver du *Constitutionnel*, que j'aimois beaucoup, que ce qu'il avoit de mieux. *La Quotidienne* suit le régime de ses lecteurs; elle est toujours à l'eau, et elle mérite d'y être; quant à ses abonnés, nous les plaignons bien sincèrement, et nous ne désirons rien tant que de faire cause commune avec eux. Les vignes sont belles; tout le monde, en France, doit en goûter et noyer le passé dans leur jus. Le *Journal de Paris* se soutient et se soutiendra toujours; c'est le seul qui ait traversé nos révolutions sans se salir. Les *Débats*, ne soutiennent plus guère que leur titre: j'ai été faché d'y avoir vu tourner en ridicule les *Seringues* du baron Cadet de Gassicourt, qui valent assurément mieux que toute la science de Maltôtier. Ces joujoux de pharmacie m'amènent naturellement à la *Gazette*; je n'en vis jamais sans penser à elle: S'en sert-elle encore ? SAPAJOU.

(1) Bien que le gouvernement soit dans la personne du Roi, il est aussi dans les délégués de sa puissance; ce sont de ces derniers que j'entends parler. Je l'ai déjà dit vingt fois, et je me plais à le répéter: S. M. fut vivement regrettée parce qu'ELLE voulait, à cette époque, ce qu'ELLE veut aujourd'hui, et ce qu'ELLE voudra toujours: *l'union entre nous et le bonheur de tous*. Au surplus on ne parle de S. M., chez moi, que tête découverte; c'est un culte que nous rendons à sa bonté; nous n'en rendîmes jamais au pouvoir: nous le respectons, nous lui obéissons; voilà tout.

irrévocable, et les mêmes journaux citoient avec complaisance quelques acquéreurs qui les avoient restitués à leurs anciens propriétaires. Ils sembloient même insinuer que c'étoit ce que devoient faire tous les acquéreurs en général, ce qui, déversant une sorte de blâme sur ces derniers, leur donna de l'inquiétude.

Il fallut enfin répondre à toutes ces provocations, et nous eûmes des journaux d'opposition qui ne surent pas non plus se renfermer dans de justes bornes; ils furent jusqu'à attaquer les ordonnances du Roi et les actes des ministres, lorsqu'il n'y a que les chambres qui en doivent connoître.

Maintenant que nous avons encore moins à dire que par le passé, nous avons infiniment plus de journaux, aussi se déchirent-ils les uns les autres et attaquent-ils jusqu'aux citoyens privés. Pas de doute qu'il n'en résulte une nouvelle réaction, si l'on ne va au-devant, en les soumettant à une législation particulière, ou en les réduisant à leur ancien nombre. On pourroit seulement y en ajouter un de plus, intitulé de la *Concorde*, et spécialement chargé de défendre les particuliers qui, dans d'autres feuilles, se trouveroient attaqués dans leurs personnes ou dans leurs actions : celui-là, je le demande (1); j'y recevrois aussi, pourvu qu'elles fussent mesurées, les réclamations refusées dans ces feuilles, et faites par des auteurs qui y auroient été évidemment mal-traités.

Il est donc à désirer qu'il n'y ait à l'avenir d'autres journaux que ceux ci-dessus désignés, et qu'ils se bornent à l'insertion pure et simple des nouvelles qu'ils ont à annoncer, des actes du Gouvernement et des autorités, sans jamais se permettre des réflexions

---

(1) Et je l'ai par mes affiches, qui auront bien aussi leur degré d'intérêt, puisque j'y recevrai ces réclamations, et que.... gardons le reste pour nous.

sur leur contenu. Si, avec ces matières, ils n'ont pas de quoi se remplir, il est encore à désirer, que loin d'outrager les auteurs et de décourager les talens naissans, ils aident ces derniers par de sages conseils, et concourent par de judicieuses, saines et impartiales critiques, sur les ouvrages des premiers, à faire revivre parmi nous l'urbanité et le bon goût qui commencent à y dégénérer ; alors la profession de journaliste sera véritablement honorable.

Notre extrême et trop souvent coupable légèreté ; nos guerres continuelles, les violences du tyran sous les drapeaux duquel nous marchâmes, nous ont attiré de nombreux ennemis ; nous avons plus que jamais besoin de vivre en bonne intelligence avec toutes les cours, tous les peuples ; nous avons sur-tout besoin d'union entre nous ; nous devons donc rigoureusement proscrire ce qui pourroit troubler l'une et l'autre, et, sous ce double rapport, nous tenir en garde contre les chansons connues sous la dénomination de pamphlets, les redouter même. Ces productions, presque toujours subversives de l'ordre public, se répandent d'autant plus facilement et avec une profusion d'autant plus grande, qu'elles se distribuent sur des feuilles volantes, que les gens les plus occupés ont toujours le loisir de lire, et les individus les plus illétrés la faculté d'apprendre par cœur : il me semble en conséquence important d'assujétir à la censure toutes les productions qui ne contiendront pas trois feuilles d'impression, parce qu'on peut déjà surveiller et suivre les traces des ouvrages qui atteignent ce volume ; que d'ailleurs on ne peut les répandre aussi rapidement ni aussi furtivement que ces ténébreuses et criminelles diatribes.

Paris 3 août 1815. *Signé*, VILLIAUME.

Telle étoit, en 1814 et au commencement de 1815, ma pensée sur les journaux et sur la liberté de la presse. Pour qu'on n'en doute pas ; je déclare que le renvoi des réflexions qu'on vient de lire, ayant été fait le 4 août 1815, par M. le comte de Cazes, à M. Boucher, sous-chef à la Préfecture de police, elles sont, depuis cette époque, déposées dans ses bureaux. (1)

---

(1) Transcrites ici de mémoire, je suis sûr de n'avoir ni transposé, ni omis, ni ajouté un mot à ces réflexions. Cependant comme je n'écris pas pour faire mon éloge, je dois avouer que j'y ai retranché trois lignes empreintes d'un peu d'humeur contre M. Pasquier, et cet aveu me coûte d'autant moins que S. Gran. eût probablement toujours ignoré que j'avois pu lui en vouloir.

ELLE se rappellera combien ELLE fut calomniée en 1815; ELLE le doit à l'infâme Perlet, qui eut de l'influence jusqu'au moment de sa condamnation. Je ne pouvois être la dupe de ce misérable que je connoissois pour tel; je la fus de personnes respectables qu'il avoit entraînées : on me persuada, avant d'entrer chez *Riche*-empirique, et après en être sorti, que M. Pasquier m'avoit accusé d'avoir rempli de victimes les prisons de Buonaparte : *qui perd pèche;* j'avois beaucoup souffert, et ne sachant à quelles causes attribuer mes infortunes, je m'égarai aussi dans cet océan de calomnies, et pourtant c'est à M. Pasquier que je dois mon établissement ; ce fut lui qui l'autorisa.

Il y a plus : je me rappelle qu'ayant quitté, sans autorisation, sous Buonaparte, le banc de mon exil, pour me rendre à la commission des pétitions du conseil d'état, M. Pasquier, qui y étoit de service en qualité d'auditeur, eut le courage (car c'en étoit un alors) de se taire sur cette démarche qui eût pu me perdre si elle fût parvenue à la connoissance de Napoléon. MM. Maret et Bigot-Préameneu, président du conseil, imitèrent son noble exemple ; ils firent même des démarches pour moi qui n'eurent aucun succès, mais dont je leur sais toujours gré.

Pourquoi donc Perlet en voulait-il à M. Pasquier ? c'est parce qu'il présumoit que S. Gran. avoit remis à M. Veyrat les lettres produites contre lui dans son procès avec Fauche-Borel ; et pourquoi m'en vouloit-il aussi ? c'est parce que connoissant l'existence de ces lettres, j'avois écrit à Fauche de passer chez M. Veyrat pour en prendre communication ; et comme Fauche demeuroit chez Perlet, celui-ci ouvrit ma lettre, la supprima

Mes rapports postérieurs avec les fous de Charenton, et les événemens dont nous sommes eux et moi journellement témoins, ont prodigieusement modifié mon opinion à cet égard. Le dirai-je? je desire, comme eux, le rétablissement de la censure. Sous elle, nous eûmes Montaigne, Corneille, Racine, Boileau, Mo-

---

après l'avoir lue, me dénonça au comte de Blacas, ainsi que M. Veyrat : j'ai vu les dénonciations.

Cet ex-inspecteur général fut exilé à Auxerre ; il m'advint pis qu'à lui, comme on l'a déjà vu et comme on le verra encore mieux. En attendant, je supplie M. Pasquier d'excuser mon erreur, et de m'accuser hautement si jamais je lui ai dénoncé personne. Je n'ai, au contraire, fait la connoissance de M. Veyrat que pour être utile à mes camarades : sans compter le général Humbert, que je fus chercher plusieurs fois à la préfecture ; l'un d'eux (Galorin), dont je m'étois porté caution, resta près de deux ans à ma charge ; il y reviendra probablement encore, puisqu'il vient de perdre sa place ; je le recevrai toujours avec plaisir, parce qu'il est le seul, avec Humbert, qui se soit montré reconnoissant, ainsi qu'on pourra en juger.

Quant à M. Veyrat, je ne puis, aujourd'hui qu'il est malheureux, lui refuser ce témoignage, qu'il m'a rendu soit pour moi, soit pour mes amis, tous les services qui ont été en son pouvoir ; mais il étoit mal environné : il avait encore, dans ses bureaux, un nommé Chav..., qui naguère sollicitoit le matin une retraite auprès de M. le comte Anglès, qu'il dénonçoit le soir à M. de Lab......, en lui fournissant des documens qui n'ont, il est vrai, servi qu'à faire huer cet orateur, notamment le chapitre des filles publiques : quoi qu'il en soit, l'intention de nuire n'y étoit pas moins ; j'ignore s'il a obtenu la retraite qu'il demandoit ; je sais que M. Veyrat n'en a pas, et qu'on auroit tort de lui attribuer tout le bien qu'ont fait ces honnêtes gens, Chav... et Perlet. M. de Lab...... auroit dû repousser le premier.

C'est ce que M. de Châteaubriand fit devant moi, à l'égard du Corse, qui lui dénonçoit le comte de Cazes, pour prix des bienfaits qu'il en avait reçus. Un noble ennemi ressent de l'indignation à de semblables traits ; il les paie de mépris et plaint, dans son adversaire, des bontés mal placées ; souvent même, et par suite, il éprouve le besoin de s'en rapprocher.

lière, Lafontaine, Montesquieu, Raynal, Labruyère, Helvetius, les Rousseau, Voltaire, Bossuet, Fénélon, Dalambert, Buffon, etc. Sous la liberté de la presse nous n'eûmes, en 93, que des énergumènes, des horreurs et des ordures; en 1818 (présente année), nous n'avons que des discoureurs, des impertinences et des folies; ma brochure en est la preuve; n'en déplaise à mes confrères de Paris, les leurs semblent, comme la mienne, avoir été faites ici. Ajoutons que nous n'eûmes jamais, sous la censure, tant d'écrivains condamnés qu'on en condamne aujourd'hui. J'aime infiniment mieux une autorité qui me juge ou plutôt qui me guide avant le délit, que des magistrats qui me le laissant commettre, me punissent ensuite. La censure étoit bienveillante : lui portoit-on un livre? Les passages à retrancher étoient indiqués; en les supprimant, les auteurs sages jouissoient en paix du fruit de leurs veilles; aujourd'hui une transposition, un mot de plus, un mot de moins dans une page, entraînent la confiscation de tout un ouvrage, l'emprisonnement de l'auteur, de l'imprimeur, de l'éditeur et du libraire; leur ruine et la saisie de vingt feuilles innocentes.

Je le dis parce que je le pense : si la censure eût existé, aucune des condamnations qui viennent d'être prononcées n'auroient eu lieu, et les ouvrages qui les ont provoquées, n'en auroient pas moins paru dégagés de ce qu'ils avoient de répréhensible : Chevalier lui-même n'auroit pas à subir deux années de prison pour sa lettre au comte de Cazes, parce que ce ministre eût été assez généreux pour le redresser, ou assez grand pour permettre, en les méprisant, la circulation des calomnies qu'elle contenoit, et au-dessus desquelles Son Exc. doit s'être mise; d'ailleurs ELLE eût été peu fondée, blâmable même si ELLE eût ordonné la poursuite d'un ouvrage autorisé par ELLE.

Plein de confiance dans sa droiture, dans celle du ministère de la justice, de la cour royale, et du tribunal de première instance du département de la Seine; repoussant une loi qui n'eût pas mon assentiment, comme citoyen et comme partie intégrante du corps social, je proteste ici, qu'après le dépôt de cette brochure, je n'en exposerai pas un seul exemplaire en vente, qu'au préalable je ne l'aie respectueusement soumis à sa grandeur Monseigneur le garde-des-sceaux; à Son Exc. M. le comte de Cazes, ministre de la police générale; à MM. le conseiller d'état baron de Ségnier, premier président de la cour royale; Bellart, procureur-général; Try, président du tribunal de première instance; de Mongis et autres vice-présidens; de Marchangy et autres substituts de ce tribunal, parce que ma première loi est de me conformer à celles de l'état. Je déclare en outre que j'acquiescerai à toutes les observations qui me seront faites, et que je brûlerai même, sans regret, toute cette première édition, si j'apprends qu'elle est de nature à produire le moindre trouble.

En discutant la loi dont il vient d'être question, les fous de Charenton virent avec plaisir la connoissance des délits de la presse déférée aux tribunaux de police correctionnelle, et si cette loi doit être prorogée, ils désirent que la connoissance de ces délits appartienne toujours à ces tribunaux, au moins pour tout le temps que durera l'occupation des étrangers; car, disent-ils, en supposant que ce soit un crime de souhaiter le départ des alliés et d'exciter le peuple contr'eux; il est indubitable que les délinquans, jugés par des jurés, seroient absous dans tous les départemens où l'on souffre de la présence de l'ennemi, et condamnés dans ceux où cette présence ne se feroit pas sentir; il en seroit de même pour les diatribes répandues, par exemple, contre le ministre des finances, parce qu'il aura refusé le transit de certaines marchandises par tel département, et qu'il l'aura accordé à un autre; contre les ministres de la justice, de l'intérieur, de la marine et de la guerre, parce qu'apercevant les besoins de la France en grand, ils auront, chacun dans ses attributions, refusé l'installation d'une cour royale dans telle ville, ordonné le rétablissement d'un pont sur telle route, au préjudice apparent de telle autre; le curage ou l'armement de tel port, préférablement au port voisin; le déplacement d'une garnison, ou la démolition d'une caserne dans telle ville et sa reconstruction dans une autre, etc. etc. Pourquoi cette dissemblance d'opinions dans des jurés tous nécessairement honnêtes gens? parce qu'ils n'ont de règle que leur conviction; qu'elle se compose d'élémens dont ils ne doivent compte qu'à eux-mêmes, et qu'ils sont susceptibles d'être influencés par des considérations locales. Les tribunaux, au contraire, ne voient que la loi et le délit; leur jurisprudence est uniforme sur tous les points de la France; l'application pénale est, dans un lieu et pour le même fait, la même que dans un autre. Avec eux on sait du moins ce que l'on doit se permettre, et ce dont on doit s'abstenir.

M. VILLIAUME,

En fin, convient qu'il étoit fou.

Oui, j'étois fou, et ce qui étonnera, c'est que je tiens à honneur de l'avoir été, parce que peu d'hommes peuvent aspirer à le devenir par les causes qui ont opéré cette singulière révolution dans mon être moral.

Avant de les rapporter, qu'il me soit permis, en établissant un fait, de justifier cet axiôme: *qui prouve plus, prouve moins*; ce qui, plus tard, me dispensera de justifier de moindres choses, attendu que celui qui prouve avoir, par exemple, tué vingt-cinq hommes de sa main dans une bataille, doit être cru sur parole quand il dit, une autre fois, en avoir tué trois ou quatre.

J'ai parlé de marches forcées, de mes voyages de Troyes à Paris et de Paris à Troyes; de l'Oise, de la Vorse et de la Somme traversées en une seule nuit, lorsque je me rendois à Gand. Voici qui est plus fort: je partis de Mons pour Paris, sous le nom de Jean Dumai, le 13 avril au soir (1815), avec un passe-port aux armes des Pays-Bas, que me délivra M. Auguste de la Motte, intendant de la province, et qu'avoit signé le comte d'Etienne de Lombyse, premier ministre du roi des Pays-Bas. La souche est également là; d'ailleurs, il a été extraordinairement frappé, à Mons, dans la soirée du 13, au timbre noir de dix francs; donc je n'ai pu quitter cette ville que le 13 au soir: le commissaire de police Piquet m'accompagna jusqu'aux vedettes hanovriennes.

J'arrivai, à la grande nuit, à Bavay qui avoit une garnison française. Qui vive? — Belge. — Qui vive? — Belge. — Qui vive? — Belge. Je passai ainsi, avec un front d'airain, devant trois sentinelles. J'entrai chez une dame Deloche-Delcroix, aubergiste, à côté de la poste. Tout l'état-major de la place étoit chez elle; on y buvoit à la santé de l'empereur Un mouvement improbateur, que je remarquai dans cette dame, me détermina à la tirer à part et à lui parler. — « Vous aimez le Roi, Madame? — Ah! si je l'aime; je donnerois ma chemise pour lui. — De combien d'hommes se compose votre garnison? — De douze cents. — Quel est leur esprit? — *Comme-ci, comme-çà :* on leur a donné hier des croix; ceux qui en ont eu sont à Buonaparte, les autres sont au Roi, ou marchent malgré eux. — En attendant que je vous revoie seriez-vous, Madame, assez courageuse pour aller à Mons y rendre, mot pour mot, au général d'Ortberg, ce que vous venez de me dire?— Oui, Monsieur; mais les avant-postes? — Voilà un mot pour les passer. » Elle les passa. Qu'on ne croie pas que mon intention étoit de livrer la garnison de cette ville à ce général; lui-même m'avoit dit que les alliés ne prendroient pas l'initiative. « Nous ne serons plus, ajouta-t-il, si bêtes qu'en 93 ou en 92 (ce sont ses propres expressions); nous voulons voir venir Buonaparte. » Et moi j'aurois désiré qu'il ne vînt pas; j'aurois désiré que l'armée lui fît volte-face, et peut-être serois-je parvenu à l'entraîner, si l'on m'eût laissé faire: la patrie était à Gand; c'était autour du Roi qu'il falloit se rallier; elle n'étoit plus en France depuis que son oppresseur y étoit entré. Qu'avions-nous besoin des alliés quand nous pouvions nous en passer? C'étoit tout uniment d'apprendre ce qu'il en étoit à l'armée que l'on trompoit, et elle eût rappelé le Roi peut-être même sans se déplacer : on verra tout-à-l'heure ce que j'ai fait pour cela, et quels succès l'on pouvoit se promettre des moyens que j'avois fournis; mais il étoit écrit que des ganaches les détruiroient....

Madame Deloche me donna un guide. Le ciel étoit affreux; j'avois le vent contre moi; le tonnerre grondoit, il pleuvoit à torrent, tous les élémens sembloient s'être conjurés pour m'arrêter; la terre elle-même me manqua; nous tombâmes, mon guide et moi, plusieurs fois dans de profondes ornières et dans des fossés de rebords; notre chemin n'étoit éclairé que par les météores produits par la foudre qui éclata deux fois à nos pieds. Sinistres présages des malheurs qui m'attendoient à mon retour, et devant lesquels un ancien eût infailliblement reculé. C'est ainsi qu'accomplissant ma destinée, je traversai seul (mon guide m'avoit quitté) la forêt de Mormant, sans murmurer comme sans souci sur mon avenir, non plus que sur les suites éventuelles du voyage que j'entreprenois.

Me voilà à Compiégne, après avoir bravé mille dangers sur lesquels je reviendrai. Un commissaire de police m'y arrête et me relâche sur le vu de mon passeport : je prends, dans cette ville, à l'auberge dite du Baril d'or, une voiture à deux chevaux : en huit heures j'ai franchi vingt lieues ; je suis à Paris. Je donne CENT francs de pour boire à mon cocher : « Sois discret, mon ami, il existe ici, contre moi, plusieurs prises de corps pour dettes (je ne mentois pas) ; tu recevras, prix convenu avec ton maître, 40 francs par chaque jour que tu m'attendras ; néanmoins tiens toujours tes chevaux prêts à partir.

Il étoit une heure du matin. Nous étions rue du faubourg Saint-Denis, à l'hôtel Sainte-Geneviève. A trois heures, je me rendis chez Laval, épicier, rue du Coq Saint-Honoré, n°. 7 ; j'y fis demander ma femme ; elle vint sur-le-champ, avec sa fidelle servante ; l'une et l'autre ne me reconnurent qu'à mes cicatrices : l'aspect des camps et l'usage des liqueurs fortes avoient donné à ma voix, naturellement douce, un ton rauque et animé ; mon visage étoit bis, je l'avois lavé dans de l'eau d'écorce mêlée avec de la chaux. J'avois encore, dans les narines, deux boulettes de coton qui redressoient mon nez, qui n'alloit plus, comme il va toujours, de gauche à droite. Mon travestissement étoit complet : coupe de cheveux, vêtemens, casquette, tout concouroit à me rendre méconnoissable. Je jetai mes boulettes : si c'est pour elles qu'on musela Malotru, on eut grand tort, elles n'avoient rien de mortel. Comme lui je me débarbouillai, non avec du sel d'oseille, mais avec un savon qui m'est particulier (je lui en garde une écaille) ; comme lui, je cessai d'être brun.

Ma toilette finie, j'envoyai chercher MM. Cluis, aide-de-camp du duc de Rovigo, et Lebreton, membre de la classe de l'histoire ancienne, et secrétaire perpétuel de celle des beaux-arts de l'Institut. L'un d'eux étoit absent : lequel étoit-ce? ce secret ne m'appartenant pas entièrement, je ne pourrai le donner qu'avec des développemens dans lesquels je suis hors d'etat d'entrer ici, et qui d'ailleurs n'y seroient pas à leur place. C'est dans mon *Villiaume réveillé* qu'il faudra le chercher ; mon objet, dans ce moment, est de prouver la realité de mon voyage à Paris, lequel me fut contesté en Belgique, en présence de MM. Dandré et Ressemelé : jusques-là, tout ce que je puis dire, c'est que M. Lebreton étoit intimement lié avec le général Carnot, les ducs d'Otrante et de Rovigo, et que M. Cluis ne leur étoit pas étranger.

J'eus le plaisir de voir, dans la journée, ma mère, ma belle-mère, mes sœurs, mon cousin, M. Ruffin, huissier audiencier au tribunal de commerce, homme justement considéré de madame la duchesse douairière d'Orléans, et de madame la duchesse de Bourbon ; il me rassura sur le sort de ces princesses. M. Gontard, administrateur du *Journal général d'Affiches* vint, dans la soirée, ainsi que plusieurs de mes créanciers. J'avais fait prier M. le général baron de La Rochefoucauld, pair de France, de vouloir bien venir aussi ; mais il n'étoit pas chez lui ; ma femme n'y trouva que son épouse à qui elle communiqua mon passe-port, d'où il suit que j'étois bien à Paris, puisqu'il ne pouvoit y être sans moi.

Une des personnes que j'avois vues, me fit dire, à minuit, que l'empereur etoit informé de mon arrivée par un avis reçu directement de la Belgique; (ai-je eu tort, en disant qu'il y avoit alors, dans les Pays-Bas, plus d'intrigans français qu'il n'y en avoit à Paris?) que le duc d'Otrante ne pouvoit, sans se compromettre, fermer plus long-temps les yeux sur ma présence; qu'il étoit d'ailleurs à craindre que le préfet de police Réal vînt à me découvrir (1); qu'il étoit urgent que je m'éloignasse, etc.

Ma voiture étant à l'angle de la rue du Coq, j'y montai, le 17, à une heure du matin. Je m'arrêtai au Bourget, où j'attendis une des personnes que je n'avois pu voir la veille; elle vint à neuf heures; j'appris d'elle que le jeune marquis de Bro... s'occupoit de l'évasion de Maubreuil, et qu'on fermoit encore les yeux là-dessus; qu'ainsi Buonaparte ne jouiroit pas du scandale qu'il s'étoit proposé de faire, à l'aide de ce prisonnier. Restoit une crainte que j'exprimai: Maubreuil pouvoit être repris; pour qu'il ne le fût pas, il falloit falsifier son signalement; c'est ce que l'on fit.

(1) On peut d'ailleurs demander à M. Foudras si le baron Fain, secrétaire du cabinet de Napoléon, n'écrivoit pas tous les jours à la police qu'on m'avoit vu là et là. Puisque je suis revenu à M. Foudras, je le prie, ainsi que M. Mercier, officier de paix (et ils s'étonneront de me voir si bien instruit), de recevoir mes remerciemens d'avoir tant tardé à mettre à exécution le mandat d'amener donné aux inspecteurs Pourtois et Cauchois pour arrêter, vingt jours avant, à Saint-Germain, les sieurs Charles Dumont, (Maubreuil) et Joseph Narcisse (moi); mais pourquoi n'en décerna-t-on pas un contre Dusies (Dasies)? Et comment sut-on que nous avions pris, à Saint-Germain, des passe-ports sous ces faux noms, puisqu'on ne fut pas même s'en assurer à la mairie, ce que M. Danès, maire de cette ville, peut encore certifier? cela se devine, en même temps que cela confirme tout ce que j'ai rapporté relativement à Judas. Toutefois je remercie encore M. Foudras de n'avoir pas voulu me reconnoître lorsque, le 16 avril 1815, je passai assez près de lui. Il faut, si ce n'est un fait exprès de sa part, qu'il ait la vue bien basse; cependant, loin de l'avoir courte, il passe, au contraire, pour être très-clair-voyant.

N'étant venu que pour pressentir les dispositions de ces messieurs ; n'ayant ni caractère, ni pouvoirs pour m'engager envers eux, et ne pouvant prolonger plus long-temps mon séjour, même aux environs de la capitale, il fut convenu que j'écrirois ou que je ferois écrire aussi-tôt après mon arrivée en Belgique, et que si j'écrivois, j'insinuerois, dans ma lettre, que je n'avois vu personne à Paris ; car il devenoit inutile de dissimuler mon voyage, puisqu'il étoit connu ; le taire eût, en cas de saisie, frappé de suspicion toutes les autres parties de ma dépêche ; l'avouant, c'étoit, au contraire, leur donner un caractère de vérité, et corroborer ma dénégation relativement aux personnes que je disois n'avoir pas vues.

On verra, dans la deuxième partie de cet ouvrage, cette lettre, écrite, comme je l'ai dit, trop tard, et effectivement saisie par Buonaparte. J'aurois pu la faire le 22 avril, à Gand, l'y concevoir mieux et la rendre plus précise ; mais on m'arrêta le 21, à Mons, soi-disant par ordre de ma Cour ; le général d'Ortberg me fit relâcher à un quart de lieue de là ; on m'arrêta encore à Bruxelles ; enfin, on me déporta sans avoir voulu m'entendre, et ce furent les Belges qui me relâchèrent derechef ; ensorte que je n'ai pu l'écrire que le premier juin, au château de Tillier près Namur, où étoit le quartier-général d'une des armées alliées, et par conséquent sous l'influence des étrangers ; mise le 2 à une des postes frontières de France, elle y fut arrêtée. M. Lebreton, à qui je l'ai lue à mon retour, m'a assuré que si elle lui étoit parvenue, le général Carnot l'auroit déposée sur les bureaux des chambres d'alors, et que la révolution des cent jours se seroit terminée par des risées. Qu'eût-ce donc été si je l'avois écrite à Gand ? Au surplus, M. Lebreton n'est pas si éloigné qu'on ne puisse avoir de ses nouvelles en moins de cinq mois, et je ne hasarderois certainement pas un fait de cette nature s'il n'étoit exact.

Après une heure de conférence, je me remis en route avec l'assurance formelle que non-seulement ces messieurs, mais que beaucoup d'autres à qui l'on parleroit, agiroient utilement lorsqu'ils seroient convaincus de n'être pas entraînés dans une échauffourée. Et qu'avois-je à craindre d'eux? N'étois-je point venu pour leur dire : « Je vous ai à tous des obligations ; » je veux m'en acquitter; vous vous perdrez en perdant » la France, sauvez-vous en la sauvant; j'ai vu, et je suis » incapable de vous tromper, les terres de la Belgique » couvertes de troupes, et cependant les Russes, les » Autrichiens, les Bavarois, les Wurtemburgeois, les » Suisses, les Badois, les Sardes, les Espagnols, les » Suédois et les Danois n'y étoient pas ; ces troupes, » maintenant aguerries, ne sont plus celles que nous » avons successivement vaincues. Que voulez-vous? » Parlez, je vais retourner en Belgique, j'y serai votre » interprète, et, en moins de six jours, vos vœux se» ront satisfaits.... »

Je pourrois, si l'on doutoit de mon intimité avec MM. Cluis et Lebreton, l'établir par des lettres. Je préfère la signaler par deux traits qui les honorent également : Malet m'avoit fait proposer d'être de sa conspiration ; je l'en détournai, d'abord parce qu'il vouloit tuer et que je hais l'effusion du sang, ensuite parce qu'elle me paroissoit plus audacieuse que raisonnée : il falloit attendre, mais il étoit, disoit-il, trop avancé pour rétrograder. « Qu'il aille, répondis» je, avec les fous qui le suivront, se faire fusiller » dans la plaine de Grenelle; je ne trahirai pas son se» cret, qu'il garde le mien. » Il le garda. Cependant M. Cluis le sut, par suite le duc de Rovigo : ils le gardèrent encore mieux. Bien d'autres, coupables comme moi, de non révélation, leur ont les mêmes obligations. — J'avois une prise de corps contre l'obligeant et savant M. Lebreton qui, à ma connoissance, usa constamment, pour faire le bien, de son crédit auprès des ministres. Le Régent de Portugal venoit de l'appeler au Bresil ; j'étois dans un absolu dénuement, je fus le trouver : « Je pourrois, mon cher M. Lebreton, » mettre obstacle à votre depart : voilà votre traite, » mon dossier et le jugement qui vous condamne, » je vous rends le tout (1). Partez, soyez heureux » sous le nouvel hémisphère où vous êtes attendu, » veuillez seulement vous souvenir que je le suis peu » sous celui-ci. » M. Lebreton s'en est souvenu.

---

(1) M. Lebreton, largement traité pas le gouverment impérial, étoit néanmoins toujours sans argent, parce qu'aimant à faire le bien, il ne laissa jamais échapper une occasion de rendre service ; il encourageoit les jeunes artistes, qui le regretteront long-temps ; plusieurs d'entr'eux furent aidés de sa bourse : un indigent, une mère de famille malheureuse, ne s'adressoient pas vainement à lui ; voilà le secret de sa pénurie, et le côté par lequel je l'aimais ; délicat à l'excès, il ne voulut pas reprendre ses pièces qui sont entre les mains de madame Ruffin, la procédure ayant été faite au nom de son mari, qui m'accompagna dans cette démarche, et avec lequel j'étois en compte, ainsi je puis toujours les produire ; il en est de même de toutes celles dont j'ai argué à l'appui des faits que j'ai avancés ; elles m'ont toutes suivi et je n'en ai perdu aucune, j'en ai même plus que je n'ai dit.

Un menteur, qui se seroit trouvé dans les mêmes bagares que moi, se targuerait de faits extraordinaires et diroit : « J'ai » perdu mes papiers en passant l'Oise, la Vorse, la Somme, » et en me laissant tomber dans la Lys ; je les ai perdus dans » la débacle de Waterloo ; je les ai perdus à Maubeuge ; je les ai » perdus quand la gendarmerie me conduisoit enchaîné en Bel- » gique ; je les ai perdus à Charenton, les fous me les ont déchirés. » Et moi j'affirme que je les ai tous conservés, que les Alliés m'ont tout rendu, qu'ils m'ont même fait donner, par le concierge de la prison de Maubeuge, et bien qu'ils fussent sa décharge, les ordres de mon entrée et de ma sortie de chez lui, signés du général Latour.

Nous cheminâmes lentement : nos chevaux, qui n'avoient été débridés que pour manger, et qui avoient fait vingt lieues l'avant-veille, étoient extrêmement fatigués. Nous en prîmes d'autres à Compiégne, où nous ne pûmes arriver qu'à onze heures du soir : ils arrivoient de voyage, et étoient également harassés; je ne pus les avoir qu'à trois heures du matin ; c'étoit le 18. Ils me conduisirent d'abord assez bien jusqu'à une lieue en deça d'Escars, et une au-delà de Saint-Quentin. Il y avoit une demi-heure que je m'étais jeté dans la traverse : ce chemin, que j'avois suivi en venant, et que je connoissois parfaitement parce qu'il aboutit à celui que prirent les Autrichiens lorsqu'ils pénétrèrent en France en 92, est impraticable quand il pleut; on l'interdit même, en hiver, de village en village, aux voitures qui le fréquentent; elles sont obligées de séjourner, dans les communes où le dégel les surprend, jusqu'au retour des gelées ou de la sécheresse; et cette incommodité, dont nos journaux ont encore fait mention en 1815, s'étend de Mons à Escars et même en deça, sur une distance de vingt-cinq lieues. Nous n'en avions plus qu'une à faire pour atteindre ce village, nous en mîmes quatre pour la parcourir; c'est assez dire qu'une averse survint, et que la nuit nous surprit.

Notre voiture s'enfonça dans la terre jusqu'aux essieux; nous fûmes obligés de dételer et de la porter. Je pris la partie la plus lourde, le derrière; mon cocher étoit au timon, et cependant, en arrivant chez Pinchon, aubergiste à Escars, ce malheureux, nommé Thiebault, se sentit mal à l'aise; il se plaignit d'abord de coliques, puis d'un point de côté. De retour à Compiégne, son mal redoubla; quelques jours après, il mourut des suites de cet effort. Qu'on juge par là de ce que j'ai dû souffrir, lorsque, quittant la Belgique, cinq jours avant et à pareille heure, je traversai seul, de nuit, et par un temps plus abominable encore, une partie de la forêt de Mormant ou de Mormale, et toutes les terres situées entre Anglaise-Fontaine et Saint-Quentin que je fus obligé de tourner, parce que j'y étais connu des secrétaires de la Mairie, sous les noms de Joseph Narcisse, ainsi qu'on a pu le voir, pages 120, 133 et suivantes. Il n'en étoit pas de même de Compiégne, qui, alors, n'avoit plus de garnison, et à côté de laquelle j'avois d'ailleurs passé en me rendant la première fois à Gand.

Le 19 avril, j'avois encore vingt-trois lieues à faire ponr arriver à Mons; je les fis ce jour-là à pied, et par le chemin que je viens de décrire, portant un sac de quarante livres sur mon dos, laissant des instructions sur tous les points de ma route, fuyant la gendarmerie qui me poursuivoit, me détournant à chaque instant pour l'éviter, et gagnant, sans effort, il est vrai, à notre extrême frontière, deux paysans français que je conduisis, le soir même, avec moi à Mons.

J'avois alors trente-cinq ans. Je n'avois pas dormi depuis le 6 mars; il est du moins physiquement établi que je n'avois pu prendre de repos depuis le 18 de ce mois, à moins que l'on ne prétende que j'en aie pris en me cachant à Saint-Germain, puis en me rendant à pied, en quarante-sept heures, de Senlis à une lieue au delà de Ménin (trajet de ciquante-une lieues au moins, y compris les rivières traversées au gué ou à la nage), ou enfin, en portant les chaînes dont on me chargea en arrivant en Belgique.

J'ai prodigieusement souffert toute ma vie; je souffrois cruellement à cette époque : je quittois tout ce que j'avois de plus cher, ma patrie, et ma femme enceinte de mon premier enfant. Je pouvois ne revoir jamais mon pays; je laissois ma malheureuse épouse sans ressources, un scellé chez moi, des dettes, et les suites qui pouvoient en résulter; mon absence ruinoit mon établissement, et cette absence n'étoit pas volontaire. J'avois été victime de mon dévouement à mon premier voyage, un pressentiment, fondé sur l'avis me concernant, transmis de Bruxelles à Paris, m'avertissoit que je le serois encore à ce deuxième. O Buonaparte! que je maudissois ton retour, et quel ennemi tu t'étois fait en moi!... Penses-tu qu'ignorant les langues étrangères, et sans fortune sur une autre terre que celle qui me vit naître, j'aurois consenti à y traîner ma déplorable existence, loin de toutes les affections de mon cœur? Ah! malheureux, ta puissance, si tu eusses triomphé, ne t'auroit pas dérobé à mon ressentiment; sache que je suis de ces hommes qui se vengent en mourant; de ces hommes qu'il est toujours dangereux de réduire au désespoir. J'ai pu supporter la tyrannie, en être long-temps victime; mais j'étois seul alors, et elle n'alla pas jusqu'à me séparer d'une femme que j'aime de toutes les forces de mon ame... Où vais-je m'égarer? Tu n'aimas pas la tienne (1), peux-tu me concevoir?

Certes, si j'ai, à travers tant d'anxiétés, de fatigues, de contre-temps, de fâcheuses et de pénibles aventures, pu faire, à l'âge de trente-cinq ans, chargé comme je l'étois, écrivant et me détournant à chaque instant, vingt-trois lieues de Flandres en treize heures, on croira facilement que j'ai dû, dans ma jeunesse, en faire davantage, lorsque libre de toutes inquié-

---

(1) Joséphine; il n'en eut jamais d'autres. Abstraction faite de tout dogme et de toute condition, on ne doit pas, lorsqu'on n'a point à s'en plaindre, se séparer d'une femme à laquelle on a uni sa destinée. Joséphine fit celle de ses beaux jours; Marie-Louise, obtenue par la force des armes, l'enivra d'orgueil et fut la cause, bien involontaire, des derniers malheurs de l'Europe : rien, selon lui, ne devoit plus résister à l'homme qui avoit épousé une fille des Césars.

tudes et dégagé de tout fardeau, j'allois gaîment là où l'on me prescrivoit d'aller : le moment de m'expliquer à cet égard n'est pas encore arrivé; peut-être même ne le ferai-je jamais naître; mais on peut, dès à présent, se convaincre, en parcourant la note placée à la fin de ce volume, (1) que j'ai réellement franchi, en treize heures, dans la situation d'esprit et avec tous les embarras que j'ai rapportés, les vingt-trois lieues dont il vient d'être question. D'ailleurs, aujourd'hui que j'ai trente-huit ans, je parie de me rendre encore, de Paris à Troyes, dans le délai spécifié page 56, ligne 16 de cette brochure.

Ma vie fut réellement extraordinaire, soit qu'on la considère sous le rapport de ma constitution physique, que tant de revers et de chagrins n'ont point altérée, bien que j'en aie constamment abusé par l'usage immodéré des liqueurs fortes, et plus encore par ce puissant attrait qui me fit toujours rechercher un sexe que j'idolâtre trop pour l'avoir jamais offensé en lui *manquant de respect....* soit enfin qu'on l'envisage (ma vie) sous ses rapports moraux, dont je m'étonne moi-même, parce que je devrois n'avoir absolument aucune instruction, et que pourtant j'en ai quelque peu, sans que je sache d'où elle me vient, n'ayant pas fait d'autres études que celles que j'ai dites dans mon avant-propos, et n'ayant pas lu quatre pages dans tout le cours de mes détentions sous Buonaparte, ce que peuvent certifier mes camarades du Temple, ceux des différentes prisons d'Etat où j'ai été détenu, et les témoins de mon exil : tous diront que je me promenois constamment en rongeant mon mors; aussi ai-je les dents inférieures entièrement usées.

---

(1) Voir, absolument et à présent, pour l'intelligence de qui suit, la note placée à la fin de ce volume.

J'étois, dans ma captivité, à l'âge de vingt-trois ans, ce qu'étoient les jeunes lions que l'on voyoit à la Ménagerie; j'allois sans cesse d'un mur à l'autre, et de mes barreaux à ma porte, quand je n'avois pas la liberté des cours; et quand je l'avois, je les parcourois sans interruption, avec la rapidité de l'éclair. Aujourd'hui même, je ne puis écrire ni prendre mes repas sans me promener et m'asseoir alternativement : cette agitation me suit jusques dans le sommeil : si je ne rêve, il faut que je remue. Dans le jour, j'écoute et je pense tout ensemble, ce qui me donne souvent un air distrait qui n'est qu'apparent; car personne n'a plus de mémoire et n'est plus attentif que moi à ce que l'on me dit; je n'oublie que ce qu'on me répète cent fois. Je sors à chaque instant, uniquement pour aller et venir; rarement je me fais attendre plus de deux minutes. Toujours debout, même à mon bureau, il semble que je ne puisse exister sans un mouvement continu.

Quant aux liqueurs fortes, l'usage que j'en fis étoit obligatoire : resserré, sans feu, l'hiver, dans un étroit cabanon à Bicêtre, lieu, je dirois presque, malgré sa latitude, le plus froid de l'Europe, il falloit bien m'échauffer par ce moyen si familier aux peuples du nord, et auquel j'eus plusieurs fois recours sur les glaciers de la Suisse. Vrai Cosaque alors et petit-maître aujourd'hui, j'ose à peine convenir (mais il le faut bien, pour qu'on m'administre une autrefois un traitement convenable) que j'ai bu, par gradation, en mâchant ou en fumant continuellement du tabac, jusqu'à quatre bouteilles par jour de ce funeste et mortel liquide. Je ne fus jamais au-delà sans me refroidir, et pour recouvrer la chaleur qui m'étoit nécessaire, j'étois obligé de descendre, en suivant les mêmes progressions, des quatre bouteilles au simple petit verre. Et qu'on ne croie pas que j'en impose :

j'ai connu, à Troyes, un M. Desjardins, neveu d'une dame qui y tient encore un pensionnat; je crois même qu'il habite aujourd'hui Paris; il buvoit aussi beaucoup d'eau-de-vie, ne discontinuoit pas de fumer et qui pis est, mâchoit, en fumant, jusqu'à deux onces d'opium par jour. Mitridate, dit-on, s'étoit accoutumé au poison; je le crois, si l'on ne connoissoit de son tems que le végétal, dont l'effet n'est que de racornir les intestins en les séchant ou en les brûlant, et non du minéral dont la propriété corrosive et tranchante, perce, coupe et déchire toutes les parties qu'il parcoure; et cela me semble si positif qu'aucun animal ne résiste à ce dernier, tandis que beaucoup mangent du premier sans accident, et que la plupart peuvent s'y habituer par tempérament, de même qu'un vase qui éclateroit à l'action subite d'un trop grand feu, en supportera tous les degrés, si après avoir été graduellement cuit, on le présente graduellement à cette action.

Quoique je n'aie cueilli de l'amour que des roses et que leurs épines ne m'aient jamais atteint, on pense bien que je ne sacrifiai pas avec tant d'ardeur à Bacchus et à Vénus, sans que je ne me sente quelquefois entraîné à leur sacrifier encore. Je doute que je puisse, même dans un âge où l'on n'a plus que des réminiscences, déserter entièrement, dans l'un, l'unique consolateur que j'eus dans mes infortunes, et dans l'autre, celle qui me les fit si vîte oublier. Le double culte que je leur rendis dut nécessairement affoiblir mes organes; mais pour obtenir une consultation satisfaisante de Messieurs les docteurs de la première capitale du monde savant, il ne suffit pas de ne mettre sous leurs yeux que ces deux auxiliaires de ma folie, car, petits-maîtres aussi, et la plupart gens de lettres depuis qu'ils ont quitté leurs robes, et laissé leur grec et leur latin à la porte de leurs malades, ils pourroient bien, pour tout traitement, me jouer le tour de me mettre à la limonade, en m'ordonnant d'être, à l'avenir, moins galant avec les dames, ce qui me fâcheroit fort, ne craignant rien tant que de ressembler à ce benêt d'amant qui ne savoit entretenir sa maitresse que du profond respect qu'elle lui inspiroit. « C'est justement par-là, lui ré» pondit-elle avec dépit, que vous ne cessez de m'ou» trager et de me *manquer de respect.* » J'avoue que j'aimerois mieux rester fou toute ma vie, que de m'attirer jamais une semblable réponse. Je veux bien me guérir, mais à deux conditions : d'abord, renonçant aux liqueurs qui ne me valent rien, je désire seulement qu'on ne me mette pas tout-à-fait au même régime que *la Quotidienne;* ensuite, qu'on me permette de n'avoir en tout temps de ce respect qui déplaît aux belles, que pour *Martine, la Gazette,* les bigottes et les vieilles coquettes qui la lisent; toutefois en ajoutant, pour ces dernières, les égards qu'on doit à leur sexe; et pour les autres, un sentiment plus délicat, plus vif et plus appréciateur. Maintenant, développons les causes plus immédiates de ma maladie et, à leur suite, les visions que j'ai eues dans chacun de mes accès.

Arrêté, sous Buonaparte, trois mois vingt-un jours avant le général Moreau, on me transporta subitement d'un monde honnête à Bicêtre, entrepôt de forçats. Cette translation et son motif m'affectèrent vivement : on m'accusoit d'avoir voulu tuer le Consul; je n'en avois pas eu la pensée. Dans les interrogatoires qu'on me fit subir (ils sont des premiers jours de brumaire an 12), on me demanda d'abord si j'avois vu Moreau, rue d'Anjou, ensuite à Gros-Bois : ennuyé de ces questions, je répondis négativement sur la première et, sur la deuxième, *qu'est-ce que c'est de cela Gros-Bois?* Malheureusement ce château étoit observé, et je m'y étois arrêté pendant qu'on changeoit de chevaux à la poste qui est voisine. Avec un peu de discernement, il me fut aisé de voir qu'on surveilloit le général et que déjà on avait résolu sa perte.

Une dame Lie (c'est ainsi que je nommerai cette misérable, parce qu'elle et son mari portent des ames de boue) vint me voir en prison. Elle tenoit alors un hôtel garni près des grandes messageries. Tous les généraux qui logèrent chez elle furent malheureux, notamment Humbert et Ferrant. Le hasard ne m'y conduisit pas; j'y fus entraîné et en quelque sorte porté par ces gens qui s'arrachent les voyageurs, en leur présentant des adresses en descendant de voiture.

Cette femme était belle; j'étois dans l'âge des passions : un sentiment que je dois taire, et dont l'épreuve fut facilement heureuse, détermina la confiance exclusive que j'eus en elle. Après lui avoir fait part des interrogatoires que j'avois subis, je la priai d'aller prévenir le général Moreau de se tenir sur ses gardes. Si elle l'eût fait, il est indubitable que ce général vivroit encore, parce qu'il n'auroit pas été se promener, la tête levée comme il le fit, avec Pichegru sur le boulevart de la Magdelaine. Pichegru lui-même, qui n'étoit pas encore débarqué, et toutes les personnes qui le suivirent, seroient peut-être restées en Angleterre. Au lieu de s'acquitter de cette commission, elle fut trouver le Consul, ce qui me valut une détention qui n'auroit pas eu de fin, sans l'intérêt que prirent à mon sort les maréchaux de Moncey et Murat, les ducs de Cadore, d'Otrante et de Rovigo, le comte de Lacépède, le baron Delpierre, MM. Maret, Bigot-Préamenu, etc.

Voilà pourtant à quoi tiennent les destinées; les miennes, celles du général Moreau, et par suite celles de la France, furent entre les mains d'une coquine...; mais ce que l'on croira difficilement, c'est que cette malheureuse, que j'honorois des noms de bienfaitrice et d'amie, eut encore le talent de me perdre en 1814; voici comment : Lorsque Moreau fut condamné, lorsque ses deux années de prison furent converties en deux ans d'exil, et qu'il fut parti pour les Etats-Unis; lorsqu'enfin je ne pouvois plus rien pour lui, il étoit assez naturel que je songeasse à moi. J'écrivis en conséquence à madame Lie une lettre portant en substance : « Que si j'avois été plus » l'ami de Moreau que du Consul, j'aurois pu pré» venir ce général; que ne l'ayant point fait, je ne » voyois pas pourquoi l'on s'obstinoit à me croire le » partisan de l'un et l'ennemi de l'autre. » Cette lettre, évidemment ostensible, étoit faite pour être communiquée au Consul, au général Savary, et au chef de divison de la haute police qui m'interrogea. Eh bien! madame Lie la colporta, en 1814, au château et chez toutes les personnes qui avoient été attachées au feu général : « Voyez, disoit-elle en se gonflant, » voyez celui qui est cause de la mort du pauvre gé» néral que j'ai tant pleuré; je l'aurois sauvé, si j'avois » eu plutôt ce fatal secret..... »

Mais, malheureuse, tu l'eus à tems pour Moreau, et trop tôt pour moi, puisqu'après l'abus que tu en fis, le Consul, le général Savary et la police ne voulurent pas croire aux protestations du même genre que je leur adressai directement et dans les mêmes termes; d'ailleurs je ne pouvois prévenir Moreau que par toi, puisque je ne voyois que toi; et comment s'est-il fait qu'étant alors au secret le plus rigoureux, tu aies obtenu la permission de m'y voir tous les jours, lorsque l'usage constant de la police est de ne jamais permettre de communications avec les personnes qui y sont retenues? Tu la servois donc la police? et laquelle? infâme! c'étoit celle des Tuileries, et je le prouve, puisque tu n'obtins pas cette permission de la préfecture; j'en atteste le silence des livres de M. Parisot, qui étoit alors dans cette administration, comme il l'est encore aujourd'hui et comme il mérite de l'être toujours, chef du département des prisons. Penses-tu, misérable, que l'ancien concierge de Bicêtre soit mort? lui, les prisonniers d'état de mon temps, les gardiens de cette maison et quelques condamnés même, qui ont plus d'âme que tu n'en eus jamais, peuvent encore certifier la vérité de mes assertions.

Élevé dans les camps, j'ignorois alors toutes ces *roueries;* et quand je les connus, il ne me vint pas même à l'idée de soupçonner madame Lie d'en être capable; d'abord, j'étois aveuglé par l'attachement qu'elle m'avoit inspiré; ensuite, le moyen de soupçonner un femme qui n'avoit eu de secret pour moi que le métier qu'elle faisoit!

La peindrai-je par d'autres traits? M. le comte de Lacépède, touché de mes malheurs, me proposa, lorsque je fus libre, un emploi à le grande chancellerie de la légion d'honneur. Je le priai d'admettre à ma place le jeune Lie, âgé de 13 ans; ce jeune homme ne cessant de m'y calomnier, à l'instigation de ses père et mère, S. Exc. fut obligée de le renvoyer au bout de deux mois et de m'appeler près d'ELLE. — Le mari de cette dame étoit un ancien charon; ils n'avoient rien; ils achètent tout-à coup un mobilier considérable et un hôtel dont ils ont refusé 150,000 francs, bien qu'il n'ait été vendu que 90,000 fr. par expropriation forcée. — Un locataire leur devoit 800 f. ils engagent le sieur Baur, leur compatriote, demeurant rue de Beaune, à lui faire pour 1500 fr. d'habits: ils gardent ensuite ces habits et ruinent ce malheureux tailleur. — Un comte de Commelly, autrichien, épouse une française qui le met en situation de payer ses dettes; ils le font arrêter immédiatement après la célébration de son mariage. — Une dame Fiacardo achète des meubles, les fait entrer chez eux; ils les gardent. — M. Gérard, de Fribourg, me prie de placer, pour son compte, une partie de chapeaux de paille de Florence; je leur remets les fonds que j'en retire, et je suis obligé de les faire une seconde fois. — Une dame Temple, marchande parfaitement établie près le théâtre des variétés, a le malheur de les connoître; ils lui adressent des *chalans* à compte à demi, elle leur fait crédit, se ruine et tous sont amplement fournis pour rien.

Et c'est cette dame Lie, qui aimoit tant le bien d'autrui, qui m'auroit apporté dans l'hiver les fruits de l'automne, et en été les douceurs du printemps? Oh! que non; et qu'elle savoit bien ce qui flatte les prisonniers, ce qui leur convient et ce qui leur est d'un absolu nécessaire lorsque, de prime abord et sans que je les lui eusse demandés, elle m'apporta de larges pantalons, des pantoufles fourrées, des redingottes, une casquette, etc. Ces soins de sa part, décèlent en elle une grande habitude des prisons, aussi étoit-elle connue de tous les concierges et de tous les guichetiers d'une lieue à la ronde.

Depuis long-temps il n'existoit plus, entre elle et moi, que des rapports d'amitié de mon côté, lorsque, sur son invitation, je me retirai chez elle, en 1814, afin d'y être plus tranquille pour y écrire mes mémoires. Je lui donne, en arrivant, de l'argent pour m'avoir à déjeûner; à midi, je n'avois encore rien « — Vous m'avez oublié, madame Lie? — C'est vrai « monsieur Villiaume; je vais envoyer Michel (son « fils) chercher de suite ce que vous avez demandé. » A quatre heures, rien n'étoit également venu : — « Mais, madame Lie.... — Mon Dieu, monsieur Vil-

» liaume, Michel sera allé voir faire l'exercice aux » Russes; j'attends Baptiste (son autre fils) et je » l'enverrai sur-le-champ. » La nuit vient, madame Lie m'apprend qu'on n'a rien pu se procurer, que tous les restaurateurs sont épuisés. Je compte sur mon tempérament, je me couche sans rien prendre.

Mon sommeil est interrompu par quelques coups que je crois qu'on frappe à ma porte; je vais ouvrir, je ne trouve personne. Je me remets au lit; je ne me suis pas plutôt assoupi, que de nouveaux coups me réveillent: je me relève encore et toujours personne. Je prends alors la résolution de ne pas dormir, et d'être attentif à ce que j'entendrai: on bat, à sec, une marche qui me semble exécutée sur la partie extérieure des cloisons de ma chambre. J'entre chez madame Lie: « Faites donc, lui dis-je, finir vos enfans? (Le bruit avoit cessé et il cessoit chaque fois que je me levois. — « Mais ils dorment, monsieur » Villiaume; » Et effectivement ils dormoient. Je me recouche; je succombe à la résolution que j'avois prise de ne pas me rendormir: un bruit semblable à une masse qui tombe sur le plancher, me reveille de rechef; j'entends ensuite, très-distinctement, les sons et les variantes d'un harmonica; je n'entends plus rien lorsque je suis levé; pourquoi? parce qu'entendant que je me levois, on arrêta l'instrument; et d'où partoit tout cela? d'une chambre placée sur l'escalier, en face de la mienne, et qu'on m'avoit dit être habitée par un vieux garçon. J'exprime le désir de la voir: *il avoit emporté sa clef à la campagne, où il étoit allé passer une semaine....*

Le lendemain et les jours suivans, mêmes répétitions, sous différens prétextes, pour ma nourriture, et mêmes répétitions dans les bruits de la veille; m'en plaignois-je dans le jour? on me répondoit que j'avois rêvé; rêvois-je aussi lorsque, bien éveillé, je m'aperçus que mes hôtes dormoient toute la journée? (ceci est à la connoissance de ma femme,) Que faisoient-ils donc dans la nuit, et sur-tout comment faisoient-ils pour vivre puisque, ruinés depuis six ans, ils n'avoient plus, pour exister, que leur travail et les médiocrités que je pouvois leur donner? Saisis alors jusques dans leurs meubles, comment, en les conservant, firent-ils pour en acquérir en même temps de nouveaux?

Mais, dira-t-on, rien ne vous obligeoit à rester chez eux? vous pouviez aller prendre vos repas ailleurs? Cela est vrai *jusqu'à un certain point*, ainsi qu'on le verra tout-à-l'heure; mais je ne pouvois rester chez moi, et il eût été trop incommode de transporter mes papiers autre part; quant à mes repas, on ne cessoit de me les annoncer : « Vous vous en allez, monsieur Villiaume? voilà votre dîner qui va venir. » En l'attendant je me remettois à écrire; le demandois-je lorsque j'avois cessé de travailler? on m'apprenoit qu'on l'avoit renvoyé pour qu'on le tînt chaud, ou bien on avoit eu soin de prendre des mets qu'on savoit que je n'aimois pas; c'est ainsi que la fin du jour arrivoit toujours; en revanche, on ne me laissoit pas manquer de *vin blanc*, parce que le rouge étoit, disoit-on, trop mauvais dans le quartier.

Quand on n'a que ce liquide pour restaurant, l'estomac se vide et le cerveau se creuse. Je me porte fort d'aliéner, avec un régime et des procédés semblables, l'homme le plus robuste. Je tombai donc malade. Que falloit-il pour me rétablir? les antidotes de mon mal : une nourriture saine et abondante, du repos et la présence fréquente de ma femme, que j'aime trop pour pouvoir en être long-temps séparé. Au lieu de cela, on me conduisit chez *Riche*-empirique où, à l'exception du vin blanc qu'on remplaça par dés bains froids (1), on me mit absolument au même régime que chez les Lie, jusqu'à l'arrivée de M. Royer-Colard, qui ne fut appelé, comme je l'ai dit, qu'au bout de six jours, et lorsque le mal étoit à son comble.

On fit plus; on me refusa du tabac, et la privation de cette plante eût seule suffi pour m'aliéner, la longue habitude que j'ai d'en prendre étant dégénérée chez moi en un impérieux besoin. Demandois-je de l'eau? (et je payois 210 fr. pour en avoir !!!.......) *Tout de suite*, me répondoit-on, avec cet accent qui irrite, et on ne m'en apportoit point, ce qui m'irritoit encore davantage. Je me souviens qu'ayant un jour, avec mes seules mains, cassé mon volet, ébranlé un de mes barreaux et enfoncé ma porte, je me précipitai sur un baquet rempli d'eau de pluie : j'en bus avec avidité et je me trouvai mieux. Quelquefois, pour me rafraîchir, il m'arrivoit de me coucher à plat et nu sur le pavé de ma loge; un feu dévorant me brûloit les entrailles; et qui l'attisoit? madame *Riche*-empirique, qui semble n'être grasse que du plaisir qu'elle prend à tourmenter ses pensionnaires. Lui témoignois-je l'envie de voir ma femme? *Qu'a-t-elle besoin d'un fou comme vous?* étoit son unique réponse; souvent elle y ajoutoit des sarcasmes qui étoient de nature à me faire douter de sa vertu (il y a ici une équivoque, je la laisse); et quand elle m'avoit bien irrité, elle envoyoit chercher le commissaire de police de la rue Amiot (en juin 1814) « Voyez, lui disoit-elle, c'est M. Villiaume; il p.... au lit (mensonge) et il dit qu'il n'est pas fou. » Je me rappèle que, doutant de tout, je priai ce fonctionnaire, que je ne connoissois point et que je n'ai pas revu depuis, de

(1) Ils ne me valaient rien et ne devoient me rien valoir, puisque, dans aucun cas, on n'en donne à Charenton, et que les médecins de cet hospice s'y connoissent.

me montrer, pour que je croie à sa qualité, ou son écharpe ou sa commission, et qu'il me répondit que cela n'étoit pas nécessaire; que je devois l'en croire.

Or, si je me souviens de cette particularité qui eut lieu avant l'arrivée de M. Royer-Colard, si je me souviens que ce docteur me trouva dans un grand trouble et une extrême agitation, la première fois qu'il vint me visiter; si je me souviens qu'ayant permis à ma femme de me venir voir, je profitai de l'instant où elle causoit avec lui, pour arracher, dans une allée, un banc de bois qui y étoit fixé, que je le dressai contre un mur de clôture sur lequel je montai, et qu'en sautant dans le jardin voisin, je m'enfonçai dans une pile de cloches de verres, d'où je me serois encore tiré, si l'on m'en avait laissé le temps; si je me souviens d'avoir été, la veille de mon entrée chez *Riche*-empirique, dans la salle des huissiers de M. le comte Beugnot, alors directeur de la police-générale, d'y avoir dit et écrit des bêtises; d'avoir ensuite été aux bains Poitevin y dire pareillement des bêtises et y demander un sténographe; d'avoir rencontré, en y entrant, M. le baron Delpierre, qui me trouva les yeux un peu hagards, puis d'être allé de là chez M. Lebrun, notaire, près Saint-Sulpice; d'y avoir fait dresser, par son collaborateur, un acte qui n'avoit pas le sens commun, et à l'occasion duquel maître Lebrun vint me voir le lendemain chez madame Lie; si je me souviens qu'une demoiselle Lefebvre, qui prit pitié de moi, me passa plusieurs bouteilles de vin, chez *Riche*-empirique; si je me souviens de tout ce qui eut lieu entre ma mère, ma soeur et lui, lorsqu'elles vinrent me chercher (1), il est évident

(1) Il ne pouvoit pas, disoit-il, me laisser sortir sans un ordre de ma femme : depuis quand les femmes ont-elles de l'autorité sur leurs maris? N'étois-je pas le chef de la commu-

que je dois me rappeler aussi de tout ce qu'on me fit souffrir chez lui avant l'arrivée de M. Royer : je pourrois même dire que ma folie n'étoit que factice ; qu'en me la communiquant on ne m'avoit qu'étourdi, et qu'une nuit de repos, ainsi que je l'ai dit ailleurs, auroit suffi pour me rétablir.

Je soutiens donc, sur l'honneur, que tout ce que je viens de dire est vrai ; je soutiens en plus que *Riche*-empirique, qui passe pour professer la doctrine du magnétisme, entra dans ma loge, un jour

---

nauté ? Madame Villiaume pouvoit-elle disposer de moi sans le concours d'un conseil de famille ? Et quel rôle lui faisoit-on jouer en abusant d'un côté de sa crédulité, et en m'assassinant de l'autre ? Le dirai-je ? Révolté de tant d'horreurs, je m'étois emparé, dans le jour, de la broche d'une cuisinière ; et si ma mère et ma sœur n'étoient point venues, j'aurois fait, le soir même, un carnage épouvantable dans ce repaire : *Riche*-empirique et sa femme, et tous ceux qui m'auroient résisté seroient tombés sous mes coups. Je me serois ensuite rendu chez le garde-des-sceaux : « Monseigneur, lui aurois-je dit, donnez-moi des jurés : je n'aurai rien à redouter, si je leur parle avec calme et avec une raison soutenue. » Cette broche je l'ai emportée chez moi, et j'ai des témoins qui me l'ont vu reporter chez *Riche*-empirique : d'ailleurs la police de Buonaparte n'a pas oublié ce que je fis à la Force, lorsque ne pouvant plus, d'après les protestations du ministre de l'intérieur (duc de Cador), me prétendre en démence, on me transforma en criminel d'état, en me transférant, il y a 10 à 12 ans, de Charenton dans cette prison, comme si l'on pouvait avoir une opinion politique et être en démence tout ensemble : l'abus du pouvoir étoit ici trop grossier ; ne pouvant invoquer des lois devenues muettes pour moi, je me constituai dans mon état de nature ; je fis de mon individu une société à part ; j'opposai la force à la force ; je faillis tuer un gardien qui ne voulait pas me laisser sortir, et le lendemain je fus libre ; j'aurois tout tué, que *prudemment* on m'aurait encore mis dehors : tenons fortement et toujours à l'institution libérale des jurés, à l'inamovibilité des juges et nous n'aurons jamais rien à craindre.

que j'étois épuisé par le jeûne et la fièvre qu'il m'avoit donnée avec ses bains froids; que me trouvant sur mon grabat, il me dit de me mettre sur mon côté droit et de hausser ma tête, ce que je fis : « Un peu » moins, me dit-il; là, bon; restez comme vous » êtes; regardez fixement par votre fenêtre, je revien- » drai dans une heure (il ne revint pas); vous me » direz ce que vous aurez vu et entendu. »

C'étoit à la brune : la nuit vint immédiatement après; j'entendis très-exactement ce que j'avois entendu chez madame Lie : même mesure dans une marche battue à sec, même jeu dans un harmonica qui me parut placé dans la loge voisine de la mienne, mêmes voix que celles que j'avois ouïes chez madame Lie et dont je n'ai pas encore parlé. Une pluie, qui n'étoit point d'orage, tomba devant ma croisée; trois causes mefirent juger qu'elle étoit factice : 1°. elle n'avoit pas cette odeur sulfurique (le terme n'est peut-être pas le mot propre) que donne à la pluie naturelle l'electricité qui se trouve dans l'atmosphère; 2°. elle tomba d'abord à quelques pieds de ma croisée, et s'en rapprocha en vacillant de droite à gauche, ce qui ne put être produit par le vent, puisque l'air étoit calme; 3°. je distinguai parfaitement, à l'ouïe, qu'elle embrassoit un espace très-resserré, puis, à l'œil, (à la faveur d'éclairs également simulés) qu'elle décrivoit des courbes en tombant, et comme elle finit par deux seuls jets, je conjecturai qu'on s'étoit servi de deux arrosoirs de jardin pour exécuter cette merveille: les éclairs, opérés par la réflexion d'une bougie ou par de la poudre allumée, me parurent lents et pâles, le tonnerre trop raproché et d'ailleurs sans échos. J'étois au rez de chaussée; tout cela se faisoit au premier. On vint fermer mon volet, sans se montrer et sans me rien dire. Je vis que j'étois joué, et qu'on se jouoit inhumainement de ma femme en l'écartant de moi.

Je m'étois endormi ; je fus brusquement réveillé ; j'entendis parler, aller et revenir au-dessus de moi ; mon volet n'étoit plus fermé ; ma chambre fut simultanément éclairée sans que je susse d'où venoit la lumière à laquelle l'obscurité succéda rapidement ; je vis ensuite et très-distinctement, à la lueur d'une clarté moins vive, des hiboux voltiger devant ma croisée, toutes sortes de figures paroître et disparoître sur mes murs ; des manequins, d'abord très-petits et très-éloignés, prendre une forme colossale en approchant, puis se perdre dans la nuit.

On vouloit m'effrayer ; je n'eus jamais peur (1). Des

---

(1) J'en atteste le général Latour : lorsque j'entrai dans Maubeuge, il fit prendre les armes au poste ; je crus, à l'humeur qu'il témoignoit (sans doute pour mieux déguiser l'envie qu'il avoit de me protéger), qu'il vouloit me faire fusiller ; je découvris aussitôt ma poitrine, et je dis aux soldats de tirer.— Etant à lui écrire en prison, un éclat d'obus emporta de ma main, à la vue de mes gardes, la plume dont je me servois : j'en pris une autre et je continuai ma lettre, sans même me déplacer.— Le tout est de bien vivre. En me créant, l'auteur de toutes choses, dont la puissance ne peut être bornée, ne connoissoit-il pas le jour et l'heure où je devrai cesser d'être ? Puis-je tromper sa prescience en me dérobant à ses éternels décrets ? Et puis, la mort, ce terme commun de tous les hommes, est-elle un mal ? La vie est-elle un bien ? Qu'aurois-je perdu, si j'étois mort en naissant ? Trente-huit années de souffrances continues et non méritées : puis-je espérer un avenir plus heureux ? Ah ! jamais homme n'eut autant que moi tout ce qu'il faut pour se le promettre : épouse aimable et jolie, bel enfant, santé, établissement agréable, désir constant de bien faire ; mais j'ai des dettes, suite nécessaire et forcée de mes nombreux malheurs. Puis-je, quand je dois, et lorsque mes créanciers me tourmentent, me livrer aux plaisirs ? Le puis-je, sur-tout, quand je pense que je laisserai peut-être ma femme, l'être le plus parfait, et mon fils dans une affreuse misère ?... Ce sont les événemens qui ont détruit mes espérances ; moissonné de bonne heure par eux, je n'ai du moins pas à me reprocher de m'être laissé abattre : la fin de cet ouvrage le prouvera.

voix sépulcrales, des voix féminines, des voix épouvantables m'apostrophoient, dans le lointain, avec l'accent de la douleur, du désespoir et d'une haine vengeresse ; elles sembloient se grossir en s'avançant ; c'étoit une mère qui me reprochoit la mort de son fils, une épouse celle de son mari, un mari celle de son épouse, une sœur celle de son frère. Je les démentis toutes ; déjà j'avois jeté mon pot de chambre contre les ombres.

Reconnoissant du *Perlet* dans les reproches qui m'étoient adressés, de la ventriloquie et de la fantasmagorie (1) dans les moyens dont on se servoit,

(1) La fantasmagorie étant née de la lanterne magique, je dois d'abord décrire le mécanisme de celle-ci, avant d'expliquer les effets produits par l'autre : elle consiste en une boîte, vers le fond de laquelle est une lumière dont les rayons sont reçus par une lentille qui les rassemble et les fait tomber plus dense sur un verre plan et mince, où l'on a peint diverses figures. L'effet de cette première lentille se borne à bien éclaircir les figures qui doivent être dans une situation retournée. En avant du verre plan est une seconde lentille, à travers de laquelle se croisent les rayons envoyés par différens points d'une même figure, en même temps que la réfraction les détermine à sortir parallèles. Ces rayons passent ensuite par une ouverture circulaire, faite dans un carton placé convenablement, et tombant sur une troisième lentille, que l'on peut éloigner ou rapprocher à volonté de la seconde, au moyen d'un tuyau mobile, à l'extrémité duquel elle est fixée.

Les rayons qui ont traversé cet appareil, produisent, sur une muraille ou une toile blanche, placée à l'opposé, une copie en grand des figures tracées sur le verre. Cette copie est plus ou moins brillante, d'un grandeur plus ou moins considérable, suivant que l'appareil lui-même est plus ou moins éloigné du mur ou de la toile où se peint le tableau.

Les physiciens, en modifiant la construction et le jeu de la lanterne magique, l'ont tranformée en un autre instrument, auquel on a donné le nom de fantasmagorie. Ici le mécanisme est dérobé aux yeux des spectateurs : une toile verticalement ten-

de l'absurdité dans les questions qu'on me fit sur une infinité de personnages, spécialement sur un général auquel j'eus, dans ma jeunesse, les plus grandes obligations ; je pris le parti d'apostropher à mon tour mes bourreaux, de les traiter de lâches et d'infâmes brigands ; mais on revint à la charge le lendemain, et

due où les objets se peignent par transparence, les sépare de l'appareil, et c'est de cet appareil que vient la seule lumière qui pénètre dans l'appartement.

Lorsqu'on a voulu employer la fantasmagorie pour produire des impressions de terreur, on y a joint des accessoires qui saisissent l'imagination : on a tapissé de noir et jonché d'os de morts, le lieu de la scène ; les sons lugubres et pénétrans d'un harmonica ont seuls interrompu le silence morne des initiés ; on a montré des spectres qui d'abord extrêmement petits et paraissant dans un lointain immense, se sont accrus tout-à-coup, et ont semblé s'avancer à grands pas vers les spectateurs.

Ces spectres sont produits par des figures tracées en couleurs transparentes, sur des lames de verre noircies dans les parties qui servent de fond, de manière à intercepter la lumière qui les traversoit. Au moyen de la mobilité des différens verres qui composent l'appareil fantasmagorique, on fait varier la grandeur des images qui se peignent sur le tableau. L'appareil entier peut se déplacer sans que les spectateurs s'en aperçoivent, et leur imagination, trompée par l'expérience ordinaire des objets qui semblent grandir en approchant, leur fait voir des spectres toujours plus prêts à les saisir, à mesure qu'on éloigne de la toile les petites lames de verre peintes qui produisent les illusions.

Quelquefois, au milieu des salles de spectacles de fantasmagorie, on voit voler des hiboux, des chauves-souris, des têtes encore revêtues de chair, et des crânes desséchés ; le mécanisme est là encore plus simple : ces divers objets sont autant de lanternes sourdes, qu'on porte avec précaution, soit à la main, soit au bout de supports faits exprès, et dont on fait encore paroître ou disparoître la lumière à volonté. Au moment de l'apparition, la surprise suspend toute autre faculté : dès qu'on veut examiner, la lumière a disparu et l'on ne voit plus rien.

mon affoiblissement étoit tel, qu'enfin je succombai. Je convins donc, pour sortir de cet enfer, de tout ce qu'on voulut, même que les grenouilles avoient des queues et les tortues des ailes, sauf, comme je l'ai dit, à les couper plus tard, et c'est ce que je ferai dans mon *Villiaume réveillé*, en racontant tout ce que je suis forcé de passer ici sous silence, le défaut de fonds m'obligeant d'ailleurs d'abréger ce volume.

J'étois pur, ainsi cette épreuve se réduisit au mal qu'elle me fit; mais je suis intimement persuadé qu'un criminel ne la supporteroit pas sans avouer son crime, Supposons, lecteur, que vous m'ayez assassiné, que mon cadavre ait disparu, que vous l'ayez jeté dans une mare, qu'ensuite, et pour plus de sûreté, vous l'en ayez retiré pour l'enterrer dans un bois voisin : vous êtes soupçonné de mon meurtre, on vous arrête, la preuve manque, vous la fournirez. D'abord, vous rêverez mentalement de moi, parce qu'il est dans notre nature de se retracer en songe les objets qui nous ont imprimé de la terreur dans le jour; mais si l'on tourmente votre sommeil, si votre agitation devient extrême, vous rêverez haut; et si, en rêvant de cette manière, vous dites : *J'ai eu tort d'enterrer M. Villiaume dans le bois; j'aurois dû le laisser dans la mare;* si l'on me retrouve ensuite dans l'endroit par vous désigné, et s'il est constaté qne mon corps a séjourné dans l'eau avant d'avoir été enterré, il est évident que vous êtes mon assassin, parce que s'il est possible de rêver des vérités connues et même, par pressentiment, des événemens qui se réalisent plus tard, il ne l'est pas de pouvoir rêver le secret d'un autre. Vous pourrez bien, aussi par pressentiment, indiquer le coupable, parce que vous auriez pu, par les mêmes causes, l'indiquer dans le jour, mais jamais les circonstances du crime; il n'y a que son auteur qui puisse les expliquer avant leur découverte.

J'ai dit ailleurs qu'immédiatement après être sorti de chez *Riche*-empirique, j'y vins achever mon mois, afin de m'y procurer, par une inspection locale, des éclaircissemens sur les infamies qu'on y pratiqua à mon égard; la preuve de leur réalité résulte encore :

1°. De la joie qu'il fit éclater en me revoyant : d'où put-elle naître? Ce n'était assurément pas de la dépense que je venais y faire en pure perte pour lui, puisque n'ayant plus rien à recevoir de moi, il auroit pu bénéficier des huit jours qui me restoient à faire, et dont il ne me devoit aucun compte; cette joie lui vint donc de ce qu'il me crut sa dupe?

2°. Il me donna, sur-le-champ, la chambre la plus belle et la plus commode de sa maison; pourquoi, le matin, avant l'arrivée de ma mère et de ma sœur, ne me l'avoit-il pas donnée? pourquoi s'opposoit-il encore à ce que je visse ma femme? auroit-il pensé que j'étois fou trois heures avant, et qu'en respirant le grand air, j'avois subitement cessé de l'être?

3°. Pourquoi reçus-je, le surlendemain, la visite de trois médecins qui se dirent envoyés par la direction générale de la police, pour constater mon état? A quel propos me prièrent-ils d'apposer ma signature à un procès-verbal fait d'avance? Depuis quand la police s'occupe-t-elle des pensionnaires placés librement, ou par leurs parens, dans des maisons particulières de santé, lorsqu'elle ne s'occupe pas même de ceux que les familles mettent à l'hospice royal de Charenton, qui pourtant est un établissement du Gouvernement? C'étoit (*on peut en concevoir le motif*) ma signature que l'on vouloit avoir : j'en avois assez vu; je me retirai sans la donner. Qu'est devenu ce procès-verbal? que contenoit-il? quels étoient ces médecins vrais ou prétendus qui me le présentèrent? s'ils n'étoient du complot, ils ont été, comme M. Royer-Colard, le commissaire de police de la rue Amiot, et ma femme, dupes d'un exécrable forfait. C'est à pauvre-*Braque* ou à *Riche*-empirique à les nommer; je l'en somme.

Quant à Mme. Lie, elle m'envoya, sans commentaire et sans mot d'accompagnement, quelques jours après ma rentrée définitive chez moi, une copie écrite, par la main d'un de ses fils, de la lettre que je lui adressai, en l'an 12, après la condamnation du général Moreau (voir page 229). N'étoit-ce pas me dire: *Je puis abuser de la pièce originale; payela moi!....* Cette particularité, qui ne laisse pas que de fortifier tout ce que j'ai dit relativement aux *Riche*-empirique, me suggéra l'idée de prendre enfin des renseignemens sur ce monstre féminin: ils eurent les résultats qu'on a vus.

Passons à un autre: Je rencontrai sur la place Vendôme, le 1er. mai 1814, un nommé Guyot-Lagrange, ancien adjudant général de Dumourier; je l'avois connu au Temple; il étoit alors homme de bien; mais s'il est des individus que le malheur élève, il en est qu'il dégrade: Guyot étoit du nombre de ces derniers sans que je le susse; transferé du Temple à Sainte-Pélagie, il s'y étoit corrompu.

Après l'avoir félicité sur sa délivrance, je lui offris ma bourse, mes amis, un salon parfaitement meublé chez moi, une chambre à coucher et un cabinet d'étude. (j'étois alors moins malheureux qu'aujourd'hui.) Il étoit absolument nu. Pour le présenter d'une manière décente à ma femme, je le fis habiller au Palais-Royal, et botter chez Suire, passage de Ratziville. Le lendemain il me chargea d'un jokei qu'il amena pour le servir; le surlendemain d'un secrétaire qu'il appeloit *intime;* le jour suivant, de sept à huit convives et ainsi de suite durant un mois: Monsieur avoit alors du crédit; on lui demandoit des apostilles pour tous les ministres ; il n'en refusoit à personne. Ma maison ne désemplissoit pas ; on ne s'y entendoit plus ; voilà pourquoi je fus obligé de me retirer chez la Lie, d'où je lui écrivis de vouloir bien chercher un appartement ailleurs que chez moi, parce qu'il s'y conduisoit mal.

Il avoit connu, à Sainte-Pélagie, un M. Sauvegrain, marchand boucher, établi rue Traversière Saint-Honoré, et en avoit reçu toutes sortes de services. Ce M. Sauvegrain avoit deux nièces ; il fut lui en demander une en mariage. Ces demoiselles n'avoient, entre elles deux, que 7,000 fr. provenant de leurs économies ; elles convinrent que cette somme appartiendrait à celle d'entr'elles sur qui tomberoit le choix du prétendu général. On vouloit bien recevoir de lui les bijoux, les parures et la dot, car il s'étoit dit riche ; mais il eût été trop humiliant de lui devoir jusqu'au trousseau, des bas, des chemises, par exemple. Il me semble voir ces demoiselles se disputer à qui sera la générale Guyot ; l'aînée dire à la cadette : *c'est moi qu'il préférera*, et la cadette répondre à l'aînée : *non, ce sera moi.*

En homme adroit, il se prononça pour l'aînée, parce qu'elle exerçoit sur ses parens plus d'influence que l'autre, ce qui n'empêcha pas qu'elles ne fussent toutes deux *guyotées ;* on va me comprendre. Logé chez moi, cet intrigant-escroc leur dit d'abord qu'il y étoit chez lui et dans ses meubles ; ensuite il fabriqua une lettre signée Cassenove, banquier à Londres, qui lui annonçoit l'envoi de 100,000 f. sur 3 à 400,000 qu'il disoit avoir placés dans cette maison avant son arrestation ; mais la fin du mois étoit encore bien éloignée. Il lui falloit des habits de cour, où il ne pouvoit se rendre à pied ; quelque chose manquoit à son ameublement qu'il vouloit compléter ; en un mot, il fit si bien qu'on lui compta les 7,000 fr., qu'à la vérité il devoit remplacer à l'arrivée de ses fonds ; malheureusement, il ne lui vint pas, et ces demoiselles qui n'ont plus une obole de leurs épargnes, sont encore à marier ; c'est ainsi qu'elles ont été toutes deux *guyotées*.

Cependant, pour avoir leur argent, il étoit allé jusqu'à faire publier ses bancs ; j'ignore même s'il n'auroit pas passé outre, sans l'arrivée de la véritable madame Guyot, son épouse légitime ; cette dame, qui croyoit aussi que son mari étoit logé chez lui, et qu'il devoit être appelé à un poste éminent, sous le nouvel ordre de choses, rêva apparemment dans le coche qui l'amena de la province à Paris, qu'il falloit débuter par un grand coup de théâtre, en entrant chez son noble époux ; elle sonna donc en maîtresse ; j'étois dans mon anti-chambre, je lui ouvris la porte, et, sans m'appercevoir, elle lança, dans l'appartement, un jeune homme d'à-peu-près 14 ans, en s'écriant : *Guyot, voilà ton fils !....*

Cet enfant qui n'avoit pu connoître son père, détenu depuis 14 ans et demi, me sauta aussi-tôt au cou, m'enlaça avec ses bras et ses jambes, de façon que je ne pouvois plus me défaire de lui : « Je t'en prie, mon » papa, prends pitie de ma pauvre maman et de moi ; » ne nous repousse pas, etc. » Ma femme qui étoit encore dans son lit d'où elle voyoit tout ce qui se passoit, la porte de sa chambre étant ouverte, se mit sur son séant : « Eh ! mon Dieu », se disoit-elle avec d'autant plus de fondement qu'il y a quelque similitude dans la consonnance de *Guyot* et *Villiaume* mal prononcé : « Eh ! mon Dieu ! est-ce que mon mari auroit un enfant naturel dont il ne m'auroit pas parlé ?.... » De son côté, madame Guyot restoit ébahie, toujours sur le palier, les bras tendus et dans la même posture, au milieu d'un groupe de domestiques, dont je fixois l'attention ; elle voyoit bien que je n'étois pas son mari, qui ne me vient qu'au coude; mais elle avoit presque perdu l'usage de ses facultés. Je n'avois encore pu me dépêtrer de l'enfant, dont les larmes, les instances et les cris discordoient avec cette pantomime ; tous les yeux se tournoient sur moi ; on s'imagineroit difficilement mon embarras : j'avois aussi entendu *Guilliaume ;* enfin Guyot vint mettre fin à cette comédie : « C'est bon, dit-il, c'est bon ; c'est moi qu'on demande.» La mère et le fils entrèrent avec lui dans mon salon ; et comme je n'ai jamais écouté aux portes, j'ignore ce qui se passa entre eux.

Guyot, Guyote et Guyotin s'étoient à peine retirés qu'un fourbisseur entra ; il lui avoit fourni des épaulettes à *crédit;* s'adressant à moi : —» Votre maître y est-il, monsieur ? — Comment, mon maître? Je le suis ici. — Je vous prenois pour le valet de chambre du général? — Bah! le général est là ; entrez, vous lui parlerez. » Ma femme m'apprit, que la veille, on l'avoit prise pour la dame de compagnie. Se pourroit-il, lui dis-je, que Guyot abusât de l'hospitalité que je lui donne, jusqu'à insinuer qu'il est ici chez lui et que nous sommes ses valets ? Je ne pouvois le croire : je n'étois pas encore informé du tour qu'il avoit joué à M. Sauvegrain. Sa femme et son fils vinrent à sortir; l'air de protection avec lequel elle me salua en me disant : *Je vous ai un peu intrigué ; mais je réparerai cela ; je parlerai pour vous au général*, me mit hors de moi. Je résolus d'avoir le soir même une explication avec lui; la difficulté étoit de le joindre, rentrant très-tard ; il ne sortoit jamais seul, et, dans la journée, il avoit toujours vingt personnes au moins avec lui ; il sembloit, par le bruit que l'on faisoit continuellement chez moi, que l'on vouloit m'en éloigner ; je le repète : mon intérieur n'étoit plus habitable, et c'est ce qui me détermina à me retirer chez madame Lie, d'où je lui écrivis.

Il demanda huit jours à ma femme, qui lui furent accordés, et durant lesquels il passoit deux ou trois heures à écrire tous les matins avec Perlet. Je les vis plusieurs fois l'un et l'autre chez madame Lie, sans qu'ils y fussent venus pour me parler ; c'étoit toujours dans une pièce du fond qu'ils se retiroient avec elle, et très bas qu'ils s'entretenoient.

J'étois chez *Riche*-empirique depuis quinze jours; il y en avoit vingt que j'avois quitté ma maison, et Guyot Lagrange y étoit encore; il n'en sortit que lorsque ses nombreuses escroqueries commencèrent à se découvrir ; que fit-il alors ? Il passa chez ma sœur, madame Barthelemy, joalière au Palais Royal, feignit d'avoir oublié sa montre chez moi, emprunta celle de mon beau-frère, qui est encore à l'attendre.

Lorsque j'arrivai, la première fois, en Belgique, il n'y eut, ainsi que je l'ai dit, que le duc de Berri et le comte de Fontanes qui se prononcèrent d'abord pour moi, S. A. R. m'envoya chercher par le lieutenant-colonel Leroi, aujourd'hui major de la gendarmerie de la Seine; mais parmi les réfugiés qui étoient à Gand, se trouvoient des hommes pour lesquels c'est un crime d'être seulement en prévention, et toujours un très-grand tort de n'avoir pas, comme eux, le bonheur d'être né noble; ceux ci élevèrent des doutes sur mon compte, d'autres les combattirent; l'opinion des premiers dut prévaloir : il est si naturel de se prévenir contre un malheureux que la gendarmerie conduit enchaîné! Dans ce conflit, quelqu'un se souvint que Guyot-Lagrange avoit demeuré chez moi ; c'est, dit-il, de le consulter, et c'est ce que l'on fit. Ce misérable ignoroit sans doute que je savois, malgré les motifs de plainte que j'avois contre lui, les égards que l'on doit à l'amitié éteinte, et même à l'amitié remplacée par un juste mépris : je me serois tu, et aujourd'hui que le besoin de me justifier m'oblige de parler, je me tais encore sur la réponse qu'il fit. Guyot-Lagrange étoit décoré de l'ordre de la légion d'honneur et de celui de Saint-Louis. Le Corse qui vouloit être geolier, et qui calomnia la main qui le nourissoit, est aussi chevalier de ce dernier ordre: je ne le suis d'aucun.

Ces horreurs ne sont rien en comparaison de celles que j'aurai à raconter, ainsi c'est encore sur des roses que je m'arrête. Les faits que je viens d'articuler contre Guyot-Lagrange sont précis : j'ai cité mes témoins; j'ajoute que je n'ai pas même rapporté de lui tout le mal que j'aurais pu en dire. Madame Lie peut, tant qu'il lui plaira, se lamenter sur le général Moreau : on ne croira plus à la sincérité de ses larmes. Loisible à *Riche* empirique de taxer de visions les abominations que je lui ai reprochées, s'il me permet de lui répondre que tous les fous qui cessent de l'être, conservent généralement et parfaitement le souvenir des bons ou des mauvais procédés dont ils furent l'objet durant leur traitement, et j'atteste, sur ce point, tous les médecins honnêtes versés dans l'art de les guérir; pas un ne me dementira. Or, je me rappèle parfaitement tout ce qu'il m'a fait, et déclare encore n'avoir rien exagéré. Quant aux personnes mortes dans sa maison, je ne l'attribue plus qu'au défaut de soins : Il lui reste toujours à s'expliquer sur le renvoi subit des autres.

On conçoit que n'étant que foiblement affecté, ou plutôt qu'abasourdi et fatigué lorsque j'arrivai chez lui, où l'on me tourna entièrement le sang, j'eus réellement besoin de m'en faire un nouveau lorsque je rentrai chez moi; mais les événemens s'y opposèrent : D'abord un de mes créanciers, que l'on avoit excité à dessein, en lui persuadant que j'étois perdu sans retour, m'avoit assigné devant le tribunal du commerce; ce tribunal l'ayant débouté en me déclarant non négociant, la Cour d'appel infirma ce jugement, bien pourtant que les opérations de mon établissement se réduisissent uniquement, comme elle se réduisent encore *à placer les personnes sans emploi, à procurer des associés aux négocians, des acquéreurs pour les fonds de commerce et biens à vendre, des locataires pour les maisons et appartemens à louer, des* PARTIS *aux personnes qui désirent se* MARIER, *des indications, renseignemens, etc.*, et que jamais il ne se soit fait, dans mes bureaux, ni recouvremens, ni actes même sous seing-privé, et par conséquent rien de ce qui constitue essentiellement l'agent d'affaires.

Forcé de déposer mon bilan, je ne pus même jouir du bénéfice que la loi accorde aux faillis de balancer leur passif par leur actif; par exemple, les négocians qui vendent du drap, peuvent, après avoir porté en compte les fonds qu'ils ont en caisse et ceux qu'ils ont à recouvrer, y ajouter ce qu'ils ont en magasin et dire : *Tant de pièces d'Elbeuf et tant de Louviers à tant l'aune; total tant.....* Pouvois-je, en les *aunant*, porter ainsi en compte les dames et les messieurs que j'avois à marier?.....

Et puisque me voilà, grâce à cette loi, assimilé aux négocians, ne puis-je pas, comme eux, me plaindre de la stagnation du commerce, et dire, que s'il se relevoit, je serois non-seulement au-dessus de mes affaires, mais immensément riche; car j'ai en portefeuille beaucoup de valeurs; le tout est de pouvoir les réaliser. Malheureusement, je n'ai d'articles courans que mes mariages qui vont toujours leur train; puis, de temps à autre, quelques emplois de teneurs de livres, de caissiers, de voyageurs, de commis, de secrétaires, de régisseurs, d'intendans, de maîtres d'hôtels, de concierges, etc. En revanche, j'ai presque toujours à donner plus de places de dames de compagnie, de confiance et de comptoir que je n'ai de sujets à proposer, parce que je ne les affiche pas à ma porte, et qu'on aimera toujours le beau sexe auquel on se plait à confier ses intérêts. Il en est de même des femmes de chambre et des cuisinières, parce qu'on s'habillera et qu'on se nourira toujours, et que d'ailleurs je les procure de choix.

Mais tout cela n'est rien en comparaison des ventes d'immeubles, des associations commerciales, des emprunts, des placemens de fonds, etc. Ces sortes d'affaires, qui sont aujourd'hui dans la plus grande stagnation, ne reprendront guères leur cours ordinaire, qu'après le départ des alliés; c'étoient elles qui me fournissoient les moyens de satisfaire mes créanciers; je ne puis donc aujourd'hui que les engager à attendre des temps plus heureux.

Durant les cent jours, le procureur impérial Courtin les obligea de vendre mes meubles, en leur disant que s'ils ne le faisoient pas, il alloit le faire lui-même, en raison de mon émigration. Ils ne s'y déterminèrent que pour me conserver ce que j'avois, puisqu'il n'y eût pas de répartition entr'eux, et qu'à mon retour ils me remirent les fonds qui provinrent de cette vente. Mon syndic y ajouta 2,4000 francs de ses deniers (1); M. Joli, agréé au tribunal de commerce, eut la délicatesse de ne pas se rembourser des frais qu'il avoit avancés en défendant mes intérêts; mais mon mobilier fut donné plutôt que vendu. Je ne trou-

---

(1) Mes dettes, contractées dans l'exil et dans les prisons d'état de Buonaparte, par conséquent toutes antérieures à la création de mon agence, n'en firent partie depuis que par les renouvellemens successifs de mes billets, et par des emprunts postérieurs, pour en éteindre de précédens; elles sont d'ailleurs en partie payées.

vai donc, en rentrant chez moi, que les quatre murs, et un établissement entièrement anéanti.

Forcé de le relever avec peu de moyens et à travers tant de désastres, je ne me découragerai point; mais l'excès du travail, les embarras de ma position, mes chagrins présens, mes souffrances passées et d'injustes agressions m'affectèrent si vivement, qu'on fut obligé de me conduire ici, où, repassant dans mon esprit tout ce qui m'avoit irrité, j'en composai cette brochure que je ne publie que pour donner une idée de ma maladie, qui n'étoit pas, comme on voit, des plus pacifiques. Profitant d'un peu de mieux, je la termine en exprimant le regret que j'éprouve d'avoir mis, en le *martinisant* sous le nom de *Martin-villain*, un bonnet rouge sur la tête de l'anonyme qui m'affubla d'un bonnet lunaire qui ne peut aller qu'à Martain-girouette, dit Martain-court, Martain-sale et Martain-fouille....., auquel je le renvoie.

Les fous, comme les lettrés, ne savent pas toujours se modérer dans leurs représailles : M. de Jouy, après avoir été trop loin à mon égard, eut tort, lorsque j'eus acquiescé à ses désirs, de ne pas me faire la réparation dont il étoit convenu. J'honore cependant trop ses talens, ses principes et sa bravoure pour n'être pas fâché de tout ce que j'ai dit de lui, et s'il en est encore question pages 285 et 286, c'est qu'elles furent imprimées avant celle-ci.

Je n'aurais bien certainement pas défendu Maubreuil avec tant de chaleur, si je n'avois été malade; mieux portant, je m'en réfère, en le plaignant, au jugement qui le condamne.

Comme on pourroit faire de fausses applications des noms sous lesquels j'ai parlé de personnes que j'ai cru ne devoir pas nommer, et que j'aimerois mieux qu'on les reconnût que d'en soupçonner d'autres, je dois dire que le comte Deux-Etoiles ne demeuroit pas *là-haut*, mais *là-bas*, (voir comme la Seine coule); et qu'il entre un T et un O dans son véritable nom; que dans celui de La-Ventouse, il n'y a pas une seule lettre de celles qui composent celui de la personne que j'ai désignée sous ce nom, et dans lequel on trouve des L, des I et des C. Madame Lie qui demeuroit rue du Mail, habite aujourd'hui celle du Roule. Deux-Ténèbres signifioient le mauvais génie de la France.

Maintenant, si j'en excepte quatre petits détours bien innocens, je proteste qu'il n'y a pas un fait dans cette brochure qui ne soit de la plus exacte vérité : Le plus incroyable est sans contredit celui des deux déguenillées avec lesquels on m'attacha, et de la file qu'on me mit où je n'ose plus dire, en me faisant traverser Bruxelles; mais tous les Français réfugiés dans cette ville, spécialement toute la maison du feu prince de Condé, et M. Fessard, juge suppléant au tribunal du commerce de Paris, m'ont vu dans cet équipage. M. Dandré me vit la première fois, en sortant de Gand, attaché avec des voleurs.

Les ennemis du comte de Cases trouveront que j'ai dit trop de bien de S. Exc ; j'en aurais dit beaucoup plus si ELLE avoit été malheureuse : l'intérêt ni aucunes vues qui s'y rattachent ne m'ont du moins pas dirigé; je doute même que je revoie jamais ce ministre.

Brunet peut toujours essayer de remettre la *Matrimoniomanie* en répétition; mais on ne doit s'attendre à me voir aux Variétés, le 15 septembre prochain, qu'autant que je redeviendrois fou, ce qui seroit possible, après tout ce que j'ai souffert. Par exemple, croiroit-on, que sous Buonaparte je fus mis à Charenton pour avoir adressé le projet suivant à son Gouvernement?

PROJET

D'ETABLISSEMENT, A PARIS,

D'un Bureau général et central de placement.

L'extrême besoin, restreint à l'individu, fut souvent l'écueil de sa probité ; étendu à la multitude, il fut toujours la cause de violentes commotions dans l'Etat. L'administration qui voit avec indifférence les malheureux se multiplier est donc vicieuse. Que sera-t-elle, si, pouvant leur tendre une main secourable, elle ne le fait pas ? VILLIAUME.

UN BUREAU GÉNÉRAL ET CENTRAL pour le placement des *Commis*, *Régisseurs*, *Concierges Personnes de confiance*, *Domestiques et autres gens à gages des deux sexes*, fut établi à Paris, pour la première fois, en 1628, sous le ministère du cardinal de Richelieu et sous la procure-générale de Mathieu-Molé. L'ordre, le travail et les opérations en furent réglés le 24 février 1640, par ordonnance du lieutenant civil. Il subsista sur ce pied pendant près de 160 ans. Le bon ordre qui s'y observoit et le choix qu'on y mettoit dans les sujets faisoient que toutes les classes de l'Etat s'y adressoient avec confiance. Il existoit encore en 1789; mais l'unité de pouvoir ayant cessé dans l'administration publique et municipale, il suffit alors de l'autorisation de sa section ou de sa mairie pour former des établissemens particuliers de ce genre. Bientôt ils se multiplièrent, et il n'y eut plus de centre dans les rapports.

Dès-lors les négocians, les manufacturiers, les commis, les maîtres de maison, les domestiques et en général toutes les personnes qui eurent besoin les unes des autres, furent dans le cas de s'adresser çà et là, dans différens bureaux établis sur les divers points de Paris, et de cette dissémination résulta, sinon l'impossibilité de se rencontrer, au moins une difficulté et une lenteur extrêmes à trouver son objet de part et d'autre, tandis qu'auparavant la réunion des demandes en accéléroit le succès, ce qui ne convenoit pas à l'un convenant à l'autre, chaque chose trouvoit ainsi sa place; chacun étoit satisfait à peu de frais et sur-le-champ, Maintenant on n'y parvient plus (encore est-ce imparfaitement) qu'en se faisant enregistrer dans tous les bureaux, ce qui, par la multiplicité des droits qu'il faut y payer, non compris le temps perdu, devient très-onéreux aux individus sans emploi, et notamment aux malheureux domestiques.

Le calcul en est facile; il y a, dans Paris, au moins vingt de ces bureaux, 3 et 5 francs de droits dans chaque, forment un total de 60 et 100 francs, ce qui fait déjà trente à trente-trois fois plus qu'il ne seroit pris dans un établissement unique, puisque, pour un moindre droit (2 francs pour les domestiques et 3 fr. pour les commis), on y auroit la totalité des relations de Paris et des départemens, d'où il suit qu'on y seroit bien plus sûrement, promptement et convenablement placé qu'on ne l'est dans ces petits bureaux, parce qu'ayant un plus grand nombre de places à donner, lequel augmenteroit encore avec la confiance du public qui renaîtroit, on pourroit assigner à chacun celle qui lui conviendroit.

Pour peu qu'on y réfléchisse, il est aisé de voir que rien de tout cela n'est praticable dans le système de la pluralité de ces bureaux, et la cause en est simple : ne va-t-on que dans un seul? on n'a que le vingtième des relations de Paris; dans deux? le dixième et ainsi de suite. Voilà pourquoi tant de gens, fatigués par les délais et absorbés par les frais, se résolvent à prendre des places contraires à leur destination, et de là tant de malheureux qui ne le seroient pas s'ils n'étoient jetés hors de leur sphère; ajoutons, et qui tombent tôt ou tard à la charge de l'administration générale de bienfaisance.

C'est même, la plupart du temps, l'impuissance où sont de jeunes personnes, d'ailleurs honnêtes, de fournir à tous ces frais, ce sont ces lenteurs et ces difficultés, enfin l'extrême et impérieux besoin qui en est la suite, qui les réduisent, souvent contre leur penchant, à se livrer à la prostitution.

D'un autre côté, l'existence des petits bureaux est absolument ignorée dans la province. Un grand établissement y seroit bientôt connu : elle en tireroit, comme par le passé, tous les sujets qui lui manqueroient. Y a-t-on besoin d'un domestique? il faut le prendre dans la campagne et l'instruire, ce qui est pénible pour bien des maîtres. S'adressent-ils à un ami de la capitale? celui-ci craint de se compromettre, et de trente sujets qu'il voit, pas un ne se soucie de partir pour les départemens; il en seroit différemment d'un centre où tout se rapporteroit; voilà comment les individus sans emploi dans la capitale trouveroient à s'en procurer au dehors.

La suppression de ces bureaux et la réorganisation de l'ancien seroient donc un bienfait pour le public, et particulièrement pour les gens à gages. C'est en conséquence de ce, que je propose l'une et l'autre, avec offre de rétablir l'ancien bureau, à Paris, à mes frais, et dans un quartier rapproché du centre de cette ville.

Des sections particulières y seroient affectées aux différentes classes d'aspirans, afin de prévenir la confusion des personnes et faire, autant que cela se pourroit, que l'homme honnête, mais infortuné, n'essuyât plus l'humiliation de se voir confondu, *pêle-*

mêle, avec toutes sortes de gens, comme cela a lieu dans les petits bureaux.

L'utilité de cet établissement, que l'humanité et des considération des mœurs sollicitent également, est donc incontestable. Je donnerois à cet égard plus de développement à mes vues; mais un vieil axiome, que je me rappelle à propos (*la lumière ne se prouve pas*), et qui doit être la régle des écrivains qui traitent de matières aussi claires, me prescrit d'en borner ici la discussion. VILLIAUME.

On a dit, des projets de l'abbé de St.-Pierre, qu'ils étoient des rêves d'un homme de bien, et qu'on les avoit rarement suivis; mais on n'a jamais dit qu'on eût persécuté leur auteur pour les avoir faits, et c'est en quoi il fut plus heureux que moi, puisque celui qu'on vient de lire, juste dans ses vues, philantrope dans son objet, et sensé dans son calcul, me valut le sort dont j'ai parlé. Et pourquoi? parce que la police retiroit alors 1200 fr. par an de chaque directeur de ces bureaux qui d'ailleurs la servoient, ce qui est une infamie, parce qu'ils ne devoient pas abuser des secrets qui leur étoient confiés. La servent-ils encore? je l'ignore; ce que je sais, c'est que la charte, qui n'admet pas de priviléges, s'oppose à l'unité d'un établissement de ce genre; mais ce sera tout comme, si le public continue d'honorer le mien de sa confiance, puisqu'il est institué sur les bases que je viens de développer.

Les persécutions que me suscitèrent ce projet, me donnèrent l'idée de faire des mariages. Au moins, me dis-je, la police ne pourra pas s'en mêler. Ce fut dans ma captivité que je conçus mon plan; je ne l'eus pas plutôt rendu public, que par une fatalité attachée à ma detinée, je me vis attaqué par tous nos journalistes; c'est alors que je me déterminai à publier cet opuscule.

M. VILLIAUME,

SON AGENCE ET SES MARIAGES.

OPUSCULE *très-intéressant*, dédié aux personnes qui veulent bien l'accepter.

PRIX : *un remercîment.*

AVANT-PROPOS, *si l'on veut.*

UNE Dame traversoit la rue du Hasard à Paris. Un pavé se trouve sur son passage, elle trébuche et tombe près d'un de mes amis. Il la relève ; la manière gracieuse avec laquelle elle le remercie, le son de sa voix, un charme inexprimable dans sa physionomie, lui inspirent le désir de la connoître. Ayant obtenu la permission de la reconduire chez elle et d'y retourner, une inclination et un mariage s'en suivirent. Je n'opposerai que cette anecdote aux gens à préjugés, qui, toujours chagrins, se plaisent à tout fronder. Si je voulois le prendre plus *sérieusement*, je leur ferois remarquer que si les *pavés* s'en mêlent, je puis bien m'en mêler aussi sans qu'on y trouve à redire ; ou plutôt, je les engagerois à raconter l'historique de leurs mariages, et l'on verroit que si la réflexion les achève ordinairement, le hasard les commence presque toujours. Mais

AU FAIT.

On se marie, dans la société, par l'entremise de ses connoissances; or, si je suis de la connoissance de tout le monde, ce n'est pas deroger à l'usage que de s'adresser à moi. Je trouvois d'abord inconcevable qu'on pût, pour se marier, recourir à l'entremise d'une tierce personne. A présent que j'ai mieux vu, et surtout beaucoup observé, je crois fermement que les mariages faits de cette manière valent bien, en général, ceux de rencontre dans le monde; mais ce n'est pas assez de le penser, il faut le prouver.

Les habitans de Paris ont peu de rapports entre eux, c'est le propre des grandes villes. L'homme qui désire s'y marier n'est souvent séparé de la femme qui lui convient que par un étage, quelquefois par un mur mitoyen; mais comment deviner qu'elle est là? Et quand il le devinerait, le moyen de s'en rapprocher? cette femme n'est pourtant pas la seule qui pourroit lui convenir; Paris en recèle bien d'autres, de même qu'il renferme beaucoup d'hommes qui conviendroient à la même femme, et néanmoins tous peuvent exister long-temps sans jamais se rencontrer; aussi est-ce la ville où il y a le plus de célibataires. Londres en a moins, parce que les Anglais n'ont pas nos préjugés sur ce point, et peut-être parce qu'ils ont un journal uniquement consacré à cette partie; mais je n'ai encore rien prouvé, et je poursuis.

Nos célibataires, hommes et femmes, le sont-ils par goût? j'en doute, et j'ai pour moi la voix immuable de la nature. Dans les premiers, combien d'hommes d'états différens dont les journées sont entièrement remplies, et d'employés qui ne sont libres que le soir? Les beaux jours ne leur laissent de loisir que pour la promenade, et l'hiver de refuge que les cafés et les cabinets littéraires. Est-ce là où l'on rencontre des femmes, et parmi celles qu'on désireroit pour épouses, combien vivent retirées?

Pour se marier, il faut voir le monde; mais les cercles qu'on y fréquente sont circonscrits, ce qu'on souhaite ne s'y rencontre pas toujours; et puis, que de fausses démarches avant d'obtenir un résultat! Tel, par exemple, trouve en société une demoiselle qui lui plaît: ira-t-il, dès qu'il sera reçu chez ses parens, leur demander combien ils lui donnent? Non. Il commencera par lui rendre des soins, et ne la demandera qu'après quelques mois; mais il arrive qu'elle a plus ou moins de fortune qu'il n'avait prévu, et les convenances n'y étant pas, la rupture s'en suit. Ceci peut s'appliquer à bien des maris qui ne le sont devenus qu'après maintes épreuves de ce genre, et à nombre de célibataires qui n'ont renoncé au mariage que par les difficultés qu'il présente.

Ces inconvéniens ne sont pas à craindre par les moyens que j'emploie. Fixé sur le personnel, l'avoir et les vues des personnes qui s'adressent à moi, je ne les mets en relation qu'avec celles qui leur conviennent, et après les avoir consultées chacune séparément. Leurs noms ne sont connus que de moi seul. Le secret le plus inviolable est toujours gardé.

Telles furent les raisons que j'opposai d'abord aux personnes qui me témoignèrent de l'étonnement sur ces sortes de mariages; mais les journaux, les auteurs, deux de nos théâtres, et quelques caricatures me travestirent bientôt, ce qui donna lieu à ce petit colloque que j'eus avec M. Colnet, l'un de mes critiques.

Croyez-vous, monsieur Colnet, que les deux sexes, dans ce bas monde, aient été créés l'un pour l'autre? — Oui, monsieur.

Mais dans une ville aussi grande que Paris, beaucoup de personnes mènent une vie si retirée, qu'il est, pour ainsi-dire, impossible de s'ouvrir un accès auprès d'elles: ne trouvez-vous pas d'inconvéniens à ce qu'elles fassent quelques tentatives pour sortir de cette solitude qui souvent tient plus à des évènemens qu'à leur choix ? — Non, monsieur.

La société, vous le savez, se compose de deux espèces de personnes, l'une libre, ce sont les pères et mères; l'autre en puissance de famille, ce sont les enfans. Vous ne vous opposerez pas, je pense, à ce que les premiers exercent leur liberté en s'adressant à qui bon leur semble, et vous conviendrez avec moi qu'il entre dans leur devoir de pourvoir à l'établissement de leurs enfans. Or, pour y parvenir, il faut bien en parler, et à qui, s'il vous plaît? à ses amis, à ses connoissances : mais si le nombre en est borné, trouverez-vous mauvais qu'une mère, dans cette conjoncture, s'adresse, par exemple, à son notaire, à son avoué, à son conseil, ou à une personne connue par ses grandes relations dans la société? Pourra-t-elle alors, sans votre approbation, dire à celui qui aura sa confiance : « Je désire marier ma fille; si, dans votre » clientelle, vous aviez un parti qui pût lui convenir, » je vous serois obligée de penser à elle. » Oui, n'est-ce pas? Partant de cet aveu, je serois curieux de savoir pourquoi elle se feroit un scrupule de s'adresser à moi qui suis, pour le moins, aussi répandu qu'un autre dans le monde? — Répondez, monsieur Colnet?

(Monsieur Colnet ne répondit à cette question que par un déluge de *mais* et de *comment*, que je crois devoir reproduire ici pour l'instruction de mes lecteurs.)

Comment se peut-il que de jeunes et jolies personnes qui ont de la fortune et de l'éducation, s'adressent à vous pour se marier? — Je n'en sais rien, quoiqu'il m'en vienne souvent, et qu'assez ordinairement ce soient, à leur insçu, des parens ou des amis qui fassent ces démarches; ensorte qu'il m'arrive aussi de marier des personnes même sans les connoître.

Cela est singulier, *mais*.... — Oui, cela est singulier, mais ce qui suit l'est encore plus. Je reçus, il y a quelque temps, une lettre d'une dame. Après quelques détails sur sa personne et sa fortune, elle m'exprimoit le désir de s'allier à un homme si parfait (notez qu'à en juger par les grâces de son style et le contenu de sa missive, elle réunissoit elle-même toutes les perfections), à un homme si parfait, que je désespérois pouvoir remplir ses vues, lorsque peu de jours après, un monsieur m'écrivit une lettre en tout si conforme à la sienne qu'on les auroit prises pour venir de même main. Toutes deux étoient anonymes, et me furent remises par des domestiques de livrées différentes. Ils avoient ordre de passer chez moi de temps à autre pour prendre ma réponse. Possesseur des deux lettres, j'imaginai de remettre celle de la dame au domestique du monsieur, et réciproquement celle du monsieur au domestique de la dame. Réponse de part et d'autre le lendemain. Je croise les lettres, ce commerce devient plus actif, se répète même plusieurs fois le jour, dure deux mois, se ralentit enfin, et cesse tout à coup; au silence qui lui succède, je crois mes amans brouillés; eh bien! pas du tout, ils étoient unis. Toujours est-il que je n'ai pas trouvé extraordinaire que deux amans devenus époux, aient pu rester quelque temps sans me donner aucun signe de vie. J'ai en outre pensé que je pourrois bien aussi en marier d'autres par cette voie, puisque mes cartons renferment encore plusieurs lettres de cette espèce. Il pourroit même se faire, que du coin de mon feu, je vinsse à rapprocher des personnes placées à des distances très-éloignées. Rien de plus aisé, vous le concevez, que d'opérer et d'assortir des unions quand on a les demandes et les réponses dans la même main. Tels sont, au reste, les avantages de la centralisation.

— Fort bien. *Mais* pouvez-vous répondre des personnes qui s'adressent à vous? — Non, certainement; d'abord parce qu'il ne m'appartient pas de scruter leurs mœurs, ensuite parce que c'est aux parties intéressées à prendre respectivement des renseignemens sur leur compte. Elles s'en acquittent toujours mieux qu'un tiers ne le feroit. Mon objet se rattache uniquement aux convenances relatives à l'âge, à la fortune, etc., ou, pour me rendre encore plus intelligible, je passe la journée à prendre note des diverses demandes qu'on me fait; le soir, je les rassemble toutes; en les rapprochant, je trouve que telle se rapporte parfaitement à celle de M. un tel, telle autre à celle de Mme une telle, etc., etc. J'en donne avis aux personnes qui y ont intérêt, et je leur ménage une entrevue si elles sont satisfaites de l'aperçu que je leur transmets.

— *Comment* vous y prenez-vous pour cela? — Je suis en tout les instructions que je reçois; le reste est mon secret. Je veux cependant bien vous en découvrir une partie, persuadé que vous n'en abuserez pas. Je vous ai parlé de l'aimable Angélique; sa fortune est égale à la vôtre; ce que je vous ai dit de son esprit, de sa naissance et de ses grâces, vous a séduit; de son côté, elle m'a paru touchée du bien que je lui ai dit de vous. Jeune encore, elle hait le tourbillon du grand monde, se plaît dans son intérieur, aime la lecture, non des romans, et je doute même qu'elle lise jamais ceci; en un mot, ses goûts sont formés et dirigés vers le bien. Je ne vous ai pas laissé ignorer qu'un mari grand parleur seroit un supplice pour elle; aussi, *rendant hommage à la vérité*, je lui ai protesté que personne, sur ce point, n'étoit plus réservé que vous. Tous deux vous m'avez ensuite témoigné le désir de vous voir. Je vous ai engagé à passer chez moi lundi prochain. Angélique n'y trouve aucun inconvénient, parce qu'elle sait qu'on y vient pour toutes sortes d'affaires (1), et qu'on ne pourra prévoir celle qui l'y conduira. Vous arriverez avant elle, c'est dans l'ordre; elle se fera attendre, c'est l'usage. Vous vous verrez sans vous connoître, peut-être sans vous parler et presque sans savoir que vous êtes là l'un pour l'autre, parce que vous vous y rencontrerez avec vingt personnes que différens objets y ameneront aussi.

Si vous l'aimez mieux, au lieu de venir dans le jour, vous viendrez passer la soirée chez moi, vous comme mon ami, elle comme l'amie de mon épouse, ou tous deux comme ami de la maison. Bref, nous serons d'anciennes connoissances; j'aurai du monde; vous vous verrez encore sans vous connoître : le lendemain, je vous demanderai séparément si vous n'éprouvez pas d'éloignement l'un pour l'autre, et sur votre réponse, je ferai mon affaire du reste.

Vous m'avez aussi parlé d'une de vos parentes qui désire se marier. Je vous ai proposé pour elle le jeune

---

(1) On s'y charge du Placement de toutes personnes sans emploi; de toutes demandes en fait d'Associations de commerce, Emprunts et Placemens de fonds; de la vente des Immeubles et Fonds de commerce; de la location et administration de tous Biens situés à Paris et dans les départemens; de toutes affaires à suivre près les Justice de paix, Tribunaux, Cours, Conseils, Administrations, et ailleurs; de la rédaction de tous Mémoires et Rapports à faire au Gouvernement, aux Ministres, Sociétés, etc.; de l'établissement de toute espèce de Comptabilité; de toutes réclamations, démarches et recherches à faire près les Administrations, ainsi que de tous renseignemens à prendre ou à transmettre sur quelque objet et dans quelque lieu que ce soit.

Floriville. Je pense qu'il lui conviendra ; leur entrevue aura lieu, si vous voulez, aux Français ; elle et vous, vous y prendrez une loge du côté droit, lui et moi nous irons au parterre ; dès que nous y serons, je lui montrerai une loge du côté gauche. C'est là, lui dirai-je, que vous la verrez. Vous pensez bien que je me serai assuré d'avance de cette loge, et qu'elle sera déserte. Le premier acte se passe, personne n'arrive ; Floriville commence à craindre qu'on ne vienne pas ; je lui fais observer qu'une visite imprévue, une indisposition, ont peut-être occasionné ce retard ; puis, pour le distraire, je l'invite à faire un tour dans les couloirs ; je vous y rencontre, vous êtes mon ami, nous entrons dans votre loge, nous y passons l'entre-acte, rien de plus simple. Il y voit votre parente, elle le voit aussi ; la toile se lève, nous regagnons nos places ; le second acte s'achève et personne n'est encore arrivé ; il perd tout espoir ; dans l'intervalle vous vous retirez ; alors je lui dis : vous avez vu la dame que vous attendez, elle étoit dans la loge d'où nous sortons. Quoi ! du côté droit ? barbare ! (Cet apostrophe, pour ceux qui connoissent la valeur des mots, équivaut, dans la circonstance, à une déclaration.) Barbare ! vous m'aviez dit du côté gauche... Il se retourne, et elle n'y est plus.

— Admirable ! Monsieur, admirable !

— Admirable tant qu'il vous plaira ; je ne me laisse point surprendre par des louanges, et je ne vous initierai pas davantage dans le secret de mes moyens ; c'est bien assez d'avoir usé ceux-ci pour vous complaire : croyez cependant que, fécond en expédiens, je sais faire naître des occasions, les varier, et si bien en ménager l'à-propos, que vous-même y seriez encore pris. Au surplus, mes mariages ne sont, la plupart du temps, que des mariages de famille dont je ne suis que le point de centre, et dans lesquels je ne figure en rien. Le frère, le père, la mère, l'oncle ou la tante d'une demoiselle viennent, sans lui en parler, m'exprimer le désir de la voir établie. Après nous être concertés sur le parti qui lui convient, nous avisons aux moyens d'introduire le futur dans la famille, sans qu'aucun des membres qui la composent et lui-même puissent s'en douter.... Mais une première confidence a ses bornes; plus tard, je vous en dirai davantage; en attendant, veuillez ne point élever de doute sur ma manière d'opérer, et ne pas perdre de vue que plus il se fait de mariages dans un état, plus la population et l'enregistrement y gagnent.

Je ne terminerai pourtant pas sans vous faire connoître ma profession de foi : placé dans les affaires, je n'en garantis aucune, attendu que plusieurs deviennent impraticables dans leur négociation. Je me couvre d'abord des déboursée qu'elles occasionnent, afin qu'on ne m'en propose pas de fictives (1). D'autant plus inté-

(1) D'ailleurs, soit que je réussisse ou non, je n'en ai pas moins des frais à faire, et qui les paiera, si ce n'est celui qui en est l'objet? quand je prends un cabriolet pour me rendre d'une extrémité de Paris à l'autre les cochers ne me mènent pas pour rien. Les facteurs ne me remettent pas non plus gratuitement les lettres que je reçois en réponses à celles que j'écris; et lorsque je fais insérer des notes dans les journaux, je ne suis pas admis à dire au caissier : *faites-les toujours paraître; si elles produisent leur effet, vous serez triplement satisfait.* Il faut d'abord que je débourse, et on ne me rend rien si le succès ne répond pas à mon attente. Il en est de même chez moi : il faut aussi commencer par payer, et je ne rends jamais l'argent que je reçois, parce que je l'emploie toujours, ce qui est encore loin de l'usage qu'ont les avocats de se faire payer, mêmes des causes qu'ils perdent, et dans lesquelles ils n'ont rien déboursé. Au surplus, on est libre d'aller ailleurs que chez moi; tout ce que je puis dire, parce que cela est vrai, c'est que mon établissement,

ressé à les terminer, que je ne reçois d'honoraires qu'en résultat, revenir coup sur coup chez moi pour en accélérer la solution, est, au contraire, en reculer le terme, en me faisant perdre un temps que j'emploierois plus utilement à les suivre ; le mieux est donc, de la part des personnes qui me chargent de leurs intérêts, d'attendre que je les prie de passer chez moi, ce que je ne manque jamais de faire aussitôt que j'ai quelque chose de nouveau à leur communiquer. Enfin, je voudrois pouvoir contenter tout le monde, rester chez moi du matin jusqu'au soir pour qu'on soit assuré de m'y trouver : je voudrois aussi ne pas manquer aux rendez-vous qu'on m'assigne ; mais pour être chez moi et dehors tout ensemble, *comment faire ?*—Je voudrois placer toutes les personnes qui me demandent de l'emploi ; mais les places dont je puis disposer sont rarement en proportion avec les demandeurs ; pour qu'il y ait égalité de part et d'autre, *comment faire ?* — Je voudrois marier toutes les personnes qui s'adressent à moi dans cette vue ; mais quelques-unes sont si pressées et ont, à-la-fois, des prétentions si déraisonnables que je ne sais *comment faire ?* — Je voudrois sur-tout qu'on m'eût compris quand j'ai dit ailleurs : « Suppo-» sons que je n'aie que douze cents cliens ; qu'ils ne » viennent me voir qu'une fois le mois, ce n'est pas

par les énormes dépenses que j'ai faites et les soins que j'ai pris pour l'accréditer, présente plus de garanties et de chances de réussites, que tous ces petits bureaux qui fourmillent dans Paris, et aux portes desquels sont affichées toutes sortes de propositions, notamment des offres de places qui ne sont autres que des piéges tendus à la crédulité et au malheur, parce que, lorsqu'on a des emplois à donner, on n'est jamais dans le cas de les offrir aux passans ; trop de personnes s'inscrivant pour en avoir. — On ne voit à ma porte, rue Neuve-St.-Eustache, que le n°. de ma maison, 46, et pas même mon nom.

» trop ; qu'ils ne me prennent qu'un quart d'heure, » c'est bien peu ; or, comme 1200 divisés par 30 donnent un nombre de 40, je perdrois nécessairement » dix heures par jour que j'emploierois plus utilement » à agir. » Pour me rendre plus intelligible, sans pourtant blesser personne, *comment faire?*

CONCLUSIONS.

N'opposez jamais la raison aux préjugés ; le ridicule dont on les frappe, et le temps qui détruit tout peuvent seuls les anéantir.

Si j'ai répondu par des plaisanteries aux plaisanteries qui ont été dirigées contre moi, ce n'est pas que je n'aie pu traiter sérieusement un sujet qui ne comporte rien que de grave.

On dit que les hommes sont rares, soit ; mais j'ai remarqué qu'à Paris, ils étoient, par rapport aux veuves et aux demoiselles, ce que trois sont à un. Etonné de cette disproportion, j'en ai cherché les causes : dire que je les ai trouvées seroit trancher du savant ; émettre à cet égard mon opinion, appuyée de ma propre expérience, me semble plus modeste.

Beaucoup de jeunes gens, partis pour les armées depuis la révolution, ont perdu de vue les lieux de leur naissance ou ceux de leurs derniers domiciles avec lesquels ils n'ont entretenu aucune relation. L'habitude des voyages et plus encore le tumulte des camps, si conforme au mouvement d'une grande ville, les amènent dans la capitale sans qu'ils puissent trop s'en rendre raison. Ils n'y ont, la plupart, aucune ou que fort peu de connaissances ; j'y suis très-répandu, ils le savent et viennent me trouver ; qu'on se l'explique comme on voudra, je ne vois là rien que de très-naturel. J'ajoute que le ridicule est, au contraire, du côté de ces personnes qui, retenues par un vain préjugé, préfèrent, quoique détestant le célibat, rester célibataires toute leur vie, plutôt que de faire une démarche qui n'a rien en elle-même que de louable.

VILLIAUME, directeur de l'Agence générale pour Paris, la France et l'Etranger, établie à Paris, rue Nr-St.-Eustache, n°. 46.

DERNIÈRE RÉPLIQUE

De M. Colnet, extraite du Journal de Paris.

« On a travesti M. Villiaume dans les petites pièces
» dont il a fourni le sujet. On le fait ridicule, il
» est fort gai; on le fait vieux, il est très-jeune; on le
» suppose garçon, et il est le mari d'une femme très-
» aimable. Vous concevez, en effet, qu'ayant à choisir,
» il a pris ce qu'il y avoit de mieux.

Signé COLNET.

A peine eus-je publié cet opuscule, qui pourtant ne pût trouver grâce devant certains journalistes, que je fus assailli d'une grêle de lettres que m'adressèrent des personnes de l'un et l'autre sexe, et de toutes les conditions, en m'exprimant le désir qu'elles avoient de s'établir, et les obstacles qui s'y étoient jusques-là opposés. On ne voudra peut-être pas le croire, mais je proteste que depuis l'artisan jusqu'au millionnaire, au duc et au banquier, j'ai reçu, en moins de sept ans, plus de *six mille* demandes de ce genre, et qu'on n'éprouve réellement à se satisfaire, chez moi, d'autres embarras que le choix. J'ajoute que dans ce moment (juillet 1818), j'ai encore des pairs de France, des députés, des lieutenants-généraux, des maréchaux de camp, même des princes à marier, et que très-probablement j'en aurai toujours : rien donc ne justifie mieux l'utilité de mon établissement.

Parmi cette immense quantité de lettres, j'en reçus une que je publiai, suivant les instructions qui y étoient jointes, dans les petites affiches de Paris (en 1812). Elle fit alors d'autant plus de bruit, qu'elle fut répétée dans tous les journaux des départemens et de l'étranger. Elle étoit d'une jeune dame qui demandoit un père adoptif pour ses enfans ; déjà son choix s'étoit fixé sur l'auteur de la lettre qui suit immédiatement la sienne, que je crois devoir reproduire comme elle parut, sous le nom supposé d'ÉMILIE, lorsque l'aimable et vieux comte de G*** vint me voir.

« Vous vous chargez (me dit ce respectable vieillard après s'être nommé), de toutes sortes d'affaires, n'est-ce pas, Monsieur Villiaume ? — Oui, Monsieur le comte. — J'ai 93 ans ; la révolution m'a fait beaucoup de tort ; je suis veuf et seul de ma famille ; il me reste 12,000 fr. de rente ; je ne voudrois pas mourir entièrement ; pourriez-vous me procurer un jeune garçon et une jeune fille d'agréables figures ; je les adopterois et je leur laisserois à chacun 6,000 fr. de revenu, mon nom, un mobilier et une maison de campagne. — Parbleu, Monsieur le comte, j'ai votre affaire : je puis vous proposer deux jolis enfans, et, si vous voulez, leur mère par-dessus le marché ; elle est belle, riche et bien élevée ; au moins vos fils adoptifs ne traîneront pas votre nom dans la boue.

M. le comte de G*** vit ces enfans et leur mère ; il vit ce que peu d'hommes voient dans les motifs qui les déterminent : une bonne action à faire. Il épousa la mère et adopta ses enfans. MM. A. Martainville, Malteblond et de Jouy, sont en possession de faire des contes à dormir debout ; Napoléon fit de ses frères et de ses beau-frères des rois qui cessèrent de l'être ; le Généralissime de Charenton fit, de son autorité privée, une comtesse actuellement douairière, un petit comte et une petite comtesse qui le sont encore, et qui en feront d'autres à perpétuité. Ainsi va le monde, les évènemens les plus singuliers, les destinées les plus étranges, tiennent souvent aux causes les plus inaperçues : si le gouvernement impérial ne m'avoit pas mis à Charenton, je n'aurois jamais conçu l'idée de mon établissement : une mère estimable, accomplie même par ses perfections, et deux enfans de la plus haute espérance, ne me devroient pas aujourd'hui leur bonheur. Je ne puis ni ne dois les nommer ; mais j'invoque le témoignage de M. Roard, notaire, qui passa les actes; de M. Lebreton, membre de l'institut; Cordier et Colin d'Aples, banquiers ; Richard Lenoir, manufacturier, et de vingt autres personnes qui furent de la noce avec mon épouse et moi. MM. Berryer père, avocat, et Pillaut-Débit, avoué, ont aussi connoissance de ce mariage. Au surplus j'ai fait, sans compter ceux que je ferai encore, plus de comtesses, de baronnes, de duchesses, de petits comtes, de petits barons et de petits ducs, que MM. A. Martainville, Malteblond et de Jouy n'ont dit et ne diront de sotises dans tout le cours de leur vie.

M. Lebreton ne se trouva pas chez moi par hasard, comme il l'insinue, ci-après, dans une de ses lettres, au moins ai-je eu lieu de croire, depuis, qu'il y avoit été envoyé par Buonaparte qui voulut avoir la lettre originale de cette dame : il la demanda au duc de Rovigo qui s'adressa à M. Lebreton, auquel je ne la remis qu'après y avoir été autorisé par son auteur. L'ex-empereur la garda quinze jours ; c'est à cette circonstance que j'ai dû la protection qu'il accorda à mon établissement, en le recommandant au duc de Rovigo, qui prit toujours mon parti contre mes détracteurs, et contre des personnes assez dépourvues de sens pour se plaindre lorsque je ne pouvois pas les marier ou les placer assez vîte. Le pouvois-je quand tous les hommes étoient d'un côté et les femmes de l'autre, et quand le commerce étoit anéanti? D'ailleurs, j'ai déjà dit qu'il me venoit quelquefois des demandes déraisonnables, et je n'ai pas pris l'engagement d'être heureux pour toutes; j'ajoute que je ne fais pas les évènemens; il doit ce me semble suffire que je n'aie pas gardé pour moi les emplois qui me venoient; je les donnois tous : que ne m'en venoit-il davantage!

L'ex-impératrice Joséphine me donnoit aussi des mariages à faire; je pourrois nommer dix notaires qui reçurent sa signature : je ne citerai que M. Camusat, rue St.-Denis, près celle de Tracy, parce qu'il me tarde d'arriver à la lettre d'EMILIE que voici.

Ce 3 janvier 1812.

« Monsieur, j'ai reçu votre opuscule très-intéressant, et quand vous saurez que je cherche un mari, vous conviendrez sans doute que je vous dois au moins deux remercîmens. Quelle bonne idée vous avez eu d'envoyer ce charmant ouvrage dans les premiers jours de janvier! certes, vous ne pouviez donner de plus agréables étrennes aux demoiselles, puisqu'il leur procure le précieux moyen de trouver des époux..... En vérité, je vous l'assure, Monsieur Villiaume, vous vous immortaliserez et vous serez adoré de notre sexe; méprisez ceux qui médisent de votre établissement et surtout ces mauvaises caricatures inventées par la méchanceté et l'envie. Toutes les demoiselles et toutes les veuves se rassembleront pour vous soutenir et vous défendre comme étant leur ange tutélaire... Qui peut trop vous louer en pensant à la patience qu'ils vous faut pour écouter les *si*, les *mais* et les *comment* de toutes les personnes qui s'adressent à vous, les unes pour avoir une épouse accomplie, les autres un mari parfait ? Eh ! vraiment, il faut avoir une tête bien organisée ; le mariage est une chaîne si terrible, quelquefois couverte de fleurs, mais plus souvent de fer. Vous allez me répondre : moi je marie, c'est aux époux à rendre cette chaîne aussi légère que possible. Comme je trouve que vous avez raison, je vais au fait : je cherche un mari, voilà le grand mot lâché. Ne doutant pas de vos talens, je m'adresse à vous. Je vais premièrement vous donner une esquisse de ma personne : j'ai 25 ans, je suis jolie ; vous pouvez croire ou que je me flatte un peu, ou que je manque de modestie ; cependant il faut bien que je vous fasse connoître les avantages que j'ai reçus de la nature, ainsi riez tant qu'il vous plaira, je continue : j'ai un caractère sociable, doux et gai, de l'esprit un peu, mais je suis riche, ce qui, dans ce siècle, vaut tout..... Je désire un mari de 60 à 70 ans. Je voudrois qu'il eût une de ces figures vénérables qui inspirent à-la-fois l'estime et le respect, qu'il portât un beau nom ; je préférerois, s'il est possible, un ancien noble que des malheurs, hélas ! trop communs, auroient ruiné. Je le veux sans aucune fortune, désirant lui donner au moins 6000 francs de rente viagère ; il aura de plus son longement dans mon hôtel, et ma table ; nous serons mariés civilement. Vous allez me comprendre et savoir mes raisons dans l'instant. Il trouvera en moi, s'il le mérite, la pure amitié que l'on doit à un honnête homme ; les soins qu'une tendre fille a pour son père, et les égards dûs à celui auquel on a lié sa destinée. Je veux que ce soit un homme qui ait reçu une belle éducation, qui ait l'usage du monde, enfin qui soit aimable. Vous allez dire, cela n'est pas difficile à trouver; mais, à présent, je vais vous dire franchement ma position : je suis mère de deux beaux enfans; leur père que je n'ai pu épouser par suite de circonstances sur lesquelles je me réserve de m'expliquer, leur a, en reconnoissance de la conduite sage et honnête que j'ai tenue avec lui, assuré une fortune très-brillante. — Je voudrois rentrer dans la société, mais je n'ose y reparoître sans un nom qui me préserve de la médisance souvent exercée par des personnes qui n'en sont pas elles-mêmes à l'abri..... Ignorée dans la capitale, puisque je n'y vois et n'y connois personne, j'ai pensé, Monsieur, que vous pourriez trouver ce que je désire : un père adoptif pour mes enfans. Vous m'entendez...... C'est une des conditions exigées et sans laquelle tout est nul. La commission est épineuse, je le sens; mais, Monsieur, si vous pouvez réussir, croyez à la reconnoissance d'une personne qui mérite à tous égards votre attention à remplir sa demande.

Recevez, etc.

EMILIE. »

L'entrevue entre Emilie et M. le comte de G** eut lieu chez moi dans la soirée. Ce vieillard, dont la conversation, les manières et le ton rappeloient le beau siècle de Louis XIV, fut tellement frappé de la candeur, de la dignité et des grâces de cette jeune personne, qu'il s'attendrit jusqu'aux larmes. Ce moment fut terrible pour Emilie; je l'abrégeai autant que je pus. Quand MM. Lebreton et de G** se furent retirés, elle se rappela qu'elle avoit oublié de remercier le premier des choses obligeantes qu'il lui avoit dites, des offres de service qu'il lui avoit faites, et de l'intérêt qu'il lui avoit témoigné ; elle revint le lendemain nous voir de très-bonne heure, et elle lui écrivit, chez moi, sans faire de brouillon et sans la charger d'une seule rature, la lettre qu'on va lire, et à laquelle je joignis, en la transmettant à M. Lebreton, le billet suivant, qui expliquera comment elle devint mère sans être mariée.

Monsieur,

La lettre que j'ai l'honneur de vous faire passer me semble être un chef-d'œuvre de raison, de sentiment, d'abandon et de désordre.

Vous l'apprécierez mieux que moi, Monsieur, en pensant qu'Emilie n'étoit pas revenue de son trouble lorsqu'elle vous écrivit. Quelle femme ! et qu'elle gagne à être connue....... ! Orpheline au berceau, mise en pension de bonne heure par M. de T** qui, alors, ne pouvoit avoir aucune vue sur elle, son éducation fut faite et parfaite à l'âge de 14 ans, époque à laquelle ce Monsieur la retira chez lui. D'abord reconnoissance d'une part, ensuite amour et foiblesse des deux côtés. De cette union naquirent deux jumeaux : (fille et garçon.) Un nom, un rang leur manquoient ; leur assurer l'un et l'autre, fut toujours l'objet des sollicitudes de leur mère : elle n'a rien à se reprocher.

Premièrement. Lorsqu'elle leur donna le jour, elle ignoroit absolument nos lois civiles et les distinctions qu'elles établissent sur l'état des individus qui composent la société, soit qu'on les considère comme pères, époux ou enfans.

Deuxièmement. M. de T** a grandement réparé le tort qu'il lui a fait.

Troisièmement. Elle et lui se sont également honorés, lui par une générosité qui a eu jusqu'ici peu d'imitateurs; elle par cet inébranlable et constant attachement, dont on parle si souvent et qu'on rencontre si rarement.

Quatrièmement. Je crois pouvoir attester que tous les sentimens du bon, du beau, de l'honneur et du sublime, ont toujours été dans le cœur de cette estimable et intéressante femme.

Veuillez lui faire un mot qui la console.

Tout à vous,

VILLIAUME.

Lettre d'Emilie à M. Lebreton.

« Monsieur, vous aurez sans doute la bonté de pardonner la liberté que je prends de vous écrire en faveur du motif qui m'y engage. Fière de l'estime et de l'intérêt que vous avez bien voulu me témoigner, il y auroit ingratitude de ma part si je ne vous remerciois pas. Vous pensez sans doute que j'aurois dû le faire plutôt. Vous avez raison, et je m'avoue coupable. La seule chose qui peut m'excuser est l'état d'anéantissement où sont mes esprits, ce qui est causé par les peines que mon cœur éprouve. Il me semble que je fais un rêve fatigant, même terrible : peut-être aurai-je un réveil agréable, auquel un jour pur et calme succédera.

Vous allez peut-être me croire folle, c'est possible; mais je dois vous avouer que ce mariage me bouleverse entièrement; il me semble que je vais pour toujours me séparer d'un ami qui pourtant n'est plus, mais qui ne cessera jamais de vivre dans mon cœur. Me séparer des souvenirs qui me rattachent à lui!..... Grand Dieu! je sens que j'en mourrois; ils sont et seront toujours tout pour moi..... Dernièrement votre bonté a relevé mon courage, votre appui m'a soutenu. Vous avez fait circuler l'espoir dans mes veines que la douleur dévoroit, et cette douleur s'appaise. Voilà l'effet des paroles que vous m'adressâtes et que je me répète sans cesse : *ma chère, pensez à vos enfans*. Ces paroles ont eu sur moi l'effet d'un pouvoir magique, et quelle est la mère qui ne se sent pas le courage de tout surmonter quand il s'agit du bonheur de ses enfans? Oui, il me faut du courage! J'en aurai : ma tâche n'est pas achevée, je suis jeune encore, peut-être ai-je encore bien des jours amers à passer; mais dans la route épineuse de la vie que j'ai encore à parcourir, lorsque mes forces seront prêtes à m'abandonner, je me rappellerai vos paroles : *pensez à vos enfans*.....

Le doux souvenir qu'Emilie inconnue, ou plutôt rejetée de la société, a trouvé une personne qui a daigné l'honorer d'une estime particulière que Madame de G** (L'imagination la transporte déjà dans l'état d'épouse. — *Villiaume.*) mettra sa gloire à conserver, est déjà une puissante consolation. Je pourrai me dire: j'ai un ami, trésor précieux pour qui sait l'apprécier. Ce mot est tellement prodigué, que c'est, ce me semble, une fausse monnoie qui trompe et éblouit souvent. Je voudrois qu'on dît : j'ai beaucoup de connoissances, au lieu de dire, j'ai beaucoup d'amis; car souvent ceux qui en comptent un grand nombre n'en ont pas un seul, ce sont les amis de leur fortune; ils s'évanouissent avec elle; c'est assez vous dire, Monsieur, combien j'attache de prix à l'amitié que vous avez daigné me témoigner; j'ose vous en demander la continuation, et je ferai tout pour m'en rendre digne. Je vous prie de tenir la parole que vous m'avez donnée d'être témoin de mon mariage, ce sera un service que vous rendrez à celle à qui vous avez témoigné un touchant intérêt. J'ai été très-malhonnête hier, lorsque M. de G.** fut parti : j'aurois dû vous remercier de vos bontés pour moi ; mais je souffrois, je me suis jetée dans les bras de ma nouvelle amie, Madame Villiaume ; pleurer avec elle, étoit ôter à mes larmes un peu de leur amertume. J'aurois dû songer que j'avois des témoins de ma douleur et la concentrer en moi-même ; mais il m'a été impossible ; que la bonté de votre cœur pardonne au mien ; quand je connoîtrai le monde, peut-être saurai-je qu'il faut quelquefois réprimer ces sentimens d'abandon et de franchise, savoir feindre enfin, c'est une chose qui me sera bien difficile à apprendre..... Je vous supplie, Monsieur, d'excuser la longueur de ma lettre ; je n'ai pas le talent de m'exprimer avec élégance, mais croyez que mon cœur souffre de mon peu d'esprit ; croyez aussi qu'il sent vivement les sentimens avec lesquels j'ai l'honneur d'être, etc.

ÉMILIE. »

M. LEBRETON, A ÉMILIE.

« Bonne et excellente mère, digne amie et femme aimable ! votre lettre m'a touché jusqu'aux larmes. Je bénirai toujours le hasard qui m'a mis dans la confidence de votre noble et bonne action. Je m'honore d'y prendre part, et vous pouvez compter que je ne varierai jamais dans ce sentiment. Vous vous effrayez trop de votre situation : elle n'a rien que d'heureux et d'honnête : vos enfans et vous y acquerrez une existence pour l'avenir ; la société y gagne, les liens du cœur n'en seront point froissés, et par tous ces intérêts réunis, les soins que vous donnerez à la vieillesse de celui qui vous apporte un beau nom, vous paroîtront doux. Votre bonté, votre grâce naturelle, votre caractère aimant vous feront chérir dans le monde comme dans votre intérieur. Vous aurez des avantages réels et vous ne perdrez rien de ce qui fait le bonheur des êtres qui aiment tendrement. Je vous gronderai si vous ne sentez pas tout ce qu'a de bon le sort qui s'achève. Rien de plus sensé, de plus juste que ce qui vous a été dit devant moi par..... Je l'aimois distinct. je le range de ce moment parmi les hommes que j'estime et que je chéris le plus, ainsi que vous. Vous trouverez en moi un dévouement sans borne, et déjà je me flatte que je vous serai utile par des conseils et des soins pour diriger votre fils dans son éducation. Il faut en faire un être distingué. Ces soins et ces conseils seront puisés dans mon cœur qui est tout entier à mes amis.

Bonjour et dévouement sincère,

J. LEBRETON.

Cette réponse de M. Lebreton, qui ne prodigue pas son estime, prouve mieux que tout ce que je pourrois dire, les sentimens qu'Emilie sut toujours inspirer. Je reçus plus de six cents lettres pour elle : voici celle qui fixa d'abord son choix, avant que je lui eusse parlé de M. le comte de G.**

Monsieur,

Sous le n°. 4 de votre correspondance, se trouve la demande d'une bien intéressante personne. C'est une jeune victime d'un cœur trop sensible, dont l'égarement l'a rendue mère de deux enfans.

Le sentiment de l'amour maternel, remplaçant les illusions de la première jeunesse, lui fait entendre la voix sévère de la raison. Aussi, veut-elle sacrifier aux obligations que lui impose son titre de mère, la fleur du bel âge de la vie et les jouissances d'une existence indépendante. C'est un père qu'elle demande pour ses enfans ; mais sans prétendre remplacer dans son cœur l'amant que d'impérieuses circonstances éloignent d'elle pour jamais. Mère de famille, sans être épouse, c'est ce titre qu'elle ambitionne, afin d'écarter de ses enfans ces imposans préjugés qui flétrissent leur naissance.

Cherchant dans le sein même du mariage cette courageuse abnégation d'elle-même, qui devient en quelque sorte l'expiatiou d'une première erreur, elle offre sa main à un vieillard de 60 à 70 ans, à qui elle assure une pension viagère de 6000 fr., plus la table et un logement dans son hôtel à Paris. La seule condition qu'elle exige, c'est que ce père adoptif dote ses enfans de l'éclat d'un nom anciennement illustré.

Femme charmante ! être à 25 ans susceptible d'une aussi sage prévoyance, être capable d'aussi généreux sacrifices ! Vous voulez offrir votre jolie main à la main glacée de la vieillesse, afin de vous environner de l'honneur attaché aux cheveux blancs ! vous consentez à présenter votre bouche fraîche comme la rose, que les premières fleurs de l'aurore viennent d'entrouvrir, au baiser conjugal d'un époux septuagénaire !...

Monsieur Villiaume, s'il en est encore temps, je prie cette dame, par votre intermédiaire, je la conjure à genoux (car c'est réellement un genou en terre que j'écris cette lettre) de réfléchir sur les suites d'un aussi étrange dévouement.

Hélas ! si elle connoissoit avec quels battemens de cœur j'ai lu et relu sa lettre ; de quels baisers brûlans j'ai couvert les expressions ingénues de sa faute, son tendre cœur pourroit peut-être encore sourire à l'espérance de réunir le titre d'amante à celui d'épouse adorée. Elle demande un père pour ses enfans : mes trente-deux ans peuvent-ils être sérieusement un titre d'exclusion ? Ma naissance n'est pas illustre, mais elle est honnête : mon père tenoit le premier rang dans la bourgeoisie d'une grande ville.

Refusant la pension viagère de 6000 fr. qu'elle offre à un époux septuagénaire, je désire déposer à ses pieds l'hommage d'un revenu de 14,000 fr., bien clair et bien net, dont je jouis en immeubles.

Je dois lui dire un mot de mon physique. J'ai 5 pieds 3 pouces, ma taille est élancée. On prête de la vivacité à ma physionomie, où la petite-vérole a laissé de légères traces. Avec quelque goût pour la musique, je la cultive, mais seulement comme un agréable délassement. Je n'ai d'autre occupation que la régie de mon bien, et je partage mes loisirs entre une bibliothèque choisie et mes cahiers de musique. Je me livre quelquefois au plaisir de la chasse, mais c'est pour y trouver un exercice utile à ma santé.

Je me croirai, Monsieur, le plus fortuné des mortels, le plus heureux des amans, si cette adorable Héloïse veut bien m'honorer d'une réponse par votre entremise.

Je suis, etc.

J'ai dit que j'allois publier un *Journal d'Annonces et d'Avis divers*, sous le titre d'AFFICHES VILLIAUME. C'est encore une de mes conceptions de Charenton : que je rirois, et que tous les *Martins* qui se sont moqués de moi seroient honteux, si elle alloit aussi me réussir ! Veuillez, lecteur, m'aider dans cette bonne-œuvre, en vous y abonnant; cette manière délicate de m'obliger et à laquelle je serai infiniment sensible, me rendra ma gaiété en me faisant oublier mes chagrins; 12 fr. pour trois mois, 22 fr. pour six mois, et 40 fr. pour rire toute une année, ne sont pas des sommes à regretter.

Modes, anecdotes, bons mots, nouvelles du jour, autres que celles relatives à la politique; offres, demandes et propositions de tous genres, feront la composition de cette Feuille qui paroîtra, à commencer du 15 octobre prochain, tous les un, deux et trois jours, afin que les annonces qui y seront insérées demeurent plus long-temps en lecture, avantage que ne présentent pas les *Affiches* existantes qui se renouvellent journellement, et qui d'ailleurs sont peu répandues, ce qui fait que les notes qui y paroissent ne reçoivent réellement qu'une publicité éphémère et très-bornée.

Mon *Journal* ira dans les principales villes des départemens. J'y admettrai, à raison de 20 centimes par ligne, sous le titre MARIAGES PAR CORRESPONDANCE, des lettres de l'espèce de celles qui précèdent et qui suivent; celles qui pécheront par le style, paieront 10 centimes en sus pour frais de corrections, lesquelles se réduiront au rétablissement des verbes dans leurs temps, à la substitution du mot propre à l'impropre, à l'accord des participes avec leurs régimes, etc. C'est assez dire que leur sens ne sera jamais altéré; toujours les mêmes au fond; on y conservera jusqu'aux locutions bisarres; parce qu'elles peignent souvent le caractère des individus.

Les personnes qui désireront se placer pourront aussi y faire paroître leurs demandes en forme de lettres, ce qui, en donnant un aperçu de leurs talens, facilitera aux négocians, banquiers, manufacturiers et autres chefs d'établissemens qui auront besoin de sujets, les moyens de mieux fixer leur choix. Les dames qui souhaiteront des emplois de lectrices, d'institutrices, de dame de compagnie, de comptoir, de confiance, de charge, ou pour être à la tête d'un magasin, d'une grande maison pour en surveiller les détails, pourront également recourir à ce moyen.

On y recevra pareillement tous articles de librairies, prospectus, plans, projets, annonces relatives au comerce, lettres et réclamations auxquelles on voudra donner de la publicité.

Ce surcroît de travail exigeant une augmentation dans le personnel de mes bureaux, je demande, pour me seconder, deux collaborateurs actifs, instruits et de même âge que le mien, ou à-peu-près; l'un sera chargé, conjointement avec moi, de la direction de mon journal, et l'autre, sous moi, de la direction d'une partie de mon établissement que je veux rendre, en affaires, ce qu'est le Grand-Orient en franc-maçonnerie : *un point de centre dont les ramifications s'étendent en tous lieux, et où tout vienne aboutir.* Ces deux collaborateurs devront faire une mise de fonds; je recevrai leurs propositions écrites, et pas autrement, jusqu'au 30 septembre prochain. C'est pour leur donner, ainsi qu'au public et aux personnes qui s'abonneront à mon Journal, une idée de ce qu'il sera, que je reproduis les lettres suivantes extraites de mon portefeuille, lesquelles ont déjà été imprimées. Non moins bien dites, celles que j'ai maintenant à publier sont infiniment plus variées, et en un nombre très-grand : il m'en vient d'ailleurs journellement de nouvelles; il ne se passe pas une semaine que je n'en reçoive au moins soixante.

A M. VILLIAUME.

30 janvier.

Monsieur, vous qui pouvez disposer d'une si grande quantité de maris, voudriez-vous bien me dire si dans le nombre il s'en trouveroit un assez modeste dans ses prétentions pour vouloir d'une femme qui n'est ni trop jeune ni trop vieille, ni belle, ni laide, mais sur toutes choses très-aimable et qui de plus ne prétend pas à beaucoup, n'ayant elle-même que fort peu à offrir? — Voici au plus juste : j'ai peu à espérer; en attendant, j'ai un logement à la campagne, du pain et du vin de Brie ou à-peu-près.

Quant au mari que je souhaite, je le veux d'une tournure distinguée et du plus parfait honnête homme, de l'âge de 36 à 60 ans. Je ne dis rien de sa fortune, celui à qui je pourrois convenir saura s'il a assez pour deux, trois ou quatre.

En vous écrivant, je réfléchis que vous allez dire: voilà une singulière demande! Quoi... ! n'avoir rien, avoir des prétentions et les fonder sur l'amabilité? Franchement, c'est de l'extravagance. Eh bien, je vous en prie, passez vîte sur les observations que vous pourriez faire à ce sujet; que les difficultés que vous trouverez ne vous arrêtent point.

Vous avez 8 ou 900 prétendans, soumettez-leur ceci, vous ne risquez pas grand chose; ceux à qui cela ne conviendra pas riront avec vous et tout n'en ira pas plus mal; et si, au bout du compte, rien ne produit rien, je ferai comme cette dame dont vous avez parlé, j'irai me laisser choir au coin de la rue du Hasard; ce qui m'embarrasse, c'est que ce ne sera pas le hasard qui m'y aura conduite, mais bien l'intention.

J'ai l'honneur d'être, etc.

AU MÊME.

Toujours vivre célibataire !
Glaner dans les champs des maris !
N'avoir souvent pour ordinaire
Que réchauffés et que débris !

Pour sa santé craindre sans cesse !
S'entourer de précautions !
Et parfois au sein de l'ivresse,
Puiser de dangereux poisons !

Non ! c'en est fait, Dieu d'hymenée
Reçois mon encens et mes vœux ;
Viens embellir ma destinée,
Viens s'il se peut faire un heureux.

Partout enfin je le publie,
Donnez au rire un libre cours;
Oui, oui, désormais dans ma vie,
Amis, point d'hymen, point d'amours.

O vous ! dont le cœur pur et tendre
Cherche et chérit le sentiment,
Venez ici, venez m'entendre.
J'offre un mari, moins qu'un amant.

Dans les liens du mariage,
Pour m'engager il me faudroit
Fille ou bien veuve honnête et sage,
Qui moins de trente ans compteroit.

Plus aimable encore que jolie,
D'un caractère ouvert et doux,
Sans orgueil comme sans folie
Prête à n'aimer que son époux.

A l'art souvent de la nature
Préférant l'agreste beauté ;
D'une morale et simple et pure
Cherchant, aimant la vérité.

Telle, ma Baucis adorée
Sauroit combler tous mes désirs,
Et même aux dieux de l'Empirée
Feroit envier mes plaisirs.

Au sein d'un paisible ménage
Tous deux coulant des jours heureux,
Des ans nous verrions le ravage
Et nous n'en aimerions que mieux.

Mais cet espoir en vain me guide,
L'hymen en vain séduit mon cœur.
Peut-on sans un métal perfide,
Peut-on espérer le bonheur?

Ah! non, sans lui tout est à craindre,
Dégoûts, ennuis, chagrins, amans;
O mœurs, honneur, qu'on doit vous plaindre
Entourés d'autant d'assiégeans.

Hélas! pour être heureux sans cesse,
Arriver en paix au trépas,
Nature, et vous, vertus, tendresse,
Pourquoi ne suffisez-vous pas?

Ah! puisqu'enfin de cette vie
L'or est l'agent et le soutien,
Nature, hymen, femme jolie,
Sans lui pour vous je ne puis rien.

Or, contrats, terre, peu m'importe;
Les capitaux sont superflus
Lorsqu'en tout temps la dot rapporte
D'abondans et sûrs revenus.

Mais moi, qu'offrirai-je en partage,
Demande-t-on avec raison?
Trente-trois ans, voilà mon âge,
C'est n'être pas jeune garçon.

Pourvu dans certaine régie
D'un assez honorable emploi,
J'examine, je vérifie
Si tout est conforme à la loi.

Le travail, mon plus riche père,
Augmente ainsi mes revenus,
Depuis cinq ans mon honoraire
S'élève à quinze cents écus.

Je dis quinze cents et peut-être
Manque-t-il une fraction,
J'en avertis, car je veux mettre
En tout de la discrétion.

Voilà bien le plus nécessaire :
Que dire encore aux amateurs ?
Je suis modeste et dois me taire
Sur le physique et sur les mœurs.

Je pourrois de mon caractère
Sans doute encore parler sans fard ;
Mais chacun sait, si je diffère,
Qu'un mot suffit : je suis Picard.

Quant à mon nom j'ai souvenance
Qu'un roi très-chéri le portoit ;
Vingt fois ce roi reprit la France
Sur l'Anglais qui la disputoit :

Mais, ô rage, ô foiblesse humaine !
On vit ce vainqueur redouté
Mourir victime de la haine
D'un fils justement détesté.

Grands dieux ! écoutez ma prière :
Si de l'hymen je suis la loi,
Si quelque jour on me fait père,
Ah ! d'un tel fils préservez-moi.

AU MÊME.

Vous, Monsieur, qui êtes un homme merveilleux pour procurer des maris aux demoiselles, ne pourriez-vous pas aussi en procurer à de jeunes veuves ? Plus connoisseuses et par conséquent plus difficiles que les jeunes personnes, les deux veuves dont il s'agit n'exigent pourtant rien de ce qui séduit et souvent détermine le choix, c'est-à-dire la jeunesse et la beauté. Non, ce ne sont pas les dehors brillans qu'elles aiment elles veulent du bon et surtout du solide. Dégoûtées de l'amour dont elles ont fait une triste expérience, elles veulent consacrer leurs plus belles années à l'amitié et à tous les sentimens qu'elle fait naître. Pour remplir dignement le vide de deux cœurs tendres, sensibles au-delà de toute expression, elles veulent des hommes d'un âge mûr, bien nés, bien élevés, ayant de l'esprit, car elles goûtent fort le plaisir de la conversation. En revanche, elles offriront avec leurs personnes tous les petits avantages qui en dépendent, et dont je vais vous faire le détail.

Ces veuves sont sœurs. La fortune aveugle n'a pas réparti également entre elles ses dons et ses faveurs; vous allez en juger : la cadette est jolie et riche, elle est très-gaie, très-piquante, très-sémilliante; elle est brune, avec les yeux noirs, très-bien faite, de l'embonpoint ce qu'il en faut et une jolie taille, excellent cœur et aimant à obliger. — L'aînée n'est pas jolie, elle n'est plus riche; elle est triste par circonstance, mais gaie par caractère; elle est blonde, grande et bien faite. Ce portrait, je l'avoue, n'est pas aussi séduisant que l'autre; cependant un galant homme qui ne tiendroit pas trop à la fortune pourroit trouver près de cette aînée le véritable bonheur, car elle a l'ame sensible et est solide amie. Ces deux dames tiennent à l'ancienne noblesse; elles ont été bien élevées et possèdent cette habitude et cet usage du monde que peut seule donner la bonne compagnie dans laquelle elles ont toujours vécu. Habituées à l'aisance que procure la fortune, elles veulent en trouver dans leurs maris. La cadette, quoique riche, veut l'être davantage, et l'aînée qui ne l'est plus, a aussi quelques prétentions; elle pense d'ailleurs que plus elle tiendra d'un mari, plus il aura de droits à sa tendresse et à sa reconnoissance ; elle lui promet d'avance que l'agrément qu'il trouvera dans sa société le dédommagera bien d'un peu moins de fortune qu'une femme frivole et peu sensée ne sait que dissiper. Voilà, Monsieur, l'exacte vérité ; si elle peut plaire, si deux hommes estimables nous jugent dignes de leurs hommages, veuillez nous le faire savoir.

Recevez, etc.

AU MÊME.

Monsieur,

Trente ans trois mois, cinq pieds trois pouces ;
Ni beau, ni laid, ni brun ni blond ;
Cœur droit, dos large et ventre rond ;
Esprit solide, formes douces ;
Bon mobilier, livres choisis ;
Quelques talens, certains écrits ;
Revenu de deux cents louis ;
Nom honoré, place honorable ;
A marier à femme aimable,
Aisée, honnête ; ayant au moins
L'ame bonne et beauté du diable,
Cent fois cinq francs pour vos bons soins.

J'ai l'honneur d'être, etc.

IMPERTINENCES RELEVÉES.

Croire que tout est agrément dans ma partie est une étrange erreur, témoin cette lettre, que je rends publique pour qu'on ne soit plus tenté de m'en adresser de pareilles.

A MONSIEUR VILLIAUME.

« Monsieur, vous avez dû recevoir deux lettres de » moi ; la première, le lendemain que j'ai été vous » voir. » (*Cela est preste.*) « N'ayant pas reçu de ré-

» réponse immédiate, j'ai vu que j'étois votre dupe. » (*Quoi! sitôt ?..... Eh! Monsieur, laissez-moi le temps d'agir.*) « Huit jours après je vous ai encore » écrit ; même silence. » (*C'est que plus on m'assiège moins on obtient.* « J'ai été deux fois chez vous, » deux fois mes démarches ont été infructueuses ; j'y » retourne aujourd'hui, sans espoir de vous trouver ; » mais, au moins, ma lettre vous parviendra. » (*Compte fait, voilà, Monsieur, de votre aveu et en moins de quinze jours, quatre visites que vous me faites, dont une suivie d'un entretien ; plus, trois lettres que vous m'écrivez et trois réponses que vous me demandez : Si tous mes cliens vous ressembloient, je ne saurois plus où donner de la tête.*) « La fable du Renard et du Corbeau s'est réalisée entre » vous et moi : vous êtes le Renard et moi le Corbeau. » (*C'est, Monsieur, me faire trop malin, et vous trop noir ou trop bon*). « Mon intention, en allant chez » vous, n'étoit et n'est encore que de rire de ma cré» dulité. » (*Cela étant, vous deviez rester chez vous, ou vous n'êtes pas fondé à vous plaindre; j'ajoute, que bien vous a pris de ne m'avoir pas cité la fable de la Cigale et de la Fourmi, parce qu'alors je vous aurois répondu, non de danser, mais de rire maintenant.*) « Je serois curieux de » savoir combien vous pouvez en avoir comme moi » par année ? » (*Des corbeaux ? pas un : des hommes comme vous ? dix seroient trop, même en admettant que les jours fussent de quarante-huit heures pour moi.*) « Je puis vous assurer qu'il n'y a que ma « bourse qui en souffre, du reste, je ne suis pas fâché » de vous avoir connu, à la vérité à mes dépens. » (*Dites aux miens, puisque j'ai perdu mon temps en vous recevant, en vous lisant, et que je le perds encore en vous répondant, après l'avoir perdu dans votre affaire qui étoit sur le point de se terminer, lorsque vous m'écrivîtes, et que je viens de rompre en montrant votre lettre; enfin, au moment où vous me reprochez si vivement de ne m'être pas trouvé chez moi, trois à quatre dames se plaignoient aussi de ce que je ne m'étois pas rendu chez elles. Puis-je me mettre en quatre et être par-tout à la fois?*) « Je sais actuellement à quoi m'en tenir sur votre compte. » (*Et moi aussi sur le vôtre.*) « Je ne regrette pas mon argent. ») *Il » y paroît.*) « Si je suis trompé, c'est bien ma faute » et non la vôtre; vous n'êtes point venu me cher- » cher. » (*Ajoutez que la fantaisie ne m'en prendra jamais.*) « J'ai été chez vous et je vous ai donné » bénévolement mon argent. » (*Encore votre argent!*) « La grace que je vous demande, c'est d'effacer » mon nom de dessus vos papiers, et de les envelop- » per dans un éternel oubli. » (*Accordé. Je n'en garderai pas même le souvenir.*) « Je vous salue. » (*Cette fin n'est pas polie.*) « Delaboussardière » de Beaurepos. (*Voilà un beau nom; je ne puis résister à l'envie de le citer.* Villiaume.)

LES OPINIONS.

Lorsque les premières lettres de cette correspondance parurent, on prétendit y reconnoître ma touche, et aussi-tôt on me les attribua; c'est m'avoir fait beaucoup d'honneur. Celles qui suivirent immédiatement parurent très-ordinaires; j'étois, disoit-on, inégal. Celles qui vinrent après étoient en vers, on voulut encore m'y reconnoître; c'est, pour la troisième fois, m'avoir trop honoré. Je n'ai ni l'esprit des deux sexes, ni celui de tous les âges, ni le talent de bien dire en prose et en vers, encore moins celui d'être inégal. Ce mérite appartient exclusivement aux dames: il est vrai que, chez moi, j'en reçois tant et de si aimables, que je pourrois bien être tenté de les imiter en quelques points. Le malheur est que je n'atteindrai jamais l'art qu'elles possèdent si bien, celui de ranger tout le monde de leur avis.

Villiaume.

Note correspondant à la page 224. (Voir cette page).

(1) Avant de faire cette preuve, il convient que je rapporte quelques détails qui s'y rattachent. M. Dandré, qui n'est pas aussi bon homme que l'ont insinué ses détracteurs, me recommanda, en quittant Bruxelles, d'établir au moins, si je ne pouvois mieux faire, une ligne de communications entre Paris et Gand, afin que nous pussions, si elles venoient à être interrompues, comme cela arriva après mon retour, recevoir toujours des nouvelles de la France.

Arrivé sur les hauteurs de Cateau-Cambresis, je rencontrai, lorsque je me rendois à Paris, une dame Bove, femme d'un douanier; elle m'apprit que son mari venoit d'être requis, avec tous ses camarades, pour le service militaire des places fortes, d'où je conclus que nos douanes n'étant plus gardées, il nous seroit non-seulement facile de recevoir des nouvelles de l'intérieur, mais encore tout ce que nous pourrions désirer. Je donnai quelque argent à cette femme, qui m'apprit en outre que son mari ne gagnoit que 40 fr. par mois qu'on lui payoit fort mal, ce qui d'ailleurs étoit insuffisant pour elle, lui et quatre enfans qu'ils avoient. — « Vous gagneriez davantage, lui dis-je, à faire la contrebande ?— Je voudrois bien en trouver l'occasion.— Elle est toute trouvée : les relations commerciales (se rappeler que j'avois un passe-port belge) entre mon pays et le vôtre, souffrant beaucoup en ce moment, je suis obligé de me livrer à des affaires de ce genre ; souvent on me fait des commandes de Paris: voudriez-vous, dans la crainte qu'elles ne fussent interceptées, m'apporter mes lettres à Mons ?—Oui, Monsieur ; vous n'avez qu'à les faire adresser chez M. Pinchon à Escars, près et par St.-Quentin, ou bien à M. Pavé, aubergiste, sur la grande place à Saint-Quentin, pour remettre à madame Bove ; n'en attendant pas, je verrai bien qu'elles sont pour vous et je vous les porterai. Mais les avant-postes anglais ? — Ils ne vous diront rien, les Anglais sont de bons diables, et d'ailleurs les plus grands contrebandiers du monde ; ce ne sont pas d'eux, mais des vôtres que vous devez vous garer ; au surplus, il en reste peu, et vous les connoissez tous, cela vous aidera de ce côté; pour l'autre, je vous donnerai un mot qui vaut une passe. Ce mot, convenu avec les douaniers belges, étoit : *à M. Jean Dumai, chez M. Piquet, rue Verte, à Mons*. C'est avec lui que la femme Bove passa la frontière, et que les douaniers belges lui firent passer les lignes étrangères. C'est aussi avec lui et de la même manière que madame Deloche-Delcroix, de Bavai, se rendit à Mons.

A Maré, entre Cateau-Cambresis et St.-Quentin, je trouvai, chez un nommé Tienne, aubergiste, un petit jeune homme plein d'intelligence ; il m'apprit qu'il se nommoit Bourgogne; qu'il étoit de Solem, près Maré ; qu'il avoit été mitron chez un de ses parens, je crois chez son frère, boulanger, à Paris, rue Montorgueil, vis-à-vis le passage du Saumon ; que cet état ne lui convenant pas, il l'avoit quitté pour faire la contrebande du tabac ; qu'il n'étoit jamais pris, parce qu'il connoissoit tous les détours, et qu'il gagnoit 30 à 40 sous par jour. Je lui fis la même proposition qu'à la dame Bove et dans les mêmes termes, c'est-à-dire, fondée sur les mêmes raisons, en ajoutant qu'il seroit encore bien moins exposé à être pris qu'avec du tabac, puisque les paquets qu'il porteroit seroient d'un volume assez petit pour être facilement cachés ; qu'en outre il gagneroit 50 fr. par voyage : c'étoit aussi ce que j'avois promis à la femme Bove; je lui laissai également de l'argent ; les lettres devoient lui être adressées, de Paris, sous cette anagramme de mon nom : à M. Mauvillie, *chez M. Tienne, aubergiste à Maré, près et par Cateau-Cambresis.* Je crus devoir établir cette différence dans l'adresse, afin que si l'une de mes lettres se découvroit à la poste, on ne les découvrît du moins pas toutes, et sur-tout les unes par les autres.

J'établis encore, dans plusieurs endroits, des moyens de communications, toujours par les mêmes voies et en variant les adresses, mon écriture, et le mot pour passer les avant-postes, ayant tout disposé pour cela à Mons, et tout prévu avant d'en partir. Je ne craignois pas même d'être trahi par les personnes que j'avois employées ; aucunes ne se connoissant entr'elles, elles ne pouvoient, le cas arrivant, être vendues les unes par les autres ; ensuite la tentation ne pouvoit leur en venir : qu'auroient-elles gagné à éventer un secret qu'elles croyoient n'être relatif qu'à des affaires de contrebande? Je ne craignois pas non plus que mes lettres fussent ouvertes à la poste de Paris, puisqu'elles partoient pour des lieux très-intérieurs : voilà pourquoi j'évitai de les faire adresser dans les villes de l'extrême frontière.

Tout concouroit à me rassurer ; je ne pouvois même pas, tant j'avois pris de précautions et bien concerté mes moyens, concevoir d'inquiétudes sur le sort de mes amis et sur celui de ma femme, à laquelle j'avois laissé les instructions suivantes, devenues authentiques par les preuves écrites et manifestes, que j'ai entre les mains de les avoir communiquées, en Belgique, immédiatement après y être rentré. « Signer tes lettres du nom » d'*Angélique ;* les faire écrire et signer par une main tierce, » afin que tu puisses les désavouer et ne pas te compromettre » en cas d'événement. Recommander les mêmes précautions à » Lavinay, qui signera *Barême*, à Gontard, qui signera *Ra-* » *meau*, etc. » (la nomenclature de toutes les personnes chargées de m'écrire est inutile ici ; il suffit seulement de montrer qu'on pouvoit en multiplier le nombre à l'infini, et qu'en me mandant, par exemple, qu'on m'expédioit deux pièces de vin, c'étoit m'annoncer le départ de deux divisions pour le nord, puis en ajoutant qu'on alloit à la campagne, c'étoit me dire que Buonaparte partoit pour l'armée, etc.) « Me tenir au courant » des vues, nouvelles et versions politiques, des arrestations, des » mouvemens militaires, des nouvelles qui ne paroîtront point » dans les journaux et qui pourtant seront vraies (et on est à la source chez moi pour en avoir) ; » des affaires aux cours » d'assises, conseils de guerre et commissions militaires; me trans- » mettre aussi tous les jours les journaux, les caricatures nou- » velles, les bons mots, les calembourgs, tout ce qui marque » l'opinion publique, et en général tout ce qui peut intéresser » le Roi et les personnes qui ont suivi S. M. »

On a reproché à Moreau de s'être battu contre sa patrie ; ce reproche est mal fondé ; il accouroit, au contraire, à son secours ; il est fâcheux pour elle qu'il soit mort sitôt ; s'il eût vécu, nous n'aurions pas vu les événemens de 1815, et peut-être est-ce à ses dernières paroles que nous dûmes d'être si bien traités, en 1814, par l'Empereur Alexandre. Que demandoit-il, d'ailleurs, aux troupes de Buonaparte ? de passer vers lui, et il les auroit ramenées en France, où l'ennemi ne seroit jamais entré. Sa patrie, qui l'avoit repoussé en se courbant sous le joug d'un despote, ne l'étoit plus pour lui que par les vœux qu'il faisoit pour elle. Existoit-elle bien pour nous cette patrie ? Non. Il n'y en avoit pas plus en France alors qu'il n'y en a aujourd'hui au Japon, et dans tous les pays où la volonté d'un seul est la loi de tous : on n'y distingue qu'un maître et des esclaves. Au surplus Moreau eût vainement invoqué, après l'expiration de ses deux ans d'exil, l'exécution des lois de son pays qu'il avoit si long-temps et si vaillamment défendues ; se plaçant au-dessus d'elles Buonaparte ne lui auroit jamais permis de rentrer, donc Moreau n'étoit plus Français par le fait, donc il pouvoit se battre contre Buonaparte qui ne fut en tout temps qu'un étranger pour nous. Quoi qu'il en soit, je déclare que, pour mon compte personnel, je voulois rentrer en France ; que réduit à l'option de mourir ou d'en être exclus pour toujours, j'aurais plutôt péri, mais en tuant Buonaparte, parce qu'il n'en coûte pas plus ; j'ajoute que mon premier désir fut d'empêcher les hostilités, et que si elles devoient avoir lieu, mon second désir fut de voir Napoléon battu à la première affaire, parce qu'il ne pouvoit manquer de l'être plus tard, et que s'il eut d'abord triomphé c'en étoit fait de la France : plus l'ennemi seroit revenu de loin et plus il se seroit montré intraitable ; qu'ainsi je pris et dus prendre mes mesures en conséquence. Si les affaires n'ont pas tourné comme elles auroient dû tourner, la faute en est aux machines et aux ultras de là bas : voilà pourquoi je les hais tant.

J'étois un individu très-différent pour tous les paysans que j'avais vu, tant en allant à Paris qu'en revenant à Mons, ensorte qu'ils n'auraient pu causer de moi comme d'une même personne, en supposant que ceux d'Escars, de Maré, d'Anglaise-Fontaine, etc., se fussent rencontrées sur la route, en m'apportant des lettres ; et cela était nécessaire, parce que si l'un d'eux eût été arrêté pour fait de cette correspondance, l'épouvante n'aurait pas gagné les autres ; d'ailleurs un secret dont on parle, même avec réserve, est bientôt éventé. Voici comment je m'y pris pour me rendre si dissemblable : je mis à mon cou quatre cravates de différentes couleurs, toutes fixées par des rosettes en-dessous les unes des autres ; celle du dessus étoit noire ; la tirois-je ? il en paroissoit une jaune ; tirois-je celle-ci ? l'autre étoit bleue, et ainsi de suite jusqu'à la dernière ; il en étoit de même de quatre gilets ronds, et d'autant de pantalons à la matelotte, tous aussi les uns sur les autres et diversement étagés, de manière que les plus grands couvroient les plus courts, sans me charger beaucoup, puisqu'aucun n'étoit doublé, et que tous étoient d'étoffes légères.

Je n'avais pas besoin de m'arrêter pour changer de couleur ; il me suffisoit d'oter ma veste de dessus, ma cravatte, et sans me déchausser, un des larges pantalons que je portois, à l'aide de quatre boutonnières adaptées à chacune des branches de mes bretelles. Quatre sacs de nuit, entrés les uns dans les autres, et où je remettois ma défroque, changeoient aussi de couleur lorsque je faisois passer celui du dessus dans l'intérieur. J'avais pareillement quatre casquettes, et autant de mouches garnies de poils, artistement plantées sur une peau très-mince, que je me collois sur la figure, avec du blanc d'œuf contenu dans une fiole à sandaraque placée dans ma poche, à côté d'un petit miroir; en sorte que m'ayant vu en gris, avec une cravate jaune, le nez droit, et une mouche noire sous l'œil, dans un village, on me voyoit, dans un autre, en nankin, avec une cravate bleue, un nez de travers (se souvenir de mes boulettes), une mouche rousse entre les deux sourcils, une casquette et un sac d'autres nuances. J'en fis autant pour revenir.

C'est avec ce stratagême, qui date de vingt-cinq ans, que je trompois la vigilance de la police, il y a dix à douze années, lorsque je me rendois de mon exil à Paris. Je ne m'en explique aujourd'hui que nous sommes en paix, que parce que j'espère bien n'être plus dans le cas de m'en servir. Toutefois, je ne dirai pas à M. A. Martinville, parce qu'il le répèteroit, comment d'intrépides soldats firent encore *la queue* aux généraux de l'Allemagne et à Suwaruff, en tournant leurs armées, et même en pénétrant dans leurs retranchemens. Ce ne sont point les déguisemens, mais la vénalité de certains services qui les rendent dégradans. Un général cherche une issue pour effectuer sa retraite, et assurer le salut de son armée; un soldat se dévoue, se sera-t-il avili? D'ailleurs, Charles Ier., Edouard II, et mille grands d'Angleterre ne se déguisèrent-ils pas, dans les troubles civils de leur pays, les premiers pour échapper à la mort, les autres pour les rejoindre en traversant les camps ennemis, et quand ils les avoient rejoints, ne leur rendoient-ils pas compte de tout ce qu'ils avaient vu? N'agissoient-ils pas, ensuite, en conséquence de ce qu'ils apprenoient?

Je revis, en retournant à Mons, tous les paysans que j'avois vu en allant à Paris, et de plus, un sieur Bulté, maître d'école à Anglaise-Fontaine. » Je parie, me dit-il, en m'abordant, que vous allez à Gand? Vous êtes plus heureux » que moi, Monsieur, je voudrais bien y aller aussi; emmenez-moi avec vous; je me mettrai en mille morceaux pour « servir le Roi; nous sommes tous comme cela dans ce pays-» ci (et il disoit vrai, toute la Flandre pleuroit S. M.); nous » commencions à respirer, et voilà que ce chien de Buona-

» parte va encore nous faire dévaster. Dites, voulez-vous que » je vous suive? » J'étois assez près de la Belgique pour n'avoir plus rien à craindre. La franchise, l'accent et l'air vrai de ce bon paysan me gagnèrent. Je lui demandai s'il connoissoit bien la topographie de la frontière, la traverse pour aller à Paris, et s'il se sentoit le courage d'y porter des lettres? — « Oui, Monsieur, je pourrai même répandre des proclama- » tions sur toute la ligne, gagner d'autres villageois, qui les » jeteront comme moi sous les portes dans la nuit; enfin, je » donnerai, s'il le faut, ma vie, celles de ma femme et de » mes enfans, que je propose de déposer en ôtage pour sûreté » de ma fidélité. » Il renouvela cette proposition, à Mons, où je le conduisis après lui avoir acheté des souliers; un de ses camarades l'y rejoignit le lendemain, amenant avec lui deux déserteurs français; il proposa aussi de mettre son *vieux père en gage;* ce furent ses expressions, et ces propositions furent faites au comte de la Poterie qui étoit, dans cette ville, commissaire pour le Roi, et qui vint me voir à l'hôtel où je m'étois logé avec eux.

Connoissant le pouvoir du ridicule sur les Français, je fis imprimer, 15,000 exemplaires de cette chanson si connue, si vraie dans ses détails, et si prophétique dans les résultats qu'elle annonçoit :

Eh! mais dis donc, Napoléon,
Ous donc est ta Louise?
Tu sais bien, tu n'diras pas non,
Q'tu nous l'avois promise;
Mais elle ne vient pas,
Nicolas,
Sais-tu qu'ça nous dégrise?

Tu nous avois promis itou,
Une paix éternelle,
Et voilà qu'on parle par-tout
D'une guerre cruelle,
Ah! tu n'l'empêcheras pas;
Nicolas,
Mets-ça dans ta cervelle.

etc., etc.; car c'est tout ce que je m'en rappèle, encore est-ce très-imparfaitement que je cite ce fragment.

Mes deux paysans devoient la répandre le lendemain sur la ligne; le général d'Ortberg et M. Auguste de Lamote l'avoient approuvée. Cet intendant m'avoit même donné son imprimeur ; mais on m'arrêta lorsque je me disposois à partir pour Gand. Les gendarmes, comme je l'ai dit, me relâchèrent sur la route de Bruxelles ; arrivé dans cette dernière ville, j'écrivis à M. Dandré de vouloir bien se trouver chez le général Dilon qui y étoit commissaire pour le Roi, Je m'y rendis presqu'aussi-tôt que lui. Ce général me soutint que je n'arrivois pas de Paris ; qu'il étoit impossible que j'y fusse allé en si peu de temps ; puis il ajouta que j'étois un imposteur, et il ne voulut pas m'entendre. M. de Semalé, autre commissaire de S. M., étoit aussi présent. Outragé de cette réception, je répondis au général Dilon qu'il rendoit les Bourbons bien difficiles à servir.

On avoit renvoyé Bulté et son camarade, qu auroient pu rendre les plus grands services, puisqu'en moins d'un jour nous aurions eu, par eux, plus de six cents paysans à notre disposition, et il n'en falloit pas tant pour arriver au but que je m'étois proposé : Encore une fois, la moitié de l'armée n'avoit besoin que d'être tirée de son erreur ; on seroit parvenu à l'éclairer, et l'autre moitié n'auroit rien pu : ou se seroit aussi rendu à l'évidence.

Je m'expliquerai ailleurs sur cette réception, ses conséquences et ses suites ; en attendant, et bien que je n'aie vu ni le général Carnot, ni les duc d'Otrante et de Rovigo, je puis assurer qu'ils ne désiroient rien autre chose qu'un gouvernement et une administration aussi parternels que nous les avons aujourd'hui ; voilà du moins ce que j'ai pressenti dans les conférences que j'eus avec les personnes que je vis à Paris, et qui les approchoient assez pour connoître leurs pensées ; mais les ultras de Gand (et ce reproche ne s'adresse pas à toutes les personnes qui suivirent S. M. en Belgique), vouloient refaire en France ce qu'ils y firent à la fin de 1814 et au commencement de 1815 ; ils vouloient même y faire pire qu'alors ; voilà peut-être pourquoi ils préférèrent y rentrer une seconde fois, à la suite des *bagages* de l'ennemi. Aussi fûmes-nous dans les plus grandes agitations durant les premiers mois du retour du Roi : les Français ne sembloient plus faire que deux classes, l'une dénonçant et l'autre dénoncée. Sans la fermeté de S. M., sans celle de son ministère actuel, et si sur-tout la Chambre dissoute ne l'eût pas été, c'en étoit encore fait de la France ; et je ne détesterais pas les ultras !...

J'ai vu trois commissaires du Roi en Belgique, MM. Dilon, de la Poterie et de Semalé ; je suis sûr que S. M. ignore ce qui m'y est arrivé cette dernière fois.

Voici, malgré les précautions que j'avois prises, comment ma femme et mes amis de Paris faillirent aussi d'être compromis. Leurs lettres m'ayant été apportées à Mons, on dit à la femme Bove, qui vint la première, que si elle revenoit on l'arrêteroit ; on en dit autant aux paysans d'Escars, de Maré, d'Anglaise-Fontaine, etc. Ils refusèrent donc les secondes lettres, quelques-uns les ouvrirent, et virent qu'il ne s'agissoit rien moins que de contrebande ; ils en parlèrent ; on sut bientôt tout, et c'est ainsi qu'elles passèrent entre les mains de M. le comte de Lavalette, qui heureusement n'en abusa pas.

Ma femme, qui se saigna pour m'envoyer trois billets de banque de 1000 fr., en vendant des actions de sa mère, en engageant le reste de notre argenterie et ses bijoux, que j'ai eu la douleur de ne pouvoir retirer, ne recevant pas même de moi un accusé de réception, cessa de m'écrire. J'ignore ce que devinrent ces mille écus qui eussent été mes dernières ressources si Buonaparte eût vaincu, et qui attestent la bonté de mon épouse, puisqu'ils étoient tout ce qui lui restoit, ainsi qu'à sa mère. Ce que je sais, c'est que ces trois mois me coûtèrent plus de 6,000 fr., non compris mes affaires laissées à l'abandon, et ce que je dois encore à M. Dandré, au général d'Ortberg, aux généraux prussiens, aux Anglais, aux Belges, au prince Auguste de Prusse, au général Latour, à tous les concierges de la Belgique, et même à Pinchon ; et cependant j'ai manqué de pain la plupart du temps ! Il n'y a qu'à Maubeuge que le brave général Latour ne me laissa manquer de rien, lorsque lui-même manquoit de tout ; et l'on s'étonnera que je tombe malade ou que je fasse mal mes affaires !...

De retour, le 19, à Mons, d'où j'étois parti le 13 au soir qu'il ne faut pas compter, puisque je comprends la journée de retour qui ne fut pas pleine, je n'ai donc mis que six jours pour aller et revenir ; or, un jour de perdu à Paris, plus neuf heures de Paris au Bourget, d'où je ne partis qu'à dix heures, après avoir quitté Paris à une heure du matin, quatre heures à Compiègne, toute une nuit à Escars, une heure pour acheter des souliers à Bulté, lui donner le temps de se préparer, d'embrasser sa femme et ses enfans, on ne trouvera plus trois jours et demi pour avoir fait, la plus grande partie à pied et par des chemins détestables, plus de cent vingt lieues; non compris les villes tournées, et le temps aussi perdu à laisser des instructions de tous côtés.

Enfin, comme je suis parti d'Escars, le 19 à cinq heures du matin, que je suis arrivé le même jour à Mons, à huit heures du soir, ce qui a été légalement constaté, et que j'ai perdu deux heures, tant à me procurer un sac à peau pour y mettre mes effets, qu'à causer avec la femme Bove, avant de quitter Escars, et avec Bulté avant de passer la frontière, il suit encore évidemment de là qu'il ne m'est resté que treize heures pour franchir, chargé comme je l'étois, cette dernière distance. Au surplus, j'ai cité mes témoins, et maintenant que je suis à Paris, j'offre encore de faire mes preuves sur ce voyage. Pourquoi donc, après me l'avoir contesté en Belgique, me déporta-t-on ensuite? je l'ai déjà dit: les exagérés auxquels j'eus affaire là-bas, ne vouloient pas d'accommodemens; l'invasion de la France leur parut préférable; j'ajoute qu'étant incapables de rien faire par eux-mêmes, il est encore très-naturel qu'ils n'aient pu croire à ce que j'avois fait.

Proscrit par eux dans les Pays-Bas, lorsque je l'étois dans ma patrie par son oppresseur, il fallut bien que je me misse sous la protection des étrangers. C'est seulement dans mon *Villiaume-Réveillé* que je dirai de qui je tiens ma mission; en attendant, je proteste que plusieurs puissances se virent avec peines réduites à recommencer les hostilités, la Prusse surtout, qui avoit à maintenir et à organiser ses possessions d'en deça du Rhin: épuisées pour la plupart et toutes fatiguées de répandre le sang, elles ne demandoient pas mieux que de se reposer, en nous abandonnant le soin de nous affranchir d'un joug qui pesa trop long-temps sur elles; et je ne les aurois pas secondé dans cette louable entreprise? et je ne nommerois pas les sots et barbares orgueilleux qui traversèrent mes desseins? Les lâches qui, m'abreuvant de rigueurs et de mépris, punirent en moi un dévouement plus qu'humain? Ah! plutôt cesser de vivre..... Que dis-je? plutôt leur ressembler!!!

FIN

De M. Villiaume sommeillant à Charenton.

www.ingramcontent.com/pod-product-compliance
Lightning Source LLC
Chambersburg PA
CBHW050202030726
47505CB00005B/1488

* 9 7 8 2 0 1 3 0 1 8 2 4 1 *